Fabienne Farano wuchs in der Nähe von Karlsruhe auf, wo sie 1990 geboren wurde. Ihre Ausbildung zur Modedesignerin absolvierte sie in Stuttgart, wonach sie anschließend ins nordrhein-westfälische Halle zog. Ihre Leidenschaft jedoch gehört seit jeher dem Schreiben von Geschichten, womit sie bereits im Grundschulalter begann. Ihr Fokus hat sich im Laufe der Jahre auf dramatische und mitreißende Liebesbeziehungen gerichtet. Sie liebt ruhige Tage, an denen sie einfach nur schreiben oder lesen kann, sowie Zeit mit der Familie und Freunden verbringen kann.

FABIENNE FARANO

HATE YOU? LOVE YOU?

EINE COLLEGE-ROMANCE

Überarbeitete Neuausgabe Juli 2023

HATE YOU? LOVE YOU?

ISBN 978-3-98778-624-2
E-Book-ISBN 978-3-98778-543-6
Hörbuch-ISBN: 978-3-98778-534-4

 Dies ist eine überarbeitete Neuausgabe des bereits 2022 bei dp Verlag, ein Imprint der dp DIGITAL PUBLISHERS GmbH erschienenen Titels Second Chances – Wenn alles gegen Liebe spricht (ISBN: 978-3-98637-200-2).

Covergestaltung: Saskia Ziegenbalg
Umschlaggestaltung: ARTC.ore Design

Unter Verwendung von Abbildungen von
unsplash.com: © jrkorpa, © kharp, © Kseniya Lapteva
pixabay.com: © monicore
Lektorat: Mira Manger
Satz: dp DIGITAL PUBLISHERS GmbH
Druck und Bindung: Books on Demand GmbH, Norderstedt

VORWORT

Dies ist eine überarbeitete Neuauflage des bereits erschienenen Titels Second Chances – Wenn alles gegen Liebe spricht von Fabienne Farano. Da wir uns stets bemühen, unseren Leser:innen ansprechende Produkte zu liefern, werden Cover sowie Inhalt stets optimiert und zeitgemäß angepasst. Es freut uns, dass du dieses Buch gekauft hast. Es gibt nichts Schöneres für die Autor:innen und uns, zu sehen, dass ein beständiges Interesse an ästhetisch wertvollen Produkten besteht.
Wir hoffen du hast genau so viel Spaß an dieser Neuauflage wie wir.
Dein dp-Team

1.KAPITEL

Sorgfältig bürstete ich ein letztes Mal mein langes Haar, bevor ich es zu einem lockeren Pferdeschwanz zurückband. Eigentlich hatte ich es offen tragen wollen, doch es war bereits so schwül, dass mir die ersten Strähnen unangenehm im Nacken klebten. Nervös überprüfte ich mein Spiegelbild, strich zum wiederholten Mal meine kurzärmlige Bluse glatt und atmete tief durch. Dieser Tag lief bis jetzt zwar nicht wie gewünscht, aber er war noch jung genug, um alles wieder in geplante Richtungen zu führen.

Im Geiste ging ich noch einmal durch, was bis jetzt alles schiefgelaufen war: Ich hatte schlecht geschlafen, Kaffee verschüttet, die am Abend zuvor ausgesuchte Bluse saß nicht wie erwartet, die ursprüngliche Frisur passte nicht zum Wetter. Das war verkraftbar. Alles nicht so schlimm.

Ich nickte mir aufmunternd zu und schaffte sogar ein zaghaftes Lächeln. Gleichzeitig fragte ich mich, warum mich diese Kleinigkeiten so durcheinandergebracht hatten. Wären sie mir an irgendeinem anderen Tag passiert, hätte ich nicht einmal darüber nachgedacht. Heute erschien mir alles wie ein Zeichen. Ein Omen dafür, wie mein Leben in Zukunft weitergehen würde. Als würde der Verlauf des heutigen Tages über den Verlauf meines gesamten beruflichen Werdegangs entscheiden. Natürlich war dies einzig und allein meinen aufgeregten und irrationalen Gedankengängen geschuldet, aber ich konnte sie nicht abschalten.

Ich hatte mich immer auf meinen ersten Tag am College gefreut. Jetzt, wo dieser Tag endlich gekommen war, erschien er mir nicht mehr so erfreulich.

Eine leichte Brise wehte durch mein zurückgebundenes Haar. Es war so angenehm, dass ich kurz aufseufzte.

Ich ging zum offenen Fenster und schaute hinaus. Die Sonne schien auf den weitläufigen, etwas trockenen Rasen zwischen unserem Haus und der von Bäumen gesäumten Straße. Wehmütig stützte ich mich auf der Fensterbank ab. Washington D.C. lag nur knapp zwei Stunden Autofahrt von meiner Heimatstadt Richmond entfernt, dennoch fühlte ich mich plötzlich so, als würde ich ans andere Ende der Welt ziehen. Eigentlich machte die Entfernung keinen Unterschied, denn ich hatte nicht vor, jedes Wochenende nach Hause zu fahren. Das lag nicht nur daran, dass ich kein eigenes Auto besaß oder mir mein Vater nicht fehlen würde. Es war nur einfach an der Zeit, mein altes Leben gegen ein neues zu tauschen. Ich wollte mich weiterentwickeln und das ging nicht, wenn ich zwei Tage die Woche in meinem Elternhaus verbrachte.

In der Ferne vernahm ich die mir so vertrauten Geräusche des Straßenverkehrs auf der Interstate. An früheren Sommertagen wie diesen hatte ich nachts häufig am offenen Fenster gesessen und einfach nur dem Verkehr gelauscht. Immer wenn ein sanfter Lufthauch den Geruch nach Sommer in mein Zimmer geweht hatte, schien es, als gäbe es keinen friedlicheren Ort auf dieser Welt.

Ein Vogel flog laut zwitschernd in den Baum vor unserem Haus und riss mich aus meinen Gedanken. Ich sollte endlich nach unten gehen. Behutsam schob ich das Fenster zu und verriegelte es. Auf dem Bett lag mein gesamtes Gepäck. Es bestand lediglich aus einer Handtasche, einem Koffer und einer Sporttasche. Ich schaffte es, alles auf einmal die Treppe nach unten zu schleppen.

„Bevi, was tust du denn da? Ich hätte dir doch geholfen!" Aufgeregt kam mein Vater aus dem Esszimmer geeilt und entriss mir unnötigerweise den Koffer.

„Schon gut." Ich lächelte und legte die Sporttasche auf der untersten Stufe ab.

„Sollen wir los?", fragte er und rollte den Koffer zur Haustür. Er sah mich nicht an. Ich wusste, dass er vor diesem Augenblick mehr Angst hatte als ich. Ich war sein einziges Kind. Ab heute würde er hier allein leben. Ich schüttelte den Gedanken ab, denn ich spürte bereits einen faustdicken Kloß im Hals.

„Ja. Wir liegen zwar gut in der Zeit, aber ich möchte auf keinen Fall zu spät kommen."

Mein Vater, offensichtlich froh darüber, eine Aufgabe zu haben, eilte sofort nach draußen, um mein Gepäck im Auto zu verstauen. Ich war ihm noch nicht aus dem Haus gefolgt, da hörte ich schon die Stimme unserer Nachbarin, die meinen Vater aushorchte: „Verreisen Sie, Mr Williams?"

„Nein, nein, Mrs Banes. Meine Tochter. Ich fahre sie nach Washington."

„Oh, du lieber Himmel! Das ist schon heute?"

Mein Vater antwortete etwas, das ich nicht verstehen konnte. Da Mrs Banes nicht eher von unserem Grundstück weichen würde, bis wir zumindest im Auto saßen und nicht mehr ansprechbar waren, ging ich nun ebenfalls hinaus.

Die alte Frau stand neben unserem Briefkasten und winkte mir erfreut zu, als sie mich den Weg zur Garage laufen sah. Es gab keinen Tag, an dem sie uns nicht auflauerte. Eigentlich gehörte sie schon beinahe zum Inventar unseres Grundstücks und ich würde mich nicht wundern, wenn sie irgendwann im Haus ein- und ausging, als würde sie dort wohnen. Mein Vater kümmerte sich stets liebevoll um sie, ging für sie einkaufen oder mähte ihr den Rasen, da sie allein lebte.

„Guten Morgen, Mrs Banes."

„Guten Morgen, Beverly. Viel Erfolg auf dem College, meine Liebe."

„Vielen Dank."

Sie wechselte noch einige Worte mit meinem Vater, der ihr versprechen musste, vorsichtig zu fahren und heil wieder zurückzukommen. Als wir losfuhren, winkte sie uns hinterher, bis ich sie im Seitenspiegel nicht mehr erkennen konnte.

„Mrs Banes werde ich sicher sehr vermissen", sagte ich lachend.

„Nicht so sehr wie sie dich", gab mein Vater augenzwinkernd zurück und schaltete das Radio ein. Ich sah aus dem Fenster. Obwohl wir gerade erst den James River auf der Interstate 95 überquert hatten, ahnte ich bereits, dass mir diese Fahrt endlos vorkommen würde. Wir waren in der Vergangenheit schon einige Male nach Washington D.C. gefahren, dennoch war mir die Strecke noch nie zuvor so endlos erschienen. Das lag wohl daran, dass mir die fast zwei Stunden Fahrtzeit noch einmal die Möglichkeit gaben, über meine Zukunft und die meines Vaters nachzudenken.

Er war der Grund, wieso ich plötzlich voller Sorgen war. Am meisten kämpfte ich mit meinem schlechten Gewissen ihm gegenüber. Ich ließ ihn allein zurück. Auch wenn dies der natürliche Lauf der Dinge war, wäre es um einiges einfacher für ihn, wenn er meine Mutter an seiner Seite hätte. Ich kurbelte das Fenster runter, um frische Luft in den stickigen, alten Ford zu lassen.

„Wenn du das nächste Mal zu Besuch kommst, werden wir uns nach einem Auto für dich umsehen", sagte mein Vater und trommelte mit den Fingern leicht im Takt der Musik auf das Lenkrad.

„Vielleicht finde ich eins in D.C."

„Unsinn. Ich werde dir eins kaufen", warf er ein.

Ich schüttelte den Kopf. „Ich habe genug Geld gespart. Außerdem möchte ich mir dort einen Job suchen."

„Du solltest deine Zeit zum Lernen nutzen."

Mein Dad war der wohl einzige Vater auf der Welt, der nicht wollte, dass sich seine Tochter einen Nebenjob suchte. All die Jahre nach dem Tod meiner Mutter hatte ich versucht, ihn so wenig wie möglich um Hilfe zu bitten. Den ganzen Sommer über nach meinem Highschool-Abschluss hatte ich als Bedienung in einem kleinen Diner gearbeitet. Das Leben in Richmond war zwar nicht sonderlich teuer, aber ich hatte mir Geld für das College ansparen wollen. Es lag daher noch unberührt auf meinem Sparkonto und wartete darauf, dass ich es ausgab. Sinnvoll. Trotzdem reichte es nicht aus, um große Sprünge damit zu machen. Ein Nebenjob wäre auf Dauer unvermeidbar, wenn ich mir ein Auto kaufen und meinen Vater nicht irgendwann um Geld bitten wollte. Er besaß selbst nicht viel und zahlte meinen Studienkredit zum größten Teil mit ab.

„Wann beginnt die Einführung?“, fragte er und wechselte somit das Thema.

„Um 12.“ Ich schloss das Fenster wieder und wischte mir die losen Haarsträhnen aus dem Gesicht. „Du musst aber wirklich nicht so lange bleiben. Ich glaube, das Ganze dauert drei Stunden.“

Er lächelte gutmütig. „Ich habe nichts vor heute.“

Die restliche Fahrt über verbrachten wir schweigend. Erst als wir Washington D.C. erreichten und das schmiedeeiserne Tor zum Campus-Gelände passierten, ergriff Dad wieder das Wort: „Sieht doch recht ordentlich aus.“

Auch mir gefiel es hier. Ich hatte nur wenige Augenblicke, um mir einen genaueren ersten Eindruck zu verschaffen, da parkte er auch schon das Auto und verfiel in Hektik, obwohl immer noch genügend Zeit bis zur Einführungsveranstaltung war.

Wie angekündigt begleitete er mich, wobei er so gebannt lauschte, als würde er ab jetzt selbst hier studieren. Sogar eine College-Broschüre samt Plan über das gesamte Gelände nahm er mit. Als wir zurück zum Auto gingen, um mein Gepäck zu holen, schwappte seine Nervosität erstmals auf mich über.

„So.“ Mein Vater stemmte die Hände in die Hüften und sah sich um. Mit seiner schiefsitzenden Brille, dem altmodisch karierten Hemd, das er in die Hose gesteckt hatte, und den zusammengekniffenen Augen unter den ergrauten, buschigen Brauen wirkte er älter, als er war.

„Wo finden wir denn nun das Mädchenwohnheim?" Hoch konzentriert zog er die Broschüre aus seiner Gesäßtasche und öffnete sie. Auf seiner gerunzelten Stirn sammelten sich kugelrunde Schweißperlen.

„Dad." Ich legte meine Hand auf seinen Arm. „Ist schon in Ordnung. Ich werde es finden."

„Es ist nicht weit." Er deutete auf einen Punkt in der Broschüre, den ich nicht sehen konnte, da er sich das Papier direkt vors Gesicht hielt. Ich wusste, dass er den Moment des Abschieds hinauszögern wollte. Doch je eher wir ihn hinter uns brachten, desto besser.

„Das Wohnheim liegt in der Nähe der Bibliothek. Ich habe mich vorab informiert." Aufmunternd lächelte ich zu ihm hoch.

„Aber dein Koffer und die Tasche?"

„Mein Koffer hat Rollen und die Tasche kann ich notfalls darauf ablegen. Dad, wir sollten uns nun verabschieden." Ich sagte es, als wäre es keine große Sache. In meinem Inneren aber kämpfte ich mit den Tränen. Mein Vater würde nun zurück in ein Haus fahren, das viel zu groß für ihn allein war, wo ihn alles an meine verstorbene Mutter erinnerte und nun auch an mich. Er konnte sich zwar selbst versorgen, aber er hatte noch nie allein gelebt.

Dad schien über meine Worte nachzudenken. Schließlich nickte er. Ich war mir sicher, dass er sich in Erinnerung rief, dass er der Vater und ich die Tochter war. Er musste nun stark sein, obwohl ich es oft für ihn war. „Gut, dann werde ich jetzt aufbrechen.“ Etwas verloren sah er mir in die Augen. „Du kannst jederzeit anrufen, das weißt du.“

Ich musste schmunzeln. „Das hast du mir auch an meinem ersten Tag an der Junior Highschool gesagt. Ich bin achtzehn. Mach dir keine Sorgen. Ich passe auf mich auf. Versprochen.“

„Das weiß ich.“ Endlich lächelte er. „Ich wünsche dir einen erfolgreichen Start und eine schöne Zeit.“

„Danke“, flüsterte ich. Unbeholfen schlang ich meine Arme um seinen breiten Bauch und legte meinen Kopf für einen Moment an seiner Brust ab. So wie ich es früher immer getan hatte. Er erwiderte die Umarmung. Als er sich kurz räusperte, löste ich mich von ihm.

„Ich komme dich bald besuchen“, versprach ich und strahlte ihn so fröhlich wie möglich an.

Mein Vater nickte, dann überreichte er mir die Campus-Broschüre. „Hier, für alle Fälle.“

„Okay.“ Ich schob sie in meine Handtasche. Dad wischte sich die Hände an der Jeans ab und trat einen Schritt zurück. Schnell, um es endlich hinter mich zu bringen, packte ich den Griff des Koffers, schwang mir die Sporttasche über die Schulter und winkte ihm ein letztes Mal zu. „Bis bald, Dad. Danke, dass du mich hergebracht hast.“

„Selbstverständlich.“ Er winkte zurück. Kurz bevor ich mich umdrehte und den Weg über die sauber gestutzte Rasenfläche in Richtung Bibliothek einschlug, erkannte ich noch, dass er die Brille anhob und sich mit dem Handrücken über die Augen wischte.

Der Kummer, der mich in diesem Augenblick erfasste, überlagerte jeden Funken der Vorfreude auf meinen neuen Lebensabschnitt. Plötzlich fühlte ich mich einsamer und gleichzeitig schuldiger denn je. Ich hasste Abschiede. Allerdings hatte ich schon schlimmere erlebt. Dies war ein Neuanfang, kein Lebewohl.

Ich atmete tief durch, zupfte den Gurt der Sporttasche zurecht und sah mich um. Es herrschte reger Betrieb auf den Wegen. Im Gras verteilt saßen Studenten auf Decken, lasen Bücher unter Bäumen oder unterhielten sich. In der Ferne entdeckte ich das majestätische weiße Steingebäude, das ich bisher nur von Bildern aus dem Internet kannte. Die Bibliothek. Bereits aus dieser Entfernung sah ich die gewaltigen Säulen, die ein schmales, schlichtes Vordach trugen. Nur ein Stück weiter östlich musste das Mädchenwohnheim liegen.

Nach wenigen Minuten fand ich es ohne Probleme. Obwohl die Hitze hier nicht so schwül und drückend war, musste ich mir dennoch den Schweiß von der Stirn wischen, ehe ich die Tür des Gebäudes aufstieß. An der gegenüberliegenden Wand befand sich der Empfang.

„Wie kann ich dir helfen?“, begrüßte mich das braunhaarige Mädchen hinter dem Tresen freundlich. Sie hatte ein Piercing an der Lippe und eins am Ende ihrer linken Augenbraue.

„Hallo, mein Name ist Beverly Williams.“

„Einen Moment.“ Die Brünette wandte sich ab, um meinen Namen im Computer einzugeben. Es dauerte nur wenige Sekunden, ehe sie zufrieden nickte. „Hab dich schon gefunden.“ Sie drehte sich um und holte zwei Schlüssel von den vielen Haken an der Wand. Dafür, dass die Washington West University eine recht moderne Universität war, war das Schlüsselsystem ziemlich auf der Strecke geblieben. Aber es passte auch irgendwie zum Charme des Gebäudes. Dankend nahm ich die Schlüssel entgegen. Das Mädchen machte eine Kopfbewegung zum Aufzug. „Dein Zimmer ist im C-Flügel. Dort sind die Erstsemester untergebracht. Zweiter Stock und dann links. Nummer 14."

„Okay, danke." Ich lächelte, steckte die Schlüssel in die Handtasche und machte mich zusammen mit meinem Gepäck auf den Weg zum Fahrstuhl. Hinter mir checkte schon das nächste Mädchen ein.

Als ich mein Zimmer fand, spürte ich zum ersten Mal an diesem Tag endlich und ungehindert die Vorfreude in mir aufsteigen. Hier würde ich für die nächsten vier Jahre wohnen. Mit wem würde ich es mir teilen? Was würde mir hier alles passieren?

Aufgeregt schloss ich die dunkle Holztür auf und trat ein. Es war niemand da. Das Zimmer war klein und lediglich mit zwei Betten, zwei Kommoden, zwei schmalen Schränken und zwei Schreibtischen ausgestattet. Mehr hatte ich auch nicht erwartet. Die Vorhänge des einzigen Fensters im Raum waren zugezogen, sodass das trübe Licht dem Ganzen eine eher trostlose Note gab. Die rechte Seite war schon belegt. An der Wand hingen Bilder von Modezeichnungen und über dem Kopfende des Bettes ein Poster des Films *Der Teufel trägt Prada*.

Ich lächelte erleichtert, als ich weitere Gemeinsamkeiten zwischen mir und meiner künftigen Mitbewohnerin feststellte: ordentlich zusammengelegte Kleidung auf der Kommode, ein kleiner Stapel Bücher auf dem Schreibtisch, Schmuck auf der Fensterbank. Ich ging zu meiner noch völlig leeren Seite des Zimmers und legte mein Gepäck auf dem Bett ab. Da die Luft etwas muffig im Raum stand, zog ich die Vorhänge zurück und öffnete das Fenster. Gleißendes Sonnenlicht schien mir direkt ins Gesicht. Erfreut stellte ich fest, dass sich mir ein gigantischer Ausblick über das gepflegte Campus-Gelände bot. Das Plätschern des Springbrunnens vor dem Gebäude, das Zwitschern der Vögel in den Bäumen und das Geräusch lachender Studenten brachte mich zum Strahlen. Ich fühlte mich sofort wohl. All meine Sorgen waren plötzlich wie weggeblasen. Voller Euphorie machte ich mich daran, meinen Koffer auszupacken.

Bereits nach einer halben Stunde hatte ich meine gesamten Sachen im Schrank und der Kommode verstaut. Gerahmte Fotos und der Laptop standen auf dem Schreibtisch. Das Bett war frisch bezogen und sogar der Teddybär, den ich einst von meiner Mutter bekommen hatte, fand einen Platz auf der Kommode. Nun sah auch meine Hälfte des Zimmers freundlich und um einiges wohnlicher aus. Meine Mitbewohnerin war noch immer nicht erschienen, also beschloss ich, die Waschräumlichkeiten aufzusuchen, um mich frisch zu machen.

Als ich geduscht und mit geföhnten Haaren vor dem Kleiderschrank stand, fühlte ich mich noch besser. Ich zog ein knielanges olivgrünes Kleid vom Bügel und schlüpfte hinein. Perfekt.

Gerade als ich mir die Handtasche schnappte, um mich auf den Weg zur Bibliothek zu machen, wurde die Zimmertür aufgerissen. Eine zierliche Blondine trat ein. Ihre blauen Augen weiteten sich, als sie mich sah.

„Hi!“, rief sie begeistert. „Du bist meine Mitbewohnerin, stimmt's?“

„Besser wär's“, erwiderte ich kichernd. „Aber ja. Hi.“

Sie eilte auf mich zu. Ihre Locken hüpften bei jedem ihrer Schritte wie kleine, elastische Korkenzieher. Sie überrannte mich beinahe mit ihrer quirligen Art. „Ich bin Holly. Schön, dass du da bist. Ich war schon sehr gespannt.“

„Ich auch. Ich bin Beverly.“

„Beverly?“, fragte sie aufgeregt, als hätte ich ihr eröffnet, dass ich eine prominente Persönlichkeit war. „Wie aus *Stephen Kings ES*?“

„Was?“ Verwirrt zog ich die Brauen zusammen.

„Kennst du das Buch nicht?“

Ich schüttelte den Kopf. Sie ging zu ihrem Schreibtisch und zog einen dicken Roman aus dem Bücherstapel. Er wirkte mitgenommen und ein wenig zerfleddert. Entweder sie hatte das Buch sehr oft gelesen, oder es war schon durch mehrere Hände gereicht worden. „Ein Horror-Klassiker“, erklärte sie und hob es in die Höhe. Bereits das Wort auf dem Cover reichte aus, um mir eine Gänsehaut zu verpassen.

„Oh, so was lese ich nicht“, gestand ich und hängte mir meine Handtasche über die Schulter.

Holly lächelte, legte den Roman zurück auf den Stapel und setzte sich auf ihr Bett. Die Hände im Schoß gefaltet und mit wippenden Füßen wirkte sie viel jünger, als sie sein musste. „Was liest du so?“, fragte sie. Ehe ich etwas erwidern konnte, fügte sie hinzu: „Bitte nicht diese englische Literatur ... *Sturmhöhe* oder so was.“

Ich lachte. „Nein. Ich lese kein bestimmtes Genre. Aber wenn, dann etwas Moderneres.“

„Zum Beispiel?“

Sie war ehrlich neugierig, also antwortete ich geduldig: *„Harry Potter.“*

„Ja, wer hat dieses Meisterwerk nicht gelesen?“

„Das ist auch einer meiner Lieblingsfilme.“ Ich nickte zum Poster über ihrem Bett.

„Der Teufel trägt Prada? Stehst du auch auf Mode?“

„Ja, ich habe Modedesign als Hauptfach belegt. Sind das deine Werke?“, fragte ich und deutete auf die Skizzen an der Wand. Sie waren wirklich gut. Auch Holly warf einen Blick über die Schulter, als müsse sie sich vergewissern, dass dort immer noch ihre Zeichnungen hingen.

„Ja.“ Euphorisch sprang sie auf. „Toll! Dann haben wir schon mal ein paar Kurse zusammen. Modedesign ist auch mein Hauptfach!“ Sie schaute auf meine Handtasche. „Wolltest du gerade gehen?“

„Ich möchte zur Bibliothek und mich umsehen.“

„Wenn du willst, begleite ich dich. Meine große Schwester hat mich schon auf dem Campus rumgeführt.“

„Deine Schwester?“

Holly nickte. „Sie ist jetzt im fünften Semester. Komm, gehen wir.“ Sie hüpfte mir voraus zur Zimmertür. Obwohl Holly ein völlig anderer Typ war als ich, mochte ich sie. Ihre gute Laune steckte mich an und dass sie sich hier etwas auskannte, machte unseren Ausflug einfacher.

Als wir nach einem großen Spaziergang den Eingang der Bibliothek erreichten, kam uns eine kleine Gruppe die wenigen Stufen hinab entgegen. Ich ging einen

Schritt zur Seite, um ihnen Platz zu machen, rutschte aber mit dem Fuß ab. Reflexartig ruderte ich mit den Armen und sah mich schon im Kies vor der Treppe liegen, da hielt mich eine starke Hand zurück und brachte mich mühelos wieder zum Stehen. Als ich mir sicher war, dass ich wieder fest auf der ersten Stufe stand, schaute ich hoch, um mich bei meinem Helfer zu bedanken. „Danke, ich ..."

Wunderschöne tiefblaue Augen blickten direkt in die meinen und brachten mich völlig aus dem Konzept. Der junge, dunkelhaarige Mann, mein Retter sozusagen, sah mich belustigt an. Ich musste blinzeln. Sogar mein Mund klappte ein wenig auf. Peinlich berührt wich ich zurück, aber er hielt immer noch mein Handgelenk umklammert.

„Alles in Ordnung?", fragte er. Ich nickte. Um das Ganze zu verschlimmern, schoss mir jetzt auch noch das Blut in die Wangen. Diese Szene hätte aus einer kitschigen Hollywood-Romanze stammen können, doch hier, im realen Leben, wirkte sie wenig zauberhaft. Eher erniedrigend. Ich musste im Antlitz dieses Adonis ein furchtbares Bild abgeben. Schließlich löste er seinen Griff um mein Handgelenk.

„Geht es dir gut?" Holly erschien neben Mr Perfect und musterte mich besorgt.

„Ja. Es wäre ja nur eine Stufe gewesen." Ich winkte gespielt lässig ab.

„Das reicht schon, um sich den Hals brechen zu können."

Hatte ich Hollys Offenheit gerade noch als sympathisch empfunden, so verfluchte ich sie in diesem Moment, der immer peinlicher für mich wurde.

Adonis schmunzelte. Er war nicht nur groß, sondern auch muskulös. Als er die Arme vor der Brust verschränkte, erkannte ich die einschüchternden Muskeln seiner Oberarme. Es war nicht so, dass ich nie zuvor einen gut aussehenden Typen gesehen hatte. Nur war dieser hier genau das Exemplar, das ich mir in meinen kühnsten und intimsten Vorstellungen ausgemalt hätte.

Sein Gefolge kam näher. Zwei andere junge Männer und ein blondes Mädchen. Ein ziemlich hübsches Mädchen sogar, das mich skeptisch beäugte.

„Sei beim zweiten Versuch vorsichtiger“, schlug er vor. Dabei klang er etwas arrogant. Ich straffte die Schultern und versuchte, so selbstbewusst wie möglich zu wirken.

„Ja“, krächzte ich, räusperte mich und fügte dann hinzu: „Und danke noch mal. Fürs Festhalten.“

Er hob einen Mundwinkel. „Nein. Danke dir. Das war sehr amüsant.“

Die anderen lachten. Holly nicht.

„War nur ein Scherz“, sagte er. „Ich bin Liam.“

„Beverly.“

„Also gut, Beverly. Dann viel Erfolg beim Besteigen dieser heimtückischen Treppe.“ Er lächelte. Diesmal freundlicher.

Ich nickte und schaffte es sogar, mir ebenfalls ein schüchternes Lächeln abzuringen.

„Danke.“

„Bis dann.“ Damit stieg er die Stufe hinab und ging an uns vorbei. Die anderen folgten ihm kommentarlos. Die Blondine warf mir noch einen kurzen Blick zu, dann hakte sie sich bei ihm ein. Mein Magen verkrampfte sich unangenehm. Das war der wohl peinlichste Augenblick meines Lebens gewesen.

„Guter Start“, meinte Holly. Sie konnte ein Grinsen nicht verbergen.

„Ganz toll“, murmelte ich und strich mir eine Haarsträhne hinters Ohr. Nachdem ich rein körperlich wieder fest auf dem Boden stand, taumelte nun mein Innerstes auf höchst unangenehme Weise. Wer war dieser Typ? Konnte ich es wagen, ihm nachzuschauen? Nein. Auf keinen Fall! Er sah älter aus als achtzehn. Sicher startete er in eines der letzten Semester oder begann sogar den Master.

„Er sah sehr gut aus.“ Holly sprach das aus, was ich dachte. Und das war noch bodenlos untertrieben. „Aber wirklich nett war er nicht. Komm. Gehen wir rein.“

Ich schritt hinter ihr die Stufen hinauf.

Nicht einmal die Schönheit der Bibliothek konnte mich von diesen dunkelblauen Augen ablenken. Noch nie zuvor hatte mich ein Mann so schnell in seinen Bann gezogen wie er. Was war es, das ihn so anziehend machte? Und das, obwohl ich ihn gar nicht kannte. Er hatte doch kaum fünf Sätze mit mir gesprochen. Da kochte ein neues Gefühl in mir hoch, das ich zuerst nicht einordnen konnte. Etwas in meiner Erinnerung blockierte plötzlich meine süßen Gedanken an diesen Liam. Dann fiel es mir wieder ein: Er hatte eine Freundin. Wenn sie denn seine Freundin war. Könnte sie auch nur eine gute Bekannte gewesen sein? Eine Kommilitonin, die mit ihm denselben Kurs besuchte?

„Wollen wir uns noch einen Kaffee holen? Nicht weit von hier ist ein Coffee Shop“, schlug Holly vor, als wir die Bibliothek wieder verließen. Ich nickte. Etwas Koffein wäre jetzt genau das Richtige.

Schon von Weitem konnten wir erkennen, dass der Coffee Shop brechend voll war. Wir stellten uns trotzdem am Ende der Schlange an. Holly verschränkte die Arme vor der Brust und sah sich um. Ich tat es ihr nach, wobei jeder Mann mit dunklen Haaren sofort meine Aufmerksamkeit auf sich zog.

„Hast du eigentlich einen Freund?“, fragte Holly. An ihre Direktheit würde ich mich erst noch gewöhnen müssen.

„Nein“, antwortete ich. „Und du?“

Sie zuckte die Achseln. „Habe vor ein paar Wochen Schluss gemacht. Sein Name war Derek. Er muss noch ein Jahr auf die Highschool.“

„Wieso hast du dich getrennt?“

„Nun ... ich bin jetzt auf dem College. Ich will nicht gebunden sein, verstehst du? Eine Fernbeziehung ist nichts für mich und wer weiß, wo er danach aufs College geht?“ Sie sah mich an, als wäre dies das Selbstverständlichste auf der Welt. Ich blinzelte nur. Mir wäre niemals in den Sinn gekommen, mich aus solch einem Grund von einem Partner zu trennen.

„Heute Abend steigt eine Party. Wir sollten hingehen“, fuhr Holly unbeirrt fort. Die Schlange wurde allmählich kürzer.

„Heute? Ich weiß nicht.“

„Warum? Es ist Freitag. Hast du schon was vor?“

Ich schüttelte den Kopf. „Nein, aber ich bin gerade erst angekommen. Das war ein ganz schön langer Tag.“

„Vorsicht. Da vorne ist eine Stufe. Kurz vor dem Tresen“, rief plötzlich jemand hinter mir. Beim Klang dieser Stimme stellten sich mir die Nackenhaare auf. Mein Herz setzte einen Schlag aus, während mein Gehirn diese wenigen Worte verarbeitete. Aufgeregt drehte ich mich um. Liam stand vor mir, zwei To-go-Becher in den Händen. Und er machte sich erneut über mich lustig.

„Sehr aufmerksam ... und witzig. Danke“, entgegnete ich spitz.

„Nur für alle Fälle. Diesmal kann ich dich nicht festhalten.“

„Wie schade“, gab ich sarkastisch zurück. Holly kicherte. Da ich diesmal nicht wie eine Jungfrau in Nöten von seiner Hand gehalten wurde, fühlte ich mich etwas sicherer.

Liam lachte auf. Er beugte sich ein Stück weiter zu mir hinab. Ein Hauch seines wunderbaren Parfums stieg mir in die Nase. „Darf ich dann mal durch?“

„Was?“ Seine Frage passte irgendwie nicht.

„Ihr blockiert den Eingang. Es ist hier heute ziemlich voll.“ Er nickte zur Tür direkt hinter Holly und mir. Liam hatte recht.

„Oh.“ Ich trat zur Seite und schob damit Holly beinahe gegen die Wartenden vor uns.

„Sehr nett“, bemerkte Liam amüsiert. Kurz bevor er sich abwandte, beugte er sich erneut zu mir. „Das finde ich übrigens auch schade, Beverly.“

Dann war er auch schon wieder verschwunden. Mein Herz pochte aufgeregt gegen meinen Brustkorb. Seine letzten Worte immer noch im Kopf, die sich mit den Erinnerungen an diese starken Arme abwechselten, drehte ich mich zu Holly.

„Verfolgt der uns?“, fragte sie kichernd.

„Gut, gehen wir auf diese Party.“ Ich konnte ein Lächeln nicht unterdrücken. Auf einmal war ich völlig euphorisch.

„Na also!“ Holly nickte. „Super.“

2. KAPITEL

Den restlichen Tag verbrachten wir auf unserem Zimmer, aßen Pizza und stellten unsere Kleiderschränke auf den Kopf. Ich besaß nicht allzu viele passende Klamotten für einen Partyabend, fand aber schließlich ein schwarzes enganliegendes Kleid. Es endete knapp über den Knien. Der Ausschnitt war dezent.

„Wie findest du das?", fragte ich Holly, während ich mich vor dem Spiegel hinter der Tür hin und her drehte. Mit jedem Schritt schwand meine Begeisterung für das Outfit.

Hollys skeptische Miene machte es nicht besser. Endlich hob sie die Schultern. „Na ja, es ist eben sehr schlicht."

„Schlicht", wiederholte ich lahm und hielt in meiner Bewegung inne.

„Du wirst damit nicht auffallen. Dein Haar ist ja auch relativ dunkel."

Ich fuhr mir durch meine dunkelrote Mähne, die mir bis zu den Brüsten reichte. Stöhnend legte ich den Kopf in den Nacken. „Ich habe nichts Besseres."

„Das ist doch gut. Ein hervorragender Grund, um mal ordentlich shoppen zu gehen." Holly schob sich vor mich, damit sie sich selbst im Spiegeln begutachten konnte. Sie trug Sandalen und ein rotes Kleid. Eigentlich war es mehr ein knallenger Schlauch, der gerade noch so über ihrer Oberweite begann und direkt unter dem Po endete.

„Ich muss nicht auffallen. Du wirst das für uns beide tun“, sagte ich und kicherte. Holly hatte uns eine Flasche Sekt geöffnet, den sie ihren Eltern zu Hause stibitzt hatte. Während unserer Suche quer durch unsere Schränke hatten wir sie bereits zur Hälfte geleert. Zum ersten Mal seit Langem fühlte ich mich jung und ausgelassen.

„Das hoffe ich doch“, meinte Holly und strich sich über ihre gepushte Oberweite. „Vielleicht schlafe ich heute ja im Verbindungshaus. Wer weiß?“

„Verbindungshaus?“

„Ja, dort steigt die Party.“

„Woher weißt du eigentlich davon?“

„Von meiner Schwester. Ihr Freund Shane ist Mitglied einer Studentenverbindung seines Jahrganges.“

„Oh.“ Im Spiegel sah ich, wie sich meine rot geschminkten Lippen irgendwo hinter Hollys blonden Locken zu einem O formten. Vielleicht würde ich dort Liam wiedersehen? Aufgeregt hüpfte ich zu den Sektgläsern auf Hollys Schreibtisch und genehmigte mir noch einen großen Schluck. Im Geiste ging ich unsere letzten Begegnungen durch. Viel geredet hatten wir nicht. Und allzu freundliche Worte waren auch nicht gewechselt worden. Trotzdem: Ich konnte mir ein Grinsen nicht verkneifen, als ich an ihn dachte.

Holly überprüfte ihr Handy. „So, wir sollten uns dann langsam auf ein Outfit festlegen. In zehn Minuten werden wir abgeholt.“

Ich blieb bei dem schwarzen Kleid, da ich ohnehin nichts Besseres besaß, ließ mein Haar offen und legte etwas Eyeliner und Lippenstift nach. Die Wahl der passenden Schuhe fiel mir nicht schwer. Ich trug gern High Heels und griff zu silbernen Peeptoes mit schmalen Riemchen.

„Siehst echt heiß aus“, stellte Holly fest. „Die Schuhe machen wirklich was her. Aber du wirkst auch sehr schick.“

Ich wollte das Kompliment erwidern, da klingelte ihr Handy. Gutgelaunt nahm sie ab. „Ja? Gut. Wir kommen.“ Sie legte auf. „Los geht’s.“

Mein Bauch kribbelte vor Aufregung. Meine erste Studentenparty! Wir leerten die Gläser, nahmen unsere Handtaschen und machten uns auf den Weg.

Ein kleines rotes Auto wartete bereits auf dem Parkplatz in der Nähe des Mädchenwohnheims auf uns. Das blonde Mädchen hinter dem Steuer winkte uns zu. Bis auf die Haarfarbe hatten die Schwestern kaum etwas gemein. Zumindest optisch.

„Hi, ich bin Charlotte. Charly“, stellte sie sich freundlich vor, als wir die Autotüren öffneten. Holly schlüpfte neben sie auf den Beifahrersitz und drehte sofort die Musik auf.

„Beverly“, schrie ich Charly über den Lärm hinweg zu und rutschte auf die Rückbank.

„Holly!“ Sie drehte die Musik wieder leiser. „Lass das.“

„Du bist so eine Langweilerin“, maulte Holly.

Charly schüttelte den Kopf. „Du kannst gern hierbleiben, wenn es dir nicht passt. Ich brauche dich nicht.“

Sofort schwieg Holly und Charly fuhr los.

Eine Weile lauschten wir nur der Musik. Ich sah aus dem Fenster und ließ den Blick über die vorbeiziehenden Häuser gleiten. Es wurde bereits dunkel. Als die anderen beiden sich wieder wegen der Musikauswahl kabbelten, stellte ich mir vor, wie es wäre, selbst eine Schwester zu haben. Lange Zeit hatte ich mir eine gewünscht. Würde ich mich mit ihr auch so unnötig streiten? Ich musste mir ein Kichern verkneifen, als Charly Holly in die Wange kniff und sie kurz schüttelte. Holly lachte daraufhin schallend.

„Du nervst!", rief Charly, lächelte aber.

„Ich weiß. Keine Sorge, jetzt siehst du mich ja wieder öfter."

„Was heißt da bitte *keine Sorge*? Die schönsten Jahre meines Collegelebens sind damit endgültig vorbei." Charly warf sich das schulterlange Haar zurück, das ihr der Fahrtwind durch die geöffneten Fenster immer wieder ins Gesicht wehte. Ihre grünen Augen trafen mich im Rückspiegel. „Wie hältst du es nur mit ihr aus? In einem kleinen Zimmer?"

„Wir wohnen ja erst ein paar Stunden zusammen", antwortete ich grinsend.

„Hör auf, mich vor Beverly schlecht zu machen", befahl Holly. „Wie weit ist es denn noch? Du fährst wie eine Schnecke."

Ihre Schwester stöhnte genervt. „Zwei Minuten. Aber sie werden mir mit dir vorkommen wie eine Stunde."

Ich sah wieder aus dem Fenster und erlaubte meinen Gedanken, abzuschweifen. Zu Liam, dem nahezu unbekannten Adonis, der sich immer wieder in meinen Kopf schlich mit seinen blauen Augen, dem prüfenden

Blick und diesem einnehmenden, selbstgefälligen Lächeln. Für einen kurzen Moment überlegte ich sogar, Charly nach ihm zu fragen. Vielleicht kannte sie ihn? Da fiel mir ein, dass ich nicht einmal seinen Nachnamen wusste. Ich seufzte. Selbst wenn ich sie nach ihm fragen würde, was hätte ich letztlich davon? Liam hegte sicherlich keinerlei Interesse an mir. Bestimmt hatte er mich bereits wieder vergessen.

„Ist es das?", fragte Holly plötzlich. Als ich ihrem Blick folgte, stellte ich fest, dass ihre Frage überflüssig war. Das einzige Haus in der Straße, das in allen möglichen Farben leuchtete und dessen Musikbass bis ins Auto drang, war nur noch wenige Meter von uns entfernt.

„Ja, du Blitzmerker." Charly parkte den Wagen und wir stiegen aus. Holly und ich zupften unsere Kleider zurecht, ehe wir Charly zum Haus folgten. Obwohl das Grundstück weitläufig war, taten mir die Nachbarn leid.

Im Vorgarten standen die ersten Studenten mit Getränken. Laute Musik dröhnte aus der geöffneten Eingangstür und den Fenstern. Wir schritten direkt über den Rasen. Es war noch früh, trotzdem knutschten bereits die ersten Pärchen unanständig auf der Veranda.

Schockiert stellte ich fest, dass viele Mädchen lediglich ein Bikinioberteil über einem Minirock oder einer extrem kurzen Shorts trugen. Auf einmal kam mir Hollys Outfit keineswegs mehr auffallend vor. Eher meins. Es war viel zu brav. Holly hatte recht gehabt.

Wir drückten uns durch die Eingangstür, wo wohl der meiste Betrieb herrschte. Stickige, rauchige Luft schlug uns entgegen. Zielstrebig führte Charly uns an der Treppe zum oberen Stockwerk vorbei und ins volle

Wohnzimmer. Suchend sah sie sich um. „Shane muss hier irgendwo sein."

Es erschien mir wie ein Wunder, dass wir sie trotz des Lärms problemlos verstehen konnten. Holly wippte bereits gutgelaunt im Takt des wummernden Basses.

„Was zu trinken?", fragte Charly. Offenbar hatte sie Shane noch nirgends entdecken können.

Ich nickte nur. Anders würde man dieses Spektakel hier wohl nicht lange ertragen können. Augenblicklich verschwand sie in der Menge, kam nach wenigen Minuten mit drei großen roten Bechern zurück und reichte jeder von uns einen.

„Was ist das?", fragte ich.

Sie grinste nur. „Trink es einfach."

Ich folgte ihrer Anweisung. Das helle Etwas schmeckte säuerlich, aber besser als erwartet.

„Ich geh mal los und suche Shane. Wir sehen uns, ihr Süßen." Mit einem kurzen Winken verabschiedete Charly sich und verschwand im Eingangsbereich.

„Wollen wir uns ein wenig umsehen?", schlug ich Holly vor. Sie nickte und leerte zügig ihren Becher.

„Lass uns dann noch was Neues zu trinken holen."

Wir quetschten uns durch die Menge, beobachteten kurz eine Gruppe, die Bier Pong spielte und rempelten dann versehentlich zwei Jungs an, die gerade aus der Küche kamen. Holly warf sich sofort aufreizend ihre Korkenzieherlocken in den Nacken.

„Ladys", sagte einer von ihnen und tat, als würde er einen unsichtbaren Hut zur Begrüßung anheben. Holly lachte tatsächlich über diese peinliche Geste. „Wolltet ihr gerade in die Küche?"

„Ja. Wir brauchen noch etwas zu trinken.“ Um ihre Worte zu unterstreichen, hob Holly ihren leeren Becher in die Höhe und dem Kerl unter die Nase.

Er nahm ihn ihr aus der Hand. „Ich mixe dir gern was.“

„Sehr aufmerksam“, flötete Holly und strich sich mit den Händen über den glänzenden, knallengen Fetzen, der sich Kleid schimpfte.

Holly und ich folgten den Jungs in die Küche, wo sie Hollys und meinen Becher großzügig mit roter Flüssigkeit aus einer Glasschüssel auffüllten, der danach unter meinen Fingern klebte. Auch diesmal wusste ich nicht, was es war, trank es aber trotzdem. Einer der beiden Typen legte mutig seinen Arm um meine Taille. Bei seiner Berührung wurde der Wunsch in mir, hier auf Liam zu treffen, immer größer.

Aus dem Augenwinkel registrierte ich plötzlich, dass Holly und der andere Junge bereits wild rumknutschten. Hatten sie sich einander überhaupt vorgestellt? Sie vergrub ihre freie Hand im Haar des Fremden, der unentwegt ihren Hintern knetete. Ich zog die Augenbrauen in die Höhe. Himmel! Hoffentlich fühlte sich sein Kumpel neben mir wegen den beiden nicht dazu angestachelt, bald nachzuziehen. Ich tat einen unauffälligen Schritt von ihm weg. Augenblicklich kam er mir nach und wieder näher. Ich spürte deutlich seine Hand auf meiner Hüfte.

„Willst du noch was trinken?“, fragte er und beugte sich dabei näher als nötig zu mir herab an mein Ohr. Der Hauch seines Alkoholatems strich mir unangenehm über die Haut.

„Ich habe noch, vielen Dank." Ich deutete auf meinen Becher und wand mich unelegant aus seinem Griff. „Ich werde mal die Toilette suchen."

„Soll ich dir helfen?" Er grinste.

„Nein. Nein, danke."

Ehe er noch etwas erwidern konnte, drehte ich mich um und huschte in die Menge. Trotz des Tumults fand ich das kleine Badezimmer schnell. Der Türgriff klebte. Toll. Wie widerlich! Was das wohl war? Ich ließ den halbleeren Becher – ich vermutete, dass es Bowle mit ordentlichem Schuss war – neben dem Waschbecken stehen. Das würde ich sicherlich nicht mehr trinken.

Nach wenigen Sekunden klopfte es bereits wild an die Tür, sodass ich den Raum wieder freigab. Ein wild knutschendes Pärchen stolperte an mir vorbei und in das winzige Badezimmer. So wie sie ineinander verschlungen die Tür hinter sich abschlossen, brauchten sie es wohl gerade ohnehin dringender als ich.

Als ich mich im Wohnzimmer wiederfand, überlegte ich, wo ich nun hinsollte. Charly war nirgends zu entdecken. Was sollte ich jetzt tun? Zurück zu Holly? Sie war sicher immer noch mit ihrer neuen Bekanntschaft beschäftigt. Außerdem war es gut möglich, dass mein letzter Gesprächspartner auch noch dort war und ich wollte mich nicht wieder in eine unangenehme Situation befördern. Obwohl ich schon leicht angetrunken war, verschlechterte sich meine Stimmung. Aber vielleicht sollte ich einfach noch mehr trinken?

Auf einem kleinen Tisch neben der Couch standen volle Becher. Sie sahen aus, als wären sie noch unberührt. Darin war das gleiche Getränk, das Charly uns besorgt hatte. Zumindest sah es danach aus. Sicher hatte sie die Becher ebenfalls von hier geholt. Ich führte mir einen davon an die Lippen, blickte über den Rand zur Treppe und entdeckte ihn endlich. Liam. Er war tatsächlich hier. Mein Herz hüpfte voller Freude.

Er lehnte am Geländer, in der Hand ebenfalls einen roten Becher. Fast schon gelangweilt unterhielt er sich mit jemandem. Nickend sagte er etwas zu seinem Gegenüber. Unfassbar, wie heiß er aussah. Unter seinem schlichten weißen T-Shirt zeichneten sich unübersehbar seine Muskeln ab. Überrascht stellte ich fest, dass ein aus dieser Entfernung undefinierbares Tattoo seinen Oberarm zierte. Wieso war es mir heute Mittag noch nicht aufgefallen? Nickend fuhr er sich mit der Hand durch das widerspenstige Haar. Völlig in Trance beobachtete ich seine Bewegungen. Wie er das Gewicht vom einen auf das andere Bein verlagerte. Wie er mit seinen langen Fingern den Becher hielt und seine Lippen sich um den Rand schlossen, während er daraus trank.

In mir tobte ein Kampf. Sollte ich auf ihn zugehen? Warum nicht? Was, wenn er wirklich vergeben war? Was hatte er nach unserem kurzen Aufeinandertreffen heute wohl überhaupt über mich gedacht? Ob er und seine Freunde sich danach über mich lustig gemacht hatten? Blamierte ich mich dann nicht schon wieder, wenn ich ihn einfach so ansprach?

Der Alkohol gab mir den Mut, den ich brauchte und trieb mich zu einer Entscheidung. Was hatte ich zu verlieren?

Bevor ich länger darüber nachdenken konnte, ging ich auf Liam zu. Er drehte sich automatisch in meine Richtung, als ich vor ihm zum Stehen kam.

„Hi“, presste ich hervor. Schon wieder fühlte ich mich völlig unpassend angezogen. Saßen meine Haare? War mein Make-up verschmiert? Wieso hatte ich es auf der Toilette nicht überprüft?

„Hi.“ Liam sah mir direkt in die Augen. Wie konnten die seinen so dunkelblau, so tief sein? Noch nie war mir jemand mit einer vergleichbaren Augenfarbe begegnet. Fesselnd und geheimnisvoll.

Er lächelte kaum merklich. „Du schon wieder. Wie kommst du hierher? Ich habe hier noch nie ein Erstsemester gesehen.“

Woher wusste er, dass ich ein Erstsemester war?

„Meine Mitbewohnerin ... ihre Schwester ist mit jemandem aus der Studentenverbindung zusammen“, erklärte ich.

„Aha. Ist das so?“ Es wirkte fast, als würde er mir gar nicht richtig zuhören. Das war eine furchtbare Idee gewesen. Ich hätte nicht zu ihm gehen sollen.

Plötzlich wanderte sein Blick an mir vorbei, er schien jemand anderen anzusehen. Die Blondine von heute Mittag? Seine Freundin? Oder war ich einfach nur zu langweilig?

Sein bisheriger Gesprächspartner stieß sich vom Geländer ab. „Ich geh mal nach draußen. Sean hat was zum Rauchen dabei. Kommst du mit?“

Ich hielt die Luft an. Würde Liam mitgehen, wäre dies ein eindeutiges Zeichen für sein Desinteresse an mir. Doch er schüttelte den Kopf und sah seinem Freund dabei zu, wie er hinter mir verschwand. Dann schaute er mich wieder an. „Und? Wie gefällt es dir?“

„Auf dem College? Oder hier?“

„Hier.“

„Es ist laut, alle sind betrunken und egal was ich anfasse, es klebt.“ Ich lachte. Nur um etwas zu tun, strich ich mir eine Haarsträhne hinters Ohr.

Er nickte langsam. „Bist du auch betrunken?“

„Noch nicht. Aber ich hatte schon Sekt, Bowle und irgendwas Undefinierbares.“ Ich hob meinen Becher. Er nahm ihn mir aus der Hand, wobei seine Finger meine Haut berührten und mir einen Schauer durch den gesamten Körper jagten. Prüfend blickte er hinein.

„Sieht aus wie Wodka Lemon.“

„Danke.“

„Schmeckt dir das Zeug?“, fragte er und gab mir den Becher zurück.

Ich zuckte die Schultern. „Soll Alkohol denn schmecken?“

„Besser nicht allzu gut.“ Er lachte, dann reichte er mir seinen Becher. Reflexartig ergriff ich ihn.

„Probieren“, befahl er schmunzelnd, denn ich war wie erstarrt. Stumm führte ich ihn mir an die Lippen. Er beobachtete jede Bewegung. So elegant wie möglich nahm ich einen Schluck von der dunklen Flüssigkeit.

Er hob die Brauen. Augenrollend reichte ich ihm den Becher wieder. „Das ist Cola.“

„Gut erkannt.“

„Ich dachte, du zeigst mir was Neues.“

„Gab es auf der Highschool nichts Neues für dich? Bist du ein süßes kleines Streberlein?“, zog er mich auf.

Seufzend schüttelte ich den Kopf. Mit jedem Satz, den wir tauschten, fühlte ich mich wohler. Meine Nervosität legte sich ein wenig. „Das musst du gerade sagen. Du trinkst nur Cola.“

„Einer muss ja noch fahren können.“

„Du bist nicht in der Verbindung?“

„Nein. Das ist nichts für mich.“

Ich nickte. Darin waren wir uns ähnlich. „Du könntest sicher trotzdem hier schlafen.“ Der Alkohol ließ die Worte nur so aus meinem Mund purzeln.

„Wieso sollte ich das tun?“ Er nahm einen Schluck von seinem Getränk und schob die freie Hand in die Tasche seiner Jeans. Am liebsten hätte ich ihm auf der Stelle die Kleider vom Leib gerissen. Mein Blick schweifte kurz ab und über die Andeutungen seines Tattoos am Ende des Ärmelsaums. Ich musste mich mit aller Kraft zwingen, ihn nicht weiter so auffällig zu mustern.

„Dann könnten wir zusammen was trinken. Was alkoholisches.“

Liam lachte. „Soso. Okay. Das wäre sicherlich aufregend.“

„Aufregend?“, hakte ich nach und traute mich sogar, noch ein Stückchen näher zu ihm aufzurücken.

Er nickte. „Ja, du wirkst jetzt schon viel gelassener. Nicht so verkrampft wie heute Mittag. Was würde da nur passieren, wenn du richtig betrunken wärst?“

„Wir haben kaum gesprochen heute“, verteidigte ich mich.

Liam schien darüber nachzudenken. „Stimmt. Bist du sonst lockerer? So wie jetzt?“

Ich runzelte die Stirn. War ich locker? Auf der Highschool hatte es natürlich Abende gegeben, an denen auch ich gefeiert hatte. Ich hatte ein paar Erfahrungen mit Jungs gesammelt, aber trotz allem war ich eine eher vernünftige Jugendliche gewesen. Nicht zuletzt auch durch meine familiären Umstände.

„Komm mit“, raunte Liam plötzlich, ohne meine Antwort abzuwarten. Sein Blick wanderte erneut an mir vorbei. Er lächelte jemandem über meine Schulter hinweg zu, dann umfasste er sanft meinen Arm und zog mich mit sich. Mir völlig unverständlich, klebte kein anderer im Raum mit Blicken an diesem Gott vor mir. Die meisten tanzten, grölten, lachten, tranken oder knutschten. Wir durchquerten das Wohnzimmer, wobei Liam mich kein einziges Mal losließ. Aufgeregt stöckelte ich hinter ihm her, ganz egal wohin. Er führte mich zu einer kleinen Runde, bestehend aus vier Typen.

„Jungs, gebt uns mal ein paar Kurze“, befahl Liam, als sie ihren Kreis für uns öffneten. Er nahm mir den Becher aus der Hand und stellte ihn und den seinen auf dem Couchtisch neben der Gruppe ab. Fast alle starrten mich an. Einer jedoch reagierte sofort, drehte sich um und reichte uns von dem Regal hinter ihm kleine, randvolle Schnapsgläser. Irgendwie schien überall Alkohol bereit zu stehen.

„Das ist Beverly“, stellte Liam mich knapp vor, nahm eines der Gläser entgegen und gab es direkt an mich weiter. „Hier.“ Er senkte die Stimme, sodass nur ich ihn verstehen konnte: „Etwas Neues.“

Sofort errötete ich. Er war mir für einen flüchtigen Moment so nah, dass ich seine Wimpern hätte zählen können. Höchst verführerisch hob er einen Mundwinkel, dann wandte er sich den anderen zu. Als auch er einen Schnaps entgegennahm, starrte ich ihn irritiert an. Musste er nicht fahren?

„Auf Beverly“, sagte der Typ, der uns die Getränke gereicht hatte. Er beobachtete mich aus seinen braunen

Augen. Ich erkannte ihn. Er gehörte zu der Gruppe, mit der Liam heute Mittag nach unserer ersten Begegnung von dannen gezogen war. Ohne darüber nachzudenken, leerte ich das Gläschen. Das war nicht mein erster Schnaps, aber der schlimmste. Er brannte wie Feuer in meiner Kehle. Sofort musste ich husten. Ich hörte, wie die anderen mich auslachten.

„Alles in Ordnung?", fragte Liam. Auch er wirkte vergnügt.

„Das schmeckt scheußlich."

„Soll Alkohol denn schmecken?" Er zog mich auf und wiederholte damit meine Frage von vorhin. „Schade, denn den hier musst du auch noch trinken." Liam drückte mir sein Glas in die Hand.

Empört riss ich den Mund auf. „Wieso?"

„Ich muss noch fahren. Schon vergessen?"

„Das wusstest du doch schon, bevor du ihn angenommen hast."

„Vielleicht wollte ich ja, dass du dich für mich opferst."

Das Feuer wanderte in meinen Magen, aber nun war es angenehm. Mit den Wimpern klimpernd schaute ich zu Liam hoch. „Wieso sollte ich das tun?", wiederholte ich nun ihn.

Er lachte und senkte den Kopf. Als er mir wieder in die Augen sah, fuhr ein wohliges Kribbeln durch meinen Körper. „Weil ich es will?"

„Was willst du?", fragte ich mutig und versuchte mich an einem flirtenden Tonfall. Hoffentlich kam er bei Liam genau so verführerisch an, wie ich ihn in meinem Kopf wahrnahm.

Er grinste nur, dann winkte er den Typen zu uns, der die Getränke verteilt hatte, ohne mich dabei aus den Augen zu lassen.

„Das ist Ryan. Ein Freund von mir", stellte er ihn vor. Ungewollt fiel mein Blick auf ihn. Er war etwas kleiner als Liam. Nervös fuhr er sich mit der Hand durch das hellbraune Haar, bevor er sie mir reichte.

„Hi."

Auf einmal fühlte ich mich völlig leer. Doch nur für eine Sekunde, denn dann machte sich auch schon ein neues Gefühl in mir breit. Und dieses Gefühl war widerlich und schien mir ein Loch in den Bauch zu reißen. Etwas lief gerade völlig schief.

„Ihr solltet auf eure neue Freundschaft anstoßen. Gut, dass du schon einen Schnaps hast, Beverly." Liam versteckte ein Lachen in einem auffälligen Räuspern. Ryan sah mich freundlich an und hob seinen Becher. Er wirkte wie der nette Junge von nebenan, aber im Moment konnte ich ihm keine Beachtung schenken. Mein Blick galt ausschließlich Liam.

„Schön, dich kennenzulernen, Beverly", sagte Ryan und versuchte, meine Aufmerksamkeit zu gewinnen.

„Hi." Geistesabwesend und ohne ihn anzusehen, stieß ich mit ihm an und leerte den Schnaps in einem Zug. Meine Kehle brannte leider nicht so sehr wie beim ersten Mal. Gerade jetzt wäre es mir sehr willkommen gewesen. Wollte Liam mich ernsthaft mit seinem Kumpel verkuppeln?

Er schien meine Gedanken zu erahnen, denn er klopfte Ryan aufmunternd auf die Schulter, als würde er mir sein bestes Pferd im Stall vorstellen. „Ryan ist in der Verbindung. Mit ihm kannst du also Alkohol trinken." Liam zwinkerte mir verschwörerisch zu und bestätigte damit meinen Verdacht. Ich konnte gerade noch verhindern, dass mir der Mund aufklappte. Das konnte unmöglich wahr sein. Um dem Ganzen noch die Krone aufzusetzen, tätschelte er nun auch mir kurz den Arm. „Wir sehen uns."

Er tauschte noch einen vielsagenden Blick mit seinem Freund, dann lief er an mir vorbei und ließ uns stehen. Da Ryan wirklich nett wirkte, rang ich mir noch etwas Höflichkeit für ihn ab, ehe ich ihn ebenfalls verlassen würde: „Entschuldige, ich muss noch was klären." Ich machte auf dem Absatz kehrt und eilte Liam hinterher. Wie kam er dazu, so etwas abzuziehen?

Kurz bevor er die Küche erreichte, war ich bei ihm. Gröber als geplant packte ich seinen Oberarm und unterstrich meine wütende Geste mit einem lauten „Hey!"

Er drehte sich zu mir um. Zuerst schien er verwirrt, dann belustigt.

„Was sollte das?" Ich versuchte mich zu beherrschen, dabei bebte ich vor Wut.

„Was sollte was?" Er spielte tatsächlich den Ahnungslosen.

„Ich dachte, wir führen ein Gespräch? Und dann stellst du mir Ryan vor? Ich dachte, dass ..." Ich unterbrach mich.

Geduldig verschränkte Liam die Arme vor der Brust. Ein paar lachende Mädchen drückten sich hinter mir vorbei. Eine verschüttete beinahe ihr Getränk auf meinem Kleid. Liam zog mich zur Seite und in die Küche hinein.

„Was dachtest du?"

„Ich ...“ Ja, was hatte ich eigentlich gedacht? Ich kam mir kindisch vor, doch ein beachtlich großer Teil in mir wollte einfach nicht wahrhaben, dass Liam wohl nicht auf mich stand. Und hatte ich es nicht gewusst? Zumindest geahnt? Er sah zu gut aus, war älter und anscheinend wirklich unerreichbar für mich.

„Ich habe einfach nicht damit gerechnet, dass du mich mit deinem Freund verkuppeln willst.“ Es war unmöglich, ihn weiter anzusehen. Bevor er etwas erwidern konnte, meldete sich endlich meine Vernunft. Und die Scham. Nun ja, besser spät als nie. Kopfschüttelnd trat ich einen Schritt zurück. „Vergiss es.“

Insgeheim hoffte ich, dass Liam mir nachkommen würde, doch als ich die Küche verließ und zurück ins Wohnzimmer eilte, hielt mich niemand auf.

Was war nur los mit mir? Ich kannte Liam ja nicht einmal richtig. Wie konnte ich zulassen, dass er mich so aus der Fassung brachte? Verärgert sah ich mich um. Holly war immer noch nirgends zu entdecken. Hoffentlich lag sie nicht mit diesem Fremden in irgendeinem Bett im oberen Stockwerk. Was für ein Abend. Vielleicht sollte ich nun wirklich zurück ins Wohnheim. Holly hatte immerhin ihre Schwester, sie würde notfalls zurückkommen. Oder tatsächlich hier ein Bett finden. Unschlüssig wog ich meinen nächsten Schritt ab, kam aber zu keiner eindeutigen Entscheidung.

„Alles geklärt?“ Ryan tauchte neben mir auf und lenkte mich von meinem alkoholgeschuldeten Dilemma ab. Freundlich beobachtete er mich.

„Nicht wirklich“, gab ich zu.

Er wölbte die Brauen. „Geht es dir gut?“

Ich nickte schnell. „Ja, alles in Ordnung. Danke.“

„Willst du noch was trinken?“

Zuerst wollte ich verneinen, doch wieso eigentlich nicht? Ein Getränk mehr oder weniger machte nun auch keinen Unterschied mehr. Außerdem war dies meine erste Studentenparty. Sollte ich sie wirklich schon verlassen? Wegen einem Typen?

„Sicher.“

Lächelnd forderte er mich auf, ihm zu folgen. Er steuerte einen Tisch in der Ecke des Wohnzimmers an. Darauf standen mehrere verschiedene Flaschen und Becher. Sorgfältig suchte er zwei unbenutzte aus. „Was möchtest du?“

„Wodka Lemon, bitte.“

Während er die Getränke mischte, sah ich mich um. Liam war nicht zurückgekehrt. Da tauchte das blonde Mädchen auf, das sich vor der Bibliothek bei Liam eingehakt hatte. Sie steuerte die Gruppe an, die mit mir angestoßen hatte und gesellte sich zu ihnen. Ich musste jetzt unbedingt wissen, ob sie nun Liams feste Freundin war. Egal ob er mich wollte oder nicht. „Ryan?“

Ehe er antworten konnte, betrat Liam den Raum. Gebannt beobachtete ich, wie er zu dem Mädchen ging und hinter sie trat. Er legte ihr einen Arm um die Mitte und sie nahm ihm den neuen Becher aus der Hand. Frage beantwortet. Mir wurde speiübel.

„Ja?“ Ryan stellte sich neben mich und reichte mir das Wodka-Gemisch.

„Wer ist das?“, fragte ich.

Er folgte meinem Blick. „Das ist Madison. Liams Freundin.“

Sofort nahm ich einen Schluck. Und dann noch einen.

„Willst du zu ihnen gehen?“, fragte Ryan.

„Nein.“ Am liebsten würde ich aus dem Haus stürmen. Stopp! Genug mit dem Unsinn! Ich würde mir diesen Abend nicht von ihm ruinieren lassen.

Einer der Jungs aus Liams Gruppe sah zu Ryan und mir und winkte uns zu. Ryan schüttelte den Kopf, und Liams Blick wanderte nun ebenfalls zu uns. Ebenso wie der von Madison. Sie sah mir direkt in die Augen. Für den Bruchteil einer Sekunde glaubte ich, darin etwas zu erkennen. Verunsicherung?

„Du kannst ruhig zu ihnen gehen“, sagte ich zu Ryan und nahm noch einen Schluck aus meinem Becher.

Er runzelte überrascht die Stirn. „Nein.“

Liam wandte sich wieder den anderen zu, Madison jedoch beobachtete mich noch einen unangenehmen Moment lang. Das verärgerte mich so sehr, dass ich ihr absichtlich den Rücken zudrehte.

„Wir könnten nach draußen gehen“, schlug Ryan vor.

Ehe ich antworten konnte, tippte mir jemand auf die Schulter. Es war der Freund von Hollys Knutschbekanntschaft. Wunderbar.

„Hi“, sagte er. „Hast du dich verlaufen?“

„Ich habe nie gesagt, dass ich wiederkomme“, antwortete ich bissig. Er schien verunsichert. Sofort fühlte ich mich schlecht. „Entschuldige. Ist Holly noch bei euch?“ Hoffentlich war sie noch vollständig angezogen. Und auf der Party.

„Ja, sie ist mit Dave in der Küche. Gehen wir zu ihnen?“, fragte er.

Ich dachte darüber nach. Zu Holly würde ich gern zurück, allerdings nicht, wenn sie noch mit ihrer Eroberung beschäftigt war.

„Ich lasse euch dann mal allein“, warf Ryan plötzlich ein. Ihn wollte ich eigentlich nicht vertreiben.

„Nein“, sagte ich schnell. „Komm doch mit.“

Der Typ, dessen Namen ich noch gar nicht kannte, starrte mich entgeistert an.

„Schon gut. Bis dann, Beverly.“ Ryan lächelte, dann gesellte er sich zu Liam und seiner Gruppe. Ich sah ihm nach und ertappte mich dabei, wie mein Blick erneut zu Liam abschweifte. Unsere Blicke trafen sich für den Bruchteil einer Sekunde, dann schaute ich schnell weg.

„Beverly heißt du also“, sagte der Typ. „Ich bin Tom. Hab dich vorhin gar nicht nach deinem Namen gefragt.“ Er lachte. Ich erinnerte ihn nicht daran, dass ihn das nicht davon abgehalten hätte, mich vor allen anderen in eine Knutscherei zu ziehen. Oder wer weiß wohin noch. „Komm, gehen wir zu deiner Freundin.“

Ich folgte Tom aus dem Wohnzimmer und in die Küche. Holly saß auf der Kücheninsel, neben ihr stand die Schüssel voll roter Bowle. Ihr Knutschpartner füllte gerade etwas davon in einen Becher. Das meiste ging allerdings daneben, was beide in kindisches Gelächter ausbrechen ließ.

„Da bist du ja!“, kreischte Holly, als sie mich sah. Wild winkte sie mich zu sich. „Wo warst du denn?“

„Hab mich unterhalten“, erklärte ich knapp.

Dave reichte auch mir einen vollen Becher. Nicht schon wieder dieses widerliche Gesöff. Ich nahm es entgegen, obwohl ich es eigentlich nicht wollte. Tom stand so dicht hinter mir, dass ich einen Schritt zur Seite ging. Dave brachte Holly immer wieder mit unanständigen Berührungen zum Kichern. Es war einfach ekelhaft zu beobachten. Wie hatte Tom das so lange ausgehalten?

„Und, Beverly? Erzähl doch mal was über dich“, sagte er und lehnte sich an die Kücheninsel.

„Da gibt es nicht viel zu erzählen.“

„Ich bin mir sicher, dass es da so einiges gibt.“

„Zum Beispiel gehe ich gern früh ins Bett. Deswegen werde ich dann mal zurück ins Wohnheim gehen.“ Ohne seine Erwiderung abzuwarten, tippte ich Holly auf den Oberschenkel. Lachend drückte sie Dave von sich, der gerade an ihrem Ohrläppchen knabberte.

„Wollen wir los?“, fragte ich.

„Los?“

„Zurück ins Wohnheim.“

Holly schien enttäuscht. „Jetzt schon?“

„Du kannst auch gern noch bleiben, dann mache ich mich auf den Weg zur nächsten Bushaltestelle“, sagte ich.

Sie riss entsetzt die Augen auf. „Du weißt doch gar nicht, wo eine ist. Außerdem ist das viel zu gefährlich.“ Überraschend elegant rutschte sie von der Kücheninsel. „Lass uns hier schlafen.“

Dave hinter ihr wirkte mehr als begeistert über ihren Vorschlag. Ich warf ihm einen warnenden Blick zu. „Nein. Ich kenne niemanden aus der Verbindung. Also, zumindest nicht gut. Ich möchte ins Wohnheim.“

Holly dachte darüber nach. Schließlich nickte sie. „Na gut. Ich begleite dich.“

Schnell winkte ich ab. „Das musst du nicht. Wenn du noch bleiben möchtest, dann tu das.“

„Nein, schon gut. Ich komme mit. Suchen wir Charly.“ Sie packte meinen Arm und zog mich aus der Küche, ohne noch ein weiteres Wort mit Dave zu wechseln.

„Willst du dich nicht verabschieden?", fragte ich, als wir das Wohnzimmer erreichten.

„Nö, will ihn ja nicht heiraten." Holly kniff angestrengt die Augen zusammen und suchte die Menge ab. „Ich glaube, sie ist hier nicht." Sie zog mich aus dem Haus, über die Veranda und in den Vorgarten. Dort stellte sie sich dem nächstbesten Typen direkt vor die Nase. „Hast du meine Schwester gesehen?"

Der arme Kerl starrte uns mit großen Augen an. „Wen?"

„Ich glaube nicht, dass er weiß, wer deine Schwester ist", gab ich zu bedenken.

„Charlotte! Shanes Freundin", schnauzte Holly.

Er schüttelte den Kopf. Das Mädchen neben ihm zeigte an uns vorbei. „Die stand gerade noch auf der Veranda. Ihr seid an ihr vorbeigelaufen."

Wie ein Soldat machte Holly auf dem Absatz kehrt und marschierte zurück. Ich konnte mir ein Kichern nicht verkneifen. Charly stand tatsächlich am Rande der Veranda und unterhielt sich mit zwei Freundinnen.

„Charly? Willst du gehen?", rief Holly schon von Weitem.

Ihre Schwester hob eine Braue. „Nein. Was ist los mit dir?"

„Wir wollen ins Wohnheim."

„Schön für euch. Ruft ein Taxi." Sie wandte sich ab.

„Fahr uns doch. Ich bin deine Schwester."

„Holly!" Ich zog sie am Arm zurück. „Lass uns zur Bushaltestelle laufen. Bei der Hinfahrt habe ich eine gesehen."

„Ich kann euch fahren."

O nein. Nicht er. Ich schloss die Augen. Liam erschien neben mir.

Ich kratzte den letzten Rest Stolz zusammen, den ich noch besaß, und wandte mich ihm zu. „Nein, danke."

„Stell dich nicht so an. Kommt, ich fahre euch", entgegnete er gelassen.

Ich warf mir das Haar über die Schulter, reckte das Kinn und schaute zu ihm hoch. „Du bist also das Taxi hier."

„Nicht für jeden. Ich habe dir doch gesagt, dass ich heute noch fahren muss. Und mein Kumpel sollte jetzt dringend nach Hause. Er hat es etwas übertrieben." Liam nickte zur Verandatreppe, die zum Vorgarten führte. Dort saß ein in sich zusammengesunkener schwarzhaariger Junge. Er sah furchtbar aus. Allerdings schien er nicht mehr viel mitzubekommen, denn jemand hatte ihm gerade versehentlich einen Drink über das Shirt geschüttet, woraufhin er sich keinen Millimeter regte.

„Ich weiß nicht", murmelte ich, erneut unfähig, eine Entscheidung zu treffen. Doch was blieb mir anderes übrig, wenn ich nicht auf einen Bus warten wollte, der um diese Uhrzeit vielleicht gar nicht mehr fuhr?

Liams Geduld schwand. „Mir egal, aber entscheidet euch jetzt. Ich muss ihn ins Auto laden."

Ein anderer Junge stolperte betrunken gegen Liams Freund, der wie eine Stoffpuppe zur Seite kippte und liegen blieb. Wäre die Situation nicht schon mehr als nervig und hätte ich mich nicht gefragt, ob der Kerl überhaupt noch am Leben war, hätte ich sicherlich darüber lachen müssen.

„Wir kommen mit", entschied Holly.

Liam sammelte seinen Freund auf, der sich brav von ihm zum Auto führen ließ. Wobei Liam ihn mehr trug als führte. Wir liefen schweigend hinterher.

„Bist du dir sicher, dass du ihn allein lassen kannst, wenn du ihn abgesetzt hast?“, fragte ich, während ich zusah, wie Liam das volltrunkene Häufchen Elend auf den Beifahrersitz verfrachtete und anschnallte.

„Das ist nicht das erste Mal“, erklärte er, einen Mundwinkel angehoben. „Sam weiß einfach nicht, wann Schluss ist. Der wird schon wieder.“ Er schlug die Tür zu. „Steigt ein.“

Holly und ich rutschten auf die Rückbank. Ich kannte mich mit Autos nicht aus, aber das von Liam gefiel mir sehr gut. Außerdem roch es nach Pfefferminze. Und ein wenig nach ihm. Ich beobachtete, wie er einstieg und den Motor startete. „Wohnt ihr im Mädchenwohnheim? Beim College?“, fragte er.

„Ja“, antwortete ich knapp. Schnell sah ich aus dem Fenster, um mich nicht weiter auf ihn konzentrieren zu müssen. Die Straßen wirkten wie ausgestorben. Die orangefarbenen Laternen beleuchteten die dunklen Vorgärten, warfen angenehmes Licht auf die Fassaden der vorstädtischen Häuser. Hier zu leben war sicherlich schön. Zumindest wenn man in angemessenem Abstand zu einem Verbindungshaus wohnte. Aber davon gab es hier wahrscheinlich noch mehr, obwohl sich die meisten bestimmt direkt beim Campus befanden.

„Ich bin Holly“, erklärte meine Mitbewohnerin plötzlich. Sie schrie fast, obwohl Liam das Radio nicht angeschaltet hatte und es angenehm ruhig im Auto war. Wie viel Alkohol hatte sie während meiner Abwesenheit getrunken?

Er warf einen kurzen Blick in den Rückspiegel. „Hi, Holly."

„Du bist Liam."

„Richtig."

„Schön, dich kennenzulernen, Liam."

„Freut mich auch, Holly."

Ich schaute von einem zum anderen. Sams Kopf rutschte von der Lehne und knallte gegen die Fensterscheibe. Unbeirrt schlief er weiter.

„Tja, du hättest dich auch gleich heute Mittag schon bei mir vorstellen können", tadelte Holly.

Liam lachte leise. „Tut mir leid, aber da hatte ich nur Augen für deine Freundin."

Wie bitte?

„Ich verstehe." Holly seufzte theatralisch und warf sich zurück ins Leder. „Nun, sie ist danach nicht mehr gestolpert."

„Holly!", fuhr ich sie an.

Erneut hörte ich Liam leise lachen. „Schön zu hören."

Ich warf ihr einen bösen Blick zu, woraufhin sie eine Schnute zog und aus dem Fenster sah. Wir verfielen Gott sei Dank wieder in Schweigen. Obwohl wir nicht redeten, fühlte ich mich trotzdem seltsam geborgen im Auto. Es war keine Sekunde lang unangenehm. Zwar war ich heute Abend ein weiteres Mal von Liam gedemütigt worden, dennoch war ich beinahe schon traurig, als wir das Campus-Gelände erreichten.

„Also, dann wünsche ich euch eine gute Nacht", sagte Liam. Er parkte den Wagen vor dem Wohnheim und drehte sich um, damit er uns besser sehen konnte.

„Danke fürs Mitnehmen", murmelte ich. Dann öffnete ich auch schon die Tür und stieg aus.

„Ciao, Liam. Viel Erfolg mit Sam. Und danke fürs Fahren“, schrie Holly, bevor sie die Tür zuschlug. Es schien mir fraglich, ob man sie je wieder aufbekommen würde, so lautstark fiel sie ins Schloss.

Erst als Liam losfuhr und den Parkplatz verließ, erkannte sogar ich, dass er einen Audi fuhr.

3. KAPITEL

Überrascht stellte ich am nächsten Morgen fest, dass ich nicht von Kopfschmerzen geweckt wurde. Die unterschiedlichen Drinks hatten mir entgegen meiner Erwartungen keinen Kater beschert.

Um den Abend nicht zu schnell Revue passieren zu lassen, richtete ich mich in meinem Bett auf und schaute rüber zu Holly. Sie lag auf dem Rücken und schlief seelenruhig. Die blonden Locken hatten sich wirr um ihren Kopf verteilt wie ein goldener Kranz.

Durch die Vorhänge schimmerte helles Sonnenlicht auf ihr blasses, friedliches Gesicht. Seufzend fuhr ich mir durch das zerzauste Haar. Kaffee. Ich brauchte dringend einen Kaffee. Bevor ich mich aus dem Bett traute, griff ich nach der Wasserflasche auf der Kommode und leerte sie zur Hälfte. Dann befreite ich mich von der Bettdecke und stand vorsichtig auf. Ein wenig schwirrte mir nun doch der Kopf. Eine Dusche war unumgänglich. Leise, um Holly nicht zu wecken, ging ich zu meinem Schrank und kramte sämtliche Utensilien für den Waschraum heraus. Bevor ich mich auf den Weg zu den Duschen begab, schaute ich auf mein Handy. Es war bereits Mittag.

Im Waschraum war zum Glück niemand, sodass ich unter dem heißen Wasser die Ruhe genießen konnte. Sorgfältig wusch ich mir die letzte Nacht vom Körper und aus den Haaren.

Zurück im Zimmer entdeckte ich Holly wach und krumm auf dem Bett sitzend. Ihre Haare standen in alle Richtungen. Gähnend wandte sie sich mir zu. „Morgen."

„Guten Morgen."

„Du hast schon geduscht?"

Ich nickte und zog mir das Handtuch vom Kopf. Barfuß trat ich vor den Spiegel und rubbelte meine Mähne trocken.

„Ich fühle mich furchtbar. Das war diese ekelhafte Bowle", jammerte Holly und warf sich zurück aufs Bett.

„Brauchst du eine Tablette?", fragte ich, hängte das Handtuch an den Haken neben meinem Kleiderschrank und begann, mit der Bürste mein langes Haar zu entwirren.

„Nein", antwortete sie. „Nur einen Kaffee. Glaube ich."

„Das trifft sich gut. Den brauche ich auch."

Sie richtete sich wieder auf, wie eine gebückte Gestalt aus einem Horrorfilm. „Okay. Dann gehe ich jetzt auch mal duschen. Danach können wir los."

„Trink vorher noch etwas Wasser", wies ich sie an. Im Spiegel trafen sich unsere Blicke.

Sie verdrehte die Augen. „Ist gut, Mama."

Nach einer halben Stunde waren wir startklar und verließen das Wohnheim. Holly war wieder ganz die Alte und plauderte ausführlich über ihre gestrige Knutscherei, als hätte ich diesen übertriebenen Speichelaustausch nicht selbst mit angesehen.

„Wirst du ihn wiedersehen?", fragte ich. Wir erreichten den Coffee Shop. Ich brauchte jetzt dringend mein Koffein.

„Nein. Keine Ahnung. Ist mir eigentlich ziemlich egal. Ich weiß nicht einmal mehr, wie er heißt", sagte sie.

„Wow", gab ich sarkastisch zurück.

Die Schlange war heute so kurz, dass wir schon nach wenigen Minuten bestellen konnten. Der Duft nach Karamell, Kaffee und Schokolade weckte meine Sinne. Außerdem stellte ich fest, dass ich einen Bärenhunger hatte. Wir kauften uns jeweils einen Muffin und ein großes Stück Kuchen zu unserem Getränk. Obwohl das Wetter herrlich war, entschieden wir uns für einen Tisch im Innenbereich.

„Tut das gut", stöhnte ich nach dem ersten Schluck Latte Macchiato. Holly stopfte sich bereits große Stücke Kuchen in den Mund.

„Was hast du eigentlich so getrieben, als ich beschäftigt war?" Obwohl sie kräftig kaute, schaffte sie ein breites Grinsen.

„Das sagte ich doch schon. Ich habe mich unterhalten", berichtete ich lahm.

Holly hob die Brauen. „Unterhalten?"

„Ja. Nicht jeder knutscht gleich mit dem Erstbesten rum. Und sein Name war übrigens Dave." Ich ertappte mich bei der Vorstellung, wie es wohl gewesen wäre, wenn Liam hätte knutschen wollen. Na ja, er wollte sicher. Aber nicht mit mir. Sondern mit seiner Freundin.

Ich stellte die Tasse auf den Tisch und grapschte mürrisch nach dem Muffin. Wieso war er nur so oft in meinen Gedanken?

Holly beobachtete mich. „Möchtest du mir etwas erzählen?" Überrascht schaute ich ihr in die Augen. Ihr Blick war ernst. Ich musste zugeben, dass ich sie nicht für so aufmerksam gehalten hatte.

„Was meinst du? Also ... nein."

Sie schnaubte. „Lie, wir kennen uns zwar erst einen Tag, aber ich sehe trotzdem, dass dich etwas beschäftigt."

„Lie?"

„Ja, ist mein Spitzname für dich." Holly lachte.

„Die meisten nennen mich einfach nur Bevi."

„Ich bin nicht die meisten. Lie gefällt mir besser." Achselzuckend steckte ich mir ein Stück Muffin in den Mund. Sollte ich mich ihr anvertrauen? Gab es überhaupt etwas Nennenswertes anzuvertrauen? Immerhin war ja nichts passiert.

„Es war nett, dass Liam uns heimgefahren hat", meinte Holly in vielsagendem Ton. Sie verputzte ihren letzten Kuchenkrümel und wandte sich dann ihrem Muffin zu.

Sofort stieg mir die Hitze in die Wangen. Verdammt. „Ja."

„Und?"

„Was und?"

„Lie!" Sie starrte mich verärgert an. „Rede mit mir darüber. Dafür bin ich da. Tausch dich mit mir aus. So was machen Freundinnen."

Das war zwar sehr süß von ihr, aber ich bezweifelte, dass ich ihr überhaupt von Liam erzählen sollte. Da sie mich anstarrte wie ein Adler seine Beute, seufzte ich ein weiteres Mal und begann schließlich doch zu erzählen: „Wir haben geredet und er ist nicht interessiert an mir. Und, ach ja, vergeben."

Ich ließ aus, dass er versucht hatte, mich zu verkuppeln. Denn diese Tatsache reichte offenbar nicht aus, um ihn aus meinem Kopf zu bekommen. Außerdem fand ich es unaussprechlich peinlich und es gab mir das Gefühl, dass er dadurch nur noch unerreichbarer geworden war. Nein, Liam war einfach nicht für mich geschaffen. Nicht in diesem Leben, nicht im nächsten und auch in sonst keinem.

Holly grinste zufrieden. „Na also. Geht doch. Ich dachte mir schon, dass er dir gefällt."

Während ich an meinem Latte Macchiato nippte, dachte ich an Liams dunkelblaue Augen. Wie schnell man sich in ihnen verlieren konnte. Und seine Lippen ...

„Seine Freundin, ist das die Blonde? Die auch dabei war, als er dich aufgefangen hat?"

„Bitte erinnere mich nicht schon wieder daran", stöhnte ich. „Aber ja. Das ist sie. Madison."

„Vielleicht kennt meine Schwester diese Gruppe. Oder Shane", überlegte Holly.

Geistesabwesend beobachtete ich, wie sie ihren Schokoladenmuffin zerpflückte. „Und was soll mir das bringen? Wie gesagt, er ist vergeben und nicht interessiert."

„Bist du dir sicher?"

„Ja."

„Nun, dann musst du ihn abhaken und dir einen anderen suchen", meinte Holly.

„Vielen Dank", erwiderte ich sarkastisch.

„Was würdest du denn gern hören? Dass du dich trotzdem an ihn ranschmeißen sollst? Oder dass du auf ihn warten könntest?"

Ich stöhnte. „Nein. Ich weiß es selbst nicht. Ich weiß nur, dass er in meinem Kopf sitzt. Außerdem wollte ich von dir gar nichts hören. Du hast es unbedingt wissen wollen."

„Du kennst ihn doch erst seit gestern."

Verärgert zerkaute ich den letzten Rest Muffin. Sie sprach aus, was ich selbst schon wusste und dennoch war es schmerzhaft.

Als ich nichts mehr dazu sagte, klaubte sie das Kuchenpapier zusammen und fragte: „Möchtest du einen ehrlichen Rat?"

Ich runzelte die Stirn.

Unaufgefordert fuhr sie fort: „Such dir auf der nächsten Party einen anderen Typen und knutsche mit ihm. Dann vergisst du diesen Liam. Schlag ihn dir besser früher als später aus dem Kopf. Vergebene Männer sind tabu."

„Das weiß ich selbst."

„Also. Du bist hübsch. Und falls du nicht darauf warten möchtest, dass er diese Madison verlässt, dann solltest du dich ablenken. Wobei ich ohnehin nicht verstehe, was du an ihm findest." Sie schien darüber nachzudenken. „Ja, er sieht gut aus, aber sonst? Er wirkt irgendwie arrogant und unfreundlich und das, obwohl er uns heimgefahren hat. Außerdem hat er sich auf deine Kosten lustig gemacht, nachdem du fast gestürzt bist."

„Holly, lass uns über etwas anderes reden. Danke für deine hilfreichen Tipps."

Sie überging meine Ironie. „Gern. Tat es dir nicht gut, darüber zu reden?"

„Nicht wirklich."

Sie lachte. „Entschuldige, aber da konnte ich dir wirklich nicht viel zu raten."

Ich schwieg. Auch wenn es schwer war, mir einzugestehen, so hatten mich ihre Worte doch ein wenig berührt. Sie von einer außenstehenden Person zu hören, machte die Situation irgendwie transparenter.

„In diesem Fall gibt es nur schwarz oder weiß“, fügte Holly altklug hinzu. „Was ist mit deinem Kuchen?“

„Du kannst ihn gern haben, wenn du möchtest.“

„Bist du sicher?“

„Ganz sicher.“

Während ich beobachtete, wie sie den Käsekuchen auf der Serviette über den dunklen Holztisch zu sich zog, fragte ich mich, ob ich mir tatsächlich ein Beispiel an ihr nehmen sollte. Sie hatte mit einem wildfremden Kerl geknutscht, dessen Namen sie nicht einmal mehr wusste, und wirkte danach bestens gelaunt. Ich hingegen himmelte jemanden an, der kein Interesse an mir hatte und bekam ihn nicht aus meinem Kopf.

Verärgert über mich selbst leerte ich den Latte Macchiato und nahm mir vor, ab jetzt keine Sekunde mehr an Liam zu denken. Ich war auf dem College. Am Montag standen meine ersten Kurse an. Ich musste mich konzentrieren, mir bald einen Job und ein Auto suchen und nicht irgendwelchen irrwitzigen Sehnsüchten nachjagen.

„Ach, Mist“, entfuhr es Holly plötzlich. Sie wischte sich mit einer Serviette über den Mund und hob ihre Tasche vom Boden auf. „Ich muss Charly noch Bescheid geben, ob ich heute Abend mit zur Party komme. Sie soll bloß nicht vergessen, mich abzuholen.“

„Wieder eine Party?“ Ungläubig schaute ich zu, wie sie mit ihrem Handy eine Nachricht tippte.

„Ja. Willst du mitkommen?“

Ich schüttelte den Kopf. „Nein. Heute nicht."

Sie sah mich von unten herauf an, ohne mit dem Schreiben aufzuhören. „Bist du sicher? Das wäre eine gute Gelegenheit, um einen Kerl aufzureißen."

„Nein", zischte ich. „Also, ja. Ich bin sicher."

Sie zuckte die Achseln und wandte sich wieder ihrem Handy zu. „Wie du meinst."

„Wie kannst du heute Abend schon wieder auf eine Party gehen?", fragte ich.

Sie ließ das Handy zurück in ihre Handtasche gleiten. Dann sah sie mich stirnrunzelnd an. „Wieso sollte ich das nicht können?"

„Bist du nicht k. o.? Heute Morgen sahst du aus wie frisch über den Haufen gefahren."

Sie lachte. „Nein. Außerdem ist heute Samstag. Mir bleibt der Sonntag, um mich auf die nächste Woche vorzubereiten. Und die ist sowieso unnötig."

„Gerade die ist wichtig. Immerhin entscheiden wir uns danach, welche Kurse wir behalten wollen", entgegnete ich.

„Wie auch immer." Holly gähnte. „Wollen wir ein wenig bummeln gehen? Schließlich brauchst du ein paar neue Kleider."

Da ich noch nicht zurück ins Wohnheim wollte und das Wetter wirklich herrlich war, stimmte ich ihrem Vorschlag zu.

Wir nahmen einen Bus zur Stadtmitte. Viel Geld wollte ich nicht ausgeben, entschied mich dann aber doch für vier Kleider, die ich nicht nur in meiner Freizeit tragen konnte, sondern auch auf Partys.

„Trägst du immer High Heels?“, fragte Holly, als ich aus der Umkleidekabine trat.

„Nicht immer, aber gern. Ich bin ohnehin nicht die Größte.“

„Ja, aber größer als ich und ich trage nie Absätze.“

Ich blickte auf meine Lieblingssandaletten hinab. „Das sind außerdem keine High Heels.“

Holly ignorierte meinen Einwand und reichte mir stattdessen ein paar schlichte schwarze Ballerinas.

„Was soll ich damit?“, fragte ich, nahm sie aber trotzdem entgegen.

„Sie kaufen. Für die nächste Party.“

„Was?“ Ich hielt sie ihr vor die Nase. „Warum?“

„Weil du zu overdressed bist. Du wirkst viel zu erwachsen. Ist dir das gestern nicht aufgefallen?“ Holly verschränkte die Arme vor der Brust. Mit gerümpfter Nase legte ich die Schuhe neben der Umkleide auf den Boden.

Eine Sekunde später hob sie die Ballerinas wieder auf. „Ich kaufe sie dir. Kosten nur zehn Dollar.“ Sofort marschierte sie zu den Kassen.

Ich eilte hinter ihr her. „Nein, ich will sie nicht. Ich habe auch flache Schuhe.“

„Was denn für welche? Sneakers?“

„Du kennst meine Schuhgröße überhaupt nicht.“

„7,5“, entgegnete sie trocken. Als ich nichts erwiderte, lächelte sie zufrieden. „Hab ich recht?“

Ich schnaubte. „Mach was du willst, aber ich werde die Schuhe nicht anziehen.“

„Mal sehen.“ Zufrieden legte sie die Ballerinas auf den Tresen.

Den restlichen Nachmittag schlenderten wir durch die Stadt, spähten in die Schaufenster und genossen die Sonne.

Auf dem Weg zurück zur Bushaltestelle sagte Holly: „Wir sollten uns bald mal die Sehenswürdigkeiten ansehen."

„Ja, gern. Ist schon eine Ewigkeit her, dass ich das getan habe."

„Warst du schon öfter in D.C.?"

„Ja. Bevor meine Mutter starb, schon. Auch sie ist hier aufs College gegangen und liebte die Stadt."

Holly starrte mich an. „Oh. Entschuldige, ich wollte nicht ..."

„Ist schon in Ordnung", sagte ich. Kaum hatten wir die Haltestelle erreicht, kam schon ein Bus, den wir nehmen konnten. Ich rutschte ans Fenster, Holly setzte sich neben mich.

„Darf ich fragen, wann sie gestorben ist?", murmelte sie leise.

„Ich war acht Jahre alt. Es ist also schon lange her."

Holly nickte. „Es tut mir trotzdem sehr leid."

Mit dem Finger fuhr ich über den Schriftzug der Einkaufstasche auf meinem Schoß. „Ja, das war sehr hart für mich und meinen Vater." Aus dem Augenwinkel sah ich, wie Holly mich beobachtete.

„Sie war bestimmt ein ganz wundervoller Mensch", sagte sie nach einer Weile.

„Das war sie."

Ich sah aus dem Fenster. Es war nicht so, dass ich nicht über meine Mutter reden konnte, aber ich tat es nicht mit jedem. Holly war für mich noch keine gute

Freundin geworden, sie war lediglich meine Mitbewohnerin. Meine Kindheit ging sie nichts an.

Die Fahrt zurück zum Campus-Gelände dauerte nicht lange und sie griff das Thema nicht noch einmal auf.

Zurück auf unserem Zimmer beschlossen wir, uns ein weiteres Mal Pizza zu bestellen. Mit dem geöffneten Karton neben mir saß ich im Schneidersitz auf dem Bett und beobachtete, wie Holly sich ein Outfit für den Abend suchte. Je länger ich ihr dabei zusah, umso glücklicher wurde ich über meine Entscheidung, heute Abend im Wohnheim zu bleiben.

„Darf ich mir deine Ballerinas ausleihen?“, fragte Holly, nachdem sie sich in ein dunkelrotes Kleid mit Fledermausärmeln gezwängt hatte. Wieso musste bei ihr immer alles hauteng sein? Sollte sie in einigen Jahren tatsächlich als Modedesignerin arbeiten, würde sie hoffentlich etwas Massentauglicheres entwerfen.

„Ich besitze keine Ballerinas“, antwortete ich und biss von einem Pizzastück ab.

Holly schnaubte. „Du willst sie einfach nicht annehmen, oder? Das ist sehr unhöflich. Sie sind ein Geschenk.“

„Zieh sie an.“

Holly atmete dramatisch aus, drehte eine Pirouette und schnappte sich dann die Tüte vor meinem Schrank, in der die unangerührten Ballerinas lagen.

„Du wirst es noch bereuen“, meinte sie und schlüpfte in die Schuhe. „Fertig. Wie sehe ich aus?“

„Fantastisch“, antwortete ich zwischen zwei Bissen.

Holly beobachtete mich beinahe mitleidig. „Willst du wirklich nicht mitkommen?“

„Nein. Ich trage schon meinen Pyjama.“

„Und was machst du den ganzen Abend?"

„Ich werde mir einen Film auf dem Laptop ansehen."

Sie hob die Brauen. „Na ja. Wie du meinst."

„Außerdem sollte ich mal meinen Vater anrufen. Er wartet sicher auf ein Lebenszeichen von mir."

„Nach einem Tag?" Holly verkniff sich ein Lachen.

„Er macht sich schnell Sorgen. Und ich will wissen, ob er gut klarkommt", erklärte ich schlicht.

Sie schien darüber nachzudenken. Vielleicht erinnerte sie sich an unser kurzes Gespräch im Bus, denn sie ging nicht weiter darauf ein.

„Willst du noch ein Stück Pizza? Ich habe schon die Hälfte allein gegessen." Überrascht schaute ich auf den Karton hinab.

Holly ließ sich zu mir aufs Bett plumpsen und schnappte sich ein Stück. „Vor dem Alkohol sollte man immer genug essen."

„Morgen sollte es aber was Gesundes sein", sagte ich. „Ein drittes Mal bestelle ich keine Pizza."

„Ist gut." Mit dem Stück in der Hand stand sie auf und betrachtete sich noch einmal im Spiegel. „Soll ich dir die Nummer eines Typen besorgen?"

„Was?" Ich lachte.

Sie allerdings blieb ernst. „Na ja, ich könnte dir ein Blind Date verschaffen."

„Holly! Hör auf damit", rief ich, doch die Vorstellung, wie Holly mit einem Foto von mir einen Date-Willigen auf der Party suchte, brachte mich nur noch mehr zum Lachen.

Sie schüttelte den Kopf. „Du weißt meine Freundschaft wirklich nicht zu schätzen."

„Deine Schwester hat recht. Du bist schräg."

„Das würde dich von Mr Vergeben-und-unfreundlich ablenken."

Ich warf ihr einen bösen Blick zu. „Danke, dass du ihn erwähnst. Vergiss bitte, was ich dir darüber gesagt habe."

„Na, wer ist hier schräg? Ich hab mich nicht in einen Kerl verguckt, der nur drei Sätze mit mir gewechselt hat."

„Es waren nicht nur drei Sätze! Außerdem habe ich mich nicht verguckt. Das ist Unsinn", verteidigte ich mich. Leider etwas zu schrill.

Holly grinste. „Liam", säuselte sie mit honigsüßer Stimme. „Liam."

„Was wird das? Denkst du, ich werde rot, wenn ich seinen Namen höre?"

„Wie eine Tomate!"

„Geh endlich." Ich warf mein Kissen nach ihr. Mühelos wich sie ihm aus, sodass es gegen die Tür flog.

„Erbärmlich", kommentierte sie meinen kleinen Angriff.

Ihr Handy klingelte. Endlich würde sie verschwinden!

„Wurde aber auch Zeit", blaffte ich und stand auf, um mein Kissen zurückzuholen.

„Ich komme", rief sie in den Hörer und legte sofort wieder auf. „So, ich gehe. Viel Spaß bei deinem Rentner-Programm heute Abend."

„Und dir viel Spaß bei deinem Schlampen-Programm."

Holly klappte der Mund auf.

Ich biss mir auf die Unterlippe. „Tut mir leid, das habe ich nicht so gemeint."

Als sie in schallendes Gelächter ausbrach, atmete ich erleichtert aus.

„Danke, Lie, danke. Werde ich haben. Und noch was: Sollte ich Liam sehen, werde ich ihm ausrichten, dass du unsterblich in ihn verliebt bist."

„Mach, was du willst", erwiderte ich betont unbeeindruckt. Innerlich zuckte jedoch alles in mir vor Panik zusammen. Ich hoffte inständig, dass Holly nur Spaß machte und nahm mir vor, später noch ein Stoßgebet gen Himmel zu schicken. Würde sie wirklich so weit gehen? Auch sie kannte ich schließlich kaum.

„Bye bye", trällerte sie und hauchte mir noch einen Luftkuss zu.

Nachdem sie aus der Tür gehüpft war, räumte ich den Pizzakarton von meinem Bett und rief meinen Vater an. Er nahm sofort ab. „Bevi. Wie geht es dir?"

„Hi, Dad. Gut. Und dir?" Ich lief zum Fenster und schaute auf das verlassene Campus-Gelände. Holly eilte die Steinstufen vor dem Gebäude hinab und den Weg entlang, ehe sie aus meinem Sichtfeld verschwand.

„Mir geht es auch gut. Ich habe heute etwas Gartenarbeit erledigt."

„Schön." Ich stellte ihn mir in seiner kurzen Jeanshose und dem rosafarbenen Hemd vor, das er immer trug, wenn er im Freien tätig war. „Ist bei Mrs Banes auch alles in Ordnung?"

„Ja, sie vermisst dich. Sie hat mich schon zweimal nach dir gefragt."

„Nach ein paar Wochen hat sie mich sicher vergessen."

Mein Vater lachte. „O nein. Ganz bestimmt nicht. Wie war dein erster Tag? Was hast du gemacht? Ist deine Mitbewohnerin nett?“

Ich erzählte ihm von meinem Wochenende und von Holly. Die Party ließ ich aus. Er hätte zwar nichts dagegen einzuwenden, aber er fragte nicht weiter nach dem gestrigen Abend.

Auch als wir das Gespräch beendet hatten, stellte ich fest, dass ich keinerlei Heimweh verspürte. Der Gedanke daran, dass er allein in unserem Haus in Richmond lebte, war zwar immer noch unangenehm, durch die Ereignisse der letzten Stunden war ich jedoch bestens davon abgelenkt.

Ich zog die Vorhänge zu und schaltete den Laptop an. Morgen würde ich mir Stellenanzeigen ansehen und vielleicht auch nach einem Auto schauen. Doch heute wollte ich nur meine Ruhe.

Ich setzte mich im Schneidersitz aufs Bett und stellte den Laptop auf meinem Schoß ab. Während ich nach einem Film zum Streamen suchte, musste ich an Holly und die Party denken. Natürlich schlich sich so auch Liam wieder in meinen Kopf und das, obwohl ich mir vorgenommen hatte, nicht mehr an ihn zu denken. Vielleicht war er tatsächlich wieder dort. Oder er verbrachte einen romantischen Abend mit seiner Freundin.

Wieso konnte er nicht einfach Single sein? Hätte er dann auch versucht, mich mit seinem Kumpel zu verkuppeln? Bei der Erinnerung an dieses unbeschreibliche Gefühl der Abweisung biss ich krampfhaft die Zähne zusammen. Wie naiv ich nur gewesen war, zu hoffen, dass er an mir interessiert sein könnte. An mir als seine Freundin und nicht als Freundin für Ryan! Verdammt, verdammt, verdammt!

Lautstark stieß ich die angehaltene Luft aus und entspannte meinen Kiefer. Ich schloss die Augen und erlaubte mir für einen Moment, meine Gefühle zuzulassen. Es wäre übertrieben zu sagen, dass ich mehr als eine oberflächliche Schwärmerei für Liam empfand. Er war anziehend und absolut mein Typ. Aber was sonst noch? Denn beide Punkte konnten genauso gut auch auf andere Männer zutreffen. Trotzdem, er löste etwas in mir aus. Durch seine Blicke, seine Bewegungen, die Art, wie er lachte und mit mir sprach. Eins stand fest: Ich hatte noch nie etwas Vergleichbares erlebt.

Hastig überflog ich die Romanzen und scrollte dann schnell weiter zu den Komödien. Nichts Romantisches!

Egal, wie ich das Ganze auch nennen mochte, es war ein Fehler gewesen, mich Holly anzuvertrauen. Würde sie heute Abend nicht an den Lippen eines Fremden hängen, könnte sie sie dafür nutzen, um mich vor Liam in eine peinliche Situation zu plappern. Allerdings, ohne es böse zu meinen.

Nach weiteren zehn Minuten erfolgloser Suche klappte ich den Laptop wieder zu und stellte ihn zurück auf den Schreibtisch. Seufzend nahm ich die Tüte mit den Einkäufen vom Stuhl und entfernte die Etiketten von den Kleidern, ehe ich sie in den Wäschekorb warf. Dann schnappte ich mir meinen Kulturbeutel und machte mich auf den Weg zum Badezimmer, um mich bettfertig zu machen.

Holly kam am frühen Morgen zurück. Ich schaute nicht auf, als sie sich geräuschvoll und ohne sich vorher auszuziehen auf ihr Bett warf und sofort einschlief.

Nur wenige Stunden später klingelte mein Wecker. Ich stellte ihn schnell aus, damit Holly nicht ebenfalls wach wurde. Sie lag wie ein Brett auf ihrer Decke, der Kopf berührte nicht einmal das Kissen. Ich ging zu ihr, doch sie schlief völlig unauffällig. Ihr Kleid war so kurz, dass es ihr über den Hintern nach oben gerutscht war. Mir ein Grinsen verkneifend, zog ich den Stoff wieder nach unten. Holly bewegte sich trotzdem nicht. So leise wie möglich – obwohl das wahrscheinlich völlig unnötig war, denn Holly schien im Koma zu liegen – zog ich mir eine Shorts und ein Shirt an und verschwand im Waschraum. Als ich zurück ins Zimmer kam, schlief sie immer noch. Also schnappte ich den Laptop und meine Handtasche und machte mich auf den Weg zum Coffee Shop.

Mit einer heißen Schokolade und einem Bagel setzte ich mich an einen Tisch im Außenbereich. Der Coffee Shop grenzte direkt an den Campus, sodass ich die Studenten zwischen den Gebäuden auf der Wiese sitzen sehen konnte. Es war viel los, die meisten schienen wie ich das Wetter genießen zu wollen, bevor morgen die Vorlesungen losgingen. Nach einer Weile schaltete ich den Laptop an und machte mich online auf die Suche nach einem guten Gebrauchtwagenhändler in der Nähe. Frustriert stellte ich fest, dass sich dies als schwieriger als vermutet erwies. Ich hatte einfach keine Ahnung von Autos und jeder Anbieter versprach das Gleiche. Wie sollte ich da jemals fündig werden? Ich war mir nicht einmal sicher, welche Marke ich wollte.

Bevor ich den Laptop resigniert wieder zuklappen konnte, sagte jemand hinter mir: „Kein Franzose. Bleib bei den Amerikanern. Oder den Japanern."

Erschrocken schnappte ich nach Luft. Liam kam um meinen Tisch herum und schaute zu mir hinab. Er lächelte, was meinen Herzschlag sofort auf Hochtouren brachte.

„Wie bitte?", fragte ich. Meine Stimme klang höher als sonst. Mit einem Kaffeebecher in der Hand zeigte er auf meinen Laptop. „Das Auto. Du suchst nach einem?"

Ich nickte. „Ja, schon."

„Also. Das war mein Tipp für dich."

Obwohl mein Herz vor Freude über sein Erscheinen hüpfte, schaffte ich es, ihn in Erinnerung an seinen Verkupplungsversuch grimmig anzusehen. „Danke, aber ich habe dich um keinen Tipp gebeten."

„Du solltest trotzdem auf mich hören", entgegnete er und setzte sich zu mir an den Tisch. Wie erstarrt beobachtete ich ihn dabei. Was sollte das? Er stellte den Becher vor sich ab, lehnte sich zurück und erwiderte meinen Blick.

Schnell fasste ich mich wieder. „Was bist du? Nebenberuflicher Automechaniker?"

Er grinste. „Nein, ich mag Autos einfach."

Ich klappte den Laptop zu. „Schön für dich. War's das?"

Gut so. Ich war stolz auf mich. Er hatte meine abweisende Haltung verdient.

„Bist du sauer auf mich?", fragte er.

„Nein", antwortete ich, überlegte es mir dann aber doch anders. „Ja."

„Weil ich dich mit Ryan verkuppeln wollte?“ Räuspernd verkniff er sich ein Lachen. Wieso amüsierte er sich ständig über mich? War ich in seinen Augen eine so lächerliche Person?

„Um ehrlich zu sein, ja. Was sollte das?“

„Hast du einen Freund?“, fragte er unverblümt.

„Nein.“ Innerhalb von Sekunden spürte ich die altbekannte Hitze, die in meine Wangen stieg. War das Blut bei anderen Menschen auch so verräterisch, oder traf das nur auf meins zu?

Liam zuckte die Schultern, als würde das alles erklären. „Wieso sollte ich dich dann nicht verkuppeln?“

„Ich wusste nicht, dass das deine Passion ist. Singles verkuppeln. Wer sagt, dass das jeder Single automatisch möchte?“

„Soll ich ehrlich sein?“ Er grinste.

„Warst du es bis jetzt denn nicht?“

Liam überging meine Frage. „Ryan wollte, dass ich das tue.“

Ich dachte darüber nach. Liams Blick blieb ernst, er verzog keine Miene. In meinem Kopf überschlugen sich die Gedanken. „Wann soll das denn gewesen sein?“

„Als du mit mir gesprochen hast, hat er mir hinter deinem Rücken ein Zeichen gegeben“, erklärte Liam schlicht.

„An der Treppe?“, hakte ich verwirrt nach. Plötzlich fiel mir wieder ein, dass Liams Blick in diesem Moment über meine Schulter hinweg gewandert war. Zu jemandem hinter mir.

„Ja.“

„Da hast du also hingesehen“, murmelte ich, mehr zu mir selbst als zu ihm.

„Ja", bestätigte Liam. Das machte die Situation für mich nicht besser. Irgendwie sogar schlimmer, obwohl ich mir nicht erklären konnte warum.

„Du siehst nicht erfreut aus", stellte er richtig fest. Unbeeindruckt nahm er einen Schluck von seinem Getränk. Er ließ mich keine Sekunde aus seinen blauen Augen.

„Ich weiß nicht genau, wie ich das finden soll."

„Hmm", machte Liam. Dann schnalzte er mit der Zunge. „Dachtest du, dass ich an dir interessiert wäre?"

Mir stockte der Atem. Wie konnte er immer solche direkten Fragen stellen? War ihm denn nichts unangenehm? Oder war er einfach nur unhöflich? Vielleicht hatte Holly recht und er war, wenn man ihn nicht wie ich durch eine rosarote Brille sah, ein unfreundlicher Mensch.

„Wirst du eigentlich immer rot oder nur bei mir?" Er lehnte sich nach vorne und stützte die Ellbogen auf den Knien ab. Sein Grinsen war so sexy, dass ich für einen Moment vergaß, wo ich war und über was ich gerade nachgedacht hatte. Herrgott, er brachte mich leibhaftig um den Verstand. Trotzdem versuchte mein tapferes Gehirn, einen Satz zu bilden. „Ich ... was soll diese Frage? Nein, natürlich dachte ich das nicht. Und ich werde auch nicht rot."

Wäre ich in seiner Gegenwart nur halb so selbstsicher wie er, hätte ich um einiges schlagfertiger reagiert.

„Soso." Liam lehnte sich wieder zurück. Er wirkte zufrieden. „Was machen wir nur mit dir, Beverly? Ich musste auch schon an dich denken."

Er spielte mit mir. Dennoch jagten seine Worte wohlige Schauer durch meinen Körper. Ich zwang mich zu mehr Selbstbeherrschung. So ein eingebildeter, arroganter Mistkerl!

„Daran, wie du dich noch effektiver über mich lustig machen kannst? Und wie kommst du darauf, dass ich an dich gedacht habe? Da hatte ich wirklich Wichtigeres im Kopf. Oder bist du einfach nur zu eingebildet, um dir das vorstellen zu können?“ Für einen kurzen Moment war ich mir sicher, dass ich zu weit gegangen war.

Liam schienen meine Worte allerdings nicht zu stören.

„Hast du also nicht? Außerdem mache ich mich nicht über dich lustig.“

„Nein, habe ich nicht. Tut mir leid, dich enttäuschen zu müssen.“

„Besser so. Das würde in keine gute Richtung für dich führen.“

„Für mich?“ Fragend schaute ich ihn an. „Hast du nicht eben zugegeben, dass du an mich denken musstest?“

Liam nickte. „Ja, stimmt.“

Als er nicht fortfuhr, seufzte ich. „Und was hast du gedacht?“

Er lachte. „Das wüsstest du gern. Aber keine Sorge. Nichts Unanständiges. Das würde ich niemals.“ Den letzten Satz sprach er so ernst aus, dass es sich wie ein kurzer Schlag in den Magen anfühlte. Das würde er *niemals*. Seltsam, dass es mich überraschte, dabei hatte ich es doch bereits gewusst.

„Weil ich nicht blond bin“, platzte es aus mir heraus. Sofort bereute ich es. Was war nur in mich gefahren?

Liam schaute mich an. Zum ersten Mal schien er nicht zu wissen, was er sagen sollte. Dann schüttelte er den Kopf. „Ich denke nicht über Haarfarben nach, Beverly. Oder allgemein über andere Frauen. Ich habe eine Freundin."

Beschämt nickte ich. Sofort änderte sich die Stimmung zwischen uns. Mich überkam das dringende Bedürfnis, meine Worte irgendwie zurückzunehmen. Wie hatte ich mich vor ihm nur so bloßstellen können?

„Wo ist sie?", fragte ich betont beiläufig und biss von meinem Bagel ab. Meine Stimme klang seltsam gestellt. Noch dazu hörte sich meine Frage so an, als würde ich ihm nicht abnehmen, dass seine Beziehung tatsächlich existierte. Und das, obwohl ich Madison selbst gesehen hatte.

„In ihrer Wohnung", antwortete er.

Sie besaß also sogar eine eigene Wohnung. Natürlich. Reiches, hübsches Mädchen. Selbstverständlich war sie perfekt.

„Wohnt ihr nicht zusammen?", fragte ich kauend.

Liam schüttelte den Kopf. „Nein."

„Dann seid ihr noch nicht so lange ein Paar?" Warum wollte ich das alles wissen? Ich schaffte es einfach nicht, die Situation zu verbessern.

„Doch. Vier Jahre. Wir waren zusammen auf der Highschool."

„Oh." Mehr brachte ich nicht zustande. Ich sollte dringend das Thema wechseln. „Warst du gestern auch wieder auf der Party?"

„Nein. Du?", fragte er und leerte sein Getränk. Ich beobachtete, wie er mit seiner Hand den Becher auf dem Tisch drehte.

„Nein. Meine Mitbewohnerin schon. Sie hat noch geschlafen, als ich gegangen bin."

„Interessant. Und was hast du gemacht gestern Abend?"

„Nichts. Ich wollte mir einen Film ansehen."

„Aber?"

„Ich habe keinen gefunden."

Jetzt wirkte er wieder amüsiert. „Wie schade."

Ich fragte nicht nach seinem Abend.

„Wie heißt die Schwester deiner Mitbewohnerin?", fragte er stattdessen.

„Charly. Charlotte."

Er nickte nur.

„Kennst du sie?"

„Flüchtig. Ich kenne ihren Freund. Shane." Plötzlich stand Liam auf. „Also, Beverly. Dann mache ich mich mal auf den Weg. Nächstes Wochenende ist wieder eine Party. Komm doch vorbei." Zwinkernd fügte er hinzu: „Ryan würde sich freuen."

Er schnappte sich meinen halb gegessenen Bagel und biss davon ab.

Ehe ich reagieren konnte, nickte er noch kurz zum Laptop. „Denk an meinen Rat. Vertrau mir."

Dann verschwand er. Zusammen mit meinem Bagel.

Ich starrte ihm hinterher, seine Stimme noch im Ohr. Nächstes Wochenende würde wieder eine Party stattfinden. Dort könnte ich Liam also garantiert wiedersehen. Wann war ich ein solch masochistisches, unsicheres Mädchen geworden? Er tat mir nicht einmal ansatzweise gut. Das war alles nur seine Schuld. Ich dachte an seine Worte. Er würde *niemals* auf diese Weise an mich denken. Eigentlich war das natürlich gut. Wäre ich seine Freundin, würde ich mich darüber freuen. Da ich mich ohnehin nicht mehr konzentrieren konnte, packte ich meine Sachen und ging zurück ins Wohnheim.

Holly war zwischenzeitlich aus ihrem Tiefschlaf erwacht. Frisch geduscht saß sie auf ihrem Bett und kaute an einem kalten Stück Pizza herum, das noch von gestern übrig war.

„Guten Morgen“, begrüßte sie mich strahlend wie das taufrische Leben, als ich die Tür hinter mir schloss.

„Guten Mittag“, erwiderte ich. „Gut geschlafen?“

Sie nickte. „Hervorragend. Wie geht's dir?“

„Gut“, antwortete ich mechanisch. „Wie war dein Abend?“

„Ganz okay. Habe mit keinem geknutscht. Liam war nicht da.“ Ich ging zum Schreibtisch und legte den Laptop darauf ab. „Ja, ich weiß.“

„Ach ja?“

„Ich habe ihn getroffen. Im Coffee Shop.“

„Oh“, machte Holly. Dann wirkte sie plötzlich aufgeregt. „Und?“

„Was und?“

„Über was habt ihr gesprochen?“

Ich verdrehte die Augen. „Holly! Da wird niemals was laufen, schon vergessen? Also hör auf, mich auszufragen, als wäre da auch nur der Funke einer Möglichkeit, dass wir über etwas Interessantes gesprochen haben könnten.“

Holly wirkte zerknirscht. „Entschuldige.“ Sie stand auf und streckte sich. „Was hast du heute noch so vor?“

„Eigentlich wollte ich nach Stellenausschreibungen sehen. Danach sollte ich mich dringend auf die kommende Woche und die Kurse vorbereiten."

„Wollen wir zusammen in die Bibliothek? Stellenausschreibungen habe ich übrigens am schwarzen Brett im Hauptgebäude gesehen."

„Ja, hört sich gut an."

Wir verbrachten ein wenig Zeit in der Bibliothek, wo ich zu meinen Kursen passende Bücher auslieh, und machten anschließend einen großen Spaziergang über das Gelände.

Am Abend holten wir uns Salatschalen und – weil Holly sie unbedingt wollte – eine große Packung Chips. Die Stellenausschreibungen hatte ich nicht mehr studiert. Da ich damit keine allzu große Eile hatte, nahm ich mir vor, mich erst in den nächsten Wochen darum zu kümmern. Allerdings hatte ich auch noch keinen Gebrauchtwagenhändler ausfindig gemacht. Das schlechte Gewissen überkam mich, als Holly und ich uns auf mein Bett setzten, um über den Laptop einen Film zu sehen. Schnell schob ich es beiseite.

„Wie wäre es mit dem?", fragte Holly und deutete auf den Bildschirm. „*Selbst ist die Braut.*"

„Eine Romanze?", fragte ich skeptisch. „Sicher?" Ich hatte immer noch keine Lust auf einen Liebesfilm.

„Das ist auch eine Komödie", meinte Holly. Sie war bereits dabei, die Chipspackung zu öffnen.

„Na gut." Ich gab nach und startete den Film. Vielleicht war er ja wirklich ganz witzig. Jetzt, wo ich mich etwas entspannte, drängte sich Liam zurück in meinen Kopf. Wieso schaffte er es, dass ich völlig neben mir stand? Ich würde ihn ein für alle Mal abhaken. Schon wieder. Er war vergeben und nicht interessiert.

Außerdem war ich nicht aufs College gekommen, um mich gleich am ersten Tag so ablenken zu lassen. Das war völliger Unfug! Ich würde mich niemals an einen vergebenen Typen ranschmeißen. Nein, so war ich einfach nicht. Ich war Beverly Williams aus Richmond. Vernünftig, fleißig, zuverlässig und ein guter Mensch. Das entsprach den Tatsachen. Vermutlich war ich nur völlig aus der Bahn geraten, weil allgemein alles neu für mich war. Ein anderes Leben voll unbekannter Menschen und Erfahrungen. Das war es. Zufrieden mit meiner Erklärung konzentrierte ich mich auf den Film und klaute mir eine Handvoll Chips von Holly. Die neue Woche konnte kommen. Ich war bereit.

4. KAPITEL

Erst am nächsten Morgen stellten Holly und ich fest, dass wir den ersten Kurs an diesem Tag nicht gemeinsam hatten. Während ich zu Psychologie ging, verschwand sie zu Journalismus.

Ich war eine der Ersten und setze mich gleich in die vorderste Reihe. Obwohl ich mich auf diesen Kurs mit am meisten gefreut hatte, war ich am Ende doch etwas enttäuscht. Der stark in die Jahre gekommene Professor Dodgerson leierte den Text zur Einführung in die Grundkenntnisse der Psychologie nicht nur einfach staubtrocken runter, ohne Notiz von uns Studenten zu nehmen, sondern halste uns auch sogleich auf, bis zum nächsten Mal einhundert Seiten aus einem Buch zu lesen, das wir noch gar nicht gekauft hatten. Kein anderer Professor kam gleich zu Beginn der Woche auf diese Idee.

Als ich am Mittwoch nach dem letzten Seminar zurück zum Wohnheim ging, klingelte mein Handy. Hastig kramte ich es aus den Untiefen meiner Handtasche. Ich erkannte sofort die Nummer unseres Festnetzanschlusses in Richmond und nahm ab. „Hey, Dad."

„Hallo, Bevi. Wie geht es dir?", begrüßte mich mein Vater.

„Gut." Ich klemmte das Handy zwischen Ohr und Schulter.

„Bist du noch bei Vorlesungen? Ich möchte dich nicht stören.“

„Nein, sonst hätte ich ja nicht abgenommen. Ich laufe gerade zum Wohnheim“, erklärte ich.

„Wie war deine Woche bis jetzt?“

„Super. Aber ich bin noch nicht dazu gekommen, mir einen Job und ein Auto zu suchen.“

„Bevi, ich habe dir doch schon einmal gesagt, dass ich dir ein Auto kaufen möchte. Und auch einen Job brauchst du nicht. Ich überweise dir Geld. Du sollst lernen und dich auf dein Studium konzentrieren“, tadelte mein Vater.

„Das tue ich trotzdem. Mach dir keine Sorgen.“

Ich erreichte den Kiesweg, der zwischen den hohen Backsteingebäuden direkt zur Bibliothek führte, und schob mich durch eine Traube Studenten mit WWU-Shirts.

„Na gut. Ich wollte mit dir über etwas sprechen“, sagte er ernst. Eine böse Vorahnung überkam mich. Sofort machte ich mir Sorgen um ihn. „Hast du einen Moment Zeit?“

„Natürlich“, entgegnete ich. Nicht weit von mir entfernt stand eine Bank. Ich steuerte darauf zu und stellte meine Tasche ab.

„Ich habe das Haus verkauft. Dazu habe ich mich schon vor einer ganzen Weile entschieden. Es ist zu groß für mich allein. Früher oder später werde ich es nicht mehr in Schuss halten können.“

Langsam setzte ich mich. Diese Nachricht war wie ein Schlag in die Magengrube. Und genauso nahm sie mir auch für einen kurzen Moment die Luft zum Atmen.

„Ich weiß, ich hätte es mit dir besprechen müssen. Bitte verzeih. Ich wollte dir nicht noch mehr zumuten oder dir die Last aufbürden, mir bei einer Entscheidung zu helfen. Du solltest dich nicht schuldig oder verantwortlich fühlen. Egal, wie ich mich entscheide."

Ich kniff mir in den Nasenrücken, um die aufkommenden Tränen zu unterdrücken.

„Ich weiß, dass du ebenso an dem Haus hängst wie ich. Du bist hier aufgewachsen. Wir haben hier viel erlebt. Aber die Erinnerungen sind auch schmerzhaft", fuhr mein Vater fort. Ich wollte nicht, dass er sich noch mehr erklären musste.

„Dad. Es ist in Ordnung", sagte ich.

„Geht es dir denn gut damit?"

„Ja", antwortete ich hastig. „Natürlich. Das ist deine Entscheidung. Ich möchte, dass du tust, was dir gut tut. Ich kann dich verstehen und auch, dass dir das Haus für dich allein zu groß vorkommt. Darüber habe ich selbst schon einmal nachgedacht. Vor meinem Umzug." Ein faustgroßer Kloß bildete sich in meinem Hals. Nein! Ich würde nicht weinen. Nicht jetzt.

Am anderen Ende der Leitung hörte ich meinen Vater traurig seufzen. „Du bist viel erwachsener, als ich es erwarten darf."

Ich ging nicht darauf ein, weil ich nicht an den Grund denken wollte, wieso ich so erwachsen sein musste. „Wann ziehst du um?"

„Innerhalb der nächsten Wochen. Es hat alles reibungslos funktioniert. Am Freitag findet noch ein abschließendes Gespräch mit den Käufern statt. Außerdem habe ich heute eine kleine Wohnung besichtigt, die ich kaufen werde. Das restliche Geld werde ich dir zukommen lassen."

„Nein!", sagte ich entschieden. „Auf keinen Fall. Es gehört dir."

„Bevi, ...", begann mein Vater. Ich wusste, was er sagen wollte. Er würde von meiner Mutter anfangen und das wollte ich nicht hören.

Ich bremste ihn aus. „Dad. Es ist gerade kein günstiger Zeitpunkt, um das weiter zu besprechen. Wir werden das in Ruhe tun. Ich stehe hinter dir. Vergiss das nicht. Und natürlich helfe ich dir beim Umzug."

„In Ordnung, Bevi. Wir telefonieren wieder."

Wir beendeten das Gespräch. Ich fühlte mich noch nicht bereit, um aufzustehen. Mit geschlossenen Augen versuchte ich, die Geräusche um mich herum für einen Moment auszublenden und konzentrierte mich lediglich auf die warmen Sonnenstrahlen auf meiner Haut. Aber sie erreichten mein Innerstes nicht. Ich sog die frische Sommerluft ein und atmete lange aus.

Das war das Richtige. Für meinen Vater. Für uns beide. Es wäre Unsinn, würde er das Haus behalten. Da waren die Kosten, die es zu decken galt. Der Garten, der gepflegt werden musste, die Instandhaltung des Hauses.

Aber es war nicht nur ein Haus. Es war mein Zuhause. Plötzlich fiel mir das Schlucken schwer. Das war zu früh. Zu schnell. Ich hatte mich noch nicht mit diesem Abschied befassen können ...

Die ersten Tränen quollen über und tropften auf meinen Schoß. Schnell wischte ich mir über die Augen und stand auf. Nicht weinen. Nicht hier. Nicht jetzt. Hastig warf ich mir die Tasche über die Schulter und marschierte den Weg entlang zum Wohnheim.

Auf halber Strecke kam mir eine Gruppe Studenten entgegen. Ich sah zur Seite und erkannte aus dem Augenwinkel, dass es junge Männer mit Sporttaschen waren, die sich laut und lachend unterhielten. Allesamt waren sie breit gebaut und trugen Footballjacken.

Obwohl ich schon auf dem Rasen lief, um ihnen Platz zu machen, rempelte mich einer von ihnen an. Erschrocken taumelte ich einen Schritt zurück. Die Handtasche rutschte mir von der Schulter und auf den Boden ehe ich sie zu fassen bekam. Das brachte das Fass zum Überlaufen.

„Pass doch auf!", motzte ich und wollte mich schon bücken, da kam mir der Typ zuvor. Er schnappte die Tasche und hob sie auf. Spöttisch grinsend sah er mich an.

„Sorry, Kleine."

„Spar es dir", fauchte ich und sah hoch in sein pockennarbiges Gesicht. Die anderen brachen in schallendes Gelächter aus. Ich wollte ihm meine Tasche aus der Hand schnappen, da versteckte er sie blitzschnell hinter seinem Rücken.

„Komm, Mike. Lass sie", sagte einer von ihnen.

Er ignorierte den Kommentar und schüttelte den Kopf, angespornt vom Lachen der anderen. „Du bist ganz schön unhöflich, Süße. Musst aber nicht gleich weinen deswegen."

Weinen? Verblüfft wischte ich mir über die Wangen und entfernte den letzten Rest meiner unerwünschten Tränen. Mist. Erneut johlte die Gruppe.

„Ich ...", stammelte ich, doch Mike unterbrach mich: „Willst du dich nicht entschuldigen?"

„Wofür?“, herrschte ich ihn an.

„Dein schlechtes Benehmen vielleicht?“ Er tat, als würde er nachdenken. „Wie wäre es, wenn du mir einfach deine Nummer gibst? Dann sind wir quitt.“

Ein abstoßendes, selbstgefälliges Grinsen machte sich auf seinem Gesicht breit. Die anderen hatten sich wie ein Rudel Wölfe hinter ihm aufgestellt und beobachteten interessiert unsere Auseinandersetzung.

„Dann könnten wir diesen Zusammenstoß noch einmal üben ...“

„Beverly?“ Jemand rief meinen Namen.

Wir drehten uns alle zu der Stimme um. Liam kam mit zwei Freunden den Weg entlang auf uns zu. Auch er trug eine Footballjacke.

Sofort jagten mehrere Gefühle gleichzeitig durch meinen Körper. Es war eine ungeheure Erleichterung, ihn zu sehen, gleichzeitig war er aber auch der Letzte, der mich in diesem erniedrigenden Moment antreffen sollte.

Mit prüfendem Blick sah er von mir zu Mike, dessen Grinsen langsam verblasste.

„Alles in Ordnung?“, fragte Liam an mich gewandt, als er uns erreichte.

„Du kannst weitergehen, Liam. Wir machen uns gerade miteinander bekannt“, antwortete Mike für mich. „Sie wollte mir ihre Nummer geben. Stimmt’s, Süße?“

„Niemals“, zischte ich.

„Ich bringe dich zum Wohnheim.“ Liam baute sich schützend neben mir auf.

Ich deutete auf Mike. „Er hat meine Handtasche.“

Dieser lachte. „Wir sind doch noch gar nicht quitt.“

„Gib sie ihr“, befahl Liam ruhig.

„Im Austausch gegen ihre Nummer", entgegnete Mike und schwang die Tasche provokant hin und her. Selbst auf dem College gab es wohl noch kindische Mistkerle. Dafür hatte ich heute keinen Nerv. Am liebsten hätte ich auf Mike eingeprügelt. Neue Tränen kündigten sich an. Tränen der Wut.

„Gib ihr die Tasche", wiederholte Liam eine Spur lauter. „Sofort."

„Was ist los, Liam? Verstehst du keinen Spaß mehr?"

„Ist nicht wirklich witzig, was du da machst", antwortete er.

„Ach, komm schon. Sei nicht so spießig", sagte Mike. Als er immer noch keine Anstalten machte, mir die Tasche zurückzugeben, trat Liam einen Schritt auf ihn zu.

„Ich sage es nur noch ein einziges Mal: Gib ihr die Tasche zurück und dann verzieh dich."

Herausfordernd grinste Mike Liam an und zeigte dabei seine Zähne. „Sonst was? Holst du einen Professor?"

„Das regeln wir unter uns."

„Hab ich eine Angst", erwiderte Mike sarkastisch. „Willst du für die Kleine den Helden spielen?"

„Lass es, Mike."

Dann sah Mike plötzlich zu mir und formte mit seinen dünnen Lippen einen Kussmund. Liam stieß ihn harsch gegen die Brust. Mike war so überrascht, dass er zwei Schritte zurück und in die Gruppe taumelte. Bevor er sich auf Liam stürzen konnte, hielten die anderen Jungs ihn fest. Erschrocken wich ich zurück.

„Hast du sie noch alle?", brüllte Mike und befreite sich aus den Griffen seiner Freunde. Entgegen meiner Erwartungen schmiss er sich nicht auf Liam, sondern funkelte ihn lediglich böse an. Sein knallrotes Gesicht war wutverzerrt.

„Tasche“, presste Liam zwischen zusammengebissenen Zähnen hervor.

Mike rührte sich nicht. Offenbar dachte er darüber nach, ob er sich nun doch noch auf Liam stürzen oder sich zurückziehen sollte. Er entschied sich für Letzteres und warf mir die Tasche zu, ohne mich eines Blickes zu würdigen. Unbeholfen fing ich sie auf.

„Das ist noch nicht durch.“ Er zeigte mit einem Finger auf Liam, dann drehte er sich um und marschierte davon. Sein Rudel folgte ihm.

Liam kam zu mir. „Geht es dir gut?“, fragte er.

Ich nickte. Haltsuchend drückte ich mir die Tasche an die Brust. „Das hättest du nicht tun sollen.“

„Wie meinst du das?“

„Das war nicht deine Diskussion.“ Ich sah ihn an, doch er schaute zu seinen beiden Begleitern.

„Geht schon mal vor.“

Sie nickten, dann gingen auch sie.

„Mike und ich haben uns noch nie gut verstanden. Komm, ich bringe dich zum Wohnheim“, sagte er.

„Das brauchst du nicht“, murmelte ich. Ich wollte allein sein. Oder? Nein. Doch. Ich wusste es nicht.

Liam seufzte. „Beverly, ich bringe dich zum Wohnheim. Bitte.“ Er sah mir in die Augen. Dabei meldeten sich die Tränen der letzten halben Stunde. Doch dieses Mal mit voller Wucht. So viele Empfindungen auf einmal formten sich in meinem Innersten zu einer tonnenschweren Masse, die schmerzhaft gegen meine Eingeweide pochte und darauf bestand, dass ich mich hier und jetzt mit ihr auseinandersetzte.

„Beverly?“, flüsterte Liam. Mit gerunzelter Stirn studierte er meine sich verändernden Gesichtszüge. Ohne darüber nachzudenken, drückte ich mich an seine Brust und weinte stumm in seine Jacke. Ich konnte einfach nicht anders.

Er zögerte, seine Zurückhaltung war spürbar. Gerade als ich dachte, er würde mich von sich weisen, legte er die Arme um mich. Behutsam strich er mit der Hand über meinen Rücken. Langsam beruhigte ich mich wieder. Trotzdem löste ich mich erst nach einigen Augenblicken von ihm.

„Tut mir leid“, nuschelte ich schniefend.

„Schon gut“, sagte er. „Ähm, hör zu ...“ Unbeholfen fuhr er sich durch das Haar. „Mike ist ein Idiot. Mach dir keine Gedanken wegen ihm. Vergiss, was auch immer er zu dir gesagt hat.“

„Oh.“ Ich schüttelte den Kopf und trocknete mir mit einem Taschentuch aus der Handtasche die Augen. „Nein, das ist es nicht.“

Liam schien verwirrt. Langsam wurde mir wieder bewusst, dass wir uns mitten auf dem Campus-Gelände befanden. Peinlich berührt wich ich zurück. „Ich werde dann gehen. Danke. Für alles.“ Ich schob mich an ihm vorbei. Nach nur wenigen Schritten holte er zu mir auf.

„Beverly, warte. Was ist es dann? Was ist los?“ Er stellte sich mir in den Weg. Mein Blick fiel auf den nassen Fleck, den ich auf seiner Jacke hinterlassen hatte. Ich biss mir auf die Unterlippe. Meine Heulattacke war mir im Nachhinein genauso unangenehm wie unser erstes Aufeinandertreffen.

„Entschuldige. Das tut mir so leid.“

„Erzähl mir, was los ist", bat er. „Bist du noch sauer wegen diesem dämlichen Kupplungsversuch? Es tut mir leid. Ehrlich."

Erneut schüttelte ich den Kopf. „Nein ... ich bin nicht mehr sauer deswegen." Auch wenn ich darüber noch nicht nachgedacht hatte, stimmte es. Ich war nicht mehr sauer. In diesem Moment kam es mir vor, als wäre es schon eine Ewigkeit her.

„Was ist es dann?", fragte Liam noch einmal. Seine Beharrlichkeit berührte mich. Fast mein ganzes Leben lang hatte ich meine Gefühle für mich behalten. Und nun war da Liam, der ernsthaft hören wollte, was in mir vorging und der mich verteidigt und gehalten hatte, während ich seit langer Zeit wieder weinte.

Unsere Blicke trafen sich. Etwas an ihm öffnete mein Herz, als würden wir uns auf einer völlig anderen Ebene begegnen, wo wir uns schon viel länger kannten. Es war anders als bei Holly. Anders als bei allen anderen.

Das Bedürfnis, es mir von der Seele zu reden, überwiegte. „Mein Vater hat das Haus verkauft. Das Haus unserer Familie. Dort bin ich aufgewachsen, dort befinden sich die schönsten und meisten Erinnerungen an meine Mutter", erklärte ich. Meine Stimme begann zu zittern. „Sie ist gestorben, als ich acht Jahre alt war. Sie war ..." Ich brauchte einige Sekunden, bis ich die Worte über die Lippen brachte. „... wundervoll. So schön. Innen und außen. Ich vermisse sie sehr. Jeden Tag. Auch nach zehn Jahren noch. Natürlich weiß ich, dass mein Vater richtig handelt. Er lebt völlig allein dort. Es ist nur ... ich habe nicht damit gerechnet, dass es so bald und so schmerzhaft sein würde. Als würde er einen Teil von mir weggeben." Ich lachte freudlos. „Das ist natürlich Quatsch. Das weiß ich selbst. Ich brauche das Haus nicht, um mich meiner Mutter nah zu fühlen. Dennoch empfinde ich dort eine starke Verbindung zu ihr. Ich sehe sie in den Gänseblümchen im Garten. Unter dem Apfelbaum, wo sie immer ihren Liegestuhl aufgestellt hat, um zu lesen. Obwohl mein Vater immer geschimpft hat, weil sich dort die Wespen gesammelt haben. Er hat immer gesagt, irgendwann würde sie von einer gestochen werden. Ich sehe sie auf der Veranda sitzen. Im weißen Sommerkleid mit Sandalen. Unzählige Erinnerungen an sie in diesem Haus, die mir bewusst machen, dass sie tatsächlich da war. Das hört sich komisch an, ich weiß."

„Nein, tut es nicht", meinte Liam. „Tut es überhaupt nicht."

Dies war ein völlig anderer Liam. Aufmerksam, liebevoll. Eine Welle der Zuneigung erfasste mich. Warm und wohltuend durchströmte sie meine Adern. Ich wollte ihm sagen, wie viel mir seine heutige Hilfe bedeutete, aber ich brachte kein Wort heraus. Alles in mir wollte ihm noch ein weiteres Mal nah sein. Nicht nur seinem Körper. *Ihm.*

„Tut mir leid, dass ich dich mit all dem belästigt habe", sagte ich schließlich.

„Hast du nicht", entgegnete Liam leise. Seine Stimme war sanft und ungewohnt rau. „Ich verstehe dich", fügte er hinzu. „Es gibt Orte, die nicht einfach nur Orte sind. Häuser, die nicht einfach nur Häuser sind. Weil wir mehr mit ihnen verbinden. Dort fühlen wir uns den Menschen, die gegangen sind, noch näher." Er musterte mich mit zusammengezogenen Brauen, als würde er mich plötzlich mit anderen Augen sehen. Und da war sie wieder. Die Anziehung, die ich für ihn empfand, seit ich ihm das erste Mal begegnet war. Aber nun reichte sie tiefer, war wärmer, fester, stärker, vertrauter. Unbewusst machte ich einen Schritt auf ihn zu.

Dann, kaum merklich, trat er einen zurück.

Blinzelnd sah ich ihn an, doch er wich meinem Blick aus. Es fühlte sich an, als wäre ein kalter Luftzug zwischen uns hindurchgefegt.

„Liam ...“

„Ich muss los. Bis dann, Beverly.“

Bevor ich noch etwas erwidern konnte, drehte er sich um und lief davon.

5. KAPITEL

Am Freitag stand endlich Modedesign im Atelier auf meinem Stundenplan. Dieser Kurs war völlig anders als die vorherigen. Zusammen mit Holly sicherte ich mir einen der breiten Zweiertische in der ersten Reihe. Neben jedem Platz stand eine Modellpuppe.

Um unsere Kreativität zu prüfen, stellte die Professorin uns verschiedene Stoffe zur Verfügung, aus denen wir selbstständig passende Farb- und Materialkombinationen zusammenstellen, zuschneiden und schließlich als Kleid auf unsere jeweilige Puppe stecken sollten.

Am Ende des Kurses war ich mehr als zufrieden mit meiner Leistung und auch Professor Ruby lobte mich mit einem anerkennenden Nicken für mein Resultat.

Abends gingen Holly und ich gemeinsam unsere Kurspläne durch und überlegten, was wir streichen sollten.

„Kannst du Psychologie abwählen?", fragte Holly geistesabwesend. Ich hatte ihr ausführlich von meinem enttäuschenden Start in die Woche berichtet.

Sie schaute nicht auf, trotzdem nickte ich. „Ja, schon. Aber eigentlich wollte ich den unbedingt behalten."

Ich seufzte. Wir saßen auf dem Boden, angelehnt an unsere jeweiligen Betten. „Eigentlich hatte ich Politik auf der Abschussliste."

Sie stöhnte zustimmend. „Das wähle ich auf jeden Fall ab!" Politik war einer der wenigen Wahlkurse, die wir zusammen besuchten.

„Du könntest zu Journalismus wechseln. Der Kurs ist noch nicht voll. Falls du Psychologie sausen lässt", schlug Holly vor. Mit einem dicken Rotstift strich sie Politik durch.

„Nein. Vielleicht wird es im Laufe des Semesters noch interessanter." Zumindest hoffte ich es. Wieder einmal musste ich feststellen, dass der Start ins Collegeleben trotz meines Optimismus' anders verlief als geplant.

„Ich hab schon eine Menge Bücher auf der Liste", stellte Holly fest. Müde rieb sie sich die Augen.

„Ja, ich auch. Vielleicht sollte ich nicht so viele Kurse behalten."

„Die Credits erfüllst du doch locker, auch wenn du noch zwei abwählst. Wie wäre es mit ..." Holly wurde unterbrochen, als es an unsere Tür klopfte. Kurz darauf trat Charly ein.

„Na, ihr Süßen? Wie war eure erste Woche?"

„Anstrengend." Holly unterdrückte ein Gähnen. „Was machst du hier?"

„Was soll das heißen? Ich bin oft hier", erwiderte ihre Schwester unschuldig und setzte sich auf Hollys Bett. „Was treibt ihr so?"

Holly legte den Kopf an ihre Knie. „Quatsch. Du schläfst ständig bei Shane."

„Du weißt von nichts."

„Als würden Mom und Dad mich fragen", sagte Holly.

Charly hob ihren Kursplan vom Boden auf. „Was streichst du?"

„Politik."

„Du gehst zum Yoga?“ Charly prustete los und ließ das Blatt wieder auf den Boden segeln.

„Hey, das ist echt cool“, verteidigte sich ihre Schwester. „Was willst du eigentlich?“

„Euch besuchen. Habt ihr Lust auf Kino?“

„Oh, ich nicht. Trotzdem danke der Nachfrage“, antwortete ich und stand auf. „Ich bin ganz schön k. o. von der Woche.“

„Stimmt, und morgen ist auch noch die Party im Verbindungshaus“, fügte Holly hinzu.

„Woher weißt du von der Party?“, fragte Charly ungläubig.

„Beverly wurde eingeladen.“

„Ach ja?“ Charly schaute mich an. Sie wirkte überrascht, aber nicht so, als würde sie sich darüber ärgern.

„Nein, so war das nicht. Jemand hat sie mir gegenüber nur erwähnt“, wiegelte ich hastig ab. Ich war mir nicht einmal mehr sicher, ob ich überhaupt zu der Party gehen sollte, nachdem Liam mich hatte stehen lassen. Immer wieder hoffte ich, ihn auf dem Gelände anzutreffen, doch wenn ich ihn dann erspähen konnte, war er stets von Freunden umgeben oder zu weit weg.

„Tja, wenn das so ist.“ Charly klatschte sich mit den Händen auf die Oberschenkel. „Soll ich euch wieder mitnehmen?“

„Klar. Was soll die Frage?“ Holly stand auf, klaubte ihren Plan, den Block und die Stifte vom Boden zusammen und warf alles achtlos auf ihren Schreibtisch.

„Ich würde mich gern irgendwie dafür revanchieren“, sagte ich.

Charly winkte ab. „Ich fahre ja sowieso hin.“

„Es wäre mir wirklich lieb, wenn ich dir etwas dafür geben dürfte."

„Dann lass einfach beim nächsten Kinobesuch eine Runde Popcorn springen."

Ich lächelte. „Sehr gern."

„So, dann haue ich mal wieder ab." Charly erhob sich.

„Gehst du trotzdem ins Kino?", fragte Holly.

„Ich weiß noch nicht."

Hollys Augen verengten sich zu schmalen Schlitzen. „Du bist ja wirklich aufgeschmissen, wenn Shane mal keine Zeit für dich hat."

„Willst du morgen Abend laufen?", konterte Charly. Holly stöhnte genervt.

„Ich brauche dringend ein eigenes Auto", murmelte sie, nachdem Charly sich verabschiedet hatte.

Das neue Kleid saß wie angegossen. Zufrieden strich ich über den smaragdgrünen Stoff, der sich wunderbar um meine Rundungen schmiegte. Es war zwar etwas kürzer, als ich es von meinen sonstigen Kleidern gewohnt war, aber trotzdem noch lang genug, um mir nicht versehentlich über den Hintern nach oben rutschen zu können, wenn ich mich mal bücken sollte.

„Mach dir einen Pferdeschwanz, Lie", kommentierte Holly meine Begutachtung vor dem Spiegel. „Das passt perfekt."

„Ich wollte mir eigentlich Locken ins Haar drehen", überlegte ich laut.

Holly trat neben mich. „Versuch zuerst den Pferdeschwanz und wenn es dir nicht gefällt, kannst du dir immer noch Locken machen."

Da eine Diskussion mit Holly sinnlos war und nur unnötig Sauerstoff verbrauchte, tat ich ihr den Gefallen. Im Spiegel konnte ich die Ballerinas erkennen, die Holly mir vor mein Bett gelegt hatte. Ich hatte sie bereits einmal heimlich anprobiert. Sie waren so bequem, dass ich es tatsächlich in Erwägung zog, sie am heutigen Abend zu tragen. Auch wenn ich Holly die Genugtuung nicht geben wollte, so würden sie doch gut zum Kleid passen. Ebenso wie der Pferdeschwanz. Wunderbar. Ich verdrehte die Augen und beobachtete, wie mein Spiegelbild mich genervt nachahmte. Unfassbar, wie oft Holly recht behielt. Sie mochte wie eine oberflächliche, aufgedrehte und sture Partymaus wirken, im Inneren jedoch war sie scharfsinnig, aufmerksam und auf das Wohl ihrer Mitmenschen bedacht. Stumm band ich meine Haare zu einem hohen Pferdeschwanz zusammen.

„Endlich Samstag!", jubelte sie. Tanzend betrachtete sie meine Frisur. „Na also. Siehst du? Passt perfekt."

„Ja, du hattest recht", gab ich zu und drehte den Kopf zur Seite, um mein Profil zu überprüfen. „Danke für den Tipp."

„Gern. Bist du so weit? Charly müsste bald da sein."

Als mein Blick erneut auf die Ballerinas fiel, gab ich mir einen Ruck. „Hey, Holly?"

„Ja?"

„Danke für die Schuhe. Das war lieb von dir. Du siehst übrigens toll aus." Ich schlüpfte in die Ballerinas. Auch wenn ich länger als Holly brauchte, um mich jemandem zu öffnen, so schaffte ich es doch Schritt für Schritt ein klein wenig mehr. Ich hatte nie gern etwas von anderen angenommen und tat es immer noch nicht, wenn es nicht unbedingt sein musste. Dennoch hätte ich freundlicher zu Holly sein müssen.

Völlig unerwartet drückte sie mir einen Kuss auf die Wange. „Gehen wir."

„Vielleicht rauche ich heute eine Zigarette." Holly kicherte. Begeistert sah sie sich im überfüllten Wohnzimmer des Verbindungshauses um. Unauffällig tat ich es ihr nach. Charly war längst mit zwei Freundinnen in der Menge verschwunden.

„Wollen wir uns etwas zu trinken holen?", fragte ich.

Holly zeigte zum anderen Ende des Raumes. „Da hinten stehen volle Becher."

„Wir sollten uns besser selbst was mischen, damit nicht so viel Alkohol drin ist", überlegte ich laut, da zog Holly mich auch schon durch das Zimmer. Bevor wir den Tisch erreichten, hielt mich jemand sanft am Arm fest.

Es war Ryan. „Hi, Beverly."

„Oh, hi, Ryan." Ich blieb stehen. Holly überprüfte derweil sorgfältig die roten Becher.

„Schön, dich wiederzusehen", sagte er. Sein Lächeln war so freundlich, dass ich nicht umhinkam, es strahlend zu erwidern. Auch konnte ich nicht abstreiten, dass er wirklich gut aussah. „Gleichfalls."

„Wie geht's dir so?"

„Ich habe die erste Woche am College hinter mir und lebe noch."

Er lachte. „Das ist wirklich schön zu hören. Und wie gefällt es dir?"

„Ganz gut."

„Hauptfach?"

„Modedesign.“

Er nahm einen Schluck aus seiner Bierflasche. „Wow. Hört sich gut an.“

„In welchem Semester bist du eigentlich?“, fragte ich.

Holly drückte mir einen randvollen Becher mit dunkler Flüssigkeit in die Hand. Ryan stieß mit seiner Flasche dagegen, ehe ich den Inhalt genauer inspizieren konnte. „Prost.“

Auch Holly stieß mit an. „Hallo auch“, flötete sie und klimperte mit ihren stark getuschten Wimpern.

„Hi.“ Er wirkte fast schon schüchtern neben ihr.

„Ich bin Holly.“

„Ryan.“

Wir tranken alle einen großen Schluck. Es schmeckte stark nach Whiskey Cola. Mehr nach Whiskey als nach Cola.

„Ich lasse euch beide mal allein“, zwitscherte Holly, zwinkerte mir aufmunternd zu und quetschte sich zwischen uns hindurch, um in Richtung Tanzbereich zu verschwinden.

„Im siebten Semester“, sagte Ryan und nahm so das Gespräch mit mir wieder auf.

Wir unterhielten uns gerade über seine Familie und Pläne nach dem College, da betrat Liam das Wohnzimmer. Mein Magen krampfte sich zusammen. Wie würde er nach dem seltsamen Abschied am Mittwoch wohl reagieren, wenn er mich sah? Automatisch suchte ich die Menge nach seiner Freundin ab, fand sie aber nicht. Liam war mit einem Freund gekommen.

Als er uns entdeckte, lächelte er und kam mit seinem Begleiter zu uns. Ryan blieb meine schwindende Aufmerksamkeit nicht verborgen und folgte meinem

Blick. „Liam, was geht?“ Er reichte seinem Freund die Hand zum Einschlagen.

„Alles klar?“ fragte Liam, wandte sich dann aber sofort an mich.

„Du bist also auch wieder hier. Dich wird man einfach nicht los, was?“ Er grinste. Offen und herzlich. Zögernd lächelte ich. Da er so tat, als wäre zwischen uns nichts Nennenswertes vorgefallen, beschloss ich, es ihm gleichzutun.

„Ich finde, du tauchst immer genau dort auf, wo ich bin“, entgegnete ich. „Außerdem warst du es, der mich auf die Party aufmerksam gemacht hat.“

Liam griff an mir vorbei und schnappte sich ebenfalls einen Becher vom Tisch. „Da kannst du dich glücklich schätzen. Ich hoffe, du hast meinen Rat befolgt.“

Es dauerte eine Weile, bis mir klar wurde, was er damit meinte. Ich schüttelte den Kopf. „Ich habe mir noch kein Auto angesehen.“

Er prostete mir zu. Erst jetzt stellte ich fest, dass mein Becher fast leer war. Wann hatte ich das alles getrunken?

„Hier.“ Ryan reichte mir einen neuen. Ich leerte den alten vollständig und nahm ihn dann entgegen. Liams Freund stellte sich nicht vor. Er wirkte gelangweilt und zog sein Handy aus der Hosentasche.

„Ryan! Liam!“, rief plötzlich jemand. Automatisch drehten wir uns zu dem Rufenden. Es war ein drahtiger Kerl mit Igelfrisur. „Lust auf eine Runde Bier Pong?“

Beide schüttelten den Kopf. Plötzlich wandte sich der Kerl an mich. „Und du, Ginger?“

Ginger?

Er winkte mir aufmunternd zu. „Na gut!“, rief ich zur Überraschung aller, mich eingeschlossen.

Liam und Ryan starrten mich an. Die anderen Spielenden johlten. Offenbar hatten auch sie nicht mit einer Zusage gerechnet.

„Hast du das schon mal gespielt?“, fragte Liam. Er hob einen Mundwinkel. Ich schüttelte den Kopf und stellte meinen Becher auf dem Tisch ab.

Noch während ich an ihm vorbeiging, fragte ich mich, wieso ich mich darauf eingelassen hatte. Andererseits, wieso nicht? Ich stellte mich zum dem Drahtigen, der sich als Alexander vorstellte.

Wir spielten Drei gegen Drei. Als einziges Mädchen durfte ich als Erste werfen. Sofort versenkte ich den Ball in einem der zu einem Dreieck aufgestellten Becher am anderen Ende der Tischtennisplatte. Der Junge mir gegenüber musste ihn ohne Umschweife exen. O Gott. Das würde mir also auch blühen, sollte er treffen, wenn ich an der Reihe war. Mein Team jubelte und klatschte. Da ich getroffen hatte, durfte ich noch einmal werfen. Diesmal ging der Ball daneben und landete auf dem Boden. Angewidert sah ich zu, wie er lediglich kurz in einen separaten Wasserbecher getaucht wurde. Hoffentlich war der Alkohol so stark, dass er sämtliche Bakterien abtötete.

Mein Gegner traf sofort einen der Becher vor mir. Ich fischte den Ball heraus und betrachtete die Flüssigkeit. Jetzt war ich an der Reihe mit Trinken. Neben mir an der Platte stand Liam. Er hatte die Arme vor der Brust verschränkt und nickte mir aufmunternd zu. Seine feixenden blauen Augen waren das Letzte, was ich sah, ehe ich mir die Flüssigkeit in nahezu einem Rutsch in den Hals kippte und schluckte. Ekelhaft! Hustend wischte ich mir den Mund ab. Ich hatte es geschafft. Aber es war das Widerlichste, was ich jemals getan hatte. Liams Blick haftete immer noch an mir. Es war schwer zu sagen, ob er beeindruckt oder schockiert war.

Mein Gegenüber traf ein weiteres Mal. Stöhnend leerte ich auch diesen Becher. Bis das Spiel zu Ende war, hatte ich insgesamt vier Becher geext.

„Noch eine Runde?", fragte Alexander.

Schnell schüttelte ich den Kopf. Ich war bereits ziemlich angetrunken und der Alkohol machte sich bemerkbar. „Auf keinen Fall."

„Hast du gut gemacht, Ginger."

„Beverly!", brüllte ich. Die Musik war lauter geworden. „Beverly", wiederholte er und strich mir kurz mit dem Finger über die Wange. Sein Blick wanderte an mir hinab.

„Ich muss mal zur Toilette", stieß ich hervor.

„Ich begleite dich gern."

„Nein, danke." Das war schon die zweite Einladung eines Kerls, mitzukommen. War das Badezimmer hier gleichbedeutend mit Knutsch- oder Sexkabine?

Ich trat einen Schritt zurück, den Alexander sofort wieder aufholte. Dabei spürte ich seine Hand ziemlich tief an meiner Hüfte.

„Lass gut sein, Alex", mischte Liam sich ein und umfasste meinen Arm. Sofort verschwand Alexanders Hand von meinem Körper.

Voller Dankbarkeit ließ ich mich von Liam zu der Toilette führen. Er öffnete mir die Tür und ich huschte hinein. Drinnen stellte ich fest, dass sich der Raum ein wenig drehte. Was waren das für Mischungen gewesen? Immerhin hatten sie so hoffentlich den Ball desinfiziert. Ich kontrollierte mein Spiegelbild, warf das Haar zurück und überprüfte meinen Lidstrich.

Als ich fertig war, stellte ich erfreut fest, dass Liam geduldig an der Wand gegenüber des Badezimmers lehnte und auf mich wartete. „Geht's dir gut?"

„Ja. Nur etwas viel Alkohol." Ich kicherte, was ihm ein Lächeln entlockte.

„Bist du eigentlich allein hier?", fragte ich.

„Sehe ich denn aus, als wäre ich allein?"

„Wieso musst du dich dauernd über mich lustig machen?"

„Tu ich doch gar nicht." Er nickte zum Wohnzimmer.

„Aber du verstehst mich absichtlich falsch." Beharrlich blieb ich stehen und spielte mit der Spitze einer Haarsträhne. „Madison ist übers Wochenende bei ihren Eltern", erklärte er knapp.

„Ach so." Ich ließ die Strähne fallen und ging ihm voraus. Beinahe hüpfte ich schon wie Holly. Schnell bremste ich mich. Alles um mich herum schien auf einmal viel bunter, freundlicher, fröhlicher und lustiger zu sein. Kein Wunder, dass alle auf solche Partys abfuhren. Es war die reinste Freude hier. Wieso war ich letzte Woche nur so früh abgehauen? Unwillkürlich schnappte ich einem Mädchen den Schnaps aus der Hand und leerte ihn. Liam hinter mir packte mein Handgelenk, als ich einen weiteren klauen wollte.

„Hol dir deine eigenen."

„Ist gut“, trällerte ich und eilte ins Wohnzimmer. Holly kam mir entgegen und warf die Arme um meinen Hals.

„Da bist du ja. Komm, wir spielen jetzt Sieben Minuten im Himmel.“

„Was? Das ist doch ein Kinderspiel.“

„Quatsch, nicht so wie es auf dem College gespielt wird.“

Ich drehte mich zu Liam um. „Spielst du auch mit?“

„Niemals.“ Er schüttelte den Kopf.

Kindisch streckte ich ihm die Zunge raus. Holly zog mich zu der Gruppe, die sich vor und auf der Couch versammelt hatte. Ich setzte mich neben sie auf den Boden. Eigentlich war ich mir sicher gewesen, dass Liam verschwinden würde, doch er hockte sich auf die Sofalehne.

„Du spielst auch mit!“, schrie Holly plötzlich und zeigte auf jemanden hinter mir.

„Bei was?“ Ryan erschien in meinem Sichtfeld.

„Sieben Minuten im Himmel.“

„Kenne ich nicht“, entgegnete Ryan achselzuckend.

„Ist ganz einfach. Zwei gehen in eines der Zimmer oben und bleiben dort sieben Minuten lang. In der Zeit können sie machen, was sie wollen“, erklärte eines der Mädchen auf der Couch. Ryan und der Kerl, mit dem Liam gekommen war, setzten sich neben sie.

„Okay. Aber ist das nicht langweilig für die Wartenden?“

„Die trinken solange. Außerdem müssen die, die im Himmel waren, danach berichten, was sie getrieben haben“, sagte Holly.

Ich stellte mir vor, wie ich sieben Minuten mit Liam in einem verlassenen Zimmer verbrachte. Nur wir beide. Meine Kopfhaut kribbelte vor Vorfreude. Dann fiel mir wieder ein, dass er überhaupt nicht mitspielte.

Zuerst wurde ein Pärchen nach oben geschickt, während wir Wartenden eine Runde Kurze tranken. Dann musste Holly mit einem der fremden Typen nach oben. Als sie zurückkam, deutete sie auf mich. „Beverly muss mit Ryan."

Oh. Ich warf ihm einen Blick zu. Er stand auf, ohne mit der Wimper zu zucken. Liam rührte sich nicht. Desinteressiert nippte er an seiner Bierflasche. Holly begann schon ausführlich zu erzählen, was sie und ihr Begleiter oben getrieben hatten, da hielt mir Ryan seine Hand entgegen, um mir aufzuhelfen. „Bereit?" Er zog mich auf die Beine. Etwas wackelig kam ich vor ihm zum Stehen.

„Ich denke schon."

„Gut. Komm."

Ich ließ mich von ihm die Treppe nach oben bugsieren. Er öffnete die erste Tür.

„Kennst du dich hier aus?", fragte ich.

„Das ist mein Zimmer. Ich bin doch auch in der Verbindung." Ryan überließ mir den Vortritt. Das Zimmer war lieblos eingerichtet und sogar etwas unordentlich. Aber es störte mich nicht. Außerdem roch es hier frisch, als wäre gerade noch gelüftet worden, was eine angenehme Abwechslung zu dem süßlichen Qualm im Untergeschoss darstellte.

„Nicht wirklich romantisch. Entschuldige." Ryan lächelte verlegen und nahm meine Hand. Ich sah ihn an.

Wieso konnte ich mich nicht auf der Stelle in ihn verlieben?

Er strich sich das braune Haar aus der Stirn. Langsam zog er mich zum Fenster, wo wir uns auf die kleine Couch setzten. „Und was machen wir jetzt?“, fragte ich.

„Na ja.“ Ryan sah auf seine Armbanduhr. „Wir haben noch circa fünfeinhalb Minuten. Und wir sind im Himmel. Was wolltest du da schon immer mal tun?“

Das war keine gute Frage. Der Alkohol machte einen nicht nur fröhlicher, sondern auch sentimentaler. Bevor meine Gedanken zu meiner Mutter abschweifen konnten, lenkte ich das Gespräch auf ihn. „Ich glaube, das solltest du entscheiden.“

Ryan stieß einen kurzen Pfeifton aus. „Mir würde da schon was einfallen.“

„Das wäre?“

Er rückte näher zu mir auf. Zärtlich streichelte er meinen Arm. „Du siehst sehr hübsch aus heute.“

„Danke“, erwiderte ich dumpf. Ich wollte ihn nicht küssen. Obwohl es vielleicht das Richtige wäre. Hatte mir Holly nicht genau das empfohlen?

„Liam hat gesagt, dass du mich kennenlernen wolltest“, platzte ich heraus. Das letzte Wort war noch nicht ganz über meine Lippen gekommen, da ahnte ich auch schon, dass dies keine kluge Aktion von mir war.

Ryan wich ein wenig zurück. „Liam?“

Ich seufzte. „Ja, letzten Freitag hättest du ihm ein Zeichen gegeben, dass er mich dir vorstellen soll.“

Ryan stützte den Ellbogen an der Rückenlehne ab. „Dann wird das wohl so gewesen sein.“ Plötzlich wirkte er verärgert, aber ich wusste, dass es nichts mit mir zu tun hatte.

„Stimmt was nicht?“

„Ich hätte nicht gedacht, dass er es dir erzählen würde.“

„Das macht doch nichts.“

„Ich spreche die Frauen, die mich interessieren, eigentlich selbst an.“

Darum ging es also. Ungewollt hatte ich damit seinen Stolz verletzt. „Er wollte dich nicht als schlecht oder feige hinstellen. Ich war nur sauer auf ihn und habe ihn darauf angesprochen.“

„Warum warst du sauer?“ Seine braunen Augen fixierten mich scharf und nagelten mich fest.

Sofort schoss mir das Blut in die Wangen. „Na ja, ich hatte eigentlich … also … Ich hatte nicht damit gerechnet, dass er uns einander vorstellt, um, na ja …“ Wie hatte ich mich da nur so reinreden können? Wir waren weit entfernt vom Himmel.

Bei Ryan schien der Groschen zu fallen. Er nickte langsam. „Du wolltest bei Liam landen.“

„Nein. Ich dachte nur, dass …“

Ryan stand auf. „Wir sollten nach unten gehen. Die sieben Minuten sind sowieso gleich um.“

„Ryan, warte.“ Ich packte den Saum seines Ärmels. Wieso wollte ich ihn eigentlich aufhalten? Ich wusste ohnehin nicht, was ich sagen sollte.

„Beverly“, entgegnete er. Seine Stimme wurde etwas freundlicher. „Alles in Ordnung. Ehrlich.“

Ungeschickt erhob ich mich ebenfalls. Er hielt mich am Ellbogen fest. „Du solltest nichts mehr trinken. Gehen wir nach unten.“

Das hatte ich ja super hinbekommen. Ryan war so nett gewesen. Aber ich hätte ihn nicht küssen wollen.

Vielleicht war es besser so. Auch wenn er sich jetzt denken konnte, dass mir Liam gefiel. Wenn ich so weiter machte, würden es bald alle wissen. Keine schöne Vorstellung.

Ryan hielt meine Hand nicht, als wir zurück ins Wohnzimmer kamen.

„Ihr seid spät", rief Holly erfreut. Liam, der immer noch auf der Couchlehne saß, sah uns ebenfalls an. Sein Blick war ausdruckslos. Plötzlich fühlte ich mich schrecklich. Ich nahm sofort einen der Schnäpse entgegen und leerte ihn ohne mit der Wimper zu zucken.

„Wolltest du nicht langsam machen?", fragte Ryan. Er lächelte, wirkte aber trotzdem distanzierter als zuvor.

„Na?", fragte das Mädchen, das Ryan zu Beginn das Spiel erklärt hatte. „Was habt ihr zwei getrieben?"

Ich entgegnete nichts, sondern trank noch einen Kurzen. „Geredet", berichtete Ryan. Auch er nahm sich einen.

„Nur geredet?", hakte Holly enttäuscht nach.

Ich zuckte die Achseln. „Ja."

„Wie langweilig."

„Du weißt ja nicht, über was." Ryan zwinkerte ihr zu.

„Dann lass es uns wissen." Holly war so leicht nichts vorzumachen.

„Privatsache", sagte er. Wir setzten uns zu ihr auf den Boden. „Die gibt es hier nicht. Raus mit der Sprache", verlangte sie. Ich warf Ryan einen kurzen Blick zu. Da hatte er uns ja schön reingeritten.

„Wir haben über unser Kennenlernen gesprochen", erzählte er.

„Immer noch langweilig."

„Und über Vorlieben, das andere Geschlecht betreffend“, fuhr Ryan fort. „Mehr sage ich nicht. Außer Beverly will dem noch etwas hinzufügen.“

Liam sah mich an. Schweigend wich ich seinem Blick aus und trank schnell noch einen Kurzen. Der Alkohol machte sich wieder deutlicher bemerkbar. Er spülte den letzten Rest Unbehagen zur Seite.

Nach zwei weiteren Spielen löste sich die Runde langsam auf. Holly und der Typ, mit dem sie oben im Zimmer gewesen war, hatten sich eng umschlungen auf die Couch verzogen. Auch Ryan stand auf. Erneut hob er mir die Hand entgegen, um mir ebenfalls hoch zu helfen. Er war viel zu freundlich, aber ich hatte bereits zu viel getrunken, um mich in diesem Moment für meine Worte schämen zu können.

Dankend nahm ich seine Hilfe an. Der Alkohol schlug sofort ein. Als hätte er nur darauf gewartete, dass ich aufstand. Ich machte einen Schritt nach vorne und stieß gegen Ryan.

„Ich hab doch gesagt, dass du besser nichts mehr trinken solltest. Willst du an die frische Luft?“, fragte er. Schnell schüttelte ich den Kopf. Das war ein Fehler. Sofort wurde mir noch schwindliger.

„Ich muss mich kurz hinsetzen. Glaube ich.“

Ryan führte mich zur Couch. Da spürte ich eine andere, starke Hand, die meine umfasste. Liam zog mich zu sich.

„Setz dich hier hin“, befahl er. Er bot mir seinen Platz auf der Armlehne an. Kommentarlos folgte ich seiner Anweisung. Schwer atmend stützte ich mich mit den Händen ab und krallte die Fingernägel in den Stoff links und rechts neben mir. Einatmen. Ausatmen. Nicht kotzen. Einatmen. Ausatmen.

Liam und Ryan standen vor mir und schauten auf mich Häuflein Elend hinab. Wieso hatte ich nicht rechtzeitig aufgehört?

„Mir geht's nicht gut", presste ich hervor.

„Das glaube ich." Liam verschränkte abschätzig die Arme vor der Brust.

„Kannst du fahren?", hörte ich Ryan fragen.

„Nein", antwortete dieser. „Hab schon zu viel getrunken. Aber ich kenne jemanden, der es kann."

„Oder ich bringe sie nach oben. In mein Zimmer. Sie sollte sich hinlegen."

Liam antwortete nicht. Ich schloss die Augen. „Nein. Ich will nicht nach oben. Ich kann mich nicht hinlegen." Es drehte sich ohnehin alles. Wie wäre es dann erst, wenn ich mich in der Horizontalen befand? Ich fühlte mich wie auf einem Boot, das gegen einen starken Wellengang kämpfte. Als ich zu husten begann, ergriff Liam entschieden meine Hand.

„Komm."

Ohne Widerrede ließ ich zu, dass er mich aus dem plötzlich viel zu lauten Zimmer zog. Ryan blieb zurück. Liam ging mir voraus und bahnte uns einen Weg durch die Menschenmenge. Es wurde leiser.

Er führte mich in den dunklen Garten hinter dem Haus. Erstaunlich, wie wenig hier los war. Warum standen alle im Vorgarten? Hier war es viel schöner. Die Luft war frisch und sauber. Überall befanden sich wackelnde, große Bäume. Wahrscheinlich wackelten sie normalerweise nicht. Der Schwindel zwang mich in die Knie.

„Beverly?“ Liams Stimme war so sexy. Ich könnte ihn immer wieder meinen Namen sagen hören. Dumpf spürte ich seine Hand auf meinem Arm, die mich festhielt. Erneut. Und gerade noch rechtzeitig, sonst wäre ich umgekippt.

Er kniete sich neben mich ins kühle Gras. Mit gespreizten Fingern fuhr ich über die feuchten Halme. Waren sie schon immer so weich gewesen? Warum legte ich mich nicht öfter ins Gras? Mir fiel der Garten unseres Hauses in Richmond ein. Wie lange hatte ich schon nicht mehr dort gelegen? Was war nur passiert?

„Da vorne ist eine Bank. Komm, ich bringe dich hin“, schlug Liam vor.

„Nein. Der Boden ist gut. Besser.“ Ich ließ mich auf den Hintern plumpsen. Als ich mir vorstellte, wie das wohl ausgesehen haben musste, begann ich zu kichern. „Tut mir leid.“

„Was tut dir leid?“

„Das war sicher kein schöner Anblick.“

„Solange du dich nicht übergibst, ist alles gut“, sagte Liam. Ich schloss die Augen, atmete tief durch und analysierte für einen Moment meinen Zustand. Es drehte sich immer noch alles, aber immerhin war mir nicht mehr übel.

„Ich hole dir eine Flasche Wasser. Kannst du kurz allein bleiben?“

Panisch schüttelte ich den Kopf und umklammerte seinen muskulösen Oberarm. „Nein. Verlass mich nicht“, flehte ich theatralisch. Langsam setzte er sich neben mich. Ohne darüber nachzudenken, kuschelte ich mich an seinen Arm. Er roch unglaublich gut. Frisch geduscht, gemischt mit einem herben Parfum. Tief sog ich seinen Duft ein.

Er lachte leise. „Was tust du da?“

„Dich riechen“, erklärte ich. Seltsamerweise schämte ich mich dafür keine Sekunde lang. Das würde ich morgen dafür umso mehr.

„Und?“

„Herrlich.“

Erneut lachte er. Wunderbar kehlig. Ein wohliger Schauer kroch über meine Haut.

„Du riechst auch gut“, flüsterte er zurück. Es klang, als würde er lächeln.

„Ich werde nie wieder so viel trinken. Das ist ja furchtbar“, jammerte ich.

„Quatsch, das ist lustig. Zumindest für mich.“

„Wie immer.“

„Ich weiß auch nicht, wie du das schaffst. Aber das ist doch was Gutes.“

Ich stöhnte frustriert. „Das ist kein Kompliment.“

„Nicht?“

Ich schüttelte den Kopf.

„Was wäre denn ein Kompliment?“

Nachdenklich vergrub ich mein Gesicht an seiner Schulter. „Dass du mich hübsch findest, zum Beispiel.“

Liam schwieg. O je. Wollte er mich nicht verletzen, wenn er die Wahrheit sagte? Fand er mich so hässlich?

„Dein Schweigen verheißt nichts Gutes“, stammelte ich.

Er atmete resigniert aus. „Natürlich bist du hübsch.“

Sofort wurde mir heiß. Ein breites Grinsen auf dem Gesicht, lehnte ich mich ein wenig zurück, um ihn ansehen zu können. Er hob die Brauen. „Was soll dieses Grinsen?"

„Du findest mich hübsch."

„Ist das so überraschend?"

Traurig nickte ich.

„Und wieso?", fragte er.

„Na ja ...", begann ich, konnte den Satz aber nicht beenden. Auf was wollte ich hinaus? Wie sollte ich mich erklären? Und diese Gefühle in mir, die ich für ihn gar nicht haben dürfte?

„... du hast eine Freundin", endete ich leise.

Er fuhr sich durch das dunkle Haar und zerzauste es. „Darf ich dann keine anderen Frauen mehr hübsch finden?"

Darüber dachte ich nach. Durfte er das? Nein. Doch. Konnte er das überhaupt kontrollieren? Darauf hatte ich keine Antwort. Nicht in diesem Zustand.

Nach einer Weile sprach ich aus, was ich ohne Alkohol nie getan hätte: „Du hast gesagt, dass du nicht auf diese Weise an mich denkst."

Zu meiner Überraschung lachte er. „Denkst du denn unanständig an mich?"

Ich biss mir auf die Unterlippe. Seine Augen leuchteten auf. Ich erwiderte nichts, dabei sollte ich es sofort abstreiten. Doch da blitzten die bekannten Bilder vor meinem inneren Auge auf, die mich vor allem nachts heimsuchten. Meine Fantasien über seine Lippen auf meinen, seine Hände in meinem Nacken, meine Finger in seinem Haar. Stopp!

Verführerisch beugte er sich zu mir. „Und was denkst du dann?“, flüsterte er in mein Ohr.

Ich schlug ihm unsanft gegen den Arm. „Das geht dich nichts an!“

Er hielt mein Handgelenk fest. „Ach nein? Ich bin es doch, der dich in deinen Gedanken verführt. Habe ich dann nicht auch ein Recht darauf zu wissen, was wir da tun?“

Ich schnappte nach Luft. „Vielleicht ist es auch Ryan!“

Liam ließ mein Handgelenk los. Dann hob er einen Mundwinkel an. „Und du denkst, dass ich dir das glaube?“

„Tja, du weißt ja nicht, was wir außer Reden sonst noch getrieben haben. Das waren lange sieben Minuten im Himmel.“

Sein Blick verdunkelte sich für einen Moment. „Muss ich auch nicht. Ist eure Sache.“

Ich legte den Kopf in den Nacken und schloss die Augen. „Er hat ganz weiche Lippen“, seufzte ich. Liam entgegnete nichts. Ich fragte mich, wie weit ich dieses Spiel noch treiben konnte, ehe er mich auf den Boden der Tatsachen zurückholen würde.

„Ist das so?“, flüsterte er trocken.

„Ist es nicht das, was du wolltest?“ Abrupt schaute ich ihn wieder an. Mein Pferdeschwanz rutschte mir dabei über die Schulter schwungvoll nach vorne. Sein Gesicht war nur wenige Zentimeter von meinem entfernt. Der Alkohol machte ihn noch unwiderstehlicher, falls das überhaupt möglich war.

„Also, Beverly. Gefällt er dir?“, fragte Liam sanft.

„Nein. Nicht so sehr wie du.“ Wieso konnte ich nicht einfach den Mund halten? Das Loch der Schande, in das ich mich grub, wurde immer tiefer. Ich dachte an unser letztes Aufeinandertreffen. An den Liam, der mich verteidigt und gehalten hatte. Dem ich mich anvertraut hatte.

Sein Mund verzog sich zu einem lasziven Lächeln. Mein Atem ging stoßweise.

„Du hast mich angelogen“, stellte er fest.

„Was?“, wisperte ich. Ich konnte seinen Worten nicht mehr folgen. Behutsam legte er eine Hand in meinen Nacken. Seine Berührung kribbelte auf jedem Millimeter meiner Haut.

„Du hast letzte Woche gedacht, dass ich dich anmache. Wieso hast du es abgestritten?“

„Ich ...“

Er strich mit seinem Daumen über meine Unterlippe. Meine Erregung, die gerade noch chaotisch durch mein gesamtes Innerstes gesaust war, sammelte sich nun in meinem Unterleib. O Gott! Bitte, küss mich! Jedes einzelne Nervenende in meinem Körper war auf ihn ausgerichtet. Wäre mein Gehirn nicht automatisch darauf programmiert, dass ich weiteratmete, wäre ich erstickt. Sosehr konzentrierte sich alles in mir auf ihn.

„Hast du mich auch angelogen?“, fragte ich.

„Wann?“

„Hast du wirklich nie auf diese Weise an mich gedacht? Du weißt schon ...“ Ich senkte den Blick, sodass ich ihn nicht ansehen musste, wenn er mir antwortete. Ich musste es einfach wissen. Er schwieg, liebkoste mit dem Daumen aber weiterhin meine Unterlippe. Schließlich seufzte er.

„Doch, habe ich. Das erste Mal heute.“

„Und was hast du gedacht?“

„Dass ich gern mit Ryan tauschen würde." Seine Stimme war kaum mehr als ein Flüstern. „Aber nicht, um in Ruhe mit dir reden zu können."

Mein Herz schlug so schnell und stark, dass er es eigentlich hören müsste. Er war mir so nah, dass ich seinen warmen Atem auf meiner Haut spürte. Ich hörte zwar die Musik und das Lachen der Feiernden im Haus, aber nichts kam wirklich bei mir an. Da war nur Liam und diese seltsame Anziehung, die uns seit der ersten Sekunde zu verbinden schien. Plötzlich verschwand seine Hand. Mein Kopf schoss nach oben. Er wandte sich ab. Nein. Nicht schon wieder!

„Was ist los?", fragte ich, obwohl ich genau wusste, was los war. Meine Stimme war heiser.

Er vergrub das Gesicht in den Händen. „Das war falsch."

Wieso fühlte es sich dann so richtig an? Der Alkohol verlieh mir nicht nur Schwindel, sondern auch viel zu viel Mut. Ehe er mich vollends abweisen konnte, richtete ich mich auf und setzte mich auf seinen Schoß, sodass er sich zwischen meinen gespreizten Beinen befand. Überrascht sah er mir in die Augen. Seine Hände lagen auf meinen Oberschenkeln, was ich als gutes Zeichen wertete. Bevor mich mein Gehirn zur Vernunft treiben konnte, nahm ich sein Gesicht in die Hände und küsste ihn. Dann würde ich eben in die Hölle kommen. In diesem Moment war es mir egal. Auch dass ich mich selbst kaum wiedererkannte. Liam war wie ein Komet auf meine Erde gestürzt, auf alles, was ich glaubte zu sein.

Es war ein sanfter, kurzer Kuss, aber trotzdem gefühlvoller als jeder, den ich je zuvor geteilt hatte. Liam legte seine Hand auf meine Wange und hielt mich sanft zurück, bevor ich meine Lippen erneut auf seine legen konnte.

„Das geht nicht", hauchte er.

Ich ließ meine Hände über seine starke Brust hinabwandern. Wow! Was für ein Sixpack. Mein Unterleib zog sich genussvoll zusammen. Er leistete keinerlei Gegenwehr, sondern legte die Hand wieder in meinen Nacken. Sanft streichelte er die empfindliche Haut an meinem Haaransatz. Ich seufzte vor Verlangen. Es war mir gleichgültig, ob uns jemand sah, für mich gab es nur uns beide und diesen Moment.

Zaghaft küsste ich seinen Mundwinkel. Obwohl er mit seiner anderen Hand meinen Oberschenkel hinauffuhr, spürte ich, dass er mit sich rang. Ich war mir schon sicher, dass er mich wieder zurückweisen würde, da war er es plötzlich, der seine Lippen erneut zu meinen führte. Dieser Kuss war anders. Leidenschaftlicher, fordernder. Ich stöhnte auf, als er seine Zunge in meinen Mund schob. Er schmeckte nach Cola, Rauch und Pfefferminze. Mit der Hand an meinem Hintern drückte er mich noch enger an sich heran. Ich schlang die Arme um seinen Hals. In mir explodierte ein Feuerwerk des Glücks. Wie sehr ich ihn wollte. Noch nie dagewesene Gefühle vermischten sich mit dem Alkohol und pulsierten in einem unvergleichlichen Rausch durch meinen fast zerberstenden Körper. Liam fasste an den Saum meines Kleides und schob die Hände unter den Stoff. Als er meine nackte Hüfte berührte, schnappte ich nach Luft.

„Oh ..." Meine Stimme war kaum mehr als ein hohes Wimmern.

Plötzlich löste er sich von mir. Es war so hart und unerwartet, dass ich unsanft in der Wirklichkeit landete. Und die war schmerzhaft, kalt und leer.

„Scheiße", presste er hervor. Sofort waren seine Hände verschwunden und er machte Anstalten, aufzustehen. Ich rutschte von seinem Schoß.

„Fuck", fluchte er. Blitzschnell war er auf den Beinen. Ich starrte zu ihm hoch. Wütend raufte er sich die Haare.

Sofort war ich wieder nüchtern. Vorbei war der Moment. Und es fühlte sich an, als würden wir nie wieder einen haben.

Weil ich nicht wusste, was ich sagen sollte, schaute ich einfach nur zu, wie er sich mit geschlossenen Augen zu beruhigen versuchte. Endlich sah er zu mir hinab. Sein Gesicht glich einer ausdrucklosen und kalten Maske. „Kommst du klar?"

Den Tränen nahe, nickte ich stumm. Ohne ein weiteres Wort eilte er zum Haus und ließ mich allein im Garten zurück.

Es dauerte noch viele Minuten, bis ich es endlich schaffte, ebenfalls zurückzugehen. Ich fühlte mich elender als jemals zuvor. Was hatte ich mir nur dabei gedacht? Wie hatte ich Holly als Schlampe betiteln können, wenn ich mich selbst einem vergebenen Typen an den Hals warf? Ich wünschte mich zurück in den schwindelerregenden Zustand, der Liam dazu veranlasst hatte, mich in den Garten zu bringen. Dann hätte ich wenigstens wieder eine verschwommene und verzogene Sicht auf die Dinge.

Holly und Charly standen an der Tischtennisplatte, wo zuvor noch Bier Pong gespielt worden war. Von Liam fehlte jede Spur. Bevor ich zu den Mädels ging, schnappte ich mir noch einen der vollen Becher auf dem Billardtisch. Ich sollte besser Wasser trinken, aber dazu fehlte mir die notwendige Vernunft.

„Alles in Ordnung?“, fragte Holly.

Charly schaute mich an. „Ist was passiert?“

„Sie hat zu viel getrunken. Liam hat sie nach draußen gebracht.“ Holly verkniff sich ein Grinsen.

Ihre Schwester runzelte die Stirn. „Liam? Sumner?“

Da fiel mir ein, dass ich seinen Nachnamen immer noch nicht wusste. „Er kennt deinen Freund Shane“, presste ich hervor und nahm einen Schluck aus dem Becher. Es schmeckte scheußlich.

„Echt? *Der* hat dich rausgebracht?“

„Ja.“

„Ist er sonst nicht so zuvorkommend?“, hakte Holly interessiert nach.

Charly hob die Schultern. „Ich kenne ihn nicht besonders gut, aber er wirkt auf mich nicht sehr hilfsbereit.“

„Siehst du?“ Holly wandte sich an mich. „Er ist unfreundlich und kalt. Ich wusste es.“

Da ich immer noch seine Lippen auf meinen spürte, konnte ich ihr das nicht bestätigen.

„Das würde ich jetzt nicht sagen“, meinte Charly. „Mir ist nur aufgefallen, dass er sehr zurückhaltend, ruhig und manchmal sogar abweisend ist. Vor allem, wenn Madison dabei ist.“

„Wie ist sie so?“, fragte ich.

„Auch sie kenne ich nicht besonders gut. Immer wenn ich sie gesehen habe, war sie nett.“

Das half mir nicht wirklich weiter. Es wäre mir lieber gewesen, wenn Charly sie als unfreundlich und zickig beschrieben hätte.

„Geht es dir denn jetzt besser?“, fragte Holly.

Ich nickte. „Ja. Schon.“ Allerdings nur, was den Alkoholpegel betraf. „Aber ich denke, dass ich jetzt nach Hause gehe. Ich bin müde.“

Holly wirkte enttäuscht, Charly jedoch nickte. „Ich kann dich fahren. Ich möchte auch gehen. Shane übernachtet heute bei mir im Mädchenwohnheim. Meine Mitbewohnerin ist übers Wochenende verreist.“ Sie zwinkerte uns zu.

„Gut, dann komme ich eben auch mit.“ Holly zog eine Schnute.

„Du hast gar keine andere Wahl, Schwesterherz. Außer du willst hier schlafen.“

„Es gibt auch noch Taxis. Oder Busse.“

„Als würdest du einen Bus nehmen.“

Die beiden kabbelten sich, bis Shane sich zu uns gesellte. Er war groß, schlaksig und entblößte strahlend weiße Zähne, als er mich anlächelte. „Hi, du musst Beverly sein. Ich bin Shane.“

Ich nickte und rang mir ein Lächeln ab. „Ja. Hi.“

„Schön, dich kennenzulernen. Alles gut?“

Hatte er etwa mitbekommen, dass ich nach draußen gemusst hatte? „Ja. Danke.“ Ich versuchte, meine Antwort so locker wie möglich klingen zu lassen.

„Wo ist Liam?“, fragte er.

O nein. Hatte er uns gesehen?

„Keine Ahnung“, entgegnete ich schnell. „Er hat mich nur rausgebracht.“

„Ist er nicht bei dir geblieben?“, fragte Holly entgeistert und vergaß dabei sogar die Diskussion mit ihrer Schwester.

„Doch. Nach einer Weile ist er dann wieder rein.“ Ich durfte mich keinesfalls verplappern.

Holly schien zu dem Schluss zu kommen, dass das wohl in Ordnung war. „Da kommt mir eine Idee. Wir sollten endlich unsere Handynummern tauschen. Für alle Fälle.“

Holly und Charly gaben mir ihre Nummern, die ich gleich einspeicherte. Dann gab ich ihnen meine.

„Willst du auch meine?“, fragte Shane lachend, drückte Charly aber sofort einen Kuss auf die Wange. Wenn er wüsste! Ein vergebener Mann, der meine Welt ins Chaos stürzte, reichte voll und ganz. Mehr denn je sehnte ich mich nach meinem Bett im Wohnheim. Ganz allein mit meinen Gedanken, weit weg von den Geschehnissen des heutigen Abends.

Wir verließen die Party, ohne dass mir Liam noch einmal über den Weg lief. Ich war mir sicher, dass auch er bereits gegangen war.

6. KAPITEL

Ich schaffte es einfach nicht, einzuschlafen. Unruhig wälzte ich mich in den Laken hin und her. Es war unmöglich, den Moment mit Liam zu vergessen. Seine Berührungen, seine Küsse, ja sogar seine Worte raubten mir jegliche Chancen auf Schlaf. Immer wieder spulte mein Gehirn die intimsten Szenen in meinem Kopf ab. Und immer wieder fühlte ich mich dabei zuerst auf den höchsten Wolken, nur um dann erneut hart auf dem Boden der Tatsachen aufzukommen.

In meinem Kopf wechselten sich die Erinnerungen an den liebevollen, einfühlsamen, für mich einstehenden Liam mit denen des abweisenden und kalten Liams ab. Doch letztlich, auch wenn ich nicht ganz schlau aus ihm wurde, musste ich mir eingestehen, dass ich mittlerweile mehr für ihn empfand als eine Schwärmerei. Trotzdem brachte mich diese Erkenntnis auch nicht weiter. Im Gegenteil.

Nach einer weiteren Stunde des Grübelns kam ich zu dem Schluss, dass es nur zwei Möglichkeiten gab, um dem Ganzen ein Ende zu bereiten: Entweder ich würde ihm künftig aus dem Weg gehen und versuchen, ihn aus meinem Kopf zu bekommen, oder ich würde offen mit ihm sprechen. Da ich eigentlich keine große Lust hatte, in Zukunft jeden Ort zu meiden, wo ich auf Liam treffen könnte, würde ich nicht umhinkommen, mit ihm zu sprechen. Immerhin – so redete ich es mir wenigstens ein – bestand nach unserem Kuss die kleinste Chance darauf, dass auch er mehr für mich empfand. Denn ich konnte mir nicht vorstellen, dass er so etwas jedes Wochenende abzog.

Nachdem ich diesen Entschluss gefasst hatte, fiel ich endlich in einen traumlosen Schlaf.

„Aufstehen", trällerte Holly. Ich spürte eine ihrer Locken auf meinem Gesicht. Unsanft wischte ich sie weg.

„Nein."

„Komm schon. Das Wetter ist herrlich. Lass uns rausgehen. Wir könnten ins Schwimmbad gehen", sagte sie.

Gerade als ich die Augen aufschlug, riss Holly die Vorhänge auf. Grelles Sonnenlicht traf direkt auf meine Seite des Zimmers. Schnell zog ich mir die Bettdecke über den Kopf.

Verkrochen wie eine Schildkröte in ihrem Panzer, konnte ich hören, wie Holly die quietschende Tür ihres Schranks öffnete. Ich nutzte den Moment, um mich an die letzte Nacht und an meinen Entschluss zu erinnern. Ich war mir immer noch sicher, dass ich mit Liam sprechen musste. Gut.

„Bewegst du dich jetzt endlich?", rief Holly ungeduldig.

Ich warf die Bettdecke zur Seite und setzte mich langsam auf. „Holly?"

„Ja?" Sie drehte sich nicht zu mir um, sondern durchwühlte die Fächer.

„Du musst mir bitte einen Gefallen tun."

„Und welchen?"

„Bitte frag Charly nach Liams Adresse. Oder zumindest seiner Handynummer“, bat ich leise.

Jetzt drehte sie sich zu mir um. Perplex starrte sie mich an. „Was? Wozu?“

„Ich muss mit ihm reden. Heute.“ Ich erhob mich und ging ebenfalls zu meinem Schrank. Kein Kater. Sicherlich ein gutes Omen für den weiteren Verlauf des Tages.

„Wieso?“ Hollys Stimme war eine Oktave höher gerutscht. Die Neugierde darin war unüberhörbar.

Was sollte ich anziehen? Eins der neuen Sommerkleider stach mir ins Auge. Ich zog es heraus. „Weil ... ich das einfach klären muss.“

„Was klären?“

Sie raubte mir den letzten Nerv. „Kann ich dir das später erzählen?“

Holly schien darüber nachzudenken und ihre eigene Suche dabei zu vergessen. „Du hast doch Charlys Nummer. Möchtest du sie nicht selbst fragen?“

Das hatte ich völlig vergessen. „Du hast recht. Ich werde sie anrufen.“ Sofort eilte ich zu meinem Handy und suchte in den Kontakten nach ihrem Namen. Bevor ich es mir anders überlegen konnte, drückte ich auf *anrufen*.

Es dauerte eine Weile, bis sie abnahm. „Beverly?“ Charlys Stimme wirkte dumpf, als wäre sie gerade eben erst aufgewacht.

„Hi, Charly. Bitte entschuldige die Störung.“

„Kein Problem. Was gibt’s?“

Ehe ich in kindische Aufregung verfallen konnte, erinnerte ich mich an meine felsenfeste Entscheidung und dass sie richtig war. „Könntest du Shane fragen, ob er Liams Nummer oder Adresse hat?“

Am anderen Ende der Leitung trat Schweigen ein.

„Ja. Einen Moment", erwiderte Charly schließlich.

Ich hörte, wie sie mit Shane sprach, dann wandte sie sich wieder an mich. „Er hat beides."

„Bitte sag ihm, dass ich damit nichts Schlimmes anstelle und die Informationen auch nicht weitergeben werde. Ich möchte nur mit ihm reden."

Charly kicherte. „Ich glaube, das ist Shane egal. Was möchtest du haben?"

„Beides, bitte."

Ich notierte, was Charly mir durchgab in meinem kleinen Notizbuch, bedankte mich und beendete den Anruf.

Holly war zwischenzeitlich in eine Shorts und ein knappes Top geschlüpft. Ihre Haare hatte sie hochgebunden. Für einen kurzen Moment wusste ich nicht, was ich als nächstes tun sollte. Liam anrufen? Einfach zu ihm fahren? Aber wie? Ich besaß kein Auto. Mit dem Bus? Mist.

Mit geschlossenen Augen sortierte ich meine Gedanken. Holly hatte die Arme wartend vor der Brust verschränkt. Sie sah mir zu, wie ich mich anzog und mir die Haare bürstete. „Willst du mir jetzt endlich sagen, was du mit ihm zu besprechen hast?"

Ich schüttelte den Kopf. „Ich sagte doch, dass ich das später tun werde."

Nach einiger Überlegung entschied ich mich dazu, Liam anzurufen. So konnte ich vorsichtshalber ein Zusammentreffen mit Madison vermeiden, sollte sie wieder zurück und bei ihm sein. Unter Hollys Adleraugen und mit zitternden Fingern tippte ich seine Nummer ein. Die Sekunden vergingen, in denen meine Nervosität stieg. *Tut. Tut. Tut.* Ignorierte er unbekannte Nummern? Schlief er noch? War er beschäftigt? Das Warten wurde immer unerträglicher.

Dann nahm er endlich ab. „Ja?"

„Hi, äh, hier ist Beverly."

Schweigen. Sag etwas!

„Hi." Er klang nicht erfreut. Ein beklemmendes Gefühl stieg in mir empor und meine Alarmglocken schrillten. Mein Bauchgefühl riet mir zum Rückzug. Nein! Ich musste das durchziehen. „Können wir reden?"

„Worüber?"

„Können wir oder nicht?", fragte ich schroff. Seine Gegenfrage war nicht das, was ich hatte hören wollen.

Nach einer gefühlten Ewigkeit erbarmte er sich endlich zu einer Antwort: „Okay. Wann? Wo?"

Ich atmete erleichtert aus. „Jetzt? Egal wo. Ich habe nur kein Auto."

„Gut. Ich komme zu dir."

Ich sah zu Holly. Sie hörte geduldig zu.

„Warte kurz", sagte ich zu Liam. Dann wandte ich mich an Holly. „Liam würde hierherkommen. Willst du immer noch ins Schwimmbad?"

Sie hob die Brauen. „Ja, aber ich wollte mit dir dorthin. Frag doch einfach, ob ich solange verschwinden kann."

Ungeduldig biss ich die Zähne zusammen. „Würdest du bitte so lange verschwinden?"

„Nein."

Überrascht starrte ich sie an. Dann lachte sie. „Ja. Ich haue ab."

Kopfschüttelnd drückte ich mir wieder das Handy an mein Ohr. Während ich Liam meine Zimmernummer durchgab, spürte ich das mir inzwischen vertraute Kribbeln in meinem Bauch aufsteigen. Es vertrieb das Unbehagen. Wir würden ein klärendes Gespräch führen. Vielleicht würde alles gut werden.

„Bis gleich“, sagte Liam.

„Bis gleich.“

Wir legten auf.

„Wenn du mir nachher nicht alles erzählst, war das das letzte Mal, dass ich dir das Zimmer überlasse“, sagte Holly.

„Danke für deine Großzügigkeit“, entgegnete ich sarkastisch. Zufrieden lächelnd warf sie sich ihre Handtasche über die Schulter. „Dann gehe ich mal. Viel Spaß. Ich hoffe, du tust nichts Unanständiges.“

Bis Liam kam, machte ich die Betten, lüftete und räumte alles feinsäuberlich auf. Bei Hollys Seite hielt ich mich zwar ein bisschen zurück, legte aber trotzdem ihre Kleider zusammen. Danach band ich mein Haar zu einem hohen Pferdeschwanz zusammen und setzte mich aufs Bett. Tausend Gedanken schossen mir durch den Kopf, während ich die Sätze, die ich sagen wollte im Stillen probte. Ich versuchte ein realistisches Szenario zu formen, konnte Liam aber kaum einschätzen. Dachte daran, wie er kurz vor unserem Kuss gewesen war und schließlich am Telefon vor wenigen Minuten. Diese beiden Liams passten nicht zusammen. Wie so oft.

Nach einer Weile konnte ich nicht mehr sitzen. Ich lief im Zimmer auf und ab, bis es endlich klopfte.

„Herein."

Liam öffnete die Tür. Ihn hier zu sehen war seltsam, gleichzeitig auch schön. Er lächelte nicht, sah aber genauso gut aus wie immer. Heute trug er ein dunkelblaues Shirt und trotz des sonnigen Tages eine lange Jeans. Die weißen Sneakers passten zu dem Schriftzug auf seinem Oberteil. Konnte ein Mensch noch besser aussehen? Er trat ins Zimmer und schloss die Tür hinter sich.

„Hi", flüsterte ich.

„Hi."

Es war kaum zu fassen, dass ich vor wenigen Stunden noch auf seinem Schoß gesessen und ihn geküsst hatte. Bei dem Gedanken daran fuhren meine Innereien erneut Achterbahn.

„Setz dich doch", piepste ich und zeigte auf mein Bett. Es war, als würde ich in seiner Gegenwart zu einem völlig anderen Menschen mutieren. Unsicher, nervös und mit ständigem Herzrasen.

Er folgte meinem Vorschlag. Ich selbst blieb stehen. Liam beugte sich leicht nach vorne und legte die Ellbogen auf den Oberschenkeln ab. Wartend und sogar etwas ungeduldig schaute er zu mir hoch.

„Also", begann ich. „Ich denke, es ist nur fair, wenn wir über letzte Nacht reden."

„Das war ein Fehler", sagte er trocken. Seine Worte schmerzten, aber ich hatte mich auf alle möglichen Szenarien vorbereitet.

„Ich glaube nicht." Nun setzte ich mich doch neben ihn. „Hör zu. Du warst nicht so betrunken wie ich und trotzdem hast du mir Dinge gesagt, die schön waren."

Als er nichts entgegnete, fuhr ich fort: „Der zweite Kuss kam von dir."

Nun fuhr er sich stöhnend mit der Hand über das Gesicht. „Beverly, hör zu. Es war ein Fehler, der sich sicher nicht wiederholen wird. Wir hatten beide viel getrunken. Ende der Geschichte."

Er wirkte so abweisend und kalt. Kein Vergleich zu dem Liam, der mich gestern leidenschaftlich geküsst oder vor Mike verteidigt hatte. Aber ich musste ehrlich sein und meine Chance nutzen. Meine Einzige. Damit ich anschließend Klarheit hatte.

„Liam, ich werde irgendwie nicht schlau aus dir. Wenn wir uns sehen, habe ich nicht das Gefühl, dass du mich nicht magst. Du hast mich vor Mike in Schutz genommen, warst für mich da, und gestern Abend war ..." Ich brach ab und senkte den Blick. „Ich glaube, ich entwickle Gefühle für dich."

„Was?", stieß er hervor. Entgeistert starrte er mich an. Ich hob den Kopf und suchte in seinen dunkelblauen Augen nach mehr als nur Überraschung und Entsetzen. War ich denn nur ein x-beliebiger Zeitvertreib für ihn gewesen?

„Ich sage dir das, weil ich denke, dass unsere Situation Klarheit braucht. Eigentlich hätte ich niemals einen vergebenen Mann geküsst", erklärte ich so sachlich wie möglich.

„Du kennst mich gar nicht wirklich!", fuhr er mich an. Er klang wütend. Das verwirrte mich so sehr, dass ich nicht mehr wusste, was ich noch hatte sagen wollen.

„Unsere Situation?", wiederholte er. „Welche Situation? Sagte ich nicht bereits, dass der Alkohol uns zu einer einmaligen Dummheit getrieben hat? Beverly, ich habe eine Freundin. Kapier das bitte endlich. Ich werde Madison auf keinen Fall verlassen. Schon gar nicht für jemanden, von der ich nicht einmal den Nachnamen weiß."

„Williams", flüsterte ich mechanisch. Mit dieser Intensität hatte ich nicht gerechnet. Seine Worte verletzten mich, trieben mir die Tränen in die Augen. Ich konnte gerade noch verhindern, dass sie überliefen.

„Wie auch immer." Liam stand auf. „Vergiss, was passiert ist."

Regungslos saß ich da. Aus dem Augenwinkel sah ich, dass er mich beobachtete. Als ich keine Anstalten machte, ebenfalls aufzustehen, schien er sich etwas zu entspannen.

„Beverly." Er seufzte. „Es tut mir leid. Aber mehr kann ich dazu nicht sagen."

Ich zwang mich zu einem Nicken. „Es ist in Ordnung. Ich wollte, dass wir ehrlich zueinander sind. Und das warst du. Ich werde dir in Zukunft aus dem Weg gehen."

Ich straffte die Schultern und stand auf. So oft hatte das Leben von mir gefordert, dass ich stark sein musste. Auch heute würde ich es wieder sein. Ernst sah ich Liam in die Augen. „Bis dann."

Er erwiderte meinen Blick, gab aber keine Antwort. Wieso ging er nicht? Für den Bruchteil einer Sekunde flammte erneut der Funken einer schwachen Hoffnung in mir auf. Doch dann wandte er sich ab und schritt zur Tür. „Mach's gut, Beverly", murmelte er, bevor sie hinter ihm ins Schloss fiel.

Noch lange danach analysierte ich das Geschehene und jedes seiner Worte. Und mit jedem weiteren Mal vergrößerte sich meine Wut, blähte sich in meinem Inneren auf wie ein hässlicher Ballon und vertrieb die Trauer. Wut auf ihn und auf mich. Auf die gesamte Situation. Wie hatte ich es nur so weit kommen lassen können? Die ersehnte Klarheit half mir nicht. Sie war scheußlich. Natürlich hatte alles in mir gehofft, dass Liam sich dazu entscheiden würde, uns eine Chance zu geben. Zumindest, sich von Madison zu trennen, wenn er sich schon dazu hinreißen ließ, eine andere zu küssen. Hatte ich die Lage wirklich so falsch eingeschätzt? War es für Liam nur ein Ausrutscher gewesen? Ohne jegliche Bedeutung? Um meinem Frust ein Ventil zu verschaffen, schrie ich in mein Kissen. Das half tatsächlich.

Holly kam ins Zimmer. „Was ist los, Lie?“ Der mitfühlende Blick aus ihren hellblauen Augen war kaum zu ertragen.

„Nichts. Ist schon gut.“

Sanft nahm sie neben mir Platz und streichelte meinen Arm. „Hat er dich verletzt?“

Es hatte keinen Zweck, Holly anzulügen oder es ihr zu verschweigen. Sie würde mich so lange nerven, bis ich es ihr schließlich erzählen würde, nur um meine Ruhe zu haben. Also schilderte ich ihr den gestrigen Abend und mein Gespräch mit Liam. Holly unterbrach mich kein einziges Mal. Jedes Wort, das ich ihr anvertraute, schien sie wie ein Schwamm aufzusaugen. Erst nachdem ich geendet hatte, stand sie auf und begann, im Zimmer auf und ab zu marschieren. Hoch konzentriert legte sie sich einen Finger ans Kinn. „Also. Fassen wir zusammen. Er hat den Kontakt zu dir genauso gesucht, wie du zu ihm. Er hat dir beim Coffee Shop von der Party erzählt und ist dort dann ohne seine Freundin aufgekreuzt."

„Nur weil sie übers Wochenende bei ihren Eltern ist ... oder war."

Holly fuhr fort, als hätte sie mich nicht gehört: „Dann kommt er zu dir, ihr trinkt etwas zusammen und er bringt dich zur Toilette. Bei sieben Minuten im Himmel spielt er nicht mit, bleibt aber trotzdem an deiner Seite. Als du betrunken warst, hat er dich rausgebracht und geküsst. Er dich. Richtig?"

„Beim zweiten Mal schon", murmelte ich.

Sie blieb stehen und stemmte die Hände in die Hüften. „Also. Er hat Gefühle für dich."

Ich blinzelte sie an. „Hast du mir nicht zugehört?", fragte ich verärgert. „Er hat mir deutlich zu verstehen gegeben, dass dieser Kuss nur dem Alkohol geschuldet war und er seine Freundin nicht verlassen wird. Ganz zu schweigen davon, dass er mehr als schockiert darüber war, dass ich etwas für ihn empfinde, obwohl wir uns ja eigentlich gar nicht richtig kennen."

Holly schüttelte schnaubend den Kopf. „Das hat ihn aber nicht daran gehindert, dir die Zunge in den Hals zu stecken."

„Dieser Umstand hindert viele nicht an Knutschereien, oder?" „Und wenn sie vergeben sind? Gehört da nicht viel mehr dazu, einen solchen Schritt zu wagen?" Holly schien überzeugt von ihrer Theorie.

„Er hat vielleicht einfach viel Alkohol getrunken", verteidigte ich ihn. Moment mal. Wieso ergriff ich eigentlich Partei für Liam?

Holly schien sich dasselbe zu fragen. Sie schenkte mir ein freudloses Lächeln. „Hörst du dir eigentlich zu, Lie? Du streitest es genauso ab wie er. Weil du es nach dieser Zurückweisung nicht wahrhaben willst."

Ich dachte darüber nach. Konnte es tatsächlich sein, dass auch Liam etwas für mich empfand? Andererseits, was wusste Holly schon? Nach dem, was ich bis jetzt über sie wusste, führte sie am liebsten rein körperliche Beziehungen zu Männern. Noch dazu hatte sie ihren Ex-Freund abserviert, weil dieser noch ein Jahr auf die Highschool musste.

„Also", sagte sie sachlich und setzte sich zu mir. „Für mich hört sich das so an, als würde er sich zu dir hingezogen fühlen. Aber es reicht ihm nicht aus, um seine Freundin zu verlassen. Dann hatte er gestern einen schwachen Moment. Ryan, der mit dir flirtet, der Alkohol, die Abwesenheit seiner Freundin und die allgemeine Ausgelassenheit auf der Party. Und heute, ganz nüchtern, bereut er es. So einfach ist das."

Wenn sie das so sagte, klang es tatsächlich plausibel.

„Ich habe mich immer für vernünftig gehalten", murmelte ich zähneknirschend.

„Das bist du. Du wolltest die Sache heute wie Erwachsene klären und das hast du getan. Ihr wisst beide, woran ihr seid und jeder kann daraus machen, was er will oder muss." Holly wirkte so viel reifer als sonst. In diesem Moment war ich mir sicher, dass wir Freundinnen waren und ich ihr vertrauen konnte.

„Danke", sagte ich leise. „Das hat mir wirklich geholfen."

„Gern. Wollen wir was essen gehen? Ich verhungere gleich."

Ich stimmte zu und wir machten uns zu Fuß auf den Weg zu einem Diner in der Nähe des Campus. Erst jetzt wurde mir bewusst, wie hungrig ich war. Ich musste mich zwingen, nur einen Cheeseburger mit Pommes zu bestellen, denn mein Magen verlangte nach viel mehr.

„Wieso sträubst du dich eigentlich immer so, dich jemandem anzuvertrauen?“, fragte Holly, nachdem wir bestellt hatten.

„Ich habe früh gelernt, dass ich vieles mit mir selbst ausmachen kann. Das hat mich unabhängig gemacht. Außerdem ist man so viel weniger angreifbar“, erklärte ich.

Holly hob die Brauen.

„Es ist schwierig zu erklären, aber es war mir immer wichtig, mich auf mich selbst zu verlassen und auf sonst niemanden. Dazu hatte ich meinen Vater, den ich nicht belasten wollte“, sagte ich.

Die Bedienung kam und stellte die Getränke vor uns auf dem Tisch ab. Schnell nahm ich einen Schluck. Es schmeckte so erfrischend, dass ich den Eistee fast komplett leerte.

„Na gut, das verstehe ich“, entgegnete Holly. „Was wirst du jetzt tun?“

„Wie meinst du das?“

Sie rührte mit dem Strohhalm in ihrem Cola. „Wegen Liam.“

Ich runzelte die Stirn. „Na ja, ich werde ihm natürlich aus dem Weg gehen.“

„Und wenn du ihn auf einer Party oder auf dem Campus wiedersiehst?“

„Auch da.“

Holly atmete theatralisch aus. „Mensch, wieso muss die Welt so kompliziert sein?“

„Da fragst du die Falsche.“ Ich schaffte es sogar, ein wenig zu lächeln.

Nachdem unsere Burger serviert wurden, schaute mich Holly über ihre Pommes hinweg schelmisch grinsend an. „Dieser Ryan ist aber auch ein Süßer.“

„Ich glaube nicht, dass er sich mir noch einmal nähern wird“, gestand ich und biss in meinen Burger.

„Wieso?“ Holly lachte. „Hast du ihn so sehr gelangweilt, als ihr oben allein wart?“

Ich schüttelte kauend den Kopf. „Nein.“

Als ich nichts mehr hinzufügte, schob sich Holly eine Pommes in den Mund. „Schade. Ich glaube, Ryan ist ein guter Kerl.“

„Das ist er mit Sicherheit. Ich bin aber nicht auf dem College, um schnellstmöglich unter die Haube zu kommen.“

„Sagt ja auch niemand.“ Holly wandte sich nun ebenfalls ihrem Burger zu.

Ich wechselte das Thema. „Hast du noch mehr Geschwister? Neben Charly?“

Sie nickte. „Wir haben noch eine kleine Schwester. Laurie. Sie ist elf. Hast du Geschwister?“

„Nein. Leider nicht. Aber ich hätte gern welche.“

„Oh, glaub mir, das ist nicht immer so leicht“, sagte Holly mit einem freudlosen Lächeln. „Ständig musst du alles teilen. Bei Charly und mir ist der Altersunterschied ja nicht allzu groß, deswegen bekam ich ständig ihre abgelegten Klamotten und ihr unbenutztes Make-up.“ Holly verzog das Gesicht zu einer unglücklichen

Grimasse. „Sogar Lippenstifte, die sie nicht mehr wollte."

„Ist es trotz alledem nicht viel schöner, wenn man nicht ständig allein ist?", hakte ich nach.

„Ich wäre gern mal allein gewesen. Laurie hat ein eigenes Zimmer. Bis Charly ins Wohnheim gezogen ist, habe ich mir mit ihr ein Zimmer geteilt. Ist das nicht unfair?"

Ich dachte darüber nach. Schließlich seufzte ich. „Ein bisschen." Wenn ich ehrlich war, schien mir ein geteiltes Zimmer allerdings ein geringer Preis dafür, jemanden zu haben, mit dem man sämtliche Familiensituationen teilen konnte.

Holly beobachtete mich. „Aber ich verstehe, wieso du dir Geschwister wünschst. Dann wäre dein Vater nicht so fixiert auf dich, oder?"

„Das auch", murmelte ich.

„Und du wärst nicht allein mit dem Verlust deiner Mutter gewesen", fügte sie sanft hinzu.

„Ich habe mich schon manchmal einsam gefühlt", gestand ich. „Es gab viele Momente, in denen mein Vater nicht ansprechbar war. Mit acht, neun oder zehn Jahren konnte ich nicht einfach das Haus verlassen und zu einer Freundin gehen. Und später dann ..." Ich ließ laut die Luft aus meiner Lunge entweichen, während ich eine Pommes zwischen den Fingern zerdrückte. „... wollte ich mit niemandem mehr darüber reden."

Holly nickte langsam. „Und wie geht es deinem Vater im Moment? Kommt er gut klar mit deinem Auszug?"

„Ja. Es geht ihm ganz gut", antwortete ich nur, denn den Verkauf des Hauses anzusprechen, würde ich nicht über mich bringen.

Holly ging nicht weiter darauf ein, sodass ich den kurzen Moment des Schweigens nutzte, um den Fokus des Gesprächs wieder auf sie zu lenken. „Wie ist Laurie? So wie du?“

Holly verdrehte die Augen. „Sie ist der Teufel in Person, Lie. Wirklich anstrengend, zickig und unerträglich.“ Dann lächelte sie. „Aber manchmal kann sie auch ganz nett sein.“

„Vermisst sie dich und Charly?“

„Manchmal bestimmt.“

„Wie sind deine Eltern so?“, fragte ich.

„Sehr gesellig. Alle beide. Bei uns Zuhause ist immer was los.“

„Vielleicht lerne ich sie irgendwann mal kennen“, sagte ich.

Holly nickte aufgeregt. „Unbedingt. Am vierten Juli schmeißen meine Eltern immer eine riesige Gartenparty. Du bist schon jetzt offiziell eingeladen.“

Ich lachte. „Hört sich gut an.“

Sie schenkte mir ein breites Lächeln, das ich nur zu gern erwiderte.

Mein Vorhaben, Liam aus dem Weg zu gehen und ihn irgendwann vollständig zu vergessen, funktionierte besser als erwartet. Die Vorlesungen der nächsten Woche lenkten mich hervorragend ab und ich nutzte auch danach jede Minute, um zu lernen, mich auf den nächsten Tag vorzubereiten oder etwas mit Holly zu unternehmen.

Am Donnerstagabend saßen wir auf dem Boden zwischen unseren Betten und übten uns an neuen Modezeichnungen. Ich hatte es tatsächlich geschafft, mit jedem Tag weniger an Liam zu denken.

„Wie findest du diesen Mantel?“, fragte Holly und schob mir ihr Blatt zu.

Ich studierte ihren Entwurf. „Sieht gut aus, aber ich finde ihn zu kurz.“

„Zu kurz? Okay.“ Sie legte den Kopf schief.

„Der Stehkragen gefällt mir.“

„Ja, er ist ziemlich gewagt.“

Ihr Handy klingelte. Sie stand auf und hüpfte zum Schreibtisch, um den Anruf entgegenzunehmen. „Hallo?“

Ich zeichnete weiter.

„Oh. Ich weiß nicht. Lie und ich wollten ins Kino. Warte kurz“, sagte Holly, dann verdeckte sie mit einer Hand ihr Handy. „Möchtest du am Samstag auf eine Party?“

„Schon wieder?“

Sie zuckte die Schultern. „Da ist fast jedes Wochenende eine.“

Die letzte Party war mir noch deutlich im Gedächtnis, deswegen schüttelte ich den Kopf und wandte mich wieder meinem Entwurf zu. „Nein. Vielleicht beim nächsten Mal.“

„Nein“, sagte Holly ins Telefon.

Ich hob wieder den Kopf. „Aber du kannst ruhig gehen. Wir können auch am Sonntag ins Kino.“

Holly schaute mich an. Es dauerte eine Weile bis sie sagte: „Bist du sicher?“

„Natürlich. Geh nur." Ich zeichnete weiter und verpasste dem Outfit einen Gürtel.

„Ich bin dabei", trällerte Holly. Ich hörte kaum zu, wie sie das Gespräch beendete. Meine Zeichnung war fertig. Vorsichtig schob ich sie in die Mappe.

Holly kam zurück und klaubte ihre Utensilien zusammen. „Du solltest dir von Liam nicht das Wochenende versauen lassen."

„Das tue ich doch gar nicht. Wirklich nicht. Ich habe im Moment einfach keine Lust auf Party und vor allem Alkohol. Außerdem muss ich mir endlich ein Auto suchen."

Holly warf mir einen prüfenden Blick zu. „Gut. Aber solltest du es dir anders überlegen, gib Bescheid."

Am Samstagabend verschwand Holly früher als sonst, da sie sich bei Charly für die Party fertig machte. Ich wollte die Gelegenheit nutzen, um mich endlich auf Autosuche zu begeben, aber ich schaffte es einfach nicht, die notwendige Konzentration dafür aufzubringen. Also schloss ich den Internetbrowser und entschied, dass ich mal wieder ein gutes Buch zur Hand nehmen könnte. Da ich im Moment keins meiner eigenen noch einmal lesen wollte, durchsuchte ich Hollys Sammlung, die auf ihrer Kommode gestapelt war. Das meiste waren Thriller. Nicht gerade mein Genre. Ich blieb an *Stephen Kings ES* hängen. Hatte Holly nicht erwähnt, dass eine Protagonistin meinen Namen trug? Neugierig blätterte ich die ersten Seiten um. Holly hätte sicher nichts dagegen, wenn ich es mir auslieh. Ich setzte mich auf mein Bett, lehnte mich an die Wand und begann, den ersten Horrorschinken meines Lebens zu lesen.

7. KAPITEL

Das Klingeln meines Handys riss mich aus einem unruhigen Schlaf. Ich nahm ab, ohne nachzusehen, wer mich eigentlich anrief. „Hallo?“

„Guten Morgen, habe ich dich geweckt?“

„Charly? Ja, aber das macht nichts“, sagte ich und rieb mir die Augen. „Guten Morgen. Was gibt’s?“

Sie kicherte. „Entschuldige. Ich mache mich jetzt auf den Weg, um Shane ins Verbindungshaus zu fahren und Holly dort abzuholen.“

„Was?“ Sofort war ich hellwach. Ich schaute zu ihrem Bett. Es war leer.

„Sie hat dort übernachtet. Ich soll sie aufsammeln. Möchtest du mitkommen? Sie braucht bestimmt auch ein paar frische Klamotten.“ Charly klang mehr als amüsiert. Ich setzte mich auf. Hatte Holly etwa mit jemandem geschlafen?

„Wann fährst du los?“, fragte ich.

„In den nächsten Minuten. Wie lange brauchst du denn?“

„Also ... eine Viertelstunde? Ich beeile mich.“

„Ja, kein Problem.“

Hastig stand ich auf und verschwand im Bad. Zurück im Zimmer schlüpfte ich in Shorts, eine kurzärmlige Bluse und schlichte Sneakers. Dann packte ich für Holly ein Kleid aus ihrem Schrank in meine Handtasche. Für einen Moment überlegte ich, ob ich ihr auch frische Unterwäsche mitnehmen sollte. Aber sie würde sicher erst hier duschen wollen.

Ohne vorher anzuklopfen, streckte Charly den Kopf durch die Tür. „Hi. Bist du so weit?"

„Ja, ich habe ein Kleid für Holly."

„Nimm ihr noch Unterwäsche mit." Sie trat ins Zimmer und riss die Schubladen von Hollys Kommode auf. Dann zog sie einen BH und einen Slip zutage und stopfte beides in meine Tasche. „Gehen wir."

Ich eilte hinter ihr hinaus. Im Flur wartete Shane. „Hi, na? Alles klar?"

„Hey. Ja. Habt ihr hier übernachtet?"

„Meine Mitbewohnerin war letzte Nacht bei ihrem Freund", erklärte Charly schlicht. Wir liefen den Gang entlang zum Aufzug.

„Und Holly wollte nicht mit euch zurück?", fragte ich ungläubig.

„Die ist mit Michael ein Stockwerk nach oben verschwunden." Shane feixte und zwinkerte mir zu. „Also nein. Sie ist lieber geblieben."

Michael? Gut, dass ich gestern nicht mit zur Party gekommen war.

Wir verließen das Wohnheim. Das Campus-Gelände wirkte trotz des sonnigen Wetters wie ausgestorben. Niemand begegnete uns auf dem Weg zu Charlys Auto.

Etwas wehmütig beobachtete ich während der Fahrt, wie Shane immer wieder Charlys Oberschenkel streichelte oder ihr liebevolle Blicke zuwarf. So leicht konnte es also sein ...

„Hast du Liam eigentlich erreicht?", fragte Shane plötzlich, kurz bevor wir das Verbindungshaus erreichten.

„Was?", piepste ich überrumpelt.

„Du wolltest doch seine Nummer."

„Oh." Sofort schoss mir das Blut in die Wangen. „Äh, ja. Danke noch mal."

Shane hakte nicht weiter nach. Schnell wechselte ich das Thema, um ganz sicher zu gehen. „Wie lange bist du schon in der Verbindung, Shane?"

„Seit einem Jahr. Gefallen dir unsere Partys?"

„Ja", antwortete ich lahm. Würde ich sie nicht nach Liams Verhalten beurteilen, würden sie mir sicher besser gefallen.

„Bin mal gespannt, wie es Holly geht", sagte Charly kichernd. Sie parkte den Wagen direkt vor dem Haus. Da stach mir der schwarze Audi ins Auge. Er stand nur wenige Meter von uns entfernt. Das durfte nicht wahr sein. War Liam etwa hier? Sofort fühlte ich mich unpassend angezogen. Ich war nicht einmal geschminkt. Dann rief ich mir ins Gedächtnis, dass es keine Rolle spielte. Wieso schaffte ich es einfach nicht, meine Gefühle für ihn unter Kontrolle zu bringen und mich an meinen Entschluss zu halten? Gerade nach seiner Abfuhr sollte das eigentlich kein Problem darstellen. Aber nein, allein sein Auto reichte aus, um mich in Aufruhr zu versetzen. Das war einfach nur noch lächerlich. Verärgert über mich selbst stapfte ich den anderen beiden hinterher.

Überall auf dem Rasen und der Veranda herrschte Chaos. Bei Tageslicht wirkte das Haus ungemütlich und trist. Alter Rauch und der Gestank nach Alkohol begrüßten uns an der Tür. Es war kein Wunder, dass Shane und Charly lieber im Wohnheim übernachteten.

Shane steuerte die Küche an. Seine Freundin und ich folgten. Um die Kücheninsel herum stand eine sechsköpfige Gruppe und frühstückte Pizza. Holly war unter ihnen. Liam nicht. Vielleicht war der Audi draußen doch nicht seiner gewesen.

„Hey!" Meine Mitbewohnerin winkte uns erfreut zu. „Pizza?"

Wir lehnten ab. Shane begrüßte seine Freunde, Charly und ich gingen zu Holly.

„Wie geht es dir?", fragte Charly ihre Schwester.

„Bestens." Sie kicherte. „Michael ist schon los. Leider."

„Ich hab dir frische Kleider mitgebracht." Ich deutete auf meine Handtasche.

Holly bedankte sich. „Super, dann gehe ich gleich nach oben und unter die Dusche."

„Du willst hier duschen?" Entsetzt starrte ich sie an.

Sie zuckte die Schultern. „Klar. Wieso nicht? Ich brauche dringend frische Klamotten."

Ich verkniff mir einen Kommentar über die möglichen hygienischen Zustände in einem stets gut besuchten Verbindungshaus, reichte ihr das Kleid und – etwas unauffälliger – auch die Unterwäsche.

Mit einem fröhlichen „Bin gleich wieder da" lief Holly aus der Küche.

„Wollen wir draußen warten?", schlug Charly vor. Ich stimmte zu.

Gerade als wir den Raum verließen und den Flur betraten, kam jemand die Treppe vom ersten Stock nach unten gelaufen. Mein Herz hüpfte wild, ehe ich ihn vollständig erkannte.

„Beverly?" Liam blieb überrascht stehen und sah auf mich hinab. Ich erwiderte seinen Blick. Allerdings nur für eine Sekunde. Charly war bereits aus dem Haus geschlüpft. Ich folgte ihr, ohne mich noch einmal nach ihm umzusehen.

„Beverly?“, rief Liam erneut und trat hinter uns aus der Tür. „Warte bitte.“

Auf der Veranda drehten Charly und ich uns zu ihm um.

„Was gibt's?“, fragte ich kühl und so desinteressiert wie möglich.

„Alles in Ordnung?“, fragte er.

„Sicher.“ Ich sah Charly an. „Wollen wir beim Auto warten?“

„Beverly?“ Liam ließ einfach nicht locker. Nun war auch Charly verwirrt.

Ich wandte mich erneut würdevoll zu ihm um. „Liam?“

„Können wir kurz reden?“

„Worüber denn? Haben wir nicht schon alles besprochen?“

„Komm, lass uns ein Stück zusammen spazieren gehen“, schlug er vor. Selbstsicher betrat er die Stufen der Veranda und machte sich nicht die Mühe, meine Antwort abzuwarten. Ich haderte mit mir, denn ich wollte nicht. Charlys misstrauischer Blick wanderte unentwegt zwischen Liam und mir hin und her.

Um nicht noch mehr Aufsehen zu erregen, entschuldigte ich mich bei Charly und folgte ihm. Während wir nebeneinander den Weg zur Straße entlangliefen, nahm ich mir vor, diese Unterhaltung so schnell wie möglich zu beenden. Nach seiner letzten Ansage hatte ich keine Lust auf noch eine Berg- und Talfahrt mit ihm.

„Wieso warst du nicht auf der Party gestern?“, fragte er.

Ich runzelte die Stirn. „Weil ich nicht wollte.“

„Wegen mir?“

Ich schnaubte verächtlich. „Nein.“

„Okay, ich hatte gehofft, dich anzutreffen“, erklärte er.

„Und wieso?“

„Also ...“ Er holte tief Luft. „Ich wollte mich entschuldigen, Beverly.“

„Bist du noch betrunken? Von letzter Nacht?“, fragte ich schnippisch.

Er seufzte. „Erstens war ich nicht betrunken und zweites tut es mir wirklich leid. Es war nicht fair von mir, während unserer letzten Aussprache so kalt zu dir zu sein.“ Als ich nichts erwiderte, fügte er hinzu: „Außerdem wollte ich wissen, wie es dir geht.“

„Gut. Danke.“

„Und deinem Vater?“, bohrte er weiter.

„Auch gut.“

„Schön. Okay. Du bist wirklich ein harter Brocken.“ Er lachte freudlos.

„Und du bist ...“ Ja, was war er? Schwer einzuschätzen? Unmöglich? Ein Mensch mit zwei Persönlichkeiten?

„Meine Situation ist nicht so einfach, Beverly“, sagte er, als hätte er meine Gedanken gelesen.

„Hör zu, Liam. Ich sehe keinen Grund für ein weiteres Gespräch“, entgegnete ich. Ich blieb stehen und drehte mich zu ihm, damit ich ihn ansehen konnte. Auch er hielt an.

„Und ich verstehe auch nicht, wieso du unbedingt noch eins führen möchtest. Es ist alles geklärt. Du denkst, dass ich dich mit meinen Gefühlen spielen lasse und mit einer einzigen Entschuldigung ist alles wieder in Ordnung? Was erwartest du denn von dieser tollen Unterhaltung?“

Aus dem Augenwinkel sah ich Charly, die uns von der Veranda aus immer noch beobachtete. Obwohl ich leise gesprochen hatte, kam es mir vor, als hätte ich geschrien.

„Du meinst also, dass ich mit deinen Gefühlen gespielt habe?“, fragte er entrüstet.

„Ja! Hast du. Du konntest dir schon auf der ersten Party denken, dass ich ... nun ja ...“ Ich brachte den Satz nicht zu Ende, also begann ich einen neuen: „Und dann küsst du mich, lässt mich fallen und behandelst mich wie ...“

„Wie was? Entschuldige ich mich nicht gerade bei dir? Wie ich bereits gesagt habe, ist meine Situation nicht ganz so einfach. Ich will ehrlich zu dir sein, aber ...“ Er brach ab.

Ich hob die Brauen. „Erwartest du etwa Mitleid von mir? Liam, lass es einfach. Ich habe dir versprochen, dir künftig aus dem Weg zu gehen und daran werde ich mich halten. Dann kannst du dir Situationen wie diese sparen. Vor mir musst du dich nicht mehr rechtfertigen.“

„Könntest du bitte aufhören, aus dieser Sache so ein Drama zu machen?“, zischte er genervt.

„Drama? Ist das dein Ernst? Du machst aus jedem deiner Abschiede von mir ein Drama, nicht ich.“

Dann fiel es mir auf einmal wie Schuppen von den Augen. Mit offenem Mund starrte ich ihn an. „Du hast Angst, dass ich es deiner Freundin sage, oder? Du hast bei unserem letzten Treffen jedes Wort genauso gemeint, wie du es gesagt hast. Und nun hast du Angst, dass du mich dadurch so sehr verletzt hast, dass ich deiner Freundin von dem Kuss erzähle. Ist es nicht so? In Wirklichkeit tut es dir doch überhaupt nicht leid."

Wieso war mir das nicht schon zu Beginn dieser Unterhaltung aufgefallen? Ich schüttelte müde den Kopf. „Aber ich kann dich beruhigen. Ich werde ihr nichts sagen und mich auch ganz gewiss nicht einmischen ... Du bist so ein Heuchler."

Sein Blick wechselte von perplex zu warnend. „Beverly. Genug. Tu bitte nicht so scheinheilig. Meine Beziehung interessiert dich nicht im Geringsten. Also, wer heuchelt hier eigentlich? Außerdem bist du völlig auf dem Holzweg."

Das reichte. „So was muss ich mir nicht geben. Ich bin niemandem etwas schuldig."

„Hör mir wenigstens zu", bat er schroff. Er packte sanft meinen Arm, als ich Anstalten machte, mich von ihm abzuwenden. „Bitte."

„Für was? Wir haben nichts mehr zu besprechen. Gar nichts. Wir sind keine Freunde, wir sind ... nichts."

Liam fuhr sich mit der freien Hand durch das kurze Haar. „Los jetzt. Wir gehen woanders hin."

„Nein." Wütend schaute ich zu ihm hoch. Ohne mich aus den Augen zu lassen, zog er den Autoschlüssel aus seiner Jeanstasche und betätigte den Knopf. Hinter mir hörte ich, wie sich die Verriegelung des Audis öffnete.

„Steig ein."

Sollte ich wirklich? Nein. Ich wäre völlig übergeschnappt, wenn ich ihm jetzt gehorchte.

„Bitte.“ Er sah mich ernst an.

„Wofür?“

„Damit wir in Ruhe reden können“, sagte Liam und ließ meinen Arm los.

„Liam? Alles in Ordnung?“ Ein Mädchen, das bei der Gruppe in der Küche gestanden hatte, tauchte auf der Veranda auf. Charly war verschwunden.

„Alles bestens“, antwortete er, ohne sie anzusehen. Offenbar glaubte er, dass ich abhauen würde, sobald er den Blickkontakt mit mir unterbrach. „Steig ein“, wiederholte er an mich gewandt. Sein Ton war so bestimmend, dass ich seiner Anweisung nun doch folgte. Ich sollte dringend den anhaltenden Liam-Konflikt zwischen Hirn, Gefühlen und Körper klären, sobald ich wieder klar denken konnte.

Schweigend rutschte ich auf die Beifahrerseite. Da mir sonst nichts blieb, schlug ich wenigstens die Tür mit voller Wucht zu. Ha!

Ich hörte wie Liam noch kurz und für mich unverständlich mit dem Mädchen redete, dann stieg er zu mir ins Auto. Er ignorierte mich, schmiss sein Handy in die Mittelkonsole zwischen uns und startete den Motor. Erst als wir losfuhren, fiel mir ein, wieso ich eigentlich hier gewesen war.

„Ich habe Holly und Charly nicht Bescheid gegeben“, schnauzte ich, als wäre er schuld an meiner Vergesslichkeit. Wenn man es ganz genau nahm, war er es sogar.

„Sie werden es überleben“, gab Liam zurück.

„Und wo fahren wir jetzt hin?“

„Irgendwohin, wo wir kein Publikum haben."
„Ist es dafür nicht schon zu spät?"
Er gab keine Antwort. Wir fuhren Richtung Innenstadt. Das Schweigen wurde mit jeder Sekunde unerträglicher.
Liam parkte in einer Seitenstraße. „Da vorne ist ein Café. Wollen wir dort hin?"
Ich seufzte. Mittlerweile hatte ich mich beruhigt. „Okay."
Mir war immer noch schleierhaft, was ein Gespräch bringen sollte, trotzdem wollte ich nun doch hören, was er zu sagen hatte.

Das Café war kaum besucht, was es uns einfach machte, einen abgeschotteten Tisch zu finden. Als die Bedienung uns die Karten brachte, starrte sie dabei nur Liam an. Er würdigte sie keines Blickes. Sicher nur, weil ich direkt vor ihm saß und er sich nichts anmerken lassen wollte.
„Ich bin gleich wieder da, um eure Bestellung aufzunehmen", säuselte sie überflüssigerweise und verschwand zu einem anderen Tisch.
„Was möchtest du?", fragte Liam. Ich warf ihm einen kurzen Blick zu. Sein Gesichtsausdruck war unergründlich. Niemals hätte ich damit gerechnet, dass ich heute noch in einem fast leeren Café mit ihm sitzen würde, anstatt mit Holly zurück ins Wohnheim zu fahren. Seit ich Liam kannte, traf ich unvorhersehbare Entscheidungen.
„Einen Milchkaffee", antwortete ich, obwohl ich eigentlich überhaupt nichts wollte. Wie aufs Stichwort kam die junge Frau zurück. Liam wieder anstarrend,

zückte sie ein klobiges Gerät, um unsere Bestellung einzutippen. „Was darf es sein?"

„Einen Milchkaffee und einen Cappuccino bitte", bestellte Liam knapp. Er sah sie immer noch nicht an. Erst als er ihr die Karten zurückreichte, warf er ihr einen kurzen, unbeteiligten Blick zu. Errötend verließ sie unseren Platz.

Liam faltete die Hände vor sich auf dem Tisch. Seine dunkelblauen Augen fixierten mich. „Danke, dass du mitgekommen bist."

Ich mied seinen Blick.

„Das wird irgendwie kompliziert", stellte er schließlich fest.

„Muss es aber nicht sein", sagte ich nur. Liam öffnete den Mund, als wollte er etwas erwidern, schloss ihn dann aber wieder.

Wir verfielen in Schweigen, bis die Bedienung kam und die Heißgetränke vor uns abstellte. Immer noch hatte sie nur Augen für Liam. Langsam nervte sie mich.

„Danke", schnauzte ich, was Liam ein Schmunzeln entlockte.

Als sie wieder verschwunden war und Liam immer noch keine Anstalten machte, das Gespräch wieder aufzunehmen, gab ich mir einen Ruck. Das Schweigen wurde mir zu viel. „Wie gesagt, ich werde dir künftig aus dem Weg gehen."

„Du kannst echt anstrengend sein." Er stöhnte und öffnete das Zuckerpäckchen. Ich beobachtete jede Bewegung seiner geschickten Finger.

„Danke. Du überhaupt nicht", entgegnete ich sarkastisch.

„Ich weiß einfach nicht, wie ich mit dir umgehen soll, Beverly“, erklärte er. „Ich habe nicht mit deinen Gefühlen gespielt. Es ist keine Entschuldigung, aber es stimmt: Meine Situation ist nicht so leicht. Ich wünschte, sie wäre es. Und ich wollte dich auch ganz sicher nicht darum bitten, meiner Freundin den Kuss zu verschweigen. Hättest du es ihr gesagt, hätte ich zu dieser Sache stehen müssen. Ganz einfach. Ich würde niemals von dir verlangen, für mich zu lügen.“ Er sah mir in die Augen. Irgendwo, weit entfernt, hörte ich das sanfte Geräusch des Zuckers, der auf den Schaum seines Cappuccinos rieselte und darin versank.

„Ich verstehe nicht ...“, flüsterte ich wie in Trance. Was wollte er dann? Ich wurde einfach nicht schlau aus ihm. Er tauchte den Löffel in die Tasse.

„Vielleicht wäre es besser gewesen, wenn ich dich zu keinem Gespräch überredet hätte. Aber das erschien mir nicht richtig, da ich mich bei dir entschuldigen möchte“, sagte er. „Ohne irgendwelche Hintergedanken. Sondern einfach aus dem Grund, weil es nie meine Absicht war, dich zu verletzen.“

„Liam ...“

„Ich denke öfter an dich, als ich sollte“, gestand er plötzlich. Damit hatte ich nicht gerechnet. Aber ich glaubte ihm jedes Wort. Ein prickelndes, aufgeregtes Kribbeln wanderte über meine Haut.

„Und wie stellst du dir das alles in Zukunft vor?“, fragte ich leise.

Schweigend rührte er in seinem Cappuccino. Der Milchschaum löste sich bereits auf. Mein Kaffee stand unberührt vor mir.

„Wir haben zwei Möglichkeiten, denke ich“, begann er. „Entweder wir gehen uns von nun an wirklich aus dem Weg, oder wir einigen uns darauf, Freunde zu sein. Wir könnten noch mal neu beginnen. Ich weiß nicht, wie es dir geht, aber ich verbringe gern Zeit mit dir.“

Am liebsten hätte ich den Tisch umgeworfen. Freunde? Nach seinem Geständnis, dass er an mich denken musste? War das sein Ernst?

Liam versuchte ein Lächeln. „Du siehst nicht begeistert aus.“

Was sollte ich sagen? Was wollte ich? Ich wusste es nicht. Doch, ich wusste es sehr wohl, nur war dies keine der gegebenen Optionen. Eine Freundschaft mit ihm führen zu können, erschien mir unwahrscheinlich. Seltsamerweise hatte ich ihm aber schon mehr anvertraut als Holly oder sonst jemandem. Obwohl die Situation zwischen uns so verfahren war.

„Willst du mir jetzt sagen, wie es dir geht? Diesmal ernsthaft?“, fragte er auf einmal.

„Ähm ... gut“, antwortete ich, immer noch völlig in meinen eigenen Gedanken versunken.

„Ich meine wegen dem Haus deines Vaters. Eurem Haus.“ Er ließ nicht locker. Ein Themenwechsel also. Ich warf einen Blick aus dem Fenster. Es war kaum etwas los auf der Straße.

„Ich komme damit klar.“

„Möchtest du reden?“, hakte er nach.

Nein. Doch. Mit ihm? Erneut? Jetzt? Als ich in seine tiefblauen Augen sah, war da alles, von dem ich bis vor Kurzem nicht gewusst hatte, dass ich mich all die Jahre danach gesehnt hatte. Der Felsen inmitten eines aufbrausenden Meeres, das ich seit dem Tod meiner Mutter allein besegelt hatte. Ich konnte ihm vertrauen, bei ihm Zuflucht finden. Das wusste ich einfach. Wie ein Leuchtturm, der mich aus jedem Sog ziehen konnte, führte er mich aus all den Gefühlen, die ich bisher allein bearbeitet hatte, um sie für mich mitzuhalten.

„Ich rede kaum über meine Mutter", gab ich zu. „Oder über meine Familie allgemein."

„Wieso?"

„Ich glaube, dass es ein Schutzmechanismus ist. Es ist schwierig zu erklären. Mein Vater ist kein starker Mann. Als sie starb, fiel er in ein tiefes Loch, aus dem er lange nicht wieder herauskam. Meine Tante, seine Schwester, kam aus Illinois, um uns zu Beginn einige Tage unter die Arme zu greifen. Doch sie musste wieder zurück. Und dann war es an mir, wieder einen Alltag zu finden. Einen halbwegs normalen zumindest. Ich habe schnell gemerkt, dass die Menschen sich uns gegenüber anders verhielten, wenn sie über den Tod meiner Mutter Bescheid wussten. Sie wussten oft nicht, wie sie darauf reagieren sollen. Mitleid? Ignoranz? Ablenkung? Das hat dazu geführt, dass einige Freunde meinem Vater nach und nach den Rücken kehrten. Nicht aus Boshaftigkeit. Sie waren einfach hilflos. Er hat es zu Beginn nicht registriert, aber später natürlich schon. Als Kind schlussfolgerte ich, dass es besser war, nicht zu viel zu erzählen. Natürlich bekamen Verwandte und alte wie auch neue Freunde diesen Schicksalsschlag mit. Ich meine damit nur, dass ich sie nicht immer damit konfrontieren wollte. Um eine weitere Abweisung zu verhindern. Menschen können nur eine bestimmte Zeit lang mit Negativem umgehen. Sie wollen ihr Soll an Mitgefühl erfüllen, aber irgendwann dann wieder eine normale Realität und nicht mehr mit dem immer gleichen Leid konfrontiert werden, verstehst du? Ich habe es also mit mir selbst ausgemacht. Auch weil mein Vater nicht in der Lage war, mir meine Trauer ein Stück abzunehmen. Es war eher umgekehrt. Ich kümmerte mich um ihn, so gut ich eben konnte. Das hat dazu geführt, dass ich glaubte, dass mir andere Menschen ebenfalls keinen Trost spenden konnten, wenn er es schon nicht schaffte."

Liam ließ mich keine Sekunde aus den Augen. „Du warst erst acht Jahre alt", sagte er. Ich war überrascht, dass er sich meine Worte gemerkt hatte. Schwach lächelnd nickte ich.

„Ja." Endlich entspannte ich mich ein wenig und nahm einen ausgiebigen Schluck von meinem Kaffee. „Damals habe ich auch noch nicht in vollem Maße verstanden, was es bedeutet, seine Mutter zu verlieren. Wie sehr sie mir fehlen würde. Da war keine Mutter, die mich nach der Schule mit frisch gekochtem Essen erwartete und fragte, wie mein Tag war. Keine Mutter, die aufgeregt mit mir auf mein erstes Date am Abend hin fieberte und mir vielleicht Tipps gab. Keine Mutter, die mir beim Cheerleading zusah oder mich und meine Freundinnen zum nächsten Spiel fuhr. Keine Mutter, die mit mir ein College aussuchte oder mich an meinem ersten Tag dorthin begleitete."

Bei dem Gedanken daran schnürte sich mir erneut die Kehle zu. „Mein Vater hat in den letzten Jahren versucht, die vielen davor wieder gutzumachen, indem er überfürsorglich wurde. Doch da war ich bereits so erwachsen geworden, dass ich immer noch die Rolle der

Beschützerin behielt. Wir schafften es nicht, wieder zu tauschen. Nie mehr habe ich vor ihm geweint oder mich ihm anvertraut. Und ich habe es auch noch nie zuvor jemand anderem anvertraut. Was wirklich in mir vorgeht, meine ich. Dass es Momente gibt, an denen ich nicht glücklich bin. Dass ich manchmal nicht stark sein wollte, sondern einfach so unbeschwert wie andere Gleichaltrige. Dass es mich belastete, dass mein Vater lange Zeit so schwach war. Aber ich würde es ihm nie vorhalten. Ich kann nur ahnen, wie sehr er sie geliebt hat. Für sie kam er zurück nach Richmond. Sie haben sich damals auf der Richmond Highschool kennengelernt und den Kontakt nach ihrem Abschluss gehalten. Sie wollte nach dem College wieder in Richmond leben, er eigentlich in Illinois. Nach der Highschool hat er dort in der Firma des Mannes seiner Schwester gearbeitet. Meine Mutter war ein völlig anderer Typ als er. Abenteuerlustig, kreativ, weltoffen, spontan. Mein Vater ist vorsichtiger, liebt es, die Dinge zu planen. Wie ich." Ich lächelte traurig. „Er ist sehr sensibel."

„Das klingt, als wäre sie ein ganz besonderer Mensch gewesen", meinte Liam. „Wie war ihr Name?"

Ich nickte und strich mir eine Haarsträhne hinters Ohr. „Susanna. Und ja, das war sie. Sie war ein Sonnenschein. So nannte mein Vater sie immer. Ich habe ihre Haarfarbe und ihre Augen. Auch so sehe ich ihr sehr ähnlich. Ich habe mich oft gefragt, ob dieser Umstand meinem Vater die Situation schwieriger oder einfacher gemacht hat."

„Ziemlich viel zu verarbeiten für so ein junges Mädchen."

Ich hob die Schultern. „Na ja. Ich bin dennoch erwachsen geworden. Ich bin meinen Weg gegangen."

„Und das wohl sehr gut."

„Ich hätte nicht gedacht, dass ich dir so viel erzählen würde", gab ich zu.

„Und wie geht es dir damit?" Er lächelte freundlich.

„Ich glaube, gut."

„Weißt du, Beverly, wenn man einen geliebten Menschen verliert, dann geht ein Teil von einem immer mit. Was zurückbleibt, muss sich zwangsweise verändern. Transformieren sozusagen, um weiterexistieren zu können und es zu schaffen, ein neues Leben zu beginnen. Das ist hart. Aber das, was wir daraus machen, zeigt, wer wir sind und an was wir glauben. Und du hast nicht nur dir selbst in ein neues Leben geholfen, sondern auch deinem Vater. Das sagt sehr viel über dich aus."

„Im Moment fühle ich mich eher etwas verloren, als würde ich taumeln und einfach keinen richtigen Halt finden. Alles ist neu, was ich aber unbedingt wollte. Ich brauchte eine Loslösung. Doch im Hinterkopf wusste ich immer, was für eine Konstante ich in Richmond trotzdem noch besaß. Das gab mir Sicherheit. Und wenn ich nun nach Hause komme, wird da eigentlich gar kein Zuhause mehr sein. Ich habe dann keines mehr. Mein Vater bezieht eine neue Wohnung und ich …" Ich brach ab und atmete schwer aus.

„Du wirst ein neues Zuhause finden. Zuerst aber lebst du hier", sagte Liam. „Alles andere wird sich fügen. Wer weiß, wohin dein Weg dich noch führen wird. Du bist kein Mensch, der lange in der Vergangenheit lebt, sonst hättest du mir eine andere Geschichte über dich erzählt."

„Danke", flüsterte ich. „Auch dafür, dass du mir zugehört hast."

„Immer wieder gern."

Wir verfielen für einen Moment in Schweigen, bis Liam es durchbrach. „Wann ist der Umzug?"

„Das weiß ich noch nicht. Ich muss mit meinem Vater in Ruhe darüber sprechen. Bis dahin brauche ich auf jeden Fall ein Auto. Ich möchte nicht mit dem Bus oder dem Zug fahren müssen."

„Denk an meinen Ratschlag", erinnerte er mich schmunzelnd.

Den restlichen Vormittag sprachen wir über das College und die Kurse, die wir belegten. Irgendwann prüfte Liam sein Handy. „Wir sollten gehen. Ich muss los."

Ich nickte. „Ja, natürlich."

Er sah mich an. „Und? Wie sollen wir nun weitermachen? Es ist deine Entscheidung."

Seufzend nahm ich mir einen Moment Zeit, um darüber nachzudenken. Es war erstaunlich einfach gewesen, eine so tiefe Unterhaltung mit ihm zu führen. Alles in mir sehnte sich so sehr nach seiner Nähe, dass ich gar keine andere Wahl hatte. Ich wollte das, was uns verband, und was auch immer es war, nicht verlieren, so unmöglich es mir auch erschien. Also musste ich nehmen, was er mir anbieten konnte.

„Wir können Freunde sein. Werden." Ich lächelte. Ja, ich würde es versuchen. Vielleicht würden meine Gefühle sich irgendwann sogar ändern können.

Liam winkte die Bedienung zu uns. Sie kam sofort. „Zahlt ihr getrennt oder geht das zusammen?"

„Getrennt", antwortete ich, doch Liam fügte hinzu: „Zusammen."

Ehe ich protestieren konnte, hatte er der Bedienung schon einen Geldschein zugesteckt. „Stimmt so."

„Danke", murmelte ich, als sie sich wieder entfernt hatte. „Das wäre nicht nötig gewesen."

„Das machen Freunde so", sagte er und zwinkerte mir zu.

„Nein, das machen *Paare* so", gab ich zurück.

„Ach, Beverly. Ich habe dich als Freund eingeladen. Punkt." Er stand auf und wir verließen das mittlerweile etwas vollere Café. Draußen knallte erbarmungslos die Sonne auf uns herab.

Die Fahrt zum Campus brachten wir nahezu schweigend hinter uns. Dieses Mal war es ein sehr angenehmes Schweigen, wobei jeder seinen eigenen Gedanken nachhing.

Ich beobachtete Liam unauffällig. Lässig lenkte er den Wagen durch den Verkehr. Warum war das alles so kompliziert? Er schaffte es tatsächlich immer wieder, mich aus der Reserve zu locken. Dazu kam, dass es, obwohl ich es mir wünschte, sicher nicht die beste Entscheidung meines Lebens gewesen war, sein Freundschaftsangebot anzunehmen. Und auch nicht seine, es überhaupt zu tun, wo er genau wusste, wie ich eigentlich für ihn empfand. Aber nun hatten wir so entschieden. Und ich blieb dabei. Kaum merklich schüttelte ich den Kopf, während sich meine Gedanken überschlugen. Ich wusste nicht mehr, was richtig war und was falsch. Eine Vermutung ließ mich allerdings kein einziges Mal los: Ich saß auf einem Pulverfass.

Hoffentlich würde es nicht irgendwann explodieren.

„Wo warst du?“, rief Holly als ich unser Zimmer betrat. Sie sprang vom Bett auf und verschränkte entrüstet die Arme vor der Brust.

Ich lief zum Schreibtisch und stellte die Handtasche auf dem Stuhl ab. „Bitte entschuldige, dass ich einfach abgehauen bin. Das ist eigentlich nicht meine Art.“

„So hätte ich dich auch nicht eingeschätzt. Aber es geht mir vielmehr darum, dass ich mir Sorgen um dich gemacht habe, Lie.“ Hollys vorwurfsvoller Ton hielt an. „Du bist mit Liam weg. Warum?“, fragte sie. Nun klang sie enttäuscht.

„Wir sind Freunde“, erwiderte ich lahm.

Sie wölbte die Brauen. „Freunde? Soll das ein Scherz sein?“ Holly setzte eine Miene auf, als wäre sie die Lehrerin einer überaus begriffsstutzigen Schülerin. „Lie, wieso machst du das? Du bist verknallt in den Typen. Und da willst du mit ihm befreundet sein? Vor einer Woche habe ich dich noch wegen diesem eingebildeten Aufreißer getröstet. Ich weiß überhaupt nicht, wo ich anfangen und wo ich aufhören soll. Das funktioniert nicht.“

Ich hob die Hände, um sie zu stoppen. „Holly. Können wir das einfach mal so stehen lassen? Du bist nicht meine Psychologin, Mutter oder sonst was. Du bist meine Mitbewohnerin und es geht dich eigentlich auch nichts an, okay? Lass es bitte.“

Hollys blaue Augen weiteten sich. Es war ihr deutlich anzusehen, dass ich sie verletzt hatte. Trotzdem wollte ich mich auch nicht mehr vor ihr rechtfertigen müssen. Sie senkte die Lider. Mit den Fingern spielte sie am Saum ihres Kleides. Ich atmete tief durch und ging zu ihr.

„Entschuldige, wenn sich das grob angehört hat. Aber ich habe dir nicht all das anvertraut, damit ich mich danach ständig bei dir rechtfertigen muss. Bitte akzeptiere meine Entscheidungen. Ich habe nicht vergessen, dass du wegen Liam für mich da warst."

Sie sah mich an. „Ich meinte es nur gut. Außerdem dachte ich, dass wir Freundinnen sind."

Ich seufzte. „Wir sind Freundinnen, Holly. Ich bin es nur nicht gewohnt, dass mir jemand seine Meinung geigt und erwartet, dass ich mich daran orientiere. Ich habe meine eigene. Auch wenn ich in der Vergangenheit etwas neben mir stand. Ich versuche wirklich, das Richtige zu tun. Die Fehler, die ich gemacht habe, werde ich nicht wiederholen. Liam ist ein Freund. Mehr nicht. Würde ich damit nicht zurechtkommen, hätte ich dem nicht zugestimmt." Das Zurechtkommen würde sich allerdings noch zeigen müssen ...

Sie wirkte noch etwas getroffen, aber auch beruhigt. „Was ist denn überhaupt passiert?"

„Wir waren Kaffee trinken."

„Und?"

„Wir haben geredet und eine Basis gefunden. Weil wir uns mögen."

Holly nickte langsam. Sie wirkte wie ein Kind, dem ich soeben erklärt hatte, dass seine Eltern sich zwar scheiden ließen, es aber immer noch genau so lieben würden wie zuvor.

„Na gut, dann werde ich das so stehen lassen. Und ich werde dich auch nicht mehr so angehen. Oder ausquetschen."

Ich lächelte. „Gut. Danke."

8. KAPITEL

Am Montagabend rief ich meinen Vater an. Wir sprachen über den Umzugstermin, der schon für kommenden Samstag angesetzt war, seine neue Wohnung und dass ich zu ihm fahren würde, um ihm zu helfen. Doch dazu würde ich ein Auto brauchen. Es wäre zumindest praktischer. Da ich auch bei meiner ersten Suche nicht erfolgreich gewesen war, verspürte ich eigentlich keine große Lust, mich auf eine neue zu begeben. Aber es half nichts, ich würde es tun müssen, wenn ich nicht ständig mit dem Bus oder Zug fahren oder auf andere angewiesen sein wollte.

So könnte ich auf Partys wenigstens nach Hause fahren, wann es mir passte. Charly hatte mich schon oft genug mitgenommen und sogar Liam hatte bereits einmal als Fahrer gedient. Liam! Ich könnte ihn um Hilfe bitten. Immerhin kannte er sich mit Autos aus. Zumindest behauptete er das. Ich besaß seine Handynummer, also könnte ich ihn fragen. Wir waren schließlich Freunde ...

Nach zähfließenden Minuten der Unschlüssigkeit, gab ich mir endlich einen Ruck.

***Beverly**: Hi, ich würde gern noch mal auf deinen Ratschlag zurückkommen. Welches Auto würdest du mir denn empfehlen? Grüße, Beverly*

Seine Antwort erreichte mich nur wenige Minuten später:

***Liam**: Hey, ja da gibt es einige. Wie wäre ein Mini?*

Ein Mini. Ich stöhnte. Das wäre natürlich super, für mich allerdings unbezahlbar. Kurz darauf kam eine weitere Nachricht von ihm:

***Liam**: Da du sicher was Günstiges suchst, würde ich dir einen Mitsubishi empfehlen. Colt.*

Mitsubishi? Da ich mich überhaupt nicht mit den verschiedenen Modellen auskannte, gab ich seine Empfehlung in der Internetsuchmaschine ein. Es gefiel mir gut. Klein und trotzdem mehr als ausreichend. Sofort wurden mir passende Gebrauchtwagenhändler in der Nähe vorgeschlagen. Ich nahm das Handy wieder zur Hand.

***Beverly**: Vielen Dank. Auf den Bildern gefällt mir das Auto schon mal sehr gut. Werde mir eins ansehen.*

Eine halbe Stunde später schickte Liam mir einen Link, der mich direkt zu einem Gebrauchtwagenhändler weiterleitete. Darunter schrieb er:

***Liam**: Sieh dir den mal an. Sieht gut aus.*

Ich notierte mir die Nummer und die Adresse des Händlers. Insgeheim hatte ich gehofft, dass Liam anbieten würde, mich zu begleiten, doch das tat er nicht. Auch wenn ich es natürlich allein schaffen würde, wäre es nicht schlecht gewesen, jemanden dabei zu haben, der sich auskannte.

Es war noch nicht allzu spät, also rief ich dort an, um einen Termin zu vereinbaren. Um den nächstmöglichen zu bekommen, würde ich eine Vorlesung ausfallen lassen müssen, was für mich nicht in Frage kam. Ich schob ihn auf Mittwochabend, auch wenn es knapp werden würde. Bis dahin würde der Wagen sicher noch zu haben sein.

***Beverly**: Ich habe dort einen Termin vereinbart. Danke.*

Es folgte keine Antwort mehr.

Die Tage bis Mittwoch vergingen, ohne dass ich groß an Liam denken musste. Zu sehr verfolgten mich die Gedanken an den baldigen Umzug meines Vaters. Da dieser am Samstag anstand, hoffte ich inständig, dass es mit dem Auto klappen würde. Doch meine Hoffnung wurde zerschlagen, als ich dort ankam und der Verkäufer mir mitteilte, dass bereits jemand ein Angebot für den Mitsubishi abgegeben hatte. Würde ich allerdings höher bieten, würde ich den Wagen bekommen. Da ich mir noch keinen Job gesucht hatte, wollte ich mein Erspartes nicht für das erste Auto raushauen, das ich besichtigte. Schon gar nicht unter Druck. Dazu kam, dass ich mich noch um die Anmeldung kümmern musste. Ich war tatsächlich viel zu knapp dran, wenn ich es am Samstag schon brauchte. Also sagte ich ab.

Frustriert kehrte ich ins Wohnheim zurück. Was war nur los? Immer wieder überkam mich das beißende Gefühl, dass nichts wirklich rund lief, seit ich auf dem College war. Mein stoischer Organisationsdrang und meine Leidenschaft, alles ordentlich und nach Plan zu erledigen, waren in dieser kurzen Zeit beträchtlich in Mittleidenschaft gezogen worden. Wenigstens die Vorlesungen und die Arbeiten dazu erledigte ich so gewissenhaft wie zuvor.

Am Freitagabend erreichte mich eine Nachricht von Liam.

***Liam**: Na, Auto gekauft?*

***Beverly**: Nein, es hatte schon jemand ein Angebot abgegeben. Ich hätte es aber überbieten können. Wusste nicht, dass es bei Händlern zugeht wie auf einem Basar.*

***Liam**: Nicht bei jedem. Sicher, dass das kein Bluff war?*

***Beverly**: Er hat keinen Rückzieher gemacht, als ich abgesagt habe.*

***Liam**: Schade, tut mir leid!*

Ich legte das Handy zur Seite. Auf einmal fühlte ich mich schrecklich müde. Trotzdem würde ich mir unbedingt noch eine passende Zugverbindung raussuchen müssen. Doch zuerst wollte ich meine Tasche packen. Obwohl ich kaum mehr mitnahm als den üblichen Kram, war sie danach gestopft voll. Ich drückte noch ein frisches T-Shirt oben drauf, als Holly das Zimmer betrat. „Lie! Hi! Ich gehe gleich wieder los. Abendessen mit Charly und einer Freundin von ihr. Kommst du mit?“

„Nein. Ich muss morgen früh raus. Ich fahre doch nach Richmond.“

„Oh, stimmt.“ Sie ging zum Schrank und öffnete ihn. „Charly kann dich vielleicht zum Bahnhof bringen.“

„Quatsch. Ich fahre mit dem Bus. Wahrscheinlich werde ich eine sehr frühe Verbindung nehmen.“ Ich stand auf, kramte meinen Kulturbeutel und frische Handtücher aus der Kommode, verabschiedete mich von Holly und machte mich auf den Weg zum Badezimmer.

Frisch geduscht und im Jogginganzug auf dem Bett liegend, fühlte ich mich wieder etwas fitter. Mit dem Laptop auf dem Bauch machte ich mich im Internet auf die Suche und notierte mir die Abfahrtszeit des passenden Zuges und den Bus zum Bahnhof. Da kündigte mein Handy piepsend eine eingegangene Nachricht an.

Liam: *Deine Mitbewohnerin ist im Diner. Wieso bist du nicht dabei?*

Liam war also auch dort essen. Mit Madison? Bestimmt würde er mir in dem Fall keine Nachricht schicken. Nun bereute ich es doch ein wenig, dass ich Holly nicht begleitet hatte.

Beverly: *Ich muss morgen früh schon um halb 6 aufstehen, wegen dem Umzug meines Vaters.*

Liam: *Der ist schon morgen?*

***Beverly**: Ja.*

Ich konnte es selbst kaum fassen. Leider folgte keine weitere Nachricht von Liam. Enttäuscht legte ich das Handy zur Seite und räumte noch ein wenig auf, ehe ich mich Schlafen legte.

9. KAPITEL

Am nächsten Morgen fühlte ich mich, als hätte ich gerade einmal eine Stunde geschlafen. Mein Wecker schaffte es nicht, auch Holly zu wecken. Sie schlummerte seelenruhig weiter. Leise stand ich auf, machte mich fertig und verschwand aus dem Zimmer. Während ich müde mit meiner voll bepackten Handtasche zum Fahrstuhl stapfte, verfluchte ich mich für meine Nachlässigkeit. Mit einem Auto wäre es so viel einfacher gewesen. Der Gang wirkte wie ausgestorben. Nicht einmal der Empfang war besetzt.

Mürrisch trat ich aus der Tür. Neblig und kühler als erwartet, lag die Dämmerung über dem Campus. Es war nichts zu hören außer dem stetigen Plätschern des Brunnes. Ich zog den Reißverschluss meiner dünnen Jacke bis unter das Kinn und marschierte am Wohnheim vorbei in Richtung Parkplatz, hinter dem sich die Bushaltestelle befand. Eines der wenigen Autos stach mir sofort ins Auge. Ein schwarzer Audi. Mein Herz pochte sofort schneller. Jemand lehnte an der Motorhaube, in der Hand zwei Becher. War das tatsächlich Liam? Wie konnte das sein? Das war unmöglich. Oder schlief ich noch? Voller Überraschung blieb ich stehen und starrte ihn an.

„Brauchst du eine Mitfahrgelegenheit?“, rief er, als ich immer noch wie eine Salzsäule auf der Stelle stand. Das konnte nicht wahr sein! Langsam schaffte ich es, einen

Fuß vor den anderen zu setzen. Wieder einmal fiel mir auf, wie gut er aussah. Er trug ein schwarzes Shirt, darüber eine dunkelgraue Kapuzenjacke sowie eine lässige Jeans und weiße Converse Allstars. Hätte ich nur einen Funken Anstand, würde ich nicht einmal erwägen, zu ihm ins Auto zu steigen.

„Was tust du hier?“, fragte ich.

Er hielt mir einen der Becher entgegen. „Dich nach Richmond fahren. Wenn du möchtest.“

„Oh ... die Fahrt ist lang.“ Ich nahm ihm den Becher ab und er steckte die freie Hand in die Tasche seiner Jeans.

„Ich weiß, wo Richmond liegt.“ Plötzlich riss er erschrocken die Augen auf. „Wir reden schon von Virginia? Nicht Kalifornien?“

Ich lachte. „Virginia.“

„Gut. Also, steigst du ein?“ Sein Lächeln war hinreißend.

„Das kann ich nicht annehmen, Liam. Das ist wirklich sehr nett und aufmerksam. Aber es geht nicht“, sagte ich.

„Wie du meinst.“ Er nickte zum Becher in meiner Hand. „Den Kaffee darfst du trotzdem behalten.“

„Danke“, murmelte ich. Er stieß sich von der Motorhaube ab und nahm mir die Handtasche von der Schulter.

„Was wird das?“, fragte ich verwirrt.

„Ich kann dich wenigstens zum Bahnhof fahren, oder? Sonst wäre ich ja nur für einen Kaffee so früh aufgestanden.“ Er umrundete bereits das Auto und verstaute meine Tasche im Kofferraum. „Steig ein“, wies er mich an.

Na gut. Das könnte ich ohne schlechtes Gewissen annehmen. Außerdem wäre es mir wirklich recht. So könnte ich mir die Busfahrt quer durch D.C. sparen. Ich ließ mich auf den ledernen Beifahrersitz sinken. Was für ein tolles Auto! Woher hatte Liam das Geld dafür?

Er stieg ebenfalls ein und startete den Motor. Frischer Pfefferminzgeruch stieg mir in die Nase. Gemischt mit Liams Duft ein völlig betörendes Ergebnis. Es könnte so einfach sein, wenn ... Nein! Schluss! Ich musste dringend an mir arbeiten. Entweder das, oder ich würde das College wechseln müssen. Oder den Staat. Da schien mir Ersteres leichter zu sein. Ich warf Liam einen verstohlenen Seitenblick zu. Obwohl ... vielleicht wäre ein Umzug doch einfacher.

„An was denkst du?“, fragte Liam.

„Daran, dass ich eigentlich in einem anderen Bundesstaat sein sollte“, antwortete ich mürrisch.

Er runzelte die Stirn.

Ich seufzte. „Eigentlich wollte ich in New York studieren.“ „Tatsächlich?“

„Ja, nur ... das wäre zu weit weg gewesen. Von Richmond.“

„Oder von deinem Vater?“

„Du hörst gut zu“, lobte ich ihn und machte es mir im Sitz gemütlich. Vielleicht hätte ich sein erstes Angebot doch nicht ausschlagen sollen. „Von meinem Vater. Washington war für ihn schon weit. Er hat es mir so nie gesagt, aber ich kenne ihn natürlich. Zu wissen, dass ich nicht einfach mal übers Wochenende nach Hause fahren könnte, wäre für ihn noch schwieriger gewesen.“

„Du hast für deinen Vater viel aufgegeben“, stellte Liam fest. Ich hatte nicht eine Sekunde auf den Verkehr geachtet, sodass ich erst jetzt registrierte, dass er auf die Interstate 395 auffuhr.

„Liam!“, rief ich und richtete mich auf. „Du fährst in die falsche Richtung. Hier geht es nicht zum Bahnhof.“

„Richtig“, bestätigte er. „Ich habe doch gesagt, dass ich dich nach Richmond fahre.“

Ich schnappte nach Luft. „Nein, du hast gesagt, dass du mich zum Bahnhof bringst.“

„Ich habe meine Meinung geändert“, erklärte er schlicht.

„Das nennt man Entführung“, presste ich hervor. Auch wenn sich ein kleiner Teil in mir freute, wollte ich dennoch nicht in seiner Schuld stehen.

„Reg dich ab. Sieh mal, wir überqueren schon den Potomac River. Jetzt kann ich auch ebenso gut direkt nach Virginia fahren.“

„Du bist ein elender ...“ Mir fehlten die passenden Worte. Mit voller Wucht rammte ich den Kaffeebecher in den Halter an der Mittelkonsole.

„Oh, du wirst doch jetzt nicht etwa den Kaffee verschmähen?“, fragte er in gespielt tadelndem Tonfall. „So was macht man nicht, Beverly.“

„Man entführt auch keine Menschen“, gab ich zurück.

„Ach, komm. Genieß die Fahrt. Und meine Anwesenheit. Gibt es etwas Schöneres?“

„Mir fallen tausend Dinge ein“, log ich. Dabei fiel mir überhaupt nichts Schöneres ein. Ja, doch. Liam könnte zum Beispiel nackt fahren. Himmel! Ich würde in die Hölle kommen.

„Du könntest natürlich aus dem fahrenden Auto springen. Solltest du das nicht wollen, wirst du wohl oder übel mit der Situation leben müssen." Er schmunzelte.

„Ich hab dir vertraut", murmelte ich dramatisch.

Liam warf mir einen kurzen Blick zu. Sogar aus dem Augenwinkel erkannte ich, dass er eine Braue hob. „Wäre es dir lieber gewesen, wenn ich dich am Bahnhof abgesetzt hätte und du mit dem Zug gefahren wärst?"

„Auf jeden Fall!"

„Du kannst mich nicht belügen. Schon gar nicht so schlecht." „Jetzt bist du auch noch ein menschgewordener Lügendetektor?", fuhr ich ihn an.

„Nein, aber in ein paar Jahren Anwalt. Da muss ich so was können."

„Anwalt?" Plötzlich fiel mir auf, dass ich eigentlich nichts über Liam wusste. Wenn er schon darauf bestand, dass ich zwei Stunden bei ihm im Auto saß, dann würde er auch etwas von sich preisgeben müssen. Wieso um alles in der Welt war er eigentlich immer so unnahbar?

„Mhm." Sein Gesichtsausdruck wirkte wie eingefroren. Offenbar schien er dieses Detail ungewollt ausgeplaudert zu haben.

„Wow, das klingt toll", kommentierte ich.

„Finden meine Eltern auch."

„Sie sind auch Anwälte?" Ich konnte es gar nicht erwarten, noch mehr von ihm zu erfahren.

„Ja. Namenspartner in einer großen Kanzlei in Baltimore", sagte er.

„Oh.“ Das erklärte, warum Liam ein so teures Auto fuhr. Er musste sicher keinen Studienkredit abbezahlen. „Dann kommst du aus Baltimore?“

„Ja“, antwortete er wie selbstverständlich.

„Und sie wollen, dass du ebenfalls in die Kanzlei einsteigst. Schätze ich.“

„Stimmt.“ Seine Miene war immer noch ausdruckslos. Vielleicht sollte ich nicht weiter nachbohren, aber war er es nicht gewesen, der mich quasi entführt hatte? Das hatte er sich nun also selbst zuzuschreiben.

„Du siehst nicht begeistert aus.“

Liam atmete hörbar aus. Er schien mit sich zu ringen. „Nein“, antwortete er mir schließlich.

„Wieso tust du es dann?“

„Was soll diese Fragerei eigentlich? Haben wir nicht gerade noch über dich geredet?“

„Wir haben genug über mich geredet.“

Er stöhnte. „Ich hätte dich doch zum Bahnhof bringen sollen.“

„Tja, wie du selbst gesagt hast, jetzt ist es zu spät um umzukehren. Wir haben den Potomac River bereits überquert“, flötete ich zuckersüß und mit meiner besten Unschuldsmiene.

Er lachte. Ich wartete geduldig, aber er ging nicht mehr auf meine Frage ein. Da ich selbst nicht immer wie ein offenes Buch durch die Gegend rannte, entschied ich mich für einen Themenwechsel. „Wie kam es zu deiner Entscheidung, mich zu fahren?“

„Ich hatte nichts Besseres vor“, antwortete er.

„Und da fährst du dann einfach so über zwei Stunden nach Richmond und abends wieder zurück?“, fragte ich skeptisch.

„Sieht so aus, oder?“

„Du bist schräg.“ Ich kicherte. „Was machst du dann den ganzen Tag über? Wenn ich meinem Vater helfe?“

Jetzt schien er ernsthaft verwirrt. „Ebenfalls helfen?“

„Wirklich?“ Damit hatte ich nicht gerechnet. „Du kennst meinen Vater doch gar nicht.“

„Ja, und? Dafür kenne ich dich.“

„Hilfst du allen Eltern deiner Freunde beim Umzug?“

„Nein.“

Wie sollte ein Normalsterblicher jemals aus Liam schlau werden? „Wieso dann meinem Vater?“

„Ich fand die Vorstellung einfach nicht schön, dass du allein nach Hause fährst und dort hilfst. Obwohl es dir dabei nicht gut geht“, gab er zu.

Diese Antwort hatte ich nicht erwartet. Das war sehr aufmerksam von ihm. Fast schon zu aufmerksam. Ich zog den Kaffeebecher wieder aus der Halterung und nahm einen Schluck. Es war die reinste Wohltat.

Er schmunzelte. „Heißt das, dass du mir die Entführung verzeihst?“

„Kommt drauf an, wie die weitere Fahrt verläuft“, entgegnete ich schulterzuckend.

„Vielleicht kann ich mit guter Musik punkten?“

„Nein, lass das Radio ruhig aus. Ich finde es ganz angenehm so.“

Wie würde ich mich bei Liam bedanken können? Was würde dem, was er für mich tat, auch nur ansatzweise nahekommen? Ich beschloss, dass ich es zuerst einmal mit Worten probieren sollte, denn die waren längst überfällig.

„Liam“, fing ich an. „Ich weiß überhaupt nicht, wie ich mich bei dir bedanken soll. Das ist wirklich sehr aufmerksam und großzügig von dir.“

„Gern“, erwiderte er nach einer Weile.

Am liebsten würde ich ihn weiter nach seiner Familie befragen, aber ihn zu bedrängen, schien mir nicht der richtige Weg, wenn ich ihm eigentlich etwas Gutes tun wollte. Also verbrachten wir die gesamte Fahrt damit, uns über seine Freunde und Holly zu unterhalten.

Kurz vor Richmond begann ich damit, ihn zu dirigieren. Da wir fast die gesamte Stadt durchqueren mussten, war ich ununterbrochen damit beschäftigt, ihm den Weg zu erklären. Gut abgelenkt durch Liams Anwesenheit wurde mir erst jetzt bewusst, was eigentlich auf mich zukam. Plötzlich fiel mir noch ein weiteres Problem ein: Wie sollte ich meinem Vater meine Begleitung erklären?

„Alles in Ordnung?“, fragte Liam. Wir bogen in meine Heimatstraße ein. Von kleinen Laubbäumen gesäumt, erstreckte sie sich kilometerlang in Nähe der Interstate 95. Nichts hatte sich verändert, auch wenn ich natürlich noch nicht lange weggewesen war. Die morgendlichen Sonnenstrahlen brachen durch die Lücken in den Blätterdächern, die verspielte Schatten auf die breite Straße warfen. Ein seltsam nostalgisches Gefühl machte sich in meiner Bauchhöhle breit, doch ich schob es beiseite, ehe es mich komplett ausfüllte. Hastig wandte ich mich an Liam.

„Ich frage mich nur, wie ich dich am besten meinem Vater vorstelle“, gab ich zu und ließ das Fenster runter.

Sanft wehte eine frische Brise durch mein Haar. „Und Mrs Banes." Ich kicherte.

„Mrs Banes?", hakte Liam verwirrt nach.

Wir näherten uns dem von mir so geliebten Haus. Dann, strahlend weiß, halb im Schatten der Bäume liegend und eingebettet in eine feinsäuberliche Rasenfläche, stand es vor mir. Plötzlich sah ich es wie nie zuvor. In mir bereitete sich alles für den Abschied vor.

„Park hier", wies ich Liam an und deutete direkt an den Rand des Grundstückes. Nervös stieg ich aus. Im Briefkasten steckte die Zeitung. Wie früher zog ich sie heraus und schloss die quietschende Klappe dann wieder. Seltsamerweise war keine Spur von Mrs Banes zu sehen. Liam folgte mir den Weg zur friedlich vor uns liegenden Veranda entlang. An der linken Seite hing noch immer die Sitzhängematte meiner Mutter, in der sie so oft gelesen hatte. Daneben die altmodische weißgestrichene Sitzbank aus Holz, die mein Vater schon lange nicht mehr nutzte. Die Farbe blätterte an einigen Stellen ab. Etwas verletzt stellte ich fest, dass der Topf mit dem kleinen Rosenstrauch, den ich im Frühling auf der obersten Stufe abgestellt hatte, mittlerweile eine verwelkte rostbraune Pflanze beherbergte. Ich würde sie später entsorgen.

Die Haustür war nicht verschlossen, also sparte ich mir das Klingeln. „Dad?", rief ich. „Ich bin da."

„In der Küche, Bevi", antwortete er erfreut. Ich warf Liam einen nervösen Blick zu. Er schien entspannt zu sein. Aber ich würde ihn ja auch nicht seinem künftigen Schwiegervater vorstellen.

Wir betraten das Esszimmer, wo mein Vater uns bereits entgegenkam. Als er Liam erblickte, blieb er stehen und wirkte überfordert.

„Guten Tag, Mr Williams." Liam übernahm das Ruder. Er ging auf meinen Vater zu und streckte ihm die Hand entgegen. „Ich bin Liam. Ein Freund Ihrer Tochter. Ich würde Ihnen gern meine Hilfe beim Umzug anbieten."

Ich war mir sicher, dass mein Vater kein Blut geben würde, würde man ihn jetzt mit einer Nadel piksen. Dann kehrte endlich Farbe in sein blass gewordenes Gesicht zurück. Er schüttelte kräftig Liams Hand. „Hallo, Liam. Freut mich sehr, dich kennenzulernen." Dann lachte er. „Die Hilfe nehme ich gern an. Vielen Dank." Er wandte sich an mich. „Bevi, wieso hast du mir nicht gesagt, dass du einen Freund mitbringst?"

Ich küsste ihn kurz auf die Wange. „Entschuldige, es war eine spontane Sache."

„Kommt, kann ich euch etwas anbieten? Zur Stärkung vorab? Der Umzugswagen kommt erst um 12."

Da wir nichts gefrühstückt hatten, stimmten wir seinem Vorschlag zu.

„Dad, ich kann mit Liam schnell zum Bäcker fahren. Du hast ja schon alles verpackt. Ich habe leider nicht schon früher daran gedacht. Sonst hätte ich direkt auf dem Weg was mitgenommen", sagte ich.

„Kommt nicht in Frage. Ich koche für euch", protestierte mein Vater. Ich hatte schon lange nicht mehr gesehen, wie er Frühstück zubereitete. Zielstrebig marschierte er zum Kühlschrank und fischte eine Packung Eier aus dem obersten Fach. Aus einem geöffneten Umzugskarton kramte er drei Teller und eine Pfanne.

„Du solltest vielleicht Zeitungspapier um das Geschirr wickeln. Damit es beim Transport nicht kaputt geht“, schlug ich vor.

Gegen die Theke gelehnt beobachteten Liam und ich, wie mein Vater die Pfanne auf den Herd stellte und Butter hineingab.

„Da geht nichts kaputt“, murmelte er abwesend, den Blick hochkonzentriert auf den Herd gerichtet.

Ich konnte nicht länger nur zusehen. „Hast du Toastbrot da?“

„Kein Toastbrot. Aber da ist noch eine Stange Baguette. Tiefgekühlt.“

Ich ging zum Gefrierfach und zog es heraus. Dann schaltete ich den Backofen ein, packte das Baguette aus der Folie und legte es auf das Backpapier der mittleren Schiene.

„Mach die Eier erst, wenn das Brot fast fertig ist. Oder ich mache sie“, sagte ich. Mein Vater trat unschlüssig vom Herd weg. Sofort fand er eine neue Aufgabe für sich.

„Kaffee? Ich mache schnell die Maschine an. Die habe ich natürlich noch nicht abgebaut.“ Er gluckste.

„Dad, lass mich das machen.“

„Beverly“, mischte Liam sich plötzlich ein. Überrascht hielten wir beide inne und wandten uns ihm zu. „Vielleicht solltest du deinen Vater das machen lassen.“

Was sollte das? Sah er nicht, dass mein Vater überfordert war? Ich wollte ihm lediglich mit dem Frühstück helfen. Liam hatte die Arme auf der Theke verschränkt. Aus seinen tiefblauen Augen sah er mich eindringlich an. „Komm, zeig mir lieber mal dein altes Zimmer. Du meintest, dass du da noch ein paar Sachen in Kartons räumen musst. Dein Vater schafft das schon“, fügte er sanft hinzu, als ich mich nicht regte.

Perplex ließ ich zu, dass er meinen Arm umfasste und mich aus der Küche in den Flur zog. Erst als wir die Treppe erreichten, kam ich wieder zu mir. Entrüstet befreite ich meinen Arm aus seinem Griff.

„Was tust du da?“

„Dein Zimmer ist oben, nehme ich an?“, fragte er, schritt aber bereits die ersten Stufen hinauf. Ich folgte ihm. Das Holz knarrte vertraut unter unseren Füßen.

„Liam!“, zischte ich verärgert und gleichzeitig so leise wie möglich, damit mein Vater mich nicht hören konnte.

Oben angekommen, blieb Liam stehen und sah mich an. „Dein Zimmer? Welches ist es?“

Was war nur in ihn gefahren? Ich deutete den Flur hinab. „Das letzte rechts.“

Er ging mir voran und öffnete die Tür. Mein Vater hatte die Schränke schon leergeräumt und die meisten Sachen in Kartons verpackt. Meine Kommode hatte er nicht angerührt, ebenso wenig wie meinen Nachttisch. Beide standen verschlossen an Ort und Stelle, wo ich sie zurückgelassen hatte. Liam sah sich um. Ihn hier zu sehen, in meinem alten Zimmer, lenkte mich für einige Sekunden von der Küchensituation ab. Es wirkte surreal. Gleichzeitig passte es auch. Als hätte er schon immer dazu gehört.

Vor der Fensterbank lehnte ein kleiner Stapel Kartons, die noch nicht zusammengesteckt worden waren. Liam schaute aus dem Fenster, hinaus auf die Straße. Die Sonne traf sein wunderschönes Gesicht, seine Brust und warf glänzende Akzente auf sein dunkles Haar. Ich wandte den Blick ab. Jetzt war nicht der richtige Zeitpunkt, um ihn anzuschmachten.

„Liam? Was sollte das gerade?“, fragte ich.

Er drehte sich zu mir um. „Hast du nicht bemerkt, wie du deinem Vater alles entrissen hast?“

„Entrissen?“, rief ich.

„Er wollte uns Frühstück machen. Wieso konntest du das nicht einfach akzeptieren?“

Mir blieb beinahe die Spucke weg. „Das muss er aber nicht. Ich bin seine Tochter, es ist nur natürlich, dass ich ihm helfe!“

Liam nahm einen der Kartons und fing an, ihn zusammenzubauen. „Das ist auch nett von dir. Trotzdem solltest du ihm die Möglichkeit lassen, es selbst zu probieren.“

„Er muss schon die ganze Zeit über alles allein machen, wenn ich nicht da bin.“

„Ja, und das ist auch gut so. Er ist ein erwachsener Mann.“

Er stellte mir den aufgebauten Karton vor die Füße. „Hier, fang an, die Kommode auszuräumen und alles zu verpacken.“ Liam nahm sich den nächsten Karton vor. Ignorierte er mich?

„Du hattest kein Recht, dich einzumischen“, blaffte ich ihn an.

Unbeeindruckt bastelte er weiter. „Stimmt, aber ich habe es dennoch getan, weil es anscheinend mal jemand tun muss“, sagte er.

„Wie bitte?“ Meine Stimme wurde schrill.

„Beverly.“ Er hielt für einen Moment inne und schaute mir in die Augen. „Du erdrückst ihn. Wenn du es schon immer so gemacht hast, dann hatte dein Vater gar keine andere Möglichkeit, als immer unselbstständiger zu werden. Natürlich hat er sich wahrscheinlich auch darauf ausgeruht, aber trotzdem habt ihr beide euch mit völlig falschen und anderen Rollen identifiziert. Ich dachte eigentlich, dass du das selbst schon erkannt hast."

Das ging eindeutig zu weit. „Wir reden hier lediglich vom Zubereiten eines Frühstücks und nicht von unserem gesamten Leben! Was bildest du dir eigentlich ein? Du kennst meinen Vater seit fünf Minuten und mich auch noch nicht lange. Du bist wirklich ein Arsch!" Ich stürmte zur Tür. Er hielt mich zurück. Mit einer einzigen Bewegung drehte er mich zu sich. Seine Hand umschloss meinen Oberarm, fest, aber nicht schmerzhaft. Er war mir so nah, dass ich kurz schlucken musste.

„Entschuldige, Beverly. Es geht hier nicht um das Frühstück. Und dass du so reagierst, zeigt mir nur, dass du es irgendwo in deinem Inneren auch weißt. Du hast es mir doch selbst mit deinen eigenen Worten bestätigt. Damals im Café."

„Sicher nicht so! Kapierst du nicht, wie hart dieser Tag heute für ihn sein muss? Soll ich da nur zusehen, anstatt ihm wenigstens diese Arbeit abzunehmen? Er hat schließlich alles allein verpackt und vorbereitet. Du bist eiskalt." Ich versuchte, mich aus seinem Griff zu befreien, allerdings erfolglos.

Er seufzte. „Ich verstehe dich. Bitte denk über meine Worte nach. In Ruhe. Jetzt ist nicht der richtige Zeitpunkt dafür. Lass deinen Vater diese Dinge tun, wenn er es möchte. Das ist für euch beide der erste Schritt in die richtige Richtung. Ungewohnt, ja. Aber notwendig."

Ich starrte ihn an.

Unbekümmert fügte er hinzu: „Es tut mir leid, wenn es forsch rüberkam, aber es ist nun mal die Wahrheit."

Wie konnte er es wagen, mir einen Vorwurf zu machen und sich einzumischen? Nur weil er ein einziges Gespräch zwischen uns mitgehört hatte? Das konnte ich nicht einfach hinnehmen. Mit aller Kraft befreite ich meinen Arm. „Ich wünschte, du hättest mich heute Morgen nicht abgeholt."

Schnurstraks lief ich zur Tür, riss sie auf und eilte den Flur entlang zur Treppe. Das war ein riesiger Fehler gewesen. Alles, was mit Liam zu tun hatte, erwies sich letztlich als falsch. Wieso hatte ich ihn vor dem Wohnheim nicht abgewimmelt?

Aufgebracht stapfte ich durch das Wohnzimmer und in den Garten. Der Rasen war frisch gemäht, die Bäume im hinteren Teil hingen voller Äpfel. Darunter stand der Liegestuhl meiner Mutter. Wieso hatte mein Vater ihn eigentlich nie weggeräumt? Oder wäre das meine Aufgabe gewesen? Nein, seine. Oder? Plötzlich stellte ich alles in Frage. Nur wegen diesem Mistkerl Liam, der meinte, er müsse Therapeut spielen oder allgemein alles, aber auch wirklich *alles* besser wissen. Er hatte überhaupt keine Ahnung, wusste nicht, wie es wirklich in uns aussah. Ich hatte meinem Vater nur beim Frühstück helfen wollen. Mein Blick verschwamm. Für eine Sekunde tauchte das Bild vor meinem inneren Auge auf, wie meine Mutter unter dem Baum gelegen und die Wespen beobachtet hatte. Wieso war es so verdammt schwer? Es war zehn Jahre her. Konnte ich überhaupt etwas richtig machen?

Ich sank in die Knie. Was war nur los mit mir? Das war nicht ich. Ich war stark, gefasst. Nicht dieses schwache Mädchen das neuerdings wegen allem zu weinen begann oder wütend wurde, das ihre Gefühle nicht mehr unter Kontrolle hatte und plötzlich unsicherer war als je zuvor.

Jemand legte seine Hand auf meine Schulter und streichelte mich sanft. Liam ging neben mir in die Hocke. Völlig hemmungslos schluchzte ich los. Sofort waren seine Arme da und fingen mich auf. An seine Brust gelehnt weinte ich in sein Shirt. Er setzte sich neben mich, sodass er mich auf seinen Schoß ziehen konnte. Minutenlang ließ ich meinen Tränen freien Lauf. Geschützt von Liams Nähe erlaubte ich mir, den Tod meiner Mutter erneut zu betrauern, den Abschied von diesem Haus und damit auch von meiner viel zu früh endenden Kindheit zu realisieren. Aber dieses Mal hatte ich einen starken Halt, ich war nicht allein.

Liam strich über mein Haar, während sein anderer Arm mich festhielt. Meine Hände ruhten auf ihm. Ich musste mir eingestehen, dass er recht hatte. Es ging nicht nur um das Frühstück, sondern um viel mehr. Um das Muster dahinter, in das ich immer wieder verfiel und das ich durchbrechen musste. Auch bei solchen Kleinigkeiten.

Dies war der erste Tag, an dem jemand mir tiefen Trost spendete. Und dieser jemand schaffte es nicht nur, mich aus der Bahn zu werfen, sondern mich auch wieder hineinzustellen. Viel zu lange hatte ich nicht loslassen können, aber heute würde ich es müssen.

Schniefend löste ich mich von ihm. „Danke", flüsterte ich. Meine Stimme bebte. Ich fühlte mich erschöpft, aber auch gut und befreit. „Für alles. Du hattest recht. Es tut mir leid, wie ich zu dir war."

Er wischte mir eine Träne von der Wange. „Mir tut es auch leid. Ich hätte mich wirklich nicht einmischen dürfen."

Ich schüttelte den Kopf. „Nein. Das war gut so."

„Frühstück!", rief mein Vater und durchschnitt mit diesem einzigen Wort unseren intimen Moment. Liam reichte mir ein Taschentuch, lehnte sich zurück und stützte sich auf den Händen ab. Er schmunzelte.

„Ich bin gespannt, was er gezaubert hat."

„Ich auch." Vorsichtig und etwas widerwillig stand ich auf. Bevor wir zurück ins Esszimmer gingen, wischte ich mir noch den letzten Rest Tränen aus dem Gesicht und putzte mir die Nase.

Das Baguette war etwas dunkel, aber bereits aufgeschnitten und auf einem Holzbrett angerichtet. Auf einem Extrateller lagen Spiegeleier. Dazu hatte mein Vater jeweils ein Glas Marmelade und Erdnussbutter sowie Orangensaft und drei Tassen dampfenden Kaffee gestellt.

„Das sieht lecker aus", lobte Liam freundlich, was mir ein Lächeln entlockte. Dad setzte sich zufrieden an den Esstisch und forderte uns auf, ebenfalls Platz zu nehmen.

„So, jetzt erzählt aber mal", begann er und verteilte großzügig die Spiegeleier. „Wie habt ihr beide euch kennengelernt? Bevi hat mir noch gar nichts über dich erzählt, Liam."

Dieser warf mir einen amüsierten Blick über den Tisch hinweg zu. „Beverly ist mir vor der Bibliothek sozusagen in die Arme gefallen, Mr Williams."

Ich warf ihm einen bösen Blick zu. „So war es nicht."

„Ach, nein? Wie war es dann?" Liam wirkte, als würde ihm diese Unterhaltung einen Riesenspaß bereiten. Aber so war es ja mit allem, was damit zu hatte, sich über mich lustig zu machen.

„Ich bin gestolpert und Liam hat mich rechtzeitig aufgefangen", erklärte ich.

„So?", mein Vater schien überrascht. „Das klingt gar nicht nach dir. Du warst noch nie tollpatschig."

„Ich bin eben einfach umwerfend", flüsterte Liam, sodass nur ich ihn hören konnte. So unauffällig wie möglich verpasste ich ihm unter der Tischplatte einen Tritt. Er lachte, versteckte es aber schnell in einem Husten.

„Das war nur ein Unfall. Liam scheint jedoch zu denken, dass er mir damit das Leben gerettet hat", ergänzte ich betont gelangweilt.

Liam tat pikiert. „Hast du nicht gehört, was deine Mitbewohnerin gesagt hat? Schon der Sturz von einer Stufe kann dazu führen, dass man sich das Genick bricht."

Nun musste ich doch ein wenig lachen.

„Das hört sich an, als wärst du der Mann, den man stets in seiner Nähe haben sollte, Liam." Mein Vater sah ihn an.

Liam hob die Schultern. „Ich würde es jederzeit wieder tun, Mr Williams."

„Ich bin Phil", sagte mein Vater gutmütig.

„Danke, Phil."

Ich war froh, dass er Liam nicht weiter verhörte, obwohl ich gern gewusst hätte, wie er sich aus den privaten Fragen wand, wenn mein Vater sie stellte.

„Ich habe Mrs Banes heute Morgen überhaupt nicht gesehen", sagte ich, als es mir plötzlich wieder einfiel.

„Sie ist sauer auf mich, glaube ich", entgegnete mein Vater.

„Weil du wegziehst?", fragte ich überrascht.

Er nickte. „Sie wird sich aber sicher noch blicken lassen."

Nach dem Frühstück gingen Liam und ich nach oben und verpackten meine restlichen Sachen in die Kartons. Die neue Wohnung meines Vaters hatte ein kleines Extrazimmer, in das er sie einlagern wollte. Irgendwann würde er daraus ein Gästezimmer machen.

Pünktlich um 12 Uhr kam das Umzugsunternehmen und stellte den Anhänger bereit. Bill, ein Freund meines Vaters, half ebenfalls beim Schleppen. Wir luden alle Kartons und Möbel innerhalb einer Stunde ein. Liam war so hilfsbereit und aufmerksam, dass mir nicht viel mehr zu tun blieb, als lediglich ein paar leichte Kartons mit Kleidung nach draußen zu tragen. Wir waren gerade damit beschäftigt, die letzten Sachen zu verstauen, da gesellte sich Mrs Banes zu uns. Sie wirkte tatsächlich etwas verschnupft.

„Beverly, es ist sehr schön, dich noch ein letztes Mal zu sehen", sagte sie theatralisch. Die Lockenwickler hingen schief in ihrem ergrauten Haar. Obwohl es bereits Mittag war, trug sie immer noch einen Morgenmantel.

„Nicht zu fassen", fuhr sie fort. „So schnell kann es gehen und man ist allein."

„Guten Tag, Mrs Banes", begrüßte ich sie. Wie ein kurzsichtiger Geier beobachtete sie, wie Liam und mein

Vater den Flurschrank über den Rasen zum Anhänger trugen. Zittrig umfasste sie meinen Arm.

„Ach, mein Kind. Was mache ich denn nun?"

„Sie werden das schon schaffen, Mrs Banes", sagte ich aufmunternd und tätschelte ihre Hand. „Mein Vater ist ja nicht aus der Welt, er wird immer noch in Richmond wohnen."

„Aber was ist, wenn mir etwas zustößt?"

„Dann wird er kommen und Ihnen helfen. Sie haben doch ein Telefon."

Sie seufzte. „Ich mache es wahrscheinlich sowieso nicht mehr lange."

„Nun hören Sie auf", rügte ich sie. Auch wenn sie mir leidtat, solche Kommentare ertrug ich nicht.

Liam kam zu uns.

„Mrs Banes, das ist Liam, ein Freund von mir. Liam, das ist unsere Nachbarin, Mrs Banes", stellte ich die beiden einander vor.

Liam schüttelte sachte ihre Hand. „Guten Tag, Mrs Banes. Es freut mich, Sie kennenzulernen."

„Oh, guten Tag, junger Mann. Ich fürchte, ich muss Beverly korrigieren. Ich bin nicht mehr ihre Nachbarin."

„Ja, das habe ich mitbekommen", antwortete Liam. Dann wandte er sich an mich. „Wir sind so weit. Gab es eigentlich einen Karton, den du gern mit aufs College genommen hättest?"

„Nein, das ganze Zeug darf in Richmond bleiben."

„Gut."

Mein Vater winkte uns vom Umzugswagen aus zu. „Wir fahren los. Folgt ihr uns?"

„Wir kommen nach. Ich habe ja die neue Adresse und schließe dann ab“, rief ich. Er und Bill stiegen in Dads alten Ford und fuhren dem Umzugswagen voraus. Er würde noch einmal für die Schlüsselübergabe kommen, ich musste dem Haus jedoch heute Lebewohl sagen. Ich verabschiedete mich von der leidenden Mrs Banes und ging mit Liam zum Haus zurück. Die Tür stand offen. Drinnen war nun alles leergefegt. So wirkte das Haus völlig fremd, kein Vergleich zu vorher.

„Ich will nur schnell nach oben, dann können wir ebenfalls los“, sagte ich zu Liam. Ich musste ihm nicht sagen, dass ich ab jetzt gern allein wäre, er wartete von sich aus an der Treppe. Mit der Hand strich ich über das hölzerne Geländer, bis ich das obere Stockwerk erreichte.

In meinem ehemaligen Zimmer stützte ich die Hände auf der Fensterbank ab und sah ein letztes Mal hinaus auf die Rasenfläche, auf den Weg entlang der Straße, auf den gewaltigen Baum direkt auf unserem Grundstück und auf die mir so vertraute Nachbarschaft. Ich sah, wie meine Mutter in ihrem knallroten Volvo die Einfahrt hinauffuhr und das Auto vor der Garage parkte. Wie mein Vater die Einkaufstüten über den Weg zum Haus trug. Wie Mrs Banes hinter ihrer kurz gestutzten Hecke herüber spähte, um ja niemanden von uns zu verpassen. Wie Parker, mein zweiter Freund, unten neben dem Briefkasten auf mich gewartet hatte. Wie die Jahreszeiten gekommen und gegangen waren und der Umgebung ihren ganz eigenen Charme verliehen hatten.

Ich roch den Frühling und den Sommer nach einem frischen Regenfall und den Apfelduft des Herbstes, wenn er durch das geöffnete Fenster in mein Zimmer getragen wurde. All das und noch vieles mehr würde ich trotzdem niemals vergessen, auch wenn dies das letzte Mal war, dass ich hier stehen und hinaussehen würde.

„Lebewohl“, murmelte ich lächelnd.

Die neue Wohnung meines Vaters befand sich in der Nähe von Woodland Heights und hatte drei Zimmer. Sie war schlicht und mit einem kleinen Balkon ausgestattet. Als Mann, der gern den Rasen mähte oder die Obstbäume pflegte, konnte ich mir meinen Vater in dieser neuen Bleibe noch nicht richtig vorstellen. Ihm jedoch schien es sehr zu gefallen. Wir halfen ihm beim Platzieren der Möbel und brachten die Kartons in die dafür vorgesehenen Zimmer. Danach war das Meiste geschafft, die Feinarbeit würde er allein erledigen. Zum Abschluss wollte er uns noch zum Abendessen einladen, doch da Liam und ich wieder zurück nach Washington mussten, konnten wir ihn dazu überreden, etwas Schnelles beim Thai-Imbiss zu bestellen.

„Ich danke euch beiden“, sagte mein Vater, als wir uns nach dem Essen von ihm verabschiedeten und ich ihm meine Hausschlüssel überreichte. Er hatte uns bis zu Liams Auto begleitet.

„Keine Ursache.“ Liam streckte ihm, wie auch schon heute Morgen, die Hand entgegen. Mein Vater ergriff sie sofort.

„Es war schön, dich kennenzulernen, Liam. Vielleicht sehen wir uns bald wieder. Ich würde mich freuen.“

„Wir werden sehen, Phil. Ich wünsche Ihnen, dass Sie sich in Ihrem neuen Zuhause wohlfühlen werden“, sagte Liam.

„Danke.“ Mein Vater wandte sich an mich. „Kommt gut nach Washington, Bevi.“

Wir umarmten uns. Es gab so viel, was ich ihm gern sagen würde, doch mehr als ein „Hab eine angenehme erste Nacht“, brachte ich nicht über die Lippen.

„Die werde ich haben. Vielleicht sehen Bill und ich uns noch eine Spielzusammenfassung an.“ Er wirkte wirklich glücklich.

„Bis bald, Dad“, sagte ich.

„Gute Fahrt.“

Liam und ich stiegen in den Audi. Schweigend ließen wir die Straße hinter uns und fuhren durch die Stadt, über den James River und auf die Interstate Richtung Washington. Was sich alles verändert hatte, seitdem mein Vater mich beim letzten Mal diese Route gefahren hatte.

„Geht es dir gut?“, fragte Liam. Zuvor hatte es keine Gelegenheit mehr gegeben, uns in Ruhe zu unterhalten.

„Ja“, antwortete ich wahrheitsgemäß. „Danke. Wieder einmal. Du tust wirklich viel für mich.“

Er schenkte mir ein aufmunterndes Lächeln. „Immer noch gern.“

„Wie kann ich mich revanchieren?“

„Erzähl mir mehr über dich“, bat er. Draußen wurde es bereits dunkel. Der Himmel wechselte von einem warmen Rubinrot zu Violett und schließlich zu Marineblau. Es war ein wundervolles Farbenspiel.

„Was möchtest du denn hören? Nach dem heutigen Tag müsstest du doch um einiges mehr wissen.“

„Wo arbeitet dein Vater?", fragte er wie aus der Pistole geschossen.

„Früher war er Pförtner. Nach dem Tod meiner Mutter hat er den Job verloren. Danach hielt er uns mit einzelnen Aufträgen über Wasser. Er hat zum Beispiel zeitweise im Nachtdienst gearbeitet. Beim Krankenhaus", erzählte ich.

„Überwachung?"

„Ja. Da war nicht viel los, aber ich war nachts allein. Und das schon mit zehn Jahren."

„Und was macht er jetzt?"

„Er arbeitet bei der Stadt. Du weißt schon, er kümmert sich mit seinen Kollegen um alles, was eben so anfällt. Pflanzen stutzen, Müll beseitigen. Solche Sachen."

Liam schien zu zögern, dann fragte er: „Was hat deine Mutter gemacht?"

„Sie war Krankenschwester. Dadurch kam mein Vater relativ gut an die Arbeit beim Nachtdienst. Sie kannten ihn dort schon. Aber daneben war sie auch sehr kreativ. Sie zeichnete, schrieb Gedichte und liebte es, Blumensträuße zu binden. Außerdem hat sie hervorragend gebacken. Man sieht es meinem Vater noch etwas an, sie hat ihn immer verwöhnt." Ich lachte.

Erneut schien Liam nicht zu wissen, ob er noch weiterbohren konnte. Dann gab er sich erneut einen Ruck. „Wurde sie krank?"

„Nein. Es war ein Autounfall. Sie war auf dem Weg vom Supermarkt nach Hause. Da wurde sie direkt von einem Transporter in der Fahrerseite getroffen. Er hat die rote Ampel übersehen." Ungläubig schüttelte ich den Kopf. „Es hört sich so schlicht an. So ... alltäglich.

Jemand übersieht eine rote Ampel. Und weiter? Passiert das nicht ständig auf dieser Welt? Ein Autounfall ... für die meisten nichts, was sie den Kaffee über die Tageszeitung spucken lässt. Darin wurde es zwar erwähnt, allerdings wurde ihr Name nicht genannt. In Richmond hat es sich natürlich schnell verbreitet, trotzdem ist niemand lange traurig darüber. Man liest oder hört es, schüttelt bedauernd den Kopf und macht dann mit seinem eigenen Leben weiter. Dass das meiner Mutter so schnell geendet hat, interessiert wenige Minuten später niemanden mehr." Müde rieb ich mir die Augen. „Das Auto war komplett zerstört. Sie war sofort tot."

„Und der Unfallverursacher?"

„Nichts. Er kam zwar vor Gericht wegen fahrlässiger Tötung, doch es kam nichts dabei raus, außer einer Geldstrafe. Nicht hoch, nicht genügend, um ein Leben aufzuwiegen. Natürlich wäre das kein Betrag der Welt gewesen. Weißt du, was wirklich schlimm war?" Ich schaute zu Liam. „Er hatte kein Wort für uns übrig. Nichts. Nicht einmal zur Beerdigung kam er. Als wäre nichts passiert. Wie kann er damit leben?"

„Ich schätze, dass sein Leben ebenso zerstört wurde. Ich kann mir nicht vorstellen, dass es auch nur einen Tag gibt, an dem er nicht daran denkt", entgegnete Liam leise. „Nun ja, der Anstand hätte allerdings etwas mehr von ihm verlangt. Aber jeder geht anders mit so einer Situation um." Plötzlich griff Liam nach meiner Hand, die in meinem Schoß lag. Sanft streichelte er meine Haut. „Danke, dass du mir so viel anvertraust."

„Das war dein Preis", erwiderte ich lächelnd.

Er blieb ernst. „Entschuldige, wenn ich dich so ausfrage. Du machst mich neugierig."

„Wieso?", fragte ich erstaunt.

Er zog die Brauen zusammen. „Ich weiß nicht. Etwas an dir lässt mich nicht los. Ich frage mich, was es ist."

„Das hört sich an, als würde etwas mit mir nicht stimmen."

„Im Gegenteil. Es liegt wohl eher an mir", meinte er und schenkte mir ein schiefes Lächeln. Viel zu schnell ließ er meine Hand wieder los und legte seine zurück auf das Lenkrad.

„Was hast du deiner Freundin gesagt, wo du heute bist?", fragte ich kleinlaut.

„Ich habe ihr nichts erzählt. Sie war heute mit einer Freundin verabredet. Wir sehen uns erst morgen wieder."

„Und erzählst du es ihr dann?"

„Das kann ich dir noch nicht beantworten. Eigentlich halte ich nichts davon, meine Freundin anzulügen ... oder ihr etwas zu verheimlichen."

Ich biss mir auf die Unterlippe. „Das verstehe ich."

Wo war ich da nur hineingeraten? Plötzlich fühlte ich mich furchtbar schlecht. „Es tut mir leid, dass du wegen mir in eine solche Situation kommst. Da hatte ich noch gar nicht drüber nachgedacht."

„Es ist schon in Ordnung. Wir sind als Freunde gefahren und kommen als Freunde zurück. Es gibt nichts, worüber Madison sich aufregen könnte", erwiderte er ruhig.

Ich schnaubte. Wäre ich in ihrer Situation, würde ich mich sicherlich darüber aufregen.

„Das war vielleicht keine gute Idee“, murmelte ich. Er warf mir einen Blick zu. „Auch wenn es schön war heute. Mit dir“, fügte ich leise hinzu.

„Ich habe mich dir quasi aufgezwängt und dich entführt. Schon vergessen? Du konntest nichts für meine Anwesenheit“, sagte er grinsend.

„Bist du dir sicher? Ich hätte mich ja auch noch aus dem fahrenden Auto werfen können“, entgegnete ich und hob eine Braue.

Liam brach in wohliges Gelächter aus. „Stimmt. Das Angebot stand.“

„Das war wirklich großzügig.“

„Ich nehme an, dein Leben war dir wichtiger als ein Streit zwischen mir und Madison.“

„Tut mir leid.“ Ich lächelte entschuldigend. „Wird es denn einen Streit geben?“ Diese Aussicht schürte mein schlechtes Gewissen noch mehr. Ich wollte Liam keinen Ärger machen.

„Wir werden sehen“, antwortete er.

Wir ließen Richmond hinter uns. Die Zeit mit Liam und die gesamte Fahrt zurück nach Washington vergingen wie im Flug. Mit ihm war ich schneller zurück, als wenn mein Vater mich gefahren hätte. Auch wenn dieser mit seinem klapprigen Ford sicher im Nachteil war.

Liam ließ mich direkt am Parkplatz beim Mädchenwohnheim aussteigen.

„Das war sehr interessant heute. Danke dafür, Beverly.“ Er schaltete den Motor nicht ab, also beschloss ich, mich kurz zu fassen.

„Nein, ich danke dir. Vielmals. Du warst eine wirklich große Hilfe, Liam. Bitte sag mir, wie ich mich bei dir revanchieren kann."

„Kauf dir endlich ein Auto, damit ich nicht noch einmal Chauffeur spielen muss", antwortete er augenzwinkernd.

„Ich meine es ernst. Darf ich dir wenigstens eine Tankfüllung bezahlen?"

Er beugte sich zu mir, allerdings nur, um mit einer Hand die Beifahrertür zu öffnen. „Spar dir die Diskussion und lass es gut sein. Das passt alles."

So leicht würde ich mich nicht geschlagen geben. Dann würde ich mir eben selbst etwas einfallen lassen. Ich nahm meine Handtasche aus dem Kofferraum und winkte ihm ein letztes Mal zu. „Gute Nacht, Liam."

„Gute Nacht, Beverly."

10. KAPITEL

Am Montagmorgen fühlte ich mich seltsam befreit und glücklich. Das Wochenende war aufregend, emotional und auf eine ganz eigene Art und Weise wunderschön gewesen. Ich konnte kaum zuhören, als Professor Dodgerson ein neues Kapitel begann. Immer wieder musste ich meine Gedanken von Liam weg und zurück in den Saal führen. Erst als Steve, mein Sitznachbar, mit einem kurzen Blick meinen Block prüfte und die Überschrift über den wenigen Notizen durchstrich, fiel mir auf, dass ich hinterher hing.

„Entwicklungspsychologie", erklärte Steve knapp und schrieb das Wort über meine ursprüngliche Überschrift.

„Danke", flüsterte ich.

Die restlichen Vorlesungen brachte ich etwas konzentrierter hinter mich.

Als ich nach dem letzten Kurs aus dem Saal trat, wartete Liam auf mich, an die gegenüberliegende Wand gelehnt. Zuerst dachte ich, mein Hirn spiele mir einen Streich und meine Tagträume wurden langsam erschreckend realistisch, aber er war es tatsächlich. Ich trat zu ihm.

„Fertig für heute, oder?", fragte er lächelnd und stieß sich von der Wand ab.

Ich nickte. „Was tust du hier? Und woher weißt du, welchen Kurs ich besuche?"

„Von dir. Du hast mir deine Kurse damals im Café aufgezählt“, entgegnete er überrascht.

„Das hast du dir gemerkt?“ Verblüfft starrte ich ihn an.

„Ja?“

„Oh ...“ Ich kicherte. „Man könnte dich glatt für einen Stalker halten.“

„Oder für sehr aufmerksam. Ich würde dir gern etwas zeigen. Also, wenn du Lust und Zeit hast.“

Mein Magen schlug aufgeregt einen Salto. Und dann einen Flick Flack. „Gern.“

„Komm mit.“ Er nickte den Weg entlang Richtung Wohnheim. „Du kannst deine Sachen bei mir im Auto lassen. Dann musst du vorher nicht noch mal auf dein Zimmer“, bot er an.

Gemeinsam traten wir nach draußen. Es war angenehm kühl heute. Die Sonne war noch nicht durch die taubengraue Wolkendecke gebrochen.

„Wir fahren weg?“, fragte ich.

„Ja. Diesmal ganz ohne Entführung“, sagte er.

Ich lachte. „Ich bin gespannt.“

Wir stiegen in seinen Audi und fuhren aus der Stadt. Nach einiger Zeit wurde die Gegend ländlicher. „Also so langsam bekomme ich das Gefühl, dass du mich irgendwo umbringen und dann verscharren willst“, gestand ich.

„Dann hätte ich dich nicht vor aller Augen auf dem Campus gefragt, ob du mich begleitest“, gab Liam zurück.

„Na, hoffentlich hast du das bedacht. Ich fühle mich schon sicherer.“

Er erwiderte nichts. Mit jeder verstrichenen Minute wirkte er nervöser.

„Alles in Ordnung?", fragte ich. Liam fuhr sich mit einer Hand durch das widerspenstige Haar. Die Armbanduhr rutschte von seinem Handgelenk und ein Stück über den Arm. Ich nutzte diesen kurzen Moment, um seine Muskeln anzustarren. Mein Blick wanderte seinen Oberarm entlang, zum Anfang seines Tattoos. Ich hätte ihn gern danach gefragt, traute mich aber nicht. Himmel! Was für ein Mann. Wie konnte er nur so gut aussehen? Eingeschüchtert blickte ich an mir hinab. Ich trug ein schlichtes, langweiliges Kleid, einen Cardigan und meine Lieblingssandaletten. Ich hatte mich nie hässlich gefühlt, doch in seiner Gegenwart gefiel ich mir plötzlich überhaupt nicht mehr. Wie könnte mich jemand wie Liam jemals attraktiv finden? Ich dachte an unseren Kuss. Ja, seine kalte und abweisende Erklärung dazu machte Sinn. Er war lediglich dem Alkohol geschuldet gewesen. Zumindest bei ihm.

Er warf mir einen verunsicherten Blick zu. „Ich bin mir nicht ganz sicher, ob das hier eine gute Idee ist."

„Wieso?", hakte ich nach.

Er seufzte. „Weil das ... nun ja, ich habe das Gefühl, ich müsste mich bei dir revanchieren."

Verwirrt starrte ich ihn an. „Du dich bei mir? Nach allem, was du für mich getan hast?"

„Ja."

„Und für was genau?"

„Kannst du es noch abwarten? Es ist besser, wenn ich es dir zeige." Liam so nervös zu sehen war zwar ungewöhnlich, doch dass er ein Geheimniskrämer war, wiederum nicht.

„Na gut", murmelte ich und gab nach.

Er bog in einen Feldweg ein. Wo wollte er bloß hin? Ich war noch nie in dieser Gegend gewesen. Wir schienen D.C. ein ganzes Stück hinter uns gelassen zu haben. Plötzlich hielt er auf einer verwucherten Rasenfläche. Was war hier los?

Erfreut schaute er durch die Frontscheibe hoch in den Himmel. „Das Wetter ist perfekt!"

Perfekt? Perlfarben hing die dichte Wolkendecke über dem gesamten Himmel und schirmte die Sonne von Washington ab. Was auch immer er vorhatte, es wäre sicher ungewöhnlich. Ich kannte keinen Menschen, der sich für ein Vorhaben im September über solches Wetter freute.

Liam stieg aus. Ich folgte ihm. Zielstrebig ging er zum Kofferraum und zog eine kleine schwarze und kastenförmige Tasche daraus hervor. Elegant hängte er sie sich um die trainierte Brust. Er schloss den Kofferraum und sah mich an. „Bereit?"

Ich nickte nur.

„Komm mit", sagte er.

Wir liefen den Feldweg entlang. In der Ferne erspähte ich den Rand eines tannengrünen Waldes, der eine Grenze zwischen den Bäumen und einer bunt bewachsenen Wiese direkt davor zog.

„Sicher, dass du mich nicht irgendwo hier verscharren willst?", fragte ich.

Liam lachte. „Ganz sicher. Wir sind schon da."

Stirnrunzelnd sah ich mich um. Wir befanden uns weder auf einer abgelegenen Lichtung, noch an einem unberührten und verborgenen See. Hier war rein gar nichts besonders. Im Gegenteil, in der Ferne konnte man den Verkehr der vorbeirauschenden Autos hören. Liam öffnete die Schnalle der Tasche. „Es gefällt dir nicht?“

„Ich bin ein wenig ... verwirrt“, gab ich zu.

Liams Mundwinkel zuckten amüsiert. Er zog eine Kamera aus der Tasche. Wollte er die Gegend fotografieren? Dieses Nirgendwo? Nun verstand ich überhaupt nichts mehr.

Er schaute mir in die Augen. „Also, zum Thema Revanchieren. Du hast sehr viele Eindrücke und Erinnerungen deines Lebens mit mir geteilt. Du hast mir vertraut und ich möchte dir etwas zurückgeben. Ich rede nicht gern über Privates, das hat seine Gründe. Aber es gibt etwas, das ich dir zeigen will. Meine geheime Leidenschaft“, erklärte er. Dann holte er tief Luft und umklammerte die Kamera fester. „Das Fotografieren. Es weiß so gut wie niemand davon. Aus dem einfachen Grund, weil ich es nicht möchte. Das ist meine Art, abzuschalten, für mich zu sein und zu tun, was ich liebe.“ Er schaltete die Kamera an. Mit einem leisen Piepton und einem anschließenden Sirren bewegte sich das Objektiv. Blinzelnd beobachtete ich, wie er an dem Rädchen rechts oben auf der Kamera drehte und sie richtig einstellte.

„Du fotografierst? Was?“ Meine Stimme war so leise, dass ich zuerst dachte, er hätte mich nicht gehört. Doch dann antwortete er.

„Alles. Am liebsten Menschen. Aber da ich eigentlich niemandem davon erzähle, ist die Auswahl an möglichen Models natürlich gering.“ Er lächelte. „Heute würde ich gern dich fotografieren.“

Mein Hals wurde trocken. Ich war in etwa so fotogen wie ein Stein. Nein, sogar der konnte im richtigen Licht noch besser abschneiden als ich. Unsicher kaute ich auf meiner Unterlippe herum.

„Bist du dabei?" Er sah mich an.

Ich dachte darüber nach. Vor Liam zu posieren, überhaupt zu posieren, rangierte nicht gerade ganz oben auf der Liste der Dinge, die ich in meinem Leben gern tun würde. Das könnte mehr als peinlich für mich werden. Andererseits teilte Liam einen Teil seines Lebens mit mir, der ihm sehr wichtig war. Er schenkte mir Vertrauen. Was wäre ich für eine Freundin, wenn ich es ausschlagen würde? Also gab ich mir einen Ruck. „Na gut."

„Du wirst schon noch auftauen", meinte er.

„Was soll ich tun?", fragte ich hastig und strich das Kleid glatt. Mein Haar fiel offen und langweilig über meine Brust. Hätte ich mir heute Morgen doch wenigstens Locken eingedreht.

„Was ist?", fragte Liam.

„Ich sehe langweilig aus. Ich bin fast ungeschminkt und ich wünschte, ich hätte mir die Haare gelockt."

Liam verdrehte kaum merklich die Augen. „Was für ein Quatsch. Lauf in die Wiese rein. Ich werde dich anweisen."

Ich tat wie geheißen und stapfte über das unebene Gelände, hinein in ein Meer aus kniehohen Gräsern und Blumen.

„Außerdem gefallen mir glatte Haare besser", fügte Liam beiläufig hinzu. Sofort stieg mir die Hitze ins Gesicht. Verdammt! Ich beugte mich hinab und zupfte am Saum meines Kleides, damit er es nicht bemerkte.

„Schau mich einfach an, steh so, wie du dich wohlfühlst“, kommandierte er und hob die Kamera vor das rechte Auge. Sofort verkrampfte sich mein Körper. Ich versuchte mich zu entspannen, warf mein Haar über die Schulter und lächelte steif. Liam begann zu fotografieren, zuerst ohne Blitz, danach mit. Dann stellte er einen anderen Modus ein. „Beweg dich ruhig und entspann dich, Beverly. Du siehst gut aus, keine Sorge.“

Das nahm mir mein Unbehagen nicht. Aber ich bemühte mich trotzdem. Mit der Zeit wurde ich tatsächlich etwas sicherer. In den Klang von Liams Kamera, wann immer er ein Foto schoss, mischte sich langsam auch das Zwitschern von Vögeln. Meine Bewegungen wurden mutiger, meine Gesichtsausdrücke wechselten. Liam reckte einen Daumen in die Höhe. Mit einem zufriedenen Nicken signalisierte er, dass ich weitermachen sollte. Ich wusste nicht, wie lange ich durch die Wiese schritt, Liam mal näher, mal weiter entfernt im Schlepptau. Ich schaute in die Kamera, zum Wald, hinab auf eine besonders schöne Blume, pflückte hin und wieder etwas oder strich mir eine Haarsträhne hinters Ohr. Als mich einmal ein sanfter Windhauch von vorne traf und mir das Haar aus dem Gesicht wehte, überschlug Liam sich beinahe mit Komplimenten. Gegen Ende brach sogar die Sonne durch das aufgelockerte Wolkendach und warf warme Strahlen auf die Wiese und mich. Sofort wurde es um uns herum bunter.

„Das war super!“, lobte Liam. Noch nie hatte ich ihn so aufgekratzt erlebt. Er war wahrlich in seinem Element. „Sieh dir das an.“ Schnell kam er zu mir geeilt und zeigte mir auf dem Display der Kamera einige der geschossenen Fotos. Dabei war er mir so nah, dass sich sofort sämtliche Härchen in meinem Nacken und auf den Armen stellten. Mein Puls beschleunigte sich. Konzentriert tippte er durch die verschiedenen Bilder. Die Aufnahmen wechselten. Alle waren sie wirklich gut geworden. Ich konnte nicht abstreiten, dass ich tatsächlich hübsch aussah, was allein Liams gutem Blick und Timing geschuldet blieb. Er hatte es geschafft, meine Bewegungen und Gesichtsausdrücke so einzufangen, dass es höchst professionell aussah.

„Wow", flüsterte ich anerkennend. „Das kannst du wirklich gut."

„Das meiste hast du getan", gab er zurück.

Entschieden schüttelte ich den Kopf. „Quatsch. Das ist allein dein Werk."

Auf einmal wurde er ernst und runzelte nachdenklich die Stirn. „Weißt du, was ich an Fotos so sehr liebe? Du machst nicht nur einfach ein Bild, sondern du fängst auch Gefühle, Wärme oder sogar Musik ein. Sie erlauben dir, wieder in diesen Moment einzutauchen. Auf Fotos kannst du unsterblich sein. Eine Erinnerung, die dadurch wieder lebendig wird. Und du kannst anderen damit vermitteln, was du siehst. Als Fotograf halte ich ihn fest, genau diesen einen Moment, den nur ich sehe. Um ihn in ein paar Tagen, Monaten oder Jahren noch einmal zu genießen. Eine Pause von unserer schnelllebigen Zeit. Alles ändert sich. Immer. Aber Fotos bleiben beständig. Sieh doch nur, wie du dir hier die Haarsträhne hinter das Ohr streichst. Die Bewegung deiner Finger, das scheue Lächeln. Das Licht schimmert auf deinen Lippen. Wie sollst du diesen Zauber jemandem erklären können, wenn nicht mit dem Einfangen dieses nie wiederkehrenden Moments? Ich weiß, dass wir alle die Welt mit völlig anderen Augen sehen, aber mit diesen Bildern, diesen Erinnerungen sehen wir in diesem Moment alle das gleiche."

Er zog die Brauen zusammen, sodass sich dazwischen zwei kleine Fältchen bildeten. „Du kannst damit immer Trost und Freude spenden. Ein Geschenk für die Seele."

Bei dem nächsten Bild lächelte er plötzlich. „Das finde ich am besten ... siehst du?" Liam deutete auf mein lachendes Gesicht. „Die Sommersprossen auf deiner Nase. Sie passen so gut zu deinen Zügen. Wenn du lächelst und sich die Haut auf deiner Nase dabei ganz leicht kräuselt ... dann machen die Sommersprossen das Ganze noch viel fröhlicher. Und deine Augen. Beim ersten Blick könnte man meinen, dass sie einfach nur grün sind, aber hier sieht man deutlich, dass sie fast smaragdfarben schimmern. Ich habe noch nie eine solche Augenfarbe gesehen."

Erstaunt beobachtete ich nicht das Foto, sondern nur ihn. Jede Regung seines makellosen Gesichts bei jedem seiner Worte. Ich war mir sicher, dass mich noch nie ein Mann so genau angesehen hatte wie er. Die Fotos vom heutigen Tage würden für mich von nun an immer diesen Moment festhalten. Ich fühlte deutlich, was er beschrieben hatte. Immer und immer wieder würde ich dadurch daran erinnert werden, wie ich mich genau jetzt noch einmal in ihn verliebte. Nicht nur in sein Äußeres. In seine Worte, seinen Blick. In ihn. Voll und ganz.

„Danke", murmelte ich ehrfürchtig. „Dass du mir heute etwas von dir gezeigt hast."

Er runzelte die Stirn, sah mich aber immer noch nicht an. Ich wollte ihm die Hand auf den Arm legen, da schaltete Liam plötzlich die Kamera aus. „Wollen wir los?"

Am liebsten wäre ich für immer in diesem Augenblick mit ihm geblieben, doch als würde er diese tiefen Eindrücke bereuen, wirkte er nun distanzierter.

Also nickte ich zustimmend. „Ja."

Schweigend streiften wir durch das Meer aus Spätsommerblumen und Gräsern. Es war so friedlich hier. Wie hatte ich es zu Beginn nicht als etwas Besonderes empfinden können? Ab heute würde dieser Ort immer etwas Magisches für mich haben. Weil Liam mir diesen Zauber offenbart hatte und ich ihn mit seinen Augen sehen durfte.

„Sind wir in der Nähe des Appalachian Trails?", fragte ich, als wir die Wiese verließen und auf den Feldweg zurückkehrten. Liam hängte sich die Tasche über die Schulter.

„Nein, der ist noch etwa eine Stunde von hier entfernt."

„Oh."

„Wieso?"

Ich zuckte die Achseln. „Nur so. Da wollte ich immer schon mal hin."

„Dort habe ich auch mal fotografiert. Nur für mich", erzählte er.

„Diese Fotos würde ich auch gern sehen", sagte ich. „Also, wenn du es schaffst, mit mir als unfotogenes Model so schöne Bilder zu machen, dann wirst du ..." Sofort stoppte ich mich. Er würde überhaupt kein Fotograf werden. Sondern Anwalt. Mein Blick suchte seinen. Er erwiderte ihn nicht.

„Du würdest lieber Fotograf werden, oder?“, fragte ich. Ich musste mich bremsen, um nicht zu neugierig und fordernd zu klingen.

Liam kramte den Autoschlüssel aus seiner Jeanstasche.

„Das ist kompliziert.“

Ich wartete ab, ob er fortfuhr, doch er tat es nicht. Augenblicklich wurde er wieder zu dem Mann, der etwas geheim zu halten schien. Der unnahbar wurde, wenn es um sein eigenes Leben ging. Der mich ein kleines Stück an sich ranließ, um mich danach wieder abzuschotten, ehe ich tiefer in sein Wesen eintauchen konnte. Was war es, das er für sich behalten wollte?

Abwesend verstaute er die Tasche mit der Kamera wieder im Kofferraum. Als wir einstiegen und zurück auf die Straße fuhren, schwiegen wir immer noch.

Schließlich gab ich mir einen Ruck. Ich konnte das Thema nicht auf sich beruhen lassen. Nicht, wenn ihm so viel daran lag. „Du würdest sicher sofort einen Job finden. Als Fotograf, meine ich.“

Endlich schenkte er mir ein kurzes Lächeln. „Ich habe mal bei einer Hochzeit fotografiert. Für einen alten Freund von mir. Er lebt in New York.“

„Er war bestimmt sehr zufrieden mit dem Ergebnis.“

„Er hat zumindest nichts anderes gesagt. Möchtest du die Bilder von heute haben?“

Ich dachte darüber nach. Die Bäume rauschten an uns vorbei. Langsam hüllte uns die Abenddämmerung ein. „Ich weiß nicht ...“

„Du bist viel zu schüchtern. Was das angeht zumindest“, sagte Liam mit einem Anflug von Tadel in der Stimme.

„Nein, ich bin einfach nur nicht fotogen. Auch wenn deine Fotos gut geworden sind, sehe ich mich nicht gern auf welchen.“

„Hmm, du nimmst dich falsch wahr.“

Ich schüttelte den Kopf, beließ es aber dabei.

Kurz vor D.C. erreichte mich eine Nachricht. Sie war von einer unbekannten Nummer.

Unbekannt: *Hi, Beverly. Hast du Lust, mit mir ins Kino zu gehen? Ryan*

Ryan? Er wollte mit mir ausgehen? Woher hatte er meine Nummer? Shane? Charly? Oder ... Ich sah zu Liam. „Hast du Ryan meine Nummer gegeben?“ Erst als ich den Klang meiner Stimme vernahm, wurde mir bewusst, dass ich mich ärgerte.

Liam sah mich überrascht an. „Nein. Wieso sollte ich?“

„Weil du mich schon einmal mit ihm verkuppeln wolltest.“

Liam stöhnte auf. „Komm doch mal darüber hinweg, ich habe schon gesagt, dass es mir leidtut. Also nein, ich habe ihm deine Nummer sicher nicht gegeben.“ So wie er das sagte, glaubte ich ihm. „Warum? Schreibt er dir?“, hakte er nach.

Ich schaute zurück auf mein Handy und las die Nachricht ein weiteres Mal. „Ja. Er möchte mit mir ins Kino gehen.“

Liam schwieg. Schließlich meinte er: „Dann sag zu. Ryan ist ein guter Kerl."

Ich ließ das Handy zurück in die Handtasche gleiten. Schon die zweite Person, die mir das sagte. Das musste ich in Ruhe entscheiden und nicht mit Mr Perfect neben mir, der mir den Blick auf alle anderen Männer verstellte.

Die Sonne bewegte sich langsam dem Horizont entgegen, der Himmel färbte sich in blutrote und orangene Farben, als würde er brennen. Es war wunderschön.

„Willst du noch etwas essen gehen? Oder soll ich dich direkt zum Wohnheim bringen?", fragte Liam nach einer Weile.

Da ich wirklich Hunger hatte, entschied ich mich für das Essen.

Unsere Wahl fiel auf einen unscheinbaren, kleinen Imbiss in der Nähe des Campus.

Nachdem uns jeweils ein gewaltiges Sandwich mit Pommes serviert worden war, fragte Liam mich nach Ryan: „Na, sagst du ihm nun zu oder nicht?"

Es war unmöglich zu deuten, wie er diese Frage meinte. Da ich Eifersucht mit Sicherheit ausschließen konnte, würde er sich wohl ernsthaft freuen, wenn Ryan und ich anfangen würden, miteinander auszugehen. Immerhin hatte er selbst uns verkuppeln wollen. Mürrisch kaute ich auf einer Pommes. Liam sah uns beide als seine Freunde, also wäre es für ihn womöglich ein schönes Ereignis, wenn wir zusammenkommen würden.

„Vielleicht", erwiderte ich kurzangebunden. Andererseits wäre es natürlich nicht schlecht, meinen Fokus auf jemand anderen zu richten. Da dieser immer wieder ungewollt auf Liam zurückfiel, wäre dies der einfachste Weg. Und hatte ich nicht auf der Fahrt nach Richmond bereits festgestellt, dass mir neben der Möglichkeit, in einen anderen Bundesstaat zu fliehen, nur die Ablenkung blieb? Es war unglaublich, dass das auch noch das war, was Holly mir riet. Aber ich hatte Liam die Freundschaft angeboten. Und ich würde endlich anfangen müssen, mir alles andere aus dem Kopf zu schlagen.

„Ich denke schon", fügte ich also sanfter hinzu. Ryan war nett. Vielleicht würde ich wirklich mehr für ihn empfinden können, wenn ich ihn besser kannte. Meine Entscheidung wäre unfair, wenn ich es über ein Kino-Date hinausgehen lassen würde, sollte ich an dem Abend feststellen, dass nie etwas laufen würde. Doch ein einziges Date würde keinem von uns schaden.

Liam sagte dazu nichts. Da klingelte sein eigenes Handy. Er warf einen Blick darauf.

„Das ist Madison", erklärte er. Dann nahm er ab. Sofort fühlte ich mich wie ertappt. Stopp. Das war lächerlich. Oder nicht? Sollte ich mich ruhig verhalten? Ich würde Liam zwar auch so nicht lautstark über den Mund fahren oder ihm das Smartphone aus der Hand schlagen, trotzdem hielt ich es für das Beste, mir solange sämtliche Geräusche zu verkneifen. Sofort beschloss mein Hals, dass dies der ideale Zeitpunkt war, um staubtrocken zu werden. Mit aller Kraft unterdrückte ich ein Husten.

„Hey", sagte er. Er lauschte, dann antwortete er: „Bin gerade noch was essen. Heute reicht es mir wahrscheinlich nicht mehr, um bei dir vorbeizukommen."

Ich versuchte so unbeteiligt wie möglich weiter zu essen, meine Ohren aber blieben gespitzt. Jede meiner Bewegungen kam mir plötzlich seltsam gestellt und steif vor.

„Mit einer Freundin", fügte er hinzu. O Gott! Meine Kopfhaut begann zu kribbeln. Halt. Nein. Das war doch nicht schlimm. An seinem Gesichtsausdruck erkannte ich jedoch, dass es sehr wohl schlimm war.

„Beverly." Für den Bruchteil einer Sekunde sah er mir in die Augen. Während er Madison zuhörte, fühlte ich mich immer unwohler. Er hätte mich sofort zurück ins Wohnheim fahren sollen. Mist. Toll gemacht. Das Essen schmeckte nicht mehr. Fade lag das Stück Weißbrot in meinem Mund. Ich hatte Probleme, es richtig zu kauen. Es schien mit jedem Bissen mehr zu werden. Mit einem Schluck Cola spülte ich es hinunter.

Liam seufzte. „Wir reden später. Bis dann." Es dauerte noch einige Sekunden, bis er schlussendlich auflegte. „Entschuldige", sagte er und steckte das Handy wieder ein.

„Schon gut. Das war vielleicht keine gute Idee. Das mit dem Essen."

Er winkte ab. „Mach dir keine Gedanken."

„Ich will nicht für Streit verantwortlich sein, das habe ich dir schon auf der Rückfahrt von Richmond gesagt", gestand ich kleinlaut.

„Beverly, ich habe dich eingeladen. Und ich habe das Essen vorgeschlagen. Du hast nichts falsch gemacht. Es ist alles in Ordnung. Und auch wegen des Umzugs hatte ich keine Probleme mit Madison", erklärte Liam geduldig.

Schweigend versuchte ich meine Gedanken zu ordnen. Die Blase, die sich während unseres Treffens um uns gebildet und uns von der Außenwelt abgeschottet hatte, war geplatzt. Zerstochen durch den Anruf. Wir waren wieder in der Realität gelandet. Die Stimmung hatte sich verändert.

Müde fuhr ich mit den Fingern durch mein Haar. „Wir sollten gehen."

Liam protestierte nicht. Er bezahlte erneut die Rechnung, dann fuhr er mich zurück zum Wohnheim.

„Ich werde dir die Fotos auf einen USB-Stick ziehen", versprach er, als ich aus dem Audi stieg.

„Okay, danke. Gute Nacht." Schnell schlug ich die Tür hinter mir zu. Ich wollte nicht noch einmal in die Tiefen seiner dunkelblauen Augen sehen, die mich nur in Welten zu ziehen versuchten, die ich nie erreichen würde.

11. KAPITEL

Am nächsten Morgen verließ ich vor Holly das Zimmer. Das Campus-Gelände lag taufrisch vor mir. Kaum jemand war unterwegs. Ich wollte den frühen Morgen nutzen, um vor Kursbeginn noch einmal meine letzten Notizen durchzugehen.

„Beverly", sagte jemand hinter mir und warf mich aus meinem vertieften Gedankengang. Automatisch drehte ich mich zu der Person um. Es war Madison. Und sie war allein. Hatte sie auf mich gewartet, um mich abzupassen? Immerhin wohnte sie nicht auf dem Campus. Nervös versuchte ich ihren Blick zu deuten, doch sie schien geradezu teilnahmslos.

„Ja?", antwortete ich lahm. Für einen Moment standen wir nur da, mitten auf dem gepflasterten Weg unter den langen Zweigen der Bäume, während wir uns einfach nur anstarrten. Endlich regte sich Madison. Mit den manikürten Fingern strich sie über den Fellkragen ihres Cardigans und holte tief Luft.

Ihre Stimme war klar. „Was wird das?"

Obwohl ich mir denken konnte, was sie meinte, tat ich verwirrt. „Was meinst du?"

„Du weißt sehr wohl, was ich meine", schnarrte sie. Nun veränderte sich ihre Miene. Ihre Züge wurden hart und verunstalteten ihr hübsches Gesicht. Sie kam einen Schritt auf mich zu. „Liam sagt, dass ihr neuerdings

Freunde wärt. Er glaubt diesen Bullshit vielleicht, ich allerdings nicht."

„Aber es stimmt", sagte ich.

„Jeder Blinde sieht, wie du ihn anhimmelst. Schon seit dem Tag, als er dich auf der Treppe gehalten hat."

„Madison ...", begann ich, doch sie hob eine Hand.

„Ich bin nicht naiv. Und ich lasse mich schon gar nicht belügen oder betrügen. Ich bin schon etwas länger auf dem College als du. Ich habe hier Freunde, die genau sehen, wie du an ihm klebst, sobald ihr auf einer Party oder sonst wo aufeinandertrefft. Lass es einfach, Beverly. Du blamierst dich damit nicht nur, es geht mir auch langsam auf die Nerven. Liam ist mein Freund. Er gehört zu mir. Und das wird auch immer so bleiben. Daran wird ein kleines, biederes Mauerblümchen auch nichts ändern. Ganz gleich, wie oft du dich noch anbietest oder es über die freundschaftliche Schiene versuchst." Ihre stahlblauen Augen fingen jede Regung von mir ein. Ich versuchte so gelassen wie möglich zu bleiben.

„Dann brauchst du dir ja keine Sorgen zu machen. Wenn er zu dir gehört."

„Es nervt. *Du* nervst. Nur weil deine Freundin die Schwester von Charly ist, braucht ihr auch nicht ständig bei der Verbindung aufzukreuzen. Versteh einfach, dass du nichts in der Nähe von Liam zu suchen hast. Keine Ahnung, warum er sich überhaupt zu einer Freundschaft mit jemandem wie dir herabgelassen hat."

„Liam und ich sind Freunde. Alles andere solltest du mit ihm klären, nicht mit mir", presste ich hervor. Ich gab mir einen Moment, um mich selbst zu bestärken. *Du machst das gut. Bleib ruhig. Lass dir nichts anmerken.*

Madison warf sich das glatte Haar über die Schulter. „Nimm an, was ich dir gesagt habe. Du solltest auch an dich denken. Es wird dir sonst das Herz brechen. Das sage ich dir von Frau zu Frau. Eine Freundschaft funktioniert ohnehin nicht, wenn einer von beiden verliebt ist."

„Wer sagt, dass ich das bin?" Meine Stimme rutschte nun doch eine Oktave höre.

Sie schüttelte überlegen lächelnd den Kopf. Dann ging sie ohne ein weiteres Wort an mir vorbei und ließ mich stehen. Ich sah ihr nach. Würdevoll stolzierte sie davon. Was war gerade passiert? Madison war eifersüchtig. Madison steckte ihr Revier ab. Madison wollte mich nicht mehr in Liams Nähe wissen. Ihre Reaktion war verständlich. Langsam, Sekunde um Sekunde machte ich mir bewusst, dass sie recht hatte. Mit ihr zu reden bedeutete, dass sie nun nicht mehr nur als entfernte Schönheit in meinem Hinterkopf spukte, als eine Art Geist, den man ausblenden und dessen Existenz man leichter verdrängen oder gar leugnen konnte. Jetzt war sie real. Und ein Mensch, den ich verletzte.

Nicht zum ersten Mal fragte ich mich, auf was ich mich da eingelassen hatte. Es war meine Entscheidung gewesen. Liam hatte sie damals im Café mir überlassen. Ich hatte eingewilligt. Und die Konsequenzen betrafen uns alle.

Frustriert wartete ich vor dem Saal auf den Beginn des Farb- und Materialkunde-Kurses. Mein Vorhaben, noch ein paar Notizen durchzugehen, war nun unmöglich umzusetzen. Ich würde mich nicht konzentrieren können.

Mein Leben fuhr sprichwörtlich wieder einmal Achterbahn. Nach dem gestrigen Hoch meiner Gefühle befand ich mich nun im tiefsten aller Täler. Ich war zu weit gegangen. Dessen war ich mir jetzt sicher. Irgendjemand würde bei dieser Konstellation immer verletzt werden. Und diejenige war nun mal in erster Linie ich.

Professor Rink kam um die Ecke gehastet, den Schlüssel für den Saal bereits in der Hand.

„Guten Morgen“, begrüßte er mich viel zu gut gelaunt. „Kommen Sie rein. Schön, dass es so viele motivierte Studenten gibt.“ Er lachte lautstark über seinen eigenen Witz, denn ich war nach wie vor die Einzige, die vor der Tür wartete.

Ich setzte mich auf meinen Platz in der ersten Reihe. Nach und nach füllte sich der Raum. Eine der letzten, die in den Saal geeilt kam, war Holly, die sich mit zwei Kaffeebechern neben mich setzte. Schwer atmend stellte sie einen davon auf meine Tischhälfte. „Gerade noch rechtzeitig. Es war so viel los im Coffee Shop. Hier, ich hab dir einen Cappuccino mitgebracht.“

„Vielen Dank“, erwiderte ich leise.

Kurz nachdem Professor Rink mit der Vorlesung begonnen hatte, vibrierte mein Handy auf dem Tisch und informierte mich über eine eingegangene Nachricht.

***Liam**: Ich habe dir die Fotos auf einen Stick gezogen. Kann sie dir heute Abend vorbeibringen?*

Ich legte das Handy beiseite. *Nein, nein, nein.* Ich wollte ihn nicht mehr sehen. Und schon gar nicht die Erinnerungen heraufbeschwörenden Fotos. Herrgott! Wieso war das alles so kompliziert? Kopfschüttelnd nahm ich das Ende des Bleistifts in den Mund und kaute auf dem Holz herum.

Ich antwortete Liam nicht, sondern ging nach meinem letzten Kurs direkt zurück zum Wohnheim. Holly saß bereits am Schreibtisch vor ihrem Laptop. Konzentriert tippte sie mit der rechten Hand, während die linke ihren Kopf stützte. Sie sah nicht auf, als ich eintrat.

„Hi", brummte sie.

„Hey", antwortete ich und warf meine Tasche aufs Bett. Dann schmiss ich mich daneben. „Was machst du da?"

„Muss ein Paper für Journalismus schreiben. Aber ich mache jetzt Schluss." Mit einer schwungvollen Handbewegung klappte sie den Laptop zu. „Lass und was essen gehen", schlug sie vor.

„Wo?"

„In der Cafeteria. Ich will eine Salatbox."

Ich hob den Kopf, um sie ansehen zu können. „Du und Salat?"

„Und Chips."

Ich erhob mich. „Na gut. Dann lass uns gleich los, ich muss unbedingt noch meine Unterlagen sortieren und die Kurse für Morgen vorbereiten. Ich war gestern schon viel zu nachlässig."

Holly schnaubte verächtlich und stand auf. „Du bist nicht die Professorin."

Ich ignorierte sie.

Von der Cafeteria aus konnte man durch eine verglaste Wand direkt in die Sporthalle blicken. Eine Gruppe Jungs spielte dort gerade Basketball. Ich schenkte ihnen keine Beachtung, Hollys Augen jedoch klebten an ihnen wie Saugnäpfe. Wir stellten uns in die kurze Schlange vor der Essensausgabe. Holly belud ihr Tablett großzügig mit einer bunten Salatschale, einer Schüssel Nudelsalat, einer Packung Chips und einem Schokoriegel. Ich griff lediglich zu einem Couscous-Salat und ein paar Scheiben Brot.

„Komm, wir setzen uns da hinten hin", forderte Holly und schwang ihre Hüften bereits durch die Tischreihen und in die Nähe der Glasscheibe.

„Du bist unmöglich", zischte ich, folgte ihr aber und schob mein Tablett auf den Tisch, den sie ausgewählt hatte. Zufrieden gaffte sie in die Sporthalle.

„Wieso hebst du nicht gleich ein Schild mit deiner Nummer hoch und dem Vermerk, dass du willig bist?", fragte ich bissig.

„Sei doch nicht so verklemmt", konterte Holly.

Verklemmt. Ihr Kommentar passte ganz hervorragend zu meinem Tag. Auf Madison wirkte ich wie ein Flittchen, auf Holly wie eine Nonne. Welcher Annahme war ich näher?

Holly wandte sich von der Halle ab. „Ich sollte auch mehr Sport machen. Eine Stunde Yoga ist eindeutig zu wenig."

„Hast du früher mehr Sport gemacht?", fragte ich.

„Cheerleading auf der Highschool. Ich war auch mal im Schwimmkurs", berichtete sie. „Und du? Du hast eine klasse Figur."

„Danke", entgegnete ich lächelnd. „Ebenfalls Cheerleading."

„Ich habe es nie wirklich gern gemacht", gestand Holly. „Aber meine Mutter fand es super. Sie war bei jedem Spiel."

Oh. Ich biss in eine Brotscheibe und nickte kauend. „Es ist sehr anstrengend."

„Ja. Hat es dir Spaß gemacht?"

„Schon. Ich hatte zwei Freundinnen im Team."

„Auf welches College sind sie gegangen?", fragte Holly neugierig.

„Stella ist in Richmond geblieben. Sie arbeitet im Diner, in dem ich ebenfalls letzten Sommer gejobbt habe. Es gehört ihren Eltern. Kim ist nach New York aufs College", erzählte ich.

„Hört sich toll an", meinte Holly. „New York ist sicherlich auch super."

„Ja, allerdings. Ich hätte mich auch gern dort beworben. Außerdem hatte ich mir vorgenommen, Kim dort mal zu besuchen. Leider hat sich der Kontakt nach unserem Abschluss etwas verloren."

„Dafür hast du jetzt mich", sagte Holly lächelnd. „Und ich bin froh, dass du hier in Washington bist."

Ich erwiderte ihr Lächeln. Holly legte den halbgegessenen Schokoriegel zurück aufs Tablett und warf einen Blick zurück in die Sporthalle. Gerade als ich die Gabel in den Salat senkte, zwitscherte sie: „Da ist ja Liam."

Mechanisch schoss mein Kopf in die Richtung, in die sie sah. Darauf, dass mein Körper mich heimtückisch verriet, konnte ich mich stets verlassen. Ich sollte nicht hinsehen, aber jetzt war es natürlich zu spät. Holly behielt recht. Liam war unter den Basketballspielern. Er hatte mich noch nicht bemerkt. Konzentriert nahm er den Ball von seinem Mitspieler entgegen und dribbelte damit zur anderen Seite des Spielfeldes. Dann sprang er in die Höhe und feuerte den Basketball in den Korb. Gekonnt kam er auf dem Boden auf, rannte einen Halbkreis und klatschte mit einem aus seinem Team ab.

„Er ist gut“, bemerkte Holly und zerkaute lautstark eine Handvoll Kartoffelchips. Grinsend lief Liam zurück in die Mitte des Feldes. Das ärmellose Shirt erlaubte mir einen hervorragenden Blick auf seine Oberarme ...

„Mund zu“, mahnte Holly in vielsagendem Ton. Sofort presste ich die Lippen aufeinander und schaute zurück auf mein Tablett. Die Haare rutschten mir beinahe über die Schultern in meine Salatschale.

„Er sieht übrigens gerade her“, berichtete sie. „Willst du deinem Kumpel nicht winken?“

Am liebsten hätte ich ihr mit den Brotscheiben das Mundwerk gestopft. Die Betonung des Wortes *Kumpel* war unmissverständlich. Da sie immer noch in die Halle starrte, blieb mir nichts anderes mehr übrig, als ebenfalls zurückzusehen. Doch Liam spielte bereits weiter.

„Mal ehrlich, Lie.“ Vorwurfsvoll musterte Holly mich. „Was ist da los?“

„Wie du richtig sagtest: Wir sind Freunde. Oder waren. Ja, waren. Ende“, murmelte ich und brachte sie damit knapp auf den neuesten Stand.

Holly runzelte mitleidig die Stirn. Ich hatte ihr von Liams Hilfe in Richmond erzählt, was sie bis heute nahezu unkommentiert gelassen hatte. Meine jetzige Reaktion musste sie daher überraschen. Hastig, ehe sie genauer darauf eingehen konnte, schüttelte ich den Kopf und stand auf. „Wollen wir das Essen mitnehmen?“

Zurück auf unserem Zimmer machten wir es uns mit dem Essen auf meinem Bett bequem. Ich erkundigte mich bei Holly, was sie am Wochenende vorhatte. Dabei erfuhr ich, dass Charly mit ihren Freundinnen in einen Club wollte. Da sie noch nicht einundzwanzig waren, würden sie versuchen, sich einzuschmuggeln. Holly spielte mit dem Gedanken, sie zu begleiten.

„Wir könnten aber auch endlich mal ins Kino gehen“, schlug sie vor. Da fiel mir plötzlich etwas ein. Ryan! Ich hatte ihm überhaupt nicht geantwortet. Sofort stand ich auf und kramte das Handy aus meiner Handtasche.

„Was ist los?“, fragte Holly verdutzt.

Ich suchte Ryans Nachricht und tippte eine Antwort an ihn:

***Beverly**: Hi, Ryan. Ja, das können wir gern machen. Grüße, Beverly*

„Ich habe vergessen, jemandem zu antworten“, erklärte ich knapp.

„Wem denn?“, hakte Holly nach. Mit einem breiten Grinsen und hochgezogenen Augenbrauen beobachtete sie, wie ich mich wieder aufs Bett setzte. Da sie es geschafft hatte, mich nicht mehr wegen Liam auszuquetschen, erzählte ich ihr von Ryans Kinoeinladung.

„Ich dachte, dass du ihn vergrault hättest?“ Holly schob sich die letzten Chips in den Mund.

„Ja, dachte ich auch.“

Es klopfte an der Tür.

„Will Charly noch vorbeikommen?“, fragte ich. Holly schüttelte den Kopf, rief aber sofort: „Ja?“

Die Tür öffnete sich und Liam trat ein. Mit noch feuchten Haaren vom Duschen, die Sporttasche über einer Schulter.

„Hi“, begrüßte er uns. Sein Mundwinkel zuckte, als er uns essend auf dem Bett sitzen sah. Wie von der Tarantel gestochen fuhr ich in die Höhe, wobei fast meine halbleere Salatschale vom Bett gerutscht wäre. Holly hielt sie fest.

„Liam“, gurrte sie auffällig süß. „Was für eine Überraschung.“

„Ich wollte dir den Stick vorbeibringen.“ Er steckte die Hand in die Tasche seiner Sportjacke und zog einen kleinen USB-Stick daraus hervor. Mit Liam in meinem Zimmer, meldete sich sofort die Erinnerung an die Begegnung mit Madison zurück. Ihre Worte immer noch im Ohr, machte sich ein bitterer Geschmack auf meiner Zunge breit. Das Gefühl, als stünde ich in einer Sackgasse, nahm mir beinahe die Luft zum Atmen, ebenso wie der immer wiederkehrende Kampf meiner Gefühle in mir.

„Danke“, murmelte ich. Steif und betont ausdruckslos ging ich zu ihm und nahm den Stick entgegen. „Das wäre nicht nötig gewesen.“

Er schien irritiert. Mein Magen verkrampfte sich schmerzhaft. Da stand er. So nah. Mein Traummann. Und war doch auf ewig unerreichbar. Er könnte sich genauso gut in einem anderen Sonnensystem befinden. Ich hätte es nicht so weit kommen lassen sollen.

Niemals hätte ich mich für so masochistisch und egoistisch gehalten. Die Sehnsucht schien mich fast zu übermannen. Ich konnte ihm einfach nicht in die Augen sehen. Die Mauer, die ich seit meinem Zusammentreffen mit seiner Freundin aufzubauen versuchte, war noch zu klein. Jedes Mal, wenn die Vernunft es schaffte, einen Stein auf den anderen zu setzen, kam die Liebe und warf zwei davon wieder um.

„Was ist los?", fragte Liam.

Geh einfach! Ich wollte nicht, dass meine Fassade doch noch vollends einbrach. „Nichts. War's das dann?", fragte ich so lässig wie möglich. Selbst jemand, der mich nur eine Minute kannte, hätte sofort bemerkt, dass mit mir etwas nicht stimmte. Ich war keine gute Lügnerin.

Endlich wagte ich es, ihn anzusehen. Er runzelte leicht die Stirn, seine Lippen einen Spaltbreit geöffnet. Diese Lippen hatten mich geküsst. Ich hatte von ihm kosten dürfen, nur um anschließend verarbeiten zu müssen, dass es nie wieder passieren würde. Das war noch schlimmer, als wäre es einfach nie passiert.

„Was ist los?", wiederholte er.

Ich verschränkte die Arme vor der Brust, warf mir das Haar mit einer Kopfbewegung in den Nacken und versuchte, seinem felsenfesten Blick standzuhalten. „Nichts. Holly und ich würden dann gern weiteressen."

Ich war zufrieden. Das war richtig. Zur Hölle mit der Freundschafts-Schiene. Ich würde es ihm noch sagen müssen. Dass es einfach nicht funktionierte. Zu viel, was wir ohnehin gewusst hatten, sprach dagegen. Und nun konnten wir es nicht mehr ignorieren. Aber nicht heute, nicht hier.

„Ich lasse euch mal allein", kam es plötzlich von Holly. Ich hörte, wie sie sich vom Bett erhob.

„Nein. Schon gut. Liam muss sowieso los, oder?", widersprach ich schnell.

Liam schien die Situation abzuwägen. Er hatte mich keine Sekunde aus den Augen gelassen. Holly stand unschlüssig hinter mir.

Schließlich nickte er langsam. „Ja. Entschuldigt die Störung."

Als er verschwunden war, wusste ich, dass ich Holly nun nicht mehr ohne Informationen lassen konnte. Ich drehte mich zu ihr um. Zu meiner großen Überraschung fragte sie jedoch nicht nach. Ich dankte ihr mit einem müden Lächeln. Mit einem leisen *Ping* teilte mir mein Handy eine eingegangene Nachricht mit.

Ryan: *Super. Wie wäre es am Samstag?*

12. KAPITEL

Niemand nahm Notiz von mir, während ich am Samstagabend vor dem Mädchenwohnheim auf Ryan wartete. Es dauerte nicht lange, bis ich ihn in der Ferne ausmachte. Ich wartete auf eine Regung meines Körpers, doch es gab keine. Keine Aufregung, keine Nervosität. Ryans hellbraune Haare fielen ihm leicht in die Stirn. Immer wieder warf er sie mit einem Kopfrucken zurück, nur damit sie Sekunden später wieder nach vorne rutschten. Er lächelte breit. Während er auf mich zukam, fiel mir zum ersten Mal auf, dass er einen leicht hüpfenden Gang hatte.

„Hi“, begrüßte er mich.

„Hi.“

„Na, alles klar?“

Ich hasste diese Fragen. Als würde man in so einer Situation Nein sagen. Pflichtbewusst nickte ich. „Wollen wir?“

Stumm liefen wir nebeneinander her. Wie waren nicht die Einzigen, die unterwegs waren. Viele spazierten in dieselbe Richtung.

„Ich war ziemlich überrascht darüber, dass die WWU ein eigenes Kino hat“, bemerkte ich, um das anhaltende Schweigen zu brechen.

„Ja, das war einer der Gründe, wieso ich unbedingt hier herwollte“, scherzte er.

Ich lachte. „Nicht die Campus-Diskothek?“

„Die rangiert direkt dahinter auf Platz zwei."

Die Sonne ging unter. Nun bereute ich es, ein Kleid angezogen zu haben, denn es wurde kühl und ich hatte nur eine dünne Jacke mitgenommen.

„Du siehst sehr hübsch aus", sagte Ryan. Schüchtern strich er sich erneut das Haar zurück.

„Danke." Sollte ich ihm ebenfalls ein Kompliment machen? Irgendwie brachte ich keins über die Lippen. Wieso war das alles so verkrampft? Der Moment verstrich, ohne dass ich etwas erwiderte. Wir mussten zehn Minuten laufen, schafften es in dieser Zeit aber nicht, ein weiteres Gespräch in Gang zu bringen.

Erst als wir das Kino erreichten, fragte Ryan, welchen Film ich sehen wollte. Wir stellten uns an der Kasse an. Ich musterte die Plakate, die an der Wand aushingen.

„Action? Oder eine Komödie?", schlug ich vor. Auf keinen Fall eine Romanze.

„Action?" Ryan runzelte die Stirn. Offenbar konnte er nicht glauben, dass ich mir so etwas ansah.

„Wieso nicht? Aber such ruhig du den Film aus."

Ich nutzte die Zeit des Anstehens, um mich ein wenig umzusehen. Das Kino war klein und modern. Viele Studenten verbrachten den Abend hier. Ich dachte an Holly. Ich würde unbedingt auch einmal mit ihr hierherkommen müssen. Sie hatte sich tatsächlich mit Charly und ihren Freundinnen verabredet, um sich in einen städtischen Club zu schummeln.

Ryan kaufte die Karten, entgegen meinem Protest.

„Dann lass mich wenigstens das Popcorn bezahlen", bat ich. Er gab sich geschlagen, verlangte aber die kleinste Portion. Das war in Ordnung für mich. Hauptsache, jeder hatte sein eigenes Popcorn, sodass wir nicht in dieselbe Packung griffen wie ein Pärchen.

„Der Saal hat noch nicht geöffnet“, stellte Ryan fest. „Sollen wir draußen warten?“

Ich schüttelte den Kopf. „Ich würde lieber drinbleiben. Das Kleid war keine gute Wahl.“

„Frierst du?“, fragte er.

„Nein. Hier drinnen nicht“, beruhigte ich ihn.

Unschlüssig starrte er auf meine nackten Beine. Er schien mit sich zu ringen. Vielleicht fragte er sich, ob er mir seine Hose anbieten sollte. Schmunzelnd über diesen Gedanken, fügte ich hinzu: „Ich ziehe später meine Jacke an.“

„Ryan“, sagte jemand hinter mir. Ich erkannte die Stimme sofort. Oh, bitte nicht! Meine Laune sank in den Keller. Madison trat zu uns. War sie mit ihren Freundinnen oder mit Liam hier? Und wieso sprach sie Ryan an, wenn er bei mir stand? Unser letztes Zusammentreffen hatte nicht gerade den Grundstein für ein nettes Miteinander gelegt. Sie warf mir einen kalten Blick zu, rang sich aber ein kaum hörbares „Hi“ ab.

Ich stand einfach nur da, während Ryan sie erfreut begrüßte. „Na, welchen Film schaut ihr euch an?“

„Die Farbe des Sonnenaufgangs“, antwortete sie. Eine Romanze. Wenigstens würde sie sich dann in einem anderen Saal befinden. Ihre Züge wurden weicher. Wenn sie mit Ryan sprach, wirkte sie tatsächlich nett. Wieso sah sie nur so gut aus? Perfekte Nägel, perfekte Haare, perfekte Augenbrauen, perfekter Style. Neben ihr fühlte ich mich wie das hässliche Entlein persönlich.

„Und ihr zwei?“, fragte sie.

„*Crush again*", sagte Ryan etwas peinlich berührt.

„Oh." Madison kicherte. „Nicht gerade der passendste Film für ein Date, oder?" Sie betonte bewusst das Wort *Date*.

Ryan schien sich zu entspannen. „Warum? Wir mögen beide Actionfilme. Das passt doch."

Wieso konnte ich nicht irgendwo anders sein? Der Wunsch wurde größer, als sich nun natürlich auch noch Liam zu uns gesellte. In einer Hand eine Tüte Popcorn, in der anderen ein Getränk. Teilten sich die zwei sogar ein Getränk?

„Liam." Ryan klopfte ihm kurz auf die Schulter, da Liam ihm nicht die Hand reichen konnte.

„Hi", erwiderte dieser. Er sah mich nicht an. Seit seinem letzten Besuch im Wohnheim, hatten wir uns weder gesehen noch gehört. Auch Liam wollte wissen, welchen Film wir uns ansahen. Wie zuvor war es Ryan, der antwortete.

„Der soll gut sein", meinte Liam.

„Dann mal viel Spaß euch zweien", flötete Madison, hakte sich demonstrativ bei Liam ein und zog ihn zu ihrem Saal, in dem später sicher die wilde Knutscherei losgehen würde. Madison hatte ganze Arbeit geleistet. Ich wusste sehr wohl, dass sie allen Beteiligten klarmachen wollte, wie wer zu wem stand.

„Wollen wir dann?", fragte Ryan freundlich. „Sieht so aus, als wäre unser Saal offen."

Er hatte recht. Wir sicherten uns gute Plätze in der Mitte. Hoffentlich würde Ryan nicht erwarten, dass wir später Händchen hielten. Ich musste dazu stehen, dass ich einfach nichts für ihn empfand. Er war nett und gut aussehend, aber es reichte nicht aus, um Gefühle in mir auszulösen. Nach diesem Abend würde kein weiteres Treffen folgen. Zumindest was diese Beziehung anbelangte, musste ich rechtzeitig die Reißleine ziehen, um niemanden unglücklich zu machen.

„Ich glaube, sie mag dich nicht", flüsterte Ryan plötzlich in verschwörerischem Tonfall. Ich sah zu, wie er sich ununterbrochen Popcorn in den Mund schob. „Madison", fügte er kauend hinzu.

„Oh", machte ich. „Ja, da hast du wohl recht."

„Stimmt es, dass ihr befreundet seid? Du und Liam?"

Was sollte ich darauf antworten? „Nein. Ich dachte es, also, ich glaube ..."

Ryan blinzelte verwirrt. Ja, Ryan, ja. Ich faselte unzusammenhängendes Zeug. Ich seufzte. „Keine richtigen Freunde. Wir verstehen uns gut."

Nun ja. Verstanden uns gut, besser gesagt. Aber das würde ich vor Ryan nicht weiter erörtern. Ich griff ebenfalls in meine Popcorntüte. „Hat er dir das gesagt?"

„Madison", erklärte er, den Blick auf die Leinwand geheftet. Madison? Sie hatte mit Ryan über mich und Liam gesprochen? Wie seltsam.

„Ich bin froh, dass das heute geklappt hat. Mit unserem Treffen", gestand Ryan. Ich rang mir ein Lächeln ab. Es war wohl nicht der beste Zeitpunkt, um ihm zu sagen, dass es das letzte dieser Art sein würde.

„Woher hast du eigentlich meine Nummer?", fragte ich.

„Von Shane."

Aha. Shane schien sich langsam zu einer Kontaktbörse zu entwickeln.

„Ich hoffe, es hat dich nicht gestört.“ Plötzlich wirkte er verunsichert.

„Nein“, murmelte ich. Die gedimmten Lichter im Saal erloschen vollständig und der Beginn lautstarker Werbung beendete vorerst unser Gespräch.

Ich musste zugeben, dass der Film gar nicht schlecht war. Ryan und ich unterhielten uns über den Hauptdarsteller, als wir aus dem Kino traten. Unser Film schien nicht der einzige zu sein, der um diese Zeit geendet hatte, denn auch Liam und Madison traten mit uns durch die Glastür des Foyers ins Freie. Sie hielten Händchen. Diese kleine Geste entfachte meine Eifersucht. Wie ein tollwütiges, hässliches Tier grub sie schmerzhaft ihre Klauen in meine Eingeweide. Am liebsten würde ich Madison ins Gesicht schleudern, dass Liam und ich uns geküsst hatten und die beiden damit entzweien. Mit größter Mühe schluckte ich meine unangebrachten Emotionen hinunter.

„Wollen wir noch was trinken gehen?“, fragte Ryan. Als er die beiden anderen ebenfalls erkannte, winkte er ihnen erfreut. Selbstverständlich sahen sie es. Hätten sie nicht etwas schneller nach Hause eilen und in ihrem Liebesnest verschwinden können? Madison schien gehen zu wollen, denn sie regte sich nicht vom Fleck. Liam zog sie schließlich zu uns. Ganz toll. Genervt nahm ich also zur Kenntnis, dass sie schon wieder bei uns standen. Tja, da hätten wir auch genauso gut einen Pärchen-Abend veranstalten können.

„Wie war euer Film?“, fragte Liam.

„Gut“, antwortete ich knapp. Hoffentlich bemerkte er, wie sehr mir ihre Anwesenheit auf die Nerven ging.

Madison fing sich sofort wieder und setzte ein strahlendes Lächeln auf.

Ryan, die Höflichkeit in Person, fragte ebenfalls nach: „Und eurer?"

„Bestens", zwitscherte Madison und umklammerte Liams Arm wie einen Schraubstock.

„Wir haben gerade überlegt, noch was trinken zu gehen", erzählte Ryan. „Wollt ihr uns begleiten?"

Wie bitte? Mir fiel fast die Kinnlade runter. Hatte er nicht selbst festgestellt, dass Madison mich nicht ausstehen konnte?

„Ach, tatsächlich?" Zum ersten Mal an diesem Abend fixierten Liams Augen mich. Das vorangegangene Ignorieren war angenehmer gewesen.

„Da wollen wir auf keinen Fall stören", warf Madison ein. „Ihr wollt sicher allein sein."

Ryan schaute unschlüssig zu mir. Es wurde Zeit, dass ich diese Farce beendete. „Lass uns gehen, Ryan. Schönen Abend euch noch." Ich drehte mich um. Ryan verabschiedete sich ebenfalls, dann kam er mir nach.

„Entschuldige, Beverly", sagte er, als wir uns ein Stück weit vom Kino entfernt hatten. „Ich fühlte mich irgendwie verpflichtet, sie zu fragen. Das war unpassend."

„Allerdings", stieß ich zwischen zusammengebissenen Zähnen hervor.

„Es tut mir leid." Seine Worte waren voller Bedauern. Ich wollte mich nicht mit ihm streiten. Eigentlich war ich weniger auf ihn sauer, sondern viel mehr auf die Gesamtsituation.

Ich seufzte. „Schon in Ordnung. Aber Madison und ich an einem Tisch ... das wäre nicht gut gewesen."

„Vielleicht habt ihr euch einfach auf dem falschen Fuß kennengelernt. Ich dachte zu Beginn ja auch, dass du anders an Liam interessiert wärst."

Ich starrte ihn an.

„Das war unangebracht von mir zu sagen", meinte er und ruderte hastig zurück. „Ich meine nur, dass Madison vielleicht eifersüchtig ist."

„Tja, dazu gibt es keinen Grund", log ich so selbstbewusst wie möglich. Ich schaffte es sogar, eine beleidigte Miene aufzusetzen. „Egal. Es spielt keine Rolle. Manche Menschen können sich leiden, andere nicht. So ist das eben."

„Wollen wir beide noch woanders hin? Nur du und ich?", fragte Ryan. Sein Unschuldsblick ließ mich darüber nachdenken, doch es wäre das Beste, wenn ich ablehnte.

„Tut mir leid, ich bin müde. Die Woche war sehr anstrengend. Ich würde lieber zurück ins Wohnheim."

„Dann bringe ich dich." Er ließ sich nicht anmerken, ob er enttäuscht war. Unsere Verabschiedung vor dem Wohnheim war distanziert, aber er versprach, sich bald bei mir zu melden. Spätestens dann würde ich ihm sagen, dass ich auf kein weiteres Date mit ihm gehen würde.

Auch wenn es ehrlich und richtig war, machte sich in mir das schlechte Gewissen breit. Die Treppe hochsteigend fragte ich mich, ob es nicht doch besser gewesen wäre, Holly und Charly zu begleiten.

13. KAPITEL

„Kannst du mir mal verraten, wieso du so abweisend bist?“, fragte Liam und stellte sich mir in den Weg. Auch das noch. Nach weiteren zwei Tagen absoluter Funkstille war ich davon ausgegangen, dass er endlich verstanden hatte, dass diese für immer gelten würde.

Dass er mir nun, wie bereits Madison, vor dem ersten Kurs auflauerte, verdarb mir schon jetzt den Tag. Ich versuchte mich feige an ihm vorbeizudrängeln, doch er stellte sich mir erneut in den Weg. „Rede mit mir, Beverly. Denkst du nicht, dass ich es verdient habe, dass du ehrlich zu mir bist? Das ist wirklich kindisch.“

„Was gibt es da zu reden?“, herrschte ich ihn an. „Du hast eine Freundin. Das mit der Freundschaft funktioniert einfach nicht.“

„Und warum auf einmal nicht?“

„Weil …“ Ich suchte nach den passenden Worten. Er hatte recht, ich sollte endlich mit ihm reden und mich nicht weiterhin vor der überfälligen Klärung drücken. Entschieden sah ich zu ihm hoch. „Weil deine Freundin ein Problem damit hat.“

„Aha.“ Er schien darauf zu warten, dass ich mehr sagte.

Resigniert marschierte ich zur nächsten Bank, legte meine Tasche darauf ab und setzte mich auf die Rückenlehne. Liam trat vor mich.

Ich seufzte. „Sie hat gesagt, dass ich mich von dir fernhalten soll."

„Wann?", fragte er barsch.

„Letzte Woche."

Er stöhnte frustriert.

„Und sie hat recht", sagte ich.

„Lass das, Beverly. Das hätte sie nicht tun sollen."

„Ja, aber ..."

„Was, aber? Wir sind Freunde. Damit muss sie klarkommen."

Sah er es wirklich nicht? Sah er nicht, wie verworren das Ganze geworden war? Für mich? Für Madison? Dachte er, dass ich meine romantischen Gefühle für ihn so schnell umgewandelt hatte und nur noch platonisch für ihn empfand? War er tatsächlich so blind? Oder wollte er es nicht sehen? Dass die ganze Zeit über trotzdem die Hoffnung in mir gelauert hatte? Doch tief in meinem Inneren wusste ich, dass es meine Schuld war. Ich hatte ihm etwas vorgemacht.

„Das ist es nicht wert, Liam. Sie ist unglücklich und ich ..."

„Du auch?" Sein Ton war immer noch schroff. Seine Augen funkelten. Ich schaute ihn an, schaffte es aber nicht, weiterzusprechen.

„Gehst du jetzt mit Ryan?", fragte er plötzlich. Oh. Was für ein Umschwung.

„Äh, nein", antwortete ich perplex. „Was interessiert dich das?"

„Wir sind Freunde, schon vergessen?"

„Nein, sind wir nicht mehr. Das funktioniert wirklich nicht."

Er fuhr sich durch das Haar.

„Wieso willst du unbedingt an der Freundschaft festhalten?“, fragte ich. Liam sah mich an, antwortete aber immer noch nicht.

„Okay“, seufzte ich. „Wir kennen uns noch nicht lange, richtig?“

„Und weiter?“

„Du hast noch andere Freunde, oder?“

„Ja, und?“

„Du willst Madison nicht verlieren?“

„Auf keinen Fall.“

„Also, dann brauchst du mich auch nicht und das mit uns kann hier und jetzt endgültig enden“, schlussfolgerte ich.

„Ach, das erkennst du anhand dieser drei Fragen?“ Sarkastisch hob er die Brauen.

„Ja. Wieso willst du weiterhin daran festhalten? Es bringt nur Probleme und macht die Situation komplizierter“, sagte ich mit Nachdruck.

„Beverly. Du bist mir wichtig. Ich bin gern mit dir zusammen.“ Die Worte schienen ihm schwerzufallen. Er atmete tief durch und setzte sich neben mich auf die Bank. Da ich immer noch auf der Lehne saß, konnte ich nicht mehr in sein Gesicht sehen.

„Wenn ich bei dir bin, dann fühlt es sich richtig an. Bei dir ist alles so anders. Du siehst mich, wie ich wirklich bin. Ohne meine Fehler, ohne all das, was ich falsch gemacht habe. Ich vertraue dir.“

Das waren die schönsten Worte, die er je zu mir gesagt hatte. Trotzdem überschlugen sich meine Gedanken. Was hatte er falsch gemacht? Was für Fehler könnte dieser Mann haben?

„Ich fühle mich, als würde ich einer anderen Frau den Freund ausspannen", gestand ich leise.

Er schüttelte den Kopf. „Das tust du nicht. Ich werde mich nicht von Madison trennen. Du bist mir wichtig, Beverly. Aber Madison ist meine Freundin und wird es bleiben."

Es versetzte mir einen Stich. Das Gute daran war jedoch, dass ich mich, zumindest was mein Gewissen anging, nicht mehr allzu schlecht fühlte.

„Aber sie muss einsehen, dass ich auch weibliche Freundinnen haben kann. Ohne dass sie eifersüchtig wird", sagte er.

„Wir haben uns geküsst", warf ich ein. Es war seltsam, diesen Moment zu erwähnen. Als hätten wir ihn in eine Schublade gesteckt, diese verschlossen und uns stumm darauf geeinigt, es nicht mehr anzusprechen.

„Ja und das wird sich nicht wiederholen", sagte er schlicht. Ein erneuter Stich.

„Ich glaube, es ist trotzdem keine gute Idee", meinte ich.

Liam stand auf. „Ich werde dich nicht anflehen, aber ich schätze unsere Beziehung. Es ist deine Entscheidung. Wie damals auch." Er sah mir ein letztes Mal in die Augen. Dann ging er und ließ mich allein zurück.

Doch dieses Mal würde ich mich anders entscheiden.

Die Wochen vergingen, ohne dass Liam und ich uns willentlich über den Weg liefen oder voneinander hörten. Manchmal sah ich ihn auf dem Campus-Gelände, ging ihm dann aber aus dem Weg. Die Partys im Verbindungshaus mied ich. Holly besuchte sie zwar immer wieder gern, ich hielt mich jedoch fern davon, zumindest im Moment noch. Stattdessen besuchte ich mit Holly das Kino oder wir gingen mit Charly und ihren Freundinnen Rebecca und Theresa zum Bowlen, ins Hallenbad oder zum Diner. Einmal besuchten wir sogar die Campus-Diskothek, verließen sie allerdings schnell wieder, da die Mädels es dort langweilig fanden. Diese Zeit tat mir gut. Auch wenn ich am Anfang mit mir haderte und Liams Nähe vermisste, wusste ich doch, dass es auf lange Sicht besser so war. Endlich hatte ich mich wieder im Griff, ging meinem geordneten Tagesablauf nach und weinte auch nicht mehr wegen jeder Kleinigkeit.

Ich kaufte sogar endlich ein Auto, einen gebrauchten Mitsubishi Colt. Obwohl wir keinen Kontakt mehr pflegten, war ich Liams Ratschlag treu geblieben. Zufrieden hatte ich mit meinem neuen Wagen einige Einkäufe erledigt, darunter auch ein paar neue Klamotten für den anstehenden Winter. Mein Vater hatte mir tatsächlich einen Geldbetrag auf mein Konto überwiesen. Obwohl ich lange mit ihm am Telefon diskutiert hatte, musste ich zugeben, dass ich etwas davon nutzen konnte, um die Jobsuche noch weiter aufschieben zu können. Das Auto war ohnehin günstiger gewesen als erwartet und so war es mir möglich, mich ausschließlich auf meine Kurse zu konzentrieren.

Es war Donnerstagabend. Holly und ich arbeiteten gerade an Entwürfen für eine neue Kollektion, als ich eine Nachricht erhielt.

„Ryan?“, fragte Holly, ohne von ihrem Block aufzusehen. Er hatte in den letzten Wochen immer mal wieder versucht, ein neues Treffen mit mir zu vereinbaren. Bislang hatte ich tatsächlich jedes Mal schon etwas vorgehabt, doch da ich ihn nicht anlügen wollte, würde ich ihm bald die Wahrheit sagen müssen. Nämlich, dass kein weiteres Date stattfinden würde. Ich stand auf, nahm mein Handy vom Bett und schaute auf das Display. Überrascht stellte ich fest, dass die Nachricht von Liam war.

***Liam:** Hi. Ich muss dir etwas mitteilen. Treffen wir uns in einer halben Stunde vor deinem Wohnheim?*

Ich las die Nachricht mehrere Male. Er wollte mir etwas mitteilen? Mein erster Gedanke war, dass er sich von Madison getrennt hatte. Doch da er stets betont hatte, dass er das niemals tun würde, verwarf ich diese Vermutung schnell wieder. Aber was könnte es dann sein? Verwirrt starrte ich auf das Handy in meiner Hand.

„Was ist los?“, fragte Holly. Sie schaute immer noch nicht von ihrer Zeichnung auf.

„Liam will sich mit mir treffen. In einer halben Stunde“, antwortete ich. Unschlüssig rutschte ich vom Bett zurück auf den Boden.

Nun sah sie mich interessiert an. „Echt? Wieso? Ich dachte, ihr hättet keinen Kontakt mehr.“

„So ist es auch. Ich weiß es nicht.“

„Und was wirst du tun?“

„Ich werde zusagen“, antwortete ich prompt.

***Beverly:** Ja, okay.*

Was, wenn er ein Problem hatte? Was wäre ich für ein Mensch, wenn ich ihn hängen ließ? Nach allem, was er für mich getan hatte.

Holly zeichnete weiter. Sicher würde sie mich spätestens nach dem Treffen mit neugierigen Blicken traktieren, bis ich ihr sein Anliegen schließlich mitteilen würde.

Wenig später trat ich aus der Tür und ins Freie. Liam wartete bereits auf mich. Es war so seltsam. Wie konnte das sein? Es fühlte sich an, als wäre keine Zeit vergangen. Als hätten wir uns nicht gemieden, als hätten wir gestern noch mit einander geredet und gelacht und als wäre überhaupt nichts kompliziert zwischen uns. Da war Wärme, Freude, Sehnsucht, Vertrauen, Zuneigung. Liebe. Es würde nie einen anderen Menschen auf diesem Planeten geben, der all das in mir gleichzeitig auslösen konnte.

„Hi", begrüßte er mich.

Lächelnd, weil ich einfach nicht anders konnte, blieb ich direkt vor ihm stehen. Seine Haare waren ein wenig länger. Am liebsten würde ich mit den Fingern hindurch gleiten. „Hi."

Auch er lächelte. „Wollen wir ein Stück spazieren gehen?"

„Gern."

Es wurde dunkel. Wir schlenderten in Richtung der Bibliothek. Darin brannte noch Licht. Golden traf es auf die steinernen Stufen und den Kiesboden vor uns. Mit Liam zu spazieren, fühlte sich nicht nur entspannend, sondern auch natürlich an.

„Wie geht's?", fragte er nach einer Weile.

„Gut. Danke. Und dir?"

Er überging meine Frage. „Ich muss dir was erzählen. Und bevor du ausflippst oder Nein sagst, denk bitte gut darüber nach."

Keine Umschweife. Kein Small Talk. O je.

„Okay", piepste ich. Es kam mir unendlich lange vor, bis Liam schließlich mit der Sprache rausrückte.

„Ich habe ein Auftragsangebot. Ein Shooting. In New York. Nächsten Freitag. Da ich es zum Teil dir zu verdanken habe und du schon immer nach New York wolltest, biete ich dir an, mich zu begleiten."

Wie bitte? War das ein schlechter Scherz? Ich blieb stehen. Liam, einen Schritt vor mir, drehte sich zu mir um. „Vergiss nicht, was ich dir gesagt habe: Denk erst in Ruhe darüber nach."

Obwohl die Situation ernst war, zuckte er amüsiert mit dem Mundwinkel, wie ich es schon so oft bei ihm gesehen hatte.

„Da gibt es nichts drüber nachzudenken", sagte ich sofort.

„Beverly ..."

„Was meinst du damit, du hast es zum Teil mir zu verdanken?"

Nun wirkte er nicht mehr amüsiert. Eher angespannt. „Du erinnerst dich an den Tag, an dem ich dich fotografiert habe?"

Herr im Himmel! Er hatte doch nicht ...

„Liam?"

„Das waren meine aktuellsten Fotos."

„Du hast dich damit beworben?", zischte ich.

„Sozusagen. Nein, eigentlich nicht direkt."

„Könntest du etwas deutlicher werden? Und zwar bevor ich hier auf der Stelle kehrt mache?“, blaffte ich ihn an. Wie konnte er nur?

Er hob beruhigend die Hände, als würde er ein verschrecktes Tier einfangen wollen. „Ein Freund meines Bruders arbeitet in New York. Der, auf dessen Hochzeit ich fotografiert habe. Er hat mich vorgeschlagen. Als Reverenz wollte er aktuelle Fotos, um sie seinen Auftraggebern vorlegen zu können und sie waren einverstanden.“

Unter meinen Schuhen knirschte der Kies, als ich begann, auf und ab zu laufen. Ich wusste nicht, was mich mehr schockierte. Dass er meine Fotos ohne mein Einverständnis verwendet hatte, oder dass ich ihn begleiten könnte. Nach New York! Ausgerechnet. Und noch etwas registrierte ich: Er hatte einen Bruder. Es war bei Liams Zurückhaltung bezüglich seiner Privatsphäre eigentlich nicht verwunderlich, dass er ihn noch nie erwähnt hatte. Wenn ich jedoch genauer darüber nachdachte, war es erschreckend, wie wenig ich eigentlich über ihn wusste.

„Willst du eine Nacht drüber schlafen?“, fragte Liam kleinlaut. *Ja. Nein. Für was?* Aber New York ...

In meinem Kopf herrschte Chaos. Es wäre unmöglich, nun einen klaren Gedanken zu fassen, da all meine romantischen Gefühle für ihn meine tapfer kämpfende Vernunft zu überlagern versuchten. Ich hatte nicht so viele Wochen an mir gearbeitet, nicht so viele Tage krampfhaft versucht, nicht an ihn zu denken und nicht so viele Minuten durchgehalten, nur um jetzt wieder schwach zu werden. So schnell. Aber da stand Liam, den ich so sehr begehrte und der mir anbot, mich mit nach New York zu nehmen. Doch wozu? Damit ich mich danach noch schlechter fühlte? Ich könnte irgendwann allein nach New York reisen. Nur ich, ohne Liam. Er war wie eine Droge, die mich für die Dauer seiner Anwesenheit in die höchsten Wolken trug und nach dem Rausch schließlich in ein tiefes, einsames Loch warf.

Ich sollte nachdenken. In Ruhe. Allein. Seufzend blieb ich stehen. „Ich werde darüber schlafen. Also. Gute Nacht, Liam."

Bevor ich hier noch etwas tat, was ich später bereuen würde, kehrte ich schnellen Schrittes zum Mädchenwohnheim zurück.

Holly saß gegen die Wand gelehnt auf ihrem Bett und mit dem Laptop auf dem Schoß. Als ich eintrat, blinzelte sie mich erschrocken an. „Schon zurück?" Sofort klappte sie den Laptop zu.

„Ja." Ich musste mich ihr einfach anvertrauen. Kurz und knapp schilderte ich ihr Liams empörendes Angebot. Allerdings ließ ich aus, dass er Fotos von mir benutzt hatte.

„Nach New York? Nur ihr beide?", hakte sie ungläubig nach. „Ich glaube schon."

„Wow. Und wieso fragt er da dich?"

„Ich habe ihm erzählt, dass ich schon immer mal hin und dort sogar aufs College wollte", erklärte ich.

Holly hob eine Braue. „Er ist wirklich gründlich, wenn es darum geht, deine Wünsche zu erfüllen." Sie stand auf. „Erst seine Hilfe beim Umzug deines Vaters, und nun das."

„Ich muss ihm sagen, dass ich nicht mitfahre." Frustriert kramte ich meine Schlafsachen aus der Kommode. Ich wollte mich nur noch ins Bett kuscheln.

„Willst du denn mit?", fragte Holly.

„Ja", antwortete ich ehrlicherweise. „Aber es geht nun mal nicht. Wegen Madison."

„Und wegen deinen Gefühlen für ihn." Holly war in ihrem Element. Viel zu lange hatte sie sich zurückhalten müssen.

Stöhnend wandte ich mich ihr zu. „Ich will das nicht mehr. Freundschaft hat nicht funktioniert. Ich habe gesagt, dass ich in Bezug auf dieses leidige Liam-Thema keine Fehler mehr machen werde."

Holly nickte zustimmend.

„Ich werde ganz sicher nicht mitfahren!", ergänzte ich eine Spur zu laut. Nachdem ich die Zimmertür hinter mir ins Schloss geworfen und zu den Duschen gerauscht war, fragte ich mich, ob ich damit Holly oder mich selbst überzeugen wollte.

Den gesamten nächsten Morgen über ließ mich Liams Angebot nicht in Ruhe. Müde nippte ich während Geschichte der Mode an meinem Kaffee.

Wie konnte er mich nur in eine solche Situation bringen? New York! Und dann auch noch mit Liam! Verdammt! Ich unterbrach meine Kritzeleien und klappte den Block zu. Es wurde Zeit, dass ich es mir endgültig aus dem Kopf schlug. Solange Liam mit Madison zusammen war, könnte ich ein solches Angebot nicht annehmen. Gleich heute Abend würde ich ihm schreiben und absagen. Wieso fragte er eigentlich nicht Madison? Jetzt, wo ich darüber nachdachte, kam es mir seltsam vor. Wäre es nicht naheliegend, dass man seinen Partner fragte, ob er einen begleitet?

In Gedanken versunken verließ ich nach der Vorlesung zusammen mit Holly den Saal. Trotzdem sah ich ihn sofort. Wie beim letzten Mal wartete Liam an die Wand gelehnt auf mich. Er wirkte unsicher. Ich versuchte gar nicht erst, freundlich auszusehen. Dennoch kam er auf mich zu. Ehe er mich erreichte, verabschiedete sich Holly mit vielsagendem Blick. „Wir sehen uns später."

„Okay", murmelte ich, da marschierte sie schon in die andere Richtung davon.

„Hi", sagte Liam.

„Hi", gab ich zurück.

„Wir müssen reden", meinte er ernst. „Wollen wir irgendwo anders hin?"

Rasch schüttelte ich den Kopf und trat einen Schritt zurück. „Was soll das alles? Du überforderst mich." Obwohl ich es leise gesagt hatte, beschlich mich das unangenehme Gefühl, als würden uns alle anstarren.

„Beverly, komm mit."

„Weil Madison sonst weiß, dass wir miteinander geredet haben?", fuhr ich ihn an.

Er runzelte die Stirn. „Was? Nein. Ich war es doch, der den Kontakt aufrechterhalten wollte. Ganz offiziell. Und ich bin es, der dich mit nach New York nehmen möchte. Wieso sollte ich dann nicht wollen, dass jemand mitbekommt, dass wir reden?"

Ein Punkt für ihn. Trotzdem hielt ich die Situation langsam nicht mehr aus.

„Lass uns zur Cafeteria gehen", schlug Liam vor.

Erneut schüttelte ich den Kopf. „Ich habe keinen Hunger.“

„Dann lass uns spazieren gehen.“

„Schon wieder?“

Er lächelte kaum merklich. „Der letzte Spaziergang war sehr kurz.“

Ich atmete resigniert und lange aus. Na ja. So könnte ich es wenigstens hinter mich bringen. Auch wenn es eigentlich keine Rolle spielte, was er mir zu sagen hatte. Mein Entschluss stand fest.

Schweigend gingen wir los Richtung Veranstaltungshalle, weg vom Wohnheim. In der Ferne erkannte ich das Footballstadion. Wir gingen zur großen Rasenfläche, die vielen Studenten als Lese-, Lern- oder Entspannungsort diente. Da der Herbst bereits Einzug hielt, war heute kaum jemand hier, um sich ins Gras zu legen. Das Laub der Bäume verfärbte sich in prachtvolle Orange- und Rottöne. Auf dem Boden lagen braune Blätter. Ich sah zu, wie der Wind sie nach und nach von dannen fegte.

„Du wirst mir absagen“, sagte Liam plötzlich in meine Beobachtung hinein.

Ich rang mit mir, obwohl ich mir eigentlich sicher war. Ja, es war das Richtige. Auch wenn die unverbesserliche, verliebte Romantikerin in mir das anders sah. „Stimmt.“

Er schob die Hände in die Hosentaschen seiner Jeans. „Dachte ich mir, doch das solltest du nicht.“

„Sehe nur ich dieses ganze Chaos?“, fragte ich ruhig. Er erwiderte nichts, also sprach ich weiter. „Wir drehen uns im Kreis. Du willst Freundschaft. Und ich kann dir das nicht mehr geben. Weil ich ... nun ja, ich dachte ich kann es, aber ich kann es eben nicht. Du bist für mich mehr. Und ich kann es nicht abstellen, nicht ändern, nicht ausblenden. Obwohl ich es gern würde, weil ich so gern mit dir zusammen bin und es mich immer wieder verletzt. Ich habe es versucht. Die Zeit mit dir ..." Ich hielt inne. Liam war mir so schnell so nah gewesen. Wie sollte ich je beschreiben können, was er in mir auslöste? Immer und immer wieder, jedes verdammte Mal. „Und du würdest Madison damit verletzen. Das ist nicht in Ordnung. Wobei ich mich frage, wieso du sie nicht nach New York mitnimmst."

Puh. Jetzt war es raus. Augenblicklich fühlte ich mich etwas leichter. Doch seine Worte dazu standen noch aus. Und sie würden mich sicher noch ein weiteres Mal verletzen.

Liams Miene war unergründlich. Sekundenlang ließ er mich warten. Grauenvolle Sekunden. Endlich erwiderte er: „Es tut mir leid, dass ich dich damit verletze. Das ist das Letzte, was ich möchte. Und auch Madison will ich nicht wehtun. Die Situation ist so verfahren. Ja, ich sehe es auch. Ich versuche vernünftig zu sein, auch wenn es mir nicht immer gelingt. Wenn wir zusammen sind, fällt es mir noch schwerer. Ich wünsche mir eine Freundschaft, weil ich nicht weiß, wie ich das zwischen uns sonst nennen soll. Aber ja, es ist mehr. Obwohl es das nicht sein dürfte."

Mein Herz pochte so stark, dass ich mir sicher war, dass er es hören konnte.

Dann schloss er die Augen und schüttelte den Kopf. „Ich wollte Madison nicht fragen, weil sie meine Reise nicht unterstützt. Sie findet es nicht gut, dass ich in meiner Freizeit solche Aufträge annehme."

„Wieso?“, fragte ich verblüfft.

„Damit ich es mir mit meiner Entscheidung nicht noch schwerer mache. Der Plan ist nun mal, Anwalt zu werden. Das Fotografieren muss ein Hobby bleiben.“

„Deswegen begleitet sie dich nicht?“

„Deswegen frage ich sie nicht.“

Oh. Damit hatte ich nicht gerechnet.

„Beverly, ich weiß, dass das hier alles nicht richtig ist. Aber wir tun uns eigentlich gut, wenn wir zusammen sind. Und ich hätte dich gern dabei. Nicht nur um meinetwegen, sondern weil auch du dir diese Reise wünschst.“ Er blieb stehen, damit wir uns ansehen konnten.

Der Weg war verlassen, wir waren allein. Eine kühle Brise erfasste uns. Schützend schlang ich die Arme um meine Mitte. Ich trug lediglich eine dünne Bluse auf einer Jeans.

Liam zog seine Kapuzenjacke aus und legte sie mir um. Einfach so. Ohne mich zu fragen. Sofort stieg mir sein einmaliger Duft in die Nase. Ich sollte die Jacke nicht annehmen, denn der Teil, der mit Liam nach New York wollte, sträubte sich jetzt noch mehr gegen meine Entscheidung. Sie war warm und beschützend. Als würde er selbst mich umarmen. Verdammt. Wie konnte er so liebevoll und aufmerksam sein und gleichzeitig aber auch wieder nicht?

„Danke“, flüsterte ich. Geschlagen schlüpfte ich in die Ärmel.

„Sieh mich mehr als eine Mitfahrgelegenheit. Wir teilen uns dort kein Zimmer. Wenn du willst, noch nicht einmal das Hotel. Wir müssen nicht zusammen essen, nichts zusammen unternehmen. Lediglich die Fahrt dorthin werden wir gemeinsam hinter uns bringen. Du kannst dabei lesen, deine eigene Musik hören, mich ignorieren", sagte er sanft.

Wie war es möglich, dass mein Entschluss nun doch ins Wanken geriet? Alles in mir schrie Ja. Was war ich nur für ein jämmerlicher Waschlappen geworden.

Ich atmete tief durch. „Okay. Ich werde darüber nachdenken. Noch einmal …"

„Tu das", bat er. Mit dem Zeigefinger strich er über meine Wange, lächelte und machte sich schließlich ohne ein weiteres Wort auf den Weg zurück. Eingekuschelt in seine Jacke sah ich ihm nach. Mein Herz vollführte einen Freudentanz, denn es wusste, dass es diesen Kampf letztlich gewinnen würde.

14. KAPITEL

Unter Hollys verurteilenden Blicken packte ich am Donnerstagabend meinen Koffer für New York. Zum Schluss legte ich sogar die Ballerinas hinein, die sie mir geschenkt hatte. Vielleicht besänftige sie diese Geste ein wenig.

„Wieso hast du dich ausgerechnet in diesen Typen verguckt? Das tut schon weh, wenn man nur zusieht", murrte sie.

Na, sie hatte gut reden. Als hätte ich es mir ausgesucht. Vielleicht hielt es das Leben ja für einen guten Scherz, all meine geordneten Pläne mit einem Schlag wie ein Kartenhaus in sich zusammenfallen zu lassen. Augenrollend schloss ich die Tasche. Außerdem – so versuchte ich es mir zumindest fleißig einzureden – ging es mir diesmal nur um New York. Dafür ließ ich sogar meine freitäglichen Lieblingskurse ausfallen.

„Beverly, bist du dir sicher, dass das eine gute Idee ist?" Holly wirkte skeptisch.

Nein. Ich war mir überhaupt nicht sicher. Aber ich hatte mir fest vorgenommen, Liam wirklich nur als x-beliebige Begleitung zu sehen. „Es wird schon gutgehen. Eigentlich will ich mir ja nur die Stadt ansehen."

„Eigentlich ..." Holly hob eine Braue.

„Mach dir keine Gedanken. Wir fahren als ... Bekannte."

Sie schien nicht überzeugt. „Mein Bauchgefühl findet das nicht gut."

Ich seufzte. „Es wird nichts passieren zwischen Liam und mir. Wir schlafen in getrennten Zimmern. Und er hat immer noch eine Freundin. Also. Du machst dir umsonst Sorgen."

Holly sah mir in die Augen. Dann kam sie zu mir und umarmte mich. „Pass auf dich auf, Lie. Bitte."

Auch am nächsten Morgen konnte ich es immer noch nicht ganz glauben. Doch hier stand ich. Um 7 Uhr in der Früh und mit gepacktem Koffer. Diesen Parkplatz verband ich mittlerweile nur noch mit Liam und seinem Audi. Er ließ auch nicht lange auf sich warten. Mit einem breiten Grinsen hielt er direkt vor mir und stieg aus, um mein Gepäck im Kofferraum zu verstauen.

„Ich habe ein Déjà-vu", murmelte ich und unterdrückte ein Gähnen.

„Im Auto ist sogar wieder Kaffee", verkündete er.

Ich stieg ein. Das eingebaute Navi hatte bereits die Route berechnet. Wir würden vier Stunden fahren müssen. Vier Stunden mit Liam im Auto. Ich nahm dankend den Kaffee entgegen, dann fuhr er auch schon los.

„Warst du schon mal in New York?", fragte ich, als wir D.C. hinter uns ließen.

Liam nickte. „Ja."

Ich machte es mir in meinem Sitz bequem. „Erzähl mir etwas darüber."

Er hob einen Mundwinkel. „Du siehst es doch bald."

„Trotzdem. Ist es so perfekt, wie es in jedem Film aussieht?"

„Perfekt?" Er lachte. „Im Sommer ist es dort sehr heiß. Also wirklich. Durch die ganzen Gebäude und den Asphalt fühlst du dich wie in einer Sauna." Liam schien zu überlegen, dann fügte er hinzu: „Es ist extrem teuer dort und wenn du nachts durch verlassene Straßen gehst, triffst du auf Müllberge."

Erschrocken blinzelte ich ihn an. „Du versaust mir die Vorfreude."

„Hey!" Er hob eine Hand. „Du hast mich gefragt. Das war eine ehrliche Antwort. Frag mich nicht, wenn du sie nicht hören willst."

„Eigentlich wollte ich was Schönes hören", meckerte ich.

Liam schenkte mir ein besänftigendes Lächeln. „Es ist immer viel los, was ja auch gut und interessant ist. Dort findest du alles. So viele verschiedene Menschen. Das mag ich an New York besonders. Der Central Park ist wie in den Filmen. Auf jeden Fall mehr als einen Besuch wert. Das Feeling ist einfach ... einzigartig. Ich liebe die Stadt."

Ich warf ihm einen fragenden Blick zu. „Wieso studierst du dann nicht dort?"

Liams euphorisches Lächeln erstarb. Ich biss mir auf die Unterlippe. Mist. Schnell sah ich auf die Straße vor uns, doch nichts was draußen an uns vorbeizog, konnte mich von meiner Frage ablenken. Ich verstand einfach nicht, warum Liam so ein Geheimnis aus seinem Leben machte.

„Aus dem gleichen Grund wie du", murmelte er schließlich. „Wegen meinen Eltern."

Konnte ich es wagen, noch weiter nachzuhaken? Eigentlich wollte ich es nicht riskieren, die Stimmung zwischen uns vollständig zu ruinieren, aber meine Neugierde war stärker. „Du könntest ja nach der Law School zurück nach Baltimore. Wenn es deinen Eltern so wichtig ist, dass du in ihrer Kanzlei arbeitest.“

„Nicht nur ihnen ist es wichtig. Außerdem mache ich nächstes Jahr sowieso meinen Abschluss“, presste er zwischen zusammengebissenen Zähnen hervor.

Ich verstand überhaupt nichts mehr. Konzentriert stierte er aus dem Fenster, den Blick auf die Straße geheftet.

„Aber ... du meintest doch, dass sie wollen, dass du ebenfalls einsteigst.“

„Du verstehst das nicht“, herrschte er mich an.

Eingeschüchtert senkte ich den Blick. Ich hätte nicht nachhaken sollen. Es ging mich ja auch nichts an. Oder? Wusste er nicht so viel mehr über mich als ich über ihn? Andererseits hatte er dafür seine Leidenschaft fürs Fotografieren mit mir geteilt.

„Entschuldige“, sagte er etwas milder und unterbrach damit meine Gedankengänge.

Ich schüttelte den Kopf. „Mir tut es auch leid ... aber du bist so verschlossen.“ Ich wollte so viel mehr wissen. Über ihn. Über den Mann, der mich einfach nicht losließ.

„Ich will nicht über mein Leben reden. Ganz einfach“, stellte er klar.

Ich nahm es stumm zur Kenntnis. Wieso vertraute er sich mir nicht an? Nachdenklich musterte ich sein grimmiges Profil. Es konnte doch unmöglich so schlimm sein, dass er es so verbissen verschweigen musste.

Die Minuten verstrichen, ohne dass einer von uns das Thema wieder aufgriff. Ich entschied mich, es zu wechseln. „Erzähl mir was über den Job."

„Ich fotografiere Models für ein Modemagazin", erklärte er schlicht.

Ich hob die Brauen. „Models? Ein Modemagazin?"

Er grinste. „Ja. Mein Freund arbeitet als Journalist."

„Ich hätte nicht erwartet, dass er bei einem Modemagazin arbeitet", gestand ich.

„Und wieso nicht? Er hat schon viele bekannte Designer kennenlernen dürfen", sagte Liam.

„Er muss dort viel Einfluss haben, wenn er dir einen Auftrag besorgen kann."

„Ja, er arbeitet eng mit der Chefredakteurin zusammen. Aber hey", plötzlich lachte er, „Das ist nicht wirklich ein Kompliment an meine Fotos."

Ich kicherte. „Entschuldige. So war das nicht gemeint. Natürlich liegt es auch an deinem Talent."

„Und an meinem Model", fügte er hinzu.

Ich schnaubte. „Ich fasse es immer noch nicht, dass du meine Bilder genommen hast. Schon mal was von Urheberrecht gehört?"

„Das liegt eindeutig beim Fotografen", sagte Liam.

„Das kann ich mir nicht vorstellen."

„Anwalt. Schon vergessen?" Er verzog seine Lippen zu einem schiefen Lächeln.

„Na gut. Ich muss gestehen, ich habe mir die Bilder nicht mehr angesehen."

„Das solltest du aber schleunigst nachholen. Sie sind wirklich gut geworden. Obwohl du unfotogen bist."

Ich schnappte nach Luft. Gespielt verärgert boxte ich ihm gegen den Oberarm. Liam lachte.

„Wie kannst du es wagen?“, zischte ich.

„Es ist leider die Wahrheit.“

War das sein Ernst? Ich war gekränkt. Auch wenn ich wusste, dass es stimmte. Es von ihm zu hören, war mehr als bitter. Seine Meinung wog für mich so viel schwerer.

„Das hat nichts damit zu tun, ob du hübsch bist oder nicht“, sagte Liam beschwichtigend. „Aber du wärst kein Profi-Model.“

„Danke“, erwiderte ich sarkastisch und reckte das Kinn. Um nichts mehr sagen zu müssen, nahm ich einen Schluck vom Kaffee.

„Du bist gegen Ende des Shootings deutlich entspannter geworden. Am Anfang war es mehr, als würde ich eine Schaufensterpuppe fotografieren“, erklärte Liam.

Ich biss die Zähne zusammen. „Bist du fertig?“

„Oder einen Roboter“, ergänzte er noch.

Ich stöhnte laut. „Hab’s verstanden!“ Trotzdem konnte ich mir ein kleines Grinsen nicht verkneifen. Er zog mich auf. Ich würde mich irgendwann rächen. Hoffentlich.

Je näher wir New York kamen, umso aufgeregter wurde ich. Immer wieder warf Liam mir amüsierte Blicke zu.

„O mein Gott!“, kreischte ich, als mir plötzlich etwas einfiel. „Fahren wir über die Brooklyn Bridge?“

Liam wölbte die Brauen und verkniff sich gerade noch ein spöttisches Grinsen. „Nein, du lächerlicher Touri.“

Entgeistert starrte ich ihn an. Er legte den Kopf schief. „Tut mir leid, aber es ist wirklich süß, dass du dich überhaupt nicht auskennst. Was bist du nur für eine Amerikanerin?"

„Tja, es hat halt nicht jeder so viel Kohle wie du, um durch halb Nordamerika zu reisen."

„Du übertreibst. Wir fahren durch den Holland Tunnel nach Manhattan. Ich glaube nicht, dass wir Zeit haben werden, um nach Brooklyn zu fahren. Die meisten Sehenswürdigkeiten befinden sich ohnehin in Manhattan."

„Danke für deine freundliche Information. Solltest du mal wieder nach Richmond kommen, werde ich dir genauso freundlich den Weg beschreiben", entgegnete ich spöttisch.

„O ja, in dieser gigantischen Stadt bin ich auf jeden Fall auf deine navigatorische Hilfe angewiesen", erwiderte er in nicht minder spöttischem Ton. Dieser Kerl würde mich ganz sicher irgendwann in den absoluten Wahnsinn treiben.

„Wo befindet sich denn das Hotel?", fragte ich.

„In der Nähe des Central Parks."

„Wirklich?" Ich konnte mir ein peinliches Quietschen nicht verkneifen. Unfassbar!

Auch Liam wirkte aufgeregt. „Ja. Das war wirklich großzügig von Chris."

„Ich will ihm immer noch das Geld dafür geben", sagte ich.

„Die Firma bezahlt das Zimmer, das du beziehst."

„Ja, aber du bezahlst deins selbst. Das finde ich nicht gut."

Liam stöhnte auf. „Beverly, ich diskutiere mit keinem Menschen auf dieser Welt so oft wie mit dir. Also. Bitte.

Nimm das Zimmer. Du kannst mich gern auf einen Hotdog oder so was einladen."

Es hatte einfach keinen Sinn, Liam weiter zu widersprechen oder sich mit ihm zu streiten, also schwieg ich. In dieser Sache ähnelte er Holly sehr.

New York wirkte auf mich nach Verlassen des Holland Tunnels kaum einzigartig. Doch je länger wir Manhattan durchquerten, umso schöner wurden die Gebäude. Riesige Wolkenkratzer, viel Trubel und gelbe Taxis, wohin das Auge sah. Das erinnerte schon mehr an das heiß ersehnte New York, das ich aus Filmen kannte. Es überraschte uns beide, wie gut wir durch den Verkehr kamen.

„Wir befinden uns direkt am Rande des Central Parks", murmelte Liam, ehe er das Auto in die Tiefgarage des Hotels fuhr. Aufgeregt sprang ich aus dem Audi, kaum hatte er ihn geparkt. Wir checkten ein, bezogen unsere Zimmer und nutzen beide eine Viertelstunde, um uns eilig frisch zu machen. Liam wartete bereits im Foyer des Hotels an der gläsernen Drehtür auf mich, als ich runterkam, und zusammen traten wir hinaus auf den belebten Gehweg.

„Wie viel Zeit hast du, bis du zu deinem Termin musst?", fragte ich.

Liam sah auf seine Armbanduhr. „Knapp anderthalb Stunden. Wir sind wirklich gut durchgekommen."

„Toll! Und wo gehen wir zuerst hin?" Am liebsten hätte ich mich gevierteilt, um alles auf einmal zu entdecken.

Liam deutete auf die andere Straßenseite. „Lass uns zum Central Park gehen, wenn er schon direkt hier ist."

Den Central Park als gigantisch zu beschreiben, wäre wohl noch untertrieben. Gelbe und pfirsichfarbene Laubbäume reihten sich hinter dem schwarzen eisernen Zaun entlang der Wege, die in den Park hineinführten. Am Eingang bestand ich darauf, uns bei einem altmodischen Verkaufsstand auf Rollen zwei Brezeln zu kaufen, die wir noch vor Ort verspeisten. Frisch gestärkt nahmen wir den ersten Weg, der von der breiten, von Autos befahrenen Straße weg und weiter hinein in den Park führte.

Wir liefen fast eine Stunde und trotzdem kam es mir vor, als wären wir kaum vorangekommen.

„Ich werde mich dann mal langsam auf den Weg machen und mir ein Taxi schnappen“, sagte Liam. „Was hast du vor?“

„Ich würde gern noch hierbleiben“, antwortete ich spontan.

„Bist du dir sicher? Du könntest dir ein Stück mit mir das Taxi teilen und dir dann noch etwas von der Stadt ansehen. Nicht weit entfernt von der Firma befindet sich das Empire State Building.“

„Nein, ich glaube, ich bleibe. Wir haben ja morgen noch ein bisschen Zeit. Ich werde mir dann selbst ein Taxi nehmen.“

„Okay.“ Liam lächelte mich an. „Dann sehen wir uns später. Ich hole dich um sieben ab.“

„Alles klar. Viel Erfolg. Du machst das bestimmt super“, sagte ich. „Ich bin schon gespannt darauf, was du erzählen wirst.“

„Danke, Beverly. Bis später. Pass auf dich auf.“ Er lief den Weg zurück. Ich sah ihm nach, bis er hinter einer Biegung verschwunden war. Dann steckte ich die

Hände in die Manteltaschen, spazierte weiter und genoss die Zeit, die ich nur für mich allein hatte. Keine Mitbewohnerin. Keine Vorlesung. Kein Liam. Nur ich.

Tief sog ich die Herbstluft in meine Lunge. Nicht weit entfernt befand sich ein See. Viele Menschen saßen auf Bänken in der Nähe des Ufers oder stoppten, um den Blick darüber schweifen zu lassen. Da ich den Park immer noch nicht verlassen und mich in die hektische Stadt stürzen wollte, setzte ich mich auf eine der freien Bänke.

Die Sonne drang aus der dicken Wolkendecke und warf tanzende, glitzernde Lichter auf den See. Immer wieder brach ein frischer Windhauch die spiegelnde Decke und schickte fließende Wellen über das Wasser. Eine Entenfamilie schwamm vorbei, pickte hier und da nach verfärbten Laubblättern, die verloren und ziellos auf dem Wasser trieben, und verschwand dann wieder aus meinem Sichtfeld. Genau hier und in diesem Moment fühlte ich mich so entspannt wie schon sehr lange nicht mehr. Wie ich hierhergekommen war, mochte chaotischen Entscheidungen zu verdanken sein, aber es war doch das Beste, was mir seit Langem passiert war.

Was Liam für mich getan hatte, seit ich ihn kannte, schien mir unmöglich zu revanchieren. Trotz des Kummers, den er mir ebenso beschert hatte. Nicht nur seine Taten, auch seine Art mir zuzuhören, mich so zu sehen, wie ich wirklich war, tat mir gut und ich wollte es auch nicht mehr abstreiten oder mich dagegen wehren.

Ich wusste nicht, wie lange ich auf dieser Bank gesessen und einfach nur den Moment genossen hatte. Ganz für mich allein, mitten in New York. Mit dieser Stadt verband ich nichts aus meiner Vergangenheit. Hier könnte ich eine völlig neue Zukunft beginnen. Die Euphorie, die diese Gedanken mit sich trugen, wurde schnell wieder im Keim erstickt, als ich mir in Erinnerung rief, wieso ich mich hier auf keinem College beworben hatte. Ich beobachtete die Menschen, die den Weg entlangkamen. Menschen mit Kinderwagen oder Hunden, Paare, Jogger.

Nach einer Weile sah ich auf die Uhr. Bald müsste ich zurück im Hotel sein, um mich auf den Abend vorzubereiten. Wollte ich davor noch etwas von New York sehen, würde ich mich nun auf den Weg machen müssen.

Widerstrebend erhob ich mich und verließ den Central Park. Aus Angst, mich zu verlaufen, blieb ich immer in der Nähe. Auf der einen Straßenseite der Rand des Parks, auf der gegenüberliegenden wunderschöne Backsteinhäuser und hohe Wolkenkratzer. Ich lief und lief und lief. An einer Kreuzung wartend, erspähte ich ein leeres Taxi und nutzte die Gelegenheit, um einzusteigen, während es auf die Ampelschaltung wartete.

„Hallo", begrüßte ich den Taxifahrer. Ich gab ihm den Namen des Hotels und bat ihn, einen Umweg dorthin zu nehmen. Etwas verwirrt nickte er, wechselte aber sofort die Spur, um noch an dieser Kreuzung nach links abbiegen zu können. Zurückgelehnt in das abgenutzte Leder, spähte ich aus dem Fenster und hinaus, um so viel wie möglich von der Stadt sehen zu können.

Liam holte mich pünktlich am Abend ab. Ich wartete bereits aufgeregt hinter der Tür auf sein Klopfen und öffnete sofort.

„Hi.“ Seine Stimme, warm und geschmeidig wie flüssige Schokolade. Er sah fantastisch aus. In dunkler Hose, Hemd und Sakko gekleidet wirkte er viel älter. Seine Haare lagen ordentlicher als sonst.

„Hi“, erwiderte ich.

„Du siehst ... gut aus“, meinte er. Ich trug ein schwarzes knielanges Kleid mit dezentem Schlitz. Würde ich es nicht besser wissen, würde ich vermuten, dass er sogar verlegen wirkte. Aber da die perfekte Madison seine Freundin war, mussten seine Ansprüche für gewöhnlich um einiges höher liegen. Mir wurde schwer ums Herz. Wieso war ich nicht schöner? Ihm wenigstens etwas ebenbürtiger? Dieses hässliche Gefühl, niemals gut genug für jemanden wie ihn zu sein, brannte sich immer tiefer in mein Bewusstsein.

„Alles in Ordnung?“, fragte er.

„Du auch“, murmelte ich, ging auf sein Kompliment ein und ignorierte damit seine Frage.

„Wollen wir los?“

Ich nickte und zog meine Zimmertür zu. Stumm lief ich neben ihm den Flur entlang. Der rote Teppichboden dämpfte unsere Schritte.

Im Fahrstuhl spürte ich seine Blicke auf mir.

„Was ist los?“

Ich schüttelte den Kopf. „Nichts. Wirklich. Ich freue mich auf das Restaurant.“ Ich versuchte ein überzeugendes Lächeln. Er schien immer noch skeptisch, nickte aber.

„Es ist nicht weit von hier. Chris hat es mir empfohlen. Schauen wir mal, ob es gut ist.“

„Notfalls holen wir uns Hotdogs“, witzelte ich.

„Nein. Niemals", widersprach Liam. „Zumindest nicht heute Abend."

„Mir wäre alles recht", erklärte ich. Hauptsache New York. Hauptsache mit Liam. Ja, mit Liam. Ich konnte mir nicht länger was vormachen.

„Mir nicht. Ich will dich so schick ausführen wie möglich. Was wäre ich für ein Kerl, wenn ich dich in dieser Aufmachung und an diesem Abend zu einem Hotdog-Stand bringe?"

Sofort fuhr ein wohliges Kribbeln durch meinen Körper. „Ist dieser Abend denn so besonders?"

„Für mich schon", gestand er.

Die Aufzugtüren sprangen auf und wir durchquerten die Lobby. Liam winkte uns ein Taxi aus dem Verkehr und gab dem Fahrer die Adresse des Restaurants. Obwohl die Autos diesmal nur langsam vom Fleck kamen, erreichten wir es in zehn Minuten.

„Das ist es?", fragte ich ehrfürchtig, als wir aus dem Taxi stiegen und vor einem modernen Gebäude mit unzähligen Stockwerken standen.

„Ja, es ist ganz oben", erklärte Liam und folgte meinem Blick.

Wir traten ein und durchquerten das edle Foyer. Der Fahrstuhl rauschte in atemberaubender Geschwindigkeit in den obersten Stock. Die Aussicht war überragend. Vor und unter uns lag die leuchtende Stadt und grenzte sich mit ihren abertausenden funkelnden Lichtern vom schwarzblauen Himmel ab. Unser Tisch befand sich direkt an der verglasten Fensterfront.

Der Kellner reichte jedem eine Speisekarte und Liam bestellte uns sogleich eine Flasche Wein.

„Wie lief das Shooting?“, fragte ich, nachdem wir unsere Bestellungen abgegeben hatten.

Er lächelte. Sein ganzes Gesicht begann zu strahlen. „Hervorragend. Soweit ich das beurteilen kann. Jedenfalls hat es sehr viel Spaß gemacht.“

„Das hört sich prima an“, sagte ich. „Und wie waren die Models?“

„Fotogener als du“, frotzelte er.

Leise kichernd schüttelte ich den Kopf. „Das war klar.“

Nun musste auch er lachen. „Sie waren natürlich professionell. Und ich hatte ja nichts mit ihnen zu tun.“

Der Kellner kam mit der Flasche Wein und schenkte Liam einen winzigen Schluck zum Probieren ein. Ich beobachtete, wie er sich das Glas an die Lippen führte und schließlich zufrieden nickte. Der Kellner füllte unsere Gläser zur Hälfte, ohne nach unseren Ausweisen zu fragen. Während ich nach dem Wein griff, kam ich mir vor wie eine Verbrecherin. Verlegen ließ ich den Blick durch den Raum schweifen, denn ich fühlte mich seltsam beobachtet.

„Entspann dich. Ich bin einundzwanzig“, sagte Liam amüsiert. „Aber ich nicht.“

Er hob die Brauen. „Ich wiederhole: Entspann dich. Wie war dein Tag?“

Ich erzählte ihm von meiner Zeit im Central Park und wie ich dort fast den gesamten Tag verbracht hatte.

„Dann hast du aber nicht viel von der Stadt gesehen“, meinte er nachdenklich.

„Es war so schön im Park. Ich konnte einfach nicht gehen.“

Kopfschüttelnd umfasste er den Stiel des Glases und drehte es hin und her. „Dann solltest du aber noch mal herkommen, um dir den Rest der Stadt anzusehen. Morgen werden wir nicht allzu viel schaffen."

Ohne Liam? Es wäre sicher ein komisches Gefühl, ohne ihn wieder hierher zu kommen. Mein Hirn vernetzte New York bereits mit Liam und dem Gefühl, mit ihm hier zu sein.

„Vielleicht kann dir Chris noch weitere Aufträge verschaffen. Nachdem du dich heute so gut beweisen konntest", sagte ich grinsend.

„Ach, dann würdest du also wieder mit mir nach New York fahren? Obwohl ich dich fast schon wieder kidnappen musste, damit du überhaupt zu mir ins Auto steigst?"

Ich senkte den Kopf. „Ja", hauchte ich. Verlegen spielte ich mit der weißen Stoffserviette auf dem Tisch. Liam entgegnete nichts. Ich konnte spüren, dass er mich beobachtete.

„Es sei denn, du würdest lieber ohne mich zurückkommen", murmelte ich.

„Nein", sagte er schlicht.

Warum sprachen wir überhaupt darüber? Es würde sich sowieso nicht wiederholen. Zurück in Washington wäre all das hier nur noch eine weit entfernte Erinnerung ohne tiefere Bedeutung.

„Also bereust du es nicht, dass du mich begleitet hast?", fragte er.

„Nein. Obwohl eigentlich ausgemacht war, dass wir die Zeit hier getrennt verbringen werden und ich dich einzig und allein als Mitfahrgelegenheit sehen sollte", erwiderte ich.

Er legte den Kopf schief. „Da du während der Fahrt mit mir gesprochen und mich nicht ignoriert hast, dachte ich, ich könnte noch weitere gemeinsame Zeit planen."

Der Kellner brachte unser Essen. Elegant stellte er Liam den Teller mit einem Steak, grünen Bohnen und Herzoginkartoffeln zwischen das Besteck. Als er mir die Spaghetti Vongole servierte, überkam mich der Hunger. Sie schmeckten genauso köstlich wie sie aussahen.

Während des Essens unterhielten wir uns über sein Shooting. Interessiert lauschte ich seinen Ausführungen, seinen Schwärmereien über das bereitgestellte Equipment und wie schön es gewesen war, seinen Freund Chris wiederzusehen.

Als wir fertig waren, räumte der Kellner sofort die leeren Teller ab und brachte uns eine frische Flasche Wein. Mittlerweile fühlte ich mich völlig entspannt und vom Wein angenehm benebelt.

„Kommt Chris dich und deinen Bruder nicht ab und an besuchen?", fragte ich.

Bei meinen Worten verfinsterte sich Liams Miene schlagartig. Sofort überkam mich ein Verdacht: Waren er und sein Bruder zerstritten? War es das? Rührte daher das seltsame Verhältnis zu seiner Familie?

„Wir haben Chris früher zweimal in New York besucht", antwortete Liam knapp. Dann fuhr er mit geschlossenen Augen fort: „Und er würde uns sicher auch in Washington besuchen ... wenn Josh noch am Leben wäre."

Mir gefror das Blut in den Adern. O Gott.

Liam schaute nur auf sein Glas, das er auf der weißen Tischdecke von der linken in die rechte Hand und wieder zurückschob. Wie in Trance beobachtete ich ihn dabei.

„Es tut mir leid“, flüsterte ich mit staubtrockener Kehle. Ungeschickt kippte ich Wein nach.

Liam hob und senkte kaum merklich den Kopf. „Es ist vier Jahre her.“

„Ihr standet euch sehr nahe?“ Ich erahnte die Antwort bereits.

„Ja“, presste Liam hervor. Über den Tisch hinweg legte ich meine Hand auf seine. Für den Bruchteil einer Sekunde war es, als könnte ich seinen Schmerz fühlen. Weil ich ihn selbst so gut kannte.

Liam schnaubte. „Vielleicht ist Josh der Grund, wieso ich mich so zu dir hingezogen fühle. Etwas, das wir teilen. Auch er ist bei einem Autounfall gestorben.“ Er ballte die andere Hand zur Faust und kniff die Augen zusammen. Trotzdem war er wunderschön. Wir beide hatten ein geliebtes Familienmitglied verloren. Diese Offenbarung erklärte einiges.

„Ist das der Grund, wieso du bei deinen Eltern bleiben möchtest?“, wisperte ich.

„Josh war drei Jahre älter als ich. Er war der perfekte Sohn. Das Lieblingskind meiner Eltern. Er war in allem besser. Klüger, fleißiger, sportlicher, aufmerksamer, hilfsbereiter. Josh wollte von ganzem Herzen Anwalt werden. Sein Weg war geebnet.“ Liam schaute mich mit zusammengezogenen Brauen an. „Versteh mich nicht falsch. All das hat mich nie gestört. Es machte mir nichts aus, in seinem Schatten zu stehen. Das hatte auch Vorteile für mich. Ich lief quasi unter dem Radar.

An Josh wurden höhere Erwartungen gestellt. Wenn er etwas falsch machte, was eigentlich nie vorkam, wog es mehr, als wenn ich derjenige war. Ich genoss dadurch mehr Freiheiten, die ich nutzte. Ich besuchte Partys, ging mit Freunden unterwegs aus, bekam schlechtere Noten in der Schule ..." Liam senkte den Blick. „Aber trotz unserer Unterschiede pflegten wir ein sehr gutes Verhältnis ... Er war mein erster Ansprechpartner. In allem. Mein bester Freund, mein engster Vertrauter. Alles teilte ich mit ihm. Und er war immer für mich da." Er räusperte sich und nahm noch einen Schluck Wein, ehe er weitersprach.

„Bis so ein unaufmerksames Arschloch sein Leben beendete. Einfach so. Frontalzusammenstoß. Und Josh war völlig unschuldig." Liam räusperte sich erneut. Ich nahm keine Sekunde meine Hand von seiner. „Es riss ein Loch in mein Leben. Für meine gesamte Familie. Na ja ... du kannst es dir ja vorstellen." Er sah aus dem Fenster, hinab auf die funkelnde Stadt. „Von da an änderte sich alles. Ich wurde still und in mich gekehrt. Verkroch mich zu Hause und wünschte, ich wäre an seiner Stelle gestorben. Ich habe keine Ahnung, wie ich das ausgehalten habe. Aber irgendwie ging das Leben weiter. Und ich wollte mich ändern. Für ihn und meine Eltern. Also riss ich mich zusammen und beschloss, ihn so gut wie möglich zu ersetzen. Das war natürlich unmöglich. Trotzdem wurde ich disziplinierter denn je und versuchte es. Auch heute noch." Plötzlich entzog er mir seine Hand und umfasste damit sein Weinglas. Er leerte es in einem Zug.

„Tja, ich glaube, ich mache es nicht besonders gut."

„Wie kommst du darauf?“, flüsterte ich. Seine Geschichte zerriss mir beinahe das Herz.

Endlich schaute er mich wieder an. „Ich sitze hier. In New York, um meiner Leidenschaft nachzugehen, anstatt in Washington zu lernen. Noch dazu mit der Frau, in die ich mich verliebt habe.“

Mein Herz setzte einen Schlag aus. Und noch einen. Als es endlich wieder dazu überging, mich am Leben zu erhalten, galoppierte es in Überschallgeschwindigkeit weiter. Liam hatte sich in mich verliebt? Ich würde gern etwas erwidern, brachte aber kein Wort über die Lippen. In meinem Kopf überschlugen sich die Gedanken an Liam, Josh und Madison, dämpften aber nicht das ansteigende Glücksgefühl, das diese Offenbarung mit sich zog. Trotzdem versuchte ich es zu zügeln, denn Liam hatte nicht erwähnt, was das für unsere Zukunft bedeuten sollte. Während ich diesen Gedanken weiterverfolgte, gesellte sich plötzlich ein unwohles Gefühl zu meiner Freude. Ich konnte es nicht einordnen, aber es bohrte mir ein unangenehmes Loch in den Bauch. Wo kam es her?

Liam ließ mich nicht aus den Augen. Überfordert mit meinen Gefühlen, die wie schwere Wellen in mir tobten, konnte ich immer noch nichts sagen.

„Das hätte Josh niemals getan. Er war viel vernünftiger, vorausschauender als ich“, fügte Liam sachlich hinzu. Dann nahm er die Flasche und verteilte den restlichen Wein, als hätte er mir nicht gerade sein Herz ausgeschüttet. Prompt leerte ich mein Glas, kaum hatte er es gefüllt.

„Sollen wir noch eine bestellen?“, fragte er.

Ich schüttelte den Kopf. Liam lächelte. Es war ein kleines Lächeln, kaum zu bemerken. „Geht es dir gut?"

„Mir?", stieß ich hervor. „Ich ..."

„Mir wäre nach einem Spaziergang. Sollen wir gehen?" Er bat den Kellner zu uns, ohne auf meine Antwort zu warten.

Liam bezahlte die gesamte Rechnung. Erneut. Ich hatte keine Möglichkeit mehr, auf alles einzugehen, was er mir erzählt hatte, denn er brannte darauf, das Restaurant zu verlassen. Vielleicht wollte er auch gar keine Erwiderung von mir hören.

„Wir könnten den Weg zurück zum Hotel laufen", schlug er vor, als wir mit dem Aufzug zurück ins Erdgeschoss sausten. „Außer es ist dir zu weit." Er warf einen kurzen Blick auf meine High Heels.

„Nein, wir können sehr gern laufen", sagte ich. In meinem Kopf rasten die Gedanken so schnell umher wie der Fahrstuhl von oben nach unten.

Schweigend traten wir in die frische, kühle Nachtluft. Auf dem Gehweg war weniger los, als ich erwartet hatte. Das Gefühl, dass Liam dieses Gespräch nicht weiter vertiefen wollte, hielt auch jetzt noch an. Um zu vermeiden, dass wir stumm zurückliefen und Liam zu sehr diesen Gedanken nachhing, stellte ich die erste Frage, die mir auf die Schnelle einfiel: „Magst du High Heels eigentlich?"

Er schien irritiert.

„Bitte antworte im Namen aller Männer", fügte ich hinzu.

Liam lachte. „Ähm, ja. Ich mag High Heels. Es kommt aber auch auf das gesamte Outfit und den Anlass an.

Ich kann dir allerdings nicht beantworten, ob das auf alle Männer zutrifft."

Zufrieden reckte ich das Kinn. Ha! Holly, du lagst falsch!

„Wieso fragst du?"

„Holly meinte, dass ich öfter flache Schuhe tragen sollte. Ich wäre sonst zu schick", erklärte ich verächtlich.

Amüsiert schüttelte Liam den Kopf. „Ihr Frauen habt vielleicht Probleme."

Ich kicherte. „Das können Männer nicht verstehen."

„Stimmt. Ist vielleicht besser so. Ich kann mich allerdings nicht erinnern, dass du zu deinen Vorlesungen High Heels getragen hast. Zumindest nicht, wenn ich dich abgeholt habe."

„Nein, da natürlich nicht. Aber in meiner Freizeit trage ich sie gern. Nicht nur auf Partys. Und es sind ja nur selten richtige High Heels, sondern einfach Schuhe mit Absätzen."

„Finde ich nicht zu schick."

„Danke." Ich lächelte. Das reichte mir.

„Würdest du denn ab jetzt immer flache Schuhe tragen, wenn mir das besser gefallen würde?", fragte er grinsend.

„Quatsch. Natürlich nicht." Auch wenn mir seine Meinung wichtig war, verbiegen würde ich mich für ihn nicht.

„Ich bin froh, dass du hier bist. Danke, dass du zugesagt hast", sagte er plötzlich.

„Danke, dass du mich mitgenommen hast", erwiderte ich leise. Ich warf ihm einen Blick zu. „Hast du es Madison erzählt?"

„Wir haben uns getrennt." Er sah mich nicht an, sondern beobachtete das Paar, das in einiger Entfernung vor uns lief.

Ich schnappte kaum hörbar nach Luft.

Als er nicht weitersprach, sagte ich: „Das tut mir leid."

„Tatsächlich?"

„Na ja, ich freue mich jedenfalls nicht, wenn es dir schlecht geht." Das entsprach der Wahrheit. Aber auch nur das. Innerlich schmiss mein Herz bereits eine Party.

„Wann?", fragte ich. Es ging nicht anders. Ich musste mehr erfahren.

„Kurz nachdem ich dich gefragt habe, ob du mich nach New York begleiten möchtest. Sie hält es für einen Fehler, dass ich das Angebot angenommen habe. Abgesehen davon haben wir uns in letzter Zeit ständig gestritten."

„Wie hat sie es aufgenommen?"

„Nicht gut. Sie wollte die Trennung nicht", gab er zu. „Es war auch nur ein kurzes Gespräch. Nachdem ich ihr gesagt habe, dass ich Schluss mache, ist sie gegangen."

„Oh."

„Es sind ein paar unschöne Worte gefallen. Wie das im Streit eben so ist. Ich hätte die Sache gern noch einmal in Ruhe mit ihr geklärt, um nicht im Schlechten mit ihr zu verbleiben. Es gab nur keine Möglichkeit mehr vor New York, sie hat meine Anrufe ignoriert. Heute Morgen habe ich ihr eine Nachricht geschickt, dass du mich begleiten wirst. Damit sie es von niemand anderem erfährt."

Gebannt lauschte ich jedem seiner Worte. Liam war Single. Er war frei. Es fühlte sich seltsam an. Wie sollte ich mich nun verhalten?

„Hat sie auf diese Nachricht reagiert?“, fragte ich.

Liam nahm sein Handy aus der Hosentasche und überprüfte das Display. „Sieben Anrufe in Abwesenheit, drei Textnachrichten.“

„Willst du sie nicht zurückrufen?“

„Jetzt nicht. Sie hätte sich die ganze Zeit über mit mir treffen können.“

Schuldbewusst sah ich die Straße entlang und beobachtete einen schimpfenden Taxifahrer, der den Wagen vor sich mit lautem Hupen vorantreiben wollte. „Ich kann sie verstehen. Ich würde genauso reagieren.“

„Ich wollte ihr damit aber nicht sagen, dass ich in New York mit einer anderen Frau schlafen werde. Das hatte ich nicht vor und deswegen habe ich auch nicht Schluss gemacht. Es war einfach alles kompliziert und ich dachte, sie sollte es von mir wissen.“

„Aber sie denkt, dass du das tun könntest ... mit einer anderen Frau schlafen“, murmelte ich.

„Ja, aber ich hab es nicht geplant. Also ...“ Er wirkte angespannt. „Als ich dann Single war, kam mir der Gedanke natürlich schon. Dir denn nicht?“

„Nicht als ich noch dachte, dass du vergeben wärst.“

Jetzt sah die Sache natürlich anders aus. Ich ließ seine Informationen sacken. Die ganze Zeit über hatte ich versucht, der Sehnsucht nach Liam keinen Platz zu lassen. Und auch jetzt, wo er Single war, war ich mir nicht sicher, wie ich damit umgehen sollte. Die Trennung war noch frisch und mit Madison bestand offensichtlich Redebedarf. Wann würde er das vollständig klären können? Dazu kam, dass ich nach wie vor keine Ahnung hatte, wie er sich die Zukunft vorstellte.

„Du wolltest dich nicht von Madison trennen. Das hast du immer wieder betont“, sagte ich. Es fiel mir immer noch schwer, es zu glauben.

Er seufzte. „Ich wollte vieles nicht, Beverly. Und trotzdem kam alles anders.“

„Du hättest dich aber so oder so getrennt?“

„Ja.“

„Unabhängig von mir?“

„Nein. Unabhängig von New York.“

Ungläubig sah ich ihn an. „Dann hast du wegen mir Schluss gemacht?“

Er zögerte. „Ja“, sagte er dann.

Ich wusste nicht, wie ich das finden sollte. Einerseits freute es mich, dass er so viel für mich zu empfinden schien, dass er dafür seine Freundin verließ, andererseits war ich nun der Grund, wieso eine Beziehung zu Bruch gegangen war. Und das war furchtbar.

Ich blieb stehen.

„Beverly“, sagte er sanft und hielt ebenfalls an. „Das ist nicht deine Schuld. Ich bin schuld“, erklärte er geduldig.

„Das sehe ich irgendwie anders.“

„Dann liegst du falsch. Es war meine Entscheidung.“

„Aber ...“, setzte ich an, doch er unterbrach mich.

„Nichts aber. Ich war nicht ehrlich zu dir, nur damit du dich jetzt schlecht fühlst. Du hast mich nicht gezwungen, mich in dich zu verlieben.“

„Und der Kuss? Auf der Party?“

„Den wollte ich auch.“

„Ich habe eine Liebesbeziehung zerstört!“

„Nein, hast du nicht“, sagte er entschieden. „Ich liebe Madison nicht.“

Wie hatte ich es nur so weit kommen lassen können? Überfordert sah ich ihm in die Augen. „Wir sind schlechte Menschen.“

„Wieso?“

„Weil wir jemandem wehtun.“

„Ich kann verstehen, wie du dich fühlst und ja, es hätte anders laufen können. Aber auch schlimmer.“

Die ganze Zeit über hatte ich gehofft, dass Liam irgendwann Single sein würde. Jetzt, da mein Wunsch Realität geworden war, holten mich so viele weitere ungeahnte Gefühle ein. Und da war es wieder! Endlich konnte ich deuten, was mir nach seinem Geständnis im Restaurant nicht möglich gewesen war. Der Grund, wieso ich mich nach seiner Offenbarung gleichzeitig auch schlecht gefühlt hatte: Mein schlechtes Gewissen, mein Vergehen.

„Es ist nicht deine Schuld“, wiederholte Liam nachdrücklich.

„Doch.“

„Wir drehen uns im Kreis“, sagte er. „Ich betrüge Madison nicht, ich war ehrlich zu ihr und es wird alles gut werden.“

Passanten liefen vorbei, ohne Notiz von uns zu nehmen. Wie aus weiter Ferne hörte ich sie reden, lachen und schimpfen. Seine Worte erreichten mich. Ich dachte über alles nach, was zwischen uns passiert war. Langsam, ganz vorsichtig, kämpfte sich endlich die Freude durch das Meer aus Schuldgefühlen zurück.

„Okay?“ Er ließ mich nicht aus den Augen.

„Okay“, hauchte ich schließlich.

„Sollen wir weitergehen?“

Ich nickte. Stumm setzten wir unseren Weg zum Hotel fort. Unerwartet nahm Liam meine Hand und verschränkte seine Finger mit meinen. Wärme floss durch meinen Körper und vertrieb den letzten Rest an unguten Gefühlen. So nah wie in diesem Moment waren sich unsere Herzen noch nie gewesen. Den gesamten Weg über, bis wir das Hotel erreichten, ließ er meine Hand nicht los. Erst als wir bei meinem Zimmer ankamen, entzog er sie mir. Wehmütig starrte ich die Tür an. Ich wollte mich noch nicht von ihm verabschieden.

„Kommst du noch mit rein?“, fragte ich kaum hörbar. Trotz der Nähe zwischen uns brachte ich die Frage kaum über die Lippen. Die Bedeutung dahinter war zu groß.

„Das sollte ich heute lieber nicht tun. Es war ein langer Abend“, antwortete Liam. Das verstand ich natürlich.

Ich nahm die Schlüsselkarte aus meiner Handtasche und öffnete die Tür. Drinnen war es stockfinster. Liam fasste an mir vorbei und betätigte den Lichtschalter. Ich schaffte es nicht mehr, mich zu bewegen. Als hätte mich das Öffnen der Tür in eine Starre versetzt. Würde ich mich jetzt zu ihm umdrehen, würde er gehen. Aber das wollte ich nicht. Ich konnte spüren, wie er sich mir näherte. Zärtlich legte er eine Hand auf meiner Hüfte ab. Mit der anderen schob er mir das Haar von der linken Schulter, sodass es mir über den Rücken floss. Er griff unter den Kragen meines Mantels und streifte ihn mir mit einer einzigen Bewegung ab. Mit einem dumpfen Geräusch kam er auf dem Teppichboden auf.

Heiß traf sein Atem auf meine nackte Haut. Dann seine Lippen, die sich quälend sanft und küssend einen Weg von meiner Schulter bis zu meinem Hals bahnten. *Oh ...*

Ich schloss die Augen, fühlte nur diese süße Zärtlichkeit. Alles, was er mir gab. Er legte die andere Hand ebenfalls auf meine Hüfte, zog mich zu sich heran. *Oh, bitte ...*

Ich lehnte mich gegen ihn. Seine Lippen wanderten weiter, hinauf zu meiner Wange. Erregende Gänsehaut breitete sich unter jeder seiner Berührungen aus. Unerträglich keusch küsste er meine Wange. Ein Seufzen entfuhr mir.

„Bleib bei mir", flehte ich. Es war kaum mehr als ein Wimmern.

Liam schien mit sich zu ringen, denn seine Lippen verschwanden von meiner Haut, seine Hände jedoch blieben, wo sie waren. Ich drehte mich zu ihm um. Unsicher sahen wir uns in die Augen. Grün in dunkelblau. Konnte er, die pure Versuchung, tatsächlich etwas für mich empfinden? Es schien mir so unvorstellbar.

Er beugte sich zu mir, seine Stirn berührte meine. Da verschwanden seine Hände von meiner Hüfte, doch ich hatte keine Zeit, um traurig darüber zu sein, denn er legte sie mir bereits in den Nacken und strich mit den Daumen über die empfindsame Haut unter meinen Ohrläppchen. Meine Erregung schwoll an. Alles in mir flehte nach seinen Lippen. Überall auf meinem Körper. Ich würde in tausende Scherben zerbersten, wenn er mich jetzt so stehen lassen und verschwinden würde. Nur er hielt mich in diesem Moment noch zusammen. Aber er ging nicht.

Dieses Mal war es anders. Intimer, zärtlicher. Und jetzt war er derjenige, der mich zuerst küsste. Zaghaft schob er seine Zunge in meinen Mund. Was allein seine Küsse in mir auslösten, war unvergleichlich. Aber ich wollte mehr. So viel mehr. Das Feuer der Begierde, das in mir gelodert hatte, brannte nun lichterloh. Es verzehrte sich so sehr nach Liam, dass ich die Arme um seinen Hals schlang und ihn noch näher zu mir zog. Mit den Fingern fuhr ich durch sein Haar. Wie oft hatte ich mir das schon erträumt, mir vorgestellt und erhofft?

Ohne von mir abzulassen, schob er mich ins Zimmer. Ich hörte nur noch, wie die Tür hinter uns ins Schloss fiel. Dann war ich verloren. Verloren in seiner Nähe, seinen Küssen, seinen starken Armen. Er öffnete mein Kleid, das mir über die Beine und zu Füßen glitt. Nur noch in Unterwäsche und Schuhen stand ich vor ihm. Ich trat aus dem Kleid, dichter an Liam heran und fasste unter sein Sakko. Er nahm es mir ab, es ihm auszuziehen. Ohne hinzusehen, warf er es auf den Sessel neben dem Bett. Sofort waren meine zittrigen Hände an den Knöpfen seines Hemdes. Packte ich gerade tatsächlich diesen Adonis aus?

Doch dann umfasste er meine Hände und hinderte sie an der Arbeit. Machte er einen Rückzieher? Mit leicht geöffnetem Mund schaute ich fragend zu ihm hoch. Seine Augen, ein ruhiger Ozean bei Nacht. Er schaute an mir hinab. Ich trug die schönste Unterwäsche, die ich besaß. Dunkelblaue Spitze. Eigentlich hatte ich sie immer sexy gefunden, aber unter seinen Blicken war ich mir nicht mehr sicher. Verunsichert senkte ich den Kopf.

Seine Hand umfasst mein Kinn und hob es an, sodass ich ihn wieder ansah. Unsere Lippen trennten lediglich wenige Zentimeter.

„Du bist wunderschön", hauchte er mit tiefer Stimme. Liebevoll strich er mir das Haar aus dem Gesicht, küsste meinen Mundwinkel und strich mit der anderen Hand von der Hüfte über meine Taille.

Ich ging erneut dazu über, seine Hemdsknöpfe zu bearbeiten. Als ich es endlich schaffte, den letzten zu öffnen, zeigte sich das Sixpack, das ich bisher nur erfühlen konnte, in voller Pracht. Das Tattoo an seinem Oberarm fand sein Ende an der Brust. Es sah aus wie die toten Zweige eines Baumes. Ich hatte keine Zeit, es näher zu erkunden, da lagen Liams Lippen wieder auf meinen und lenkten meine Gedanken in andere Richtungen. Ohne Vorwarnung packte er meinen Hintern und hob mich hoch. Ich schlang die Beine um seine Hüfte. Mühelos trug er mich zum Bett und ließ mich darauf ab.

Auf dem Rücken liegend schaute ich zu, wie er sich das offene Hemd abstreifte und achtlos zu Boden fallen ließ. Was für ein Mann! Seine widerspenstigen Haare, zerzaust von meinen Fingern, die Augen dunkel und voller Versprechungen. Er öffnete seine Hose und schlüpfte hinaus, ohne mich dabei aus den Augen zu lassen. Mein Mund wurde trocken. So war es also, wenn man vollständig seinen Fortpflanzungstrieben ausgeliefert war. Für keinen meiner Ex-Freunde hatte ich auch nur ansatzweise so empfunden. Überhaupt für niemanden sonst. Es war das Berauschendste, das ich jemals erlebt hatte.

Rücklings rutschte ich über das Bett nach oben. Nur in Boxershorts folgte er mir. Viel zu langsam schob er sich über mich. Zwischen seinen starken Oberarmen liegend, befand ich mich endlich dort, wo ich hingehörte. Am schönsten Ort dieser Erde. Konnte die Zeit nicht in diesem Moment stehen bleiben?

Er beugte sich zu mir hinab, küsste mein Dekolleté und ließ seine Lippen hinab wandern. Sie streiften den Ansatz meiner Brüste, meinen Bauchnabel und schließlich ... *O Gott.*

Ich bäumte mich auf, als er den hauchdünnen Spitzenstoff küsste, der meine Weiblichkeit von seinen Lippen trennte. Jungenhaft grinsend schaute er zu mir hoch, nur um gleich darauf ein weiteres Mal die Stelle zu küssen, die ich einzig und allein ihm schenken wollte. Dann richtete er sich wieder auf. Er quälte mich. Ließ mich warten und dabei fast an dem alles einnehmenden Feuerinferno in meinem Inneren ersticken.

Ich richtete mich auf, doch Liam war schneller. Er schob sich erneut über mich und zwang mich damit, mich wieder hinzulegen. Er behielt die Kontrolle. Eine Hand um mein Gesicht gelegt, setzte er seine Küsse fort. Heiß, verlangend, leidenschaftlich. Seine andere Hand schob er unter meinen Slip. Keuchend wölbte ich mich ihr entgegen. Dann war er es, der plötzlich in meinen Mund stöhnte. Sein Finger hatte meine empfindlichste Stelle erreicht. Ich war mehr als bereit.

„Beverly“, flüsterte er zwischen zwei Küssen. Soweit es überhaupt möglich war, fachte dieser einfache Laut das Lustfeuer in mir noch weiter an.

„Bitte …“, wimmerte ich. Er schob seinen Finger in mich. Das allein versetzte meinen hilflosen Körper in Ekstase. Aber es würde nicht reichen.

Stöhnend ließ ich eine Hand über seine Brust bis zum Bund seiner Boxershorts gleiten. Ich war so erregt, dass ich ohne Umschweife hinein fasste. Und nicht nur ich war bereit. Hastig zog ich den Stoff nach unten. Damit er sie sich vollständig ausziehen konnte, musste er seine Hand aus meinem Slip ziehen. Ich nutze diesen Moment, um ihn und meine Schuhe abzustreifen.

Nur am Rande bekam ich mit, wie er sich ein Kondom überzog. Dann senkte sich Liam langsam zwischen meine gespreizten Beine, ohne mich dabei aus den Augen zu lassen. Da war nur er. Sein Duft, seine Stimme, sein Körper.

Das Wort *endlich* schoss unentwegt durch meine Gedanken. Ich wusste nicht warum, doch es wiederholte sich wie ein unaufhörlicher Singsang. *Endlich. Endlich. Endlich.*

Die Zeit zwischen unserer ersten Begegnung und diesem Moment kam mir plötzlich wie eine anstrengende Ewigkeit vor.

Ich gehöre dir, Liam. Alles. Nimm alles von mir. Wenn das Liebe ist, warum lieben dann nicht alle Menschen auf diese Weise? Wenn es dieses Gefühl auf Erden gibt, wie kann sie dann so zerstört sein? Liebe ist die einzig wahre Erlösung.

Er sah mich an, während er langsam in mich eindrang. *Ja. Ja. Ja.* Da würde nie wieder ein Nein sein. Genau hier gehörte ich hin. Zu Liam. Für immer. Wir beide.

Die ersten Strahlen der morgendlichen Sonne fluteten unser Zimmer und prophezeiten einen wunderschönen Herbsttag. Eingehüllt in die weißen Laken des Bettes, lagen wir seitlich einander zugedreht. Zärtlich strich Liam mir eine lose Haarsträhne aus dem Gesicht und hinters Ohr. Er wirkte völlig entspannt. „Weißt du, was mir vor Kurzem in den Sinn kam?“, flüsterte er. Sein Lächeln entblößte für wenige Sekunden seine strahlend weißen Zähne und nahm seinen markanten Gesichtszügen die Härte.

„Was?“ Meine Stimmte klang seltsam rau.

„Glaubst du an parallele Universen?“

Blinzelnd wartete ich darauf, dass er zu lachen begann und sich seine Frage als Witz herausstellte, aber er meinte es ernst. Geduldig auf meine Antwort wartend, schaute er mich an.

„Also, ehrlich gesagt, habe ich mir darüber nie Gedanken gemacht. Das hört sich an wie aus einem Film. *Matrix* oder so was“, entgegnete ich.

Nun lachte er doch und drehte sich auf den Rücken. Leise stöhnend fuhr er sich mit den Händen über das Gesicht. „Das ist was anderes. Manche glauben, dass wir in einem parallelen Universum noch einmal existieren.“

„Noch ein Liam also?“ Ich grinste.

„Und noch eine Beverly.“ Er sah weiterhin zur Decke. Glaubte er wirklich daran?

„Vielleicht sind diese beiden schon seit einiger Zeit ein Paar. Und wir mit ihnen verbunden. Was, wenn das der Grund ist, warum wir uns gegenseitig so anziehen?“

Mit offenem Mund starrte ich ihn an. Das wäre zwar überaus romantisch, für mich jedoch kaum vorstellbar.

Trotzdem dachte ich nun darüber nach. Ich hatte mich nie mit diesem Thema befasst. Es erschien mir absurd, andererseits ... wieso nicht? Wer wusste schon, was alles möglich war?

Unwillkürlich stellte ich mir eine Beverly vor, die auf einem anderen Planeten in einem anderen Universum lebte. Wo es so aussah wie auf der Erde. Nur dass sie andere Entscheidungen traf, andere Beziehungen pflegte. War ihre Mutter noch am Leben? Oder Josh? War sie tatsächlich mit Liam zusammen? Vielleicht hatten sie sogar dieselbe Highschool besucht, lebten in derselben Stadt. Gingen danach zusammen aufs College. Und dieser Liam hatte Madison vielleicht nie gekannt, weil er von Anfang an mit Beverly zusammen war. Ich schüttelte den Kopf. Diese Gedankengänge waren unnötig, abstrus und reine Zeitverschwendung. Anderseits aber auch verlockend und irgendwie tatsächlich romantisch.

„Denkst du jetzt darüber nach?", fragte Liam lächelnd und drehte sich wieder zu mir.

Ich biss mir auf die Unterlippe. „Schon."

„Und? Gefällt dir die Vorstellung?"

„Ja", sagte ich langsam. „Vielleicht läuft dort alles unkomplizierter als bei uns."

„Vielleicht. Aber findest du es denn noch so kompliziert?"

„Deine Aussprache mit Madison steht noch aus."

„Richtig. Ich werde mich darum kümmern." Der Schatten, der für einen kurzen Moment über sein Gesicht huschte, entging mir nicht. Ein furchtbarer Verdacht überkam mich.

„Wirst du ihr erzählen, was zwischen uns passiert ist?“

Er seufzte. „So ein Gespräch kann man nicht planen.“ Seine Worte überzeugten mich nicht. Nun drehte ich mich auf den Rücken und starrte zur Decke.

„Was hast du?“ Er richtete sich auf und stützte sich auf den Ellbogen ab.

„Was, wenn ...“ Ich brach ab. Wieso fiel es mir so schwer, diesbezüglich offen mit ihm zu reden?

„Was, wenn was?“

„Was, wenn du zurück in Washington ganz anders empfindest?“

„Wieso sollte ich das tun?“, fragte er überrascht.

„Na, weil wir da wieder in unserer alten Umgebung sind. Was, wenn dich da auch deine alten Gefühle wieder einholen? Du hast so oft betont, dass du Madison nicht verlassen wirst.“ Ich wusste selbst, dass meine Worte absurd klangen, aber ich schaffte es auch nicht, mich besser zu erklären.

„Ist das so ein Quatsch aus deinem Psychologiekurs?“, fragte Liam amüsiert.

Ich schürzte die Lippen. Liam kniff mir sanft in die Wangen. „Ja, das habe ich immer betont und trotzdem habe ich es getan. Ich sehe keinen Grund dafür, wieso ich mich in Washington anders fühlen sollte. Oder anders für dich fühlen sollte. Außerdem habe ich mich nicht erst in New York in dich verliebt.“

„Und wieso hast du es immer betont? Dass du sie nicht verlassen wirst?“ Mein Ton war gereizter als geplant. Das Gefühl, dass er dieser Frage auszuweichen versuchte, wurde immer größer.

„Was spielt das für eine Rolle?“

„Ich will es wissen."

Er schlug die Decke um und stand auf. „Und ich will nicht schon wieder über Madison reden."

„Kannst du mir diese letzte Frage denn nicht einfach beantworten?"

„Beverly, es reicht", fuhr er mich an. Ich zuckte zurück. Sofort änderte sich seine Miene. „Entschuldige."

„Schön!" Ich stand ebenfalls auf und rauschte ins Bad. Er kam mir hinterher.

„Es tut mir leid. Ich wollte nicht so reagieren."

„Hast du aber."

„Und dann hab ich mich entschuldigt. Können wir das Ganze nicht einfach ruhen lassen?"

Ich stemmte die Hände in die Hüften und drehte mich zu ihm um. „Sieh es doch mal von meiner Seite aus."

„Versuch ich ja. Aber wovor hast du Angst?"

„Ich habe keine Angst, ich will nur wissen, warum du sie nicht schon früher verlassen hast, nachdem du angefangen hast, Gefühle für mich zu entwickeln."

„Das ist nicht immer so einfach, Beverly. Wir waren vier Jahre zusammen." Seine Miene verfinsterte sich.

„Und weiter?"

„Ich wollte mich einfach nicht von ihr trennen. Reicht das?"

„Nein."

„Dann hast du Pech", zischte er.

Blinzelnd starrte ich ihn an. „Wie bitte?"

Liam fuhr sich durch das zerzauste Haar. „Ich will mich nicht mit dir streiten, aber ich will auch nicht weiter darüber reden. Zumindest heute nicht. Auch wenn wir uns nähergekommen sind, rede ich immer noch nicht gern über sämtliche Punkte meines Privatlebens. Können wir dieses Gespräch vertagen? Bitte.“

Ich verschränkte die Arme vor der Brust. Mit flehendem Blick wartete er auf eine Reaktion. Was sollte ich sagen? Ich wollte es wissen. Um jeden Preis. Verband Liam mehr mit Madison als eine einfache Beziehung? Und wenn ja, was? Erschöpft rieb ich mir die Augen. Er hatte mir von seinem Bruder erzählt, mir seine geheimen Wünsche anvertraut, seine Gefühle. Sollte ich weiterbohren, nur um diese Information aus ihm rauszubekommen, nachdem er sich mir bereits so weit geöffnet hatte?

Ich musste mir eingestehen, dass ich doch Angst hatte. Was, wenn Liam nach einiger Zeit wieder zu Madison zurückwollte? Wie sollte ich die Situation einschätzen, wenn mir diese Information fehlte? Nach schier endlosen Sekunden kam ich zu dem Ergebnis, dass es im Moment nur eine Möglichkeit gab. Ich musste ihm vertrauen. „Okay.“

Er umfasste meine Hände und zog mich an sich. Haltsuchend lehnte ich mich an seine Brust und schlang die Arme um ihn.

Den restlichen Tag verbrachten wir mit klassischem Sightseeing. Doch da uns nur wenige Stunden blieben, bis wir zurückmussten, war es unmöglich, die gesamte Stadt zu besichtigen. Wir beschränkten uns auf den Times Square und das Empire State Building, aßen Hotdogs auf der Straße und spazierten ein Stück die 5th Avenue entlang, um in die Schaufenster zu spähen. Trotz unseres Streits am Morgen war dies einer der schönsten Tage meines Lebens. Zusammen mit Liam in

New York zu sein, war der Anfang eines Neubeginns. Eines aufregenden, alles übertreffenden Neubeginns.

Zurück im Hotel, wo wir das Auto holten, nahm Liam zaghaft meine Hand. Schmetterling um Schmetterling flatterte durch meine Eingeweide und beförderte mich direkt in eine Blase voller Glückseligkeit. Alles war perfekt. Ich war angekommen. Das College. Liam. Eine wunderbare Zukunft lag vor mir.

Auf der Rückfahrt berichtete Liam mir von dem anstehenden Geburtstag seines Vaters am morgigen Tag und dass er, wenn möglich, diese Zeit in Baltimore nutzen wollte, um seinen Eltern die Trennung von Madison mitzuteilen. Ein Gespräch würde er nicht lange aufschieben wollen. Ich war so sehr in meinem eigenen Glück versunken, dass selbst der Gedanke an Madison es nicht schaffte, es zu trüben. Dafür war ich einfach zu glücklich.

Nach letzter Nacht war ich mir sicher, dass es Liam ernst mit mir war. Und dass wir in vielen Jahren nicht daran zurückdenken würden, dass es zu Beginn kompliziert gewesen war, sondern dass wir trotz der verworrenen Gegebenheiten zueinander gefunden hatten.

Liam umfasste mit seiner Hand die meine und legte beide auf meinem Oberschenkel ab. Immer wieder warf ich ihm kurze Seitenblicke zu. Unglaublich, dass dieser Adonis sich in mich verliebt hatte. Dass er mich wollte. Ein Leben mit mir.

Es war bereits dunkel, als wir uns dem Parkplatz in der Nähe des Wohnheims näherten. „Wunderbar", murmelte Liam plötzlich und mit finsterer Miene. Angespannt umfasste er das Lenkrad. Erst als er parkte, sah ich, was er schon vor mir erkannt hatte: Eine Gestalt, die auf uns zu warten schien. Mein Herz rutschte mir in die Bauchhöhle. Es war Madison.

Liam zog den Schlüssel aus dem Zündschloss und stieg aus. Am liebsten wäre ich sitzen geblieben, aber ich musste mich ihr stellen. Also stieg ich ebenfalls aus.

Madison war außer sich. Kaum war Liam um den Audi herumgelaufen, war sie schon bei ihm und verpasste ihm eine schallende Ohrfeige. Entsetzt blieb ich neben der Beifahrertür stehen.

„Du Mistkerl!“, schrie Madison. Stumm dankte ich Gott dafür, dass sich außer uns niemand auf dem Parkplatz befand. Madison holte erneut aus, doch Liam war schneller. Er packte ihr Handgelenk und hielt sie zurück.

„Du hast tatsächlich diese ... *diese Schlampe* mit nach New York genommen? Dieses kleine Flittchen? Und teilst mir das in einer Textnachricht mit?“

Ich konnte nur zusehen. Es war wie eine Szene aus einem Film. Unvorhersehbar, was als nächstes passieren würde. Aber ich war nun mal kein unbeteiligter Zuschauer. Ich war mittendrin. Deswegen konnte ich mich auch nicht weiterhin unsichtbar fühlen, als Madison mich ansah.

„Du!“ Sie wandte sich von Liam ab, doch er hielt sie fest, bevor sie sich auf mich stürzen konnte. Ich wich einen Schritt zurück.

„Madison“, sagte Liam. „Ich wollte dich nicht verletzen. Ich habe versucht, vor meiner Abreise persönlich mit dir zu sprechen.“

„Was habt ihr getan?“ Madisons Gesicht verzerrte sich zu einer furchtbaren Grimasse.

Die von meinem Glück ferngehaltene Schuld traf mich in diesem Moment wie ein tonnenschwerer Güterzug. Sie war nie wirklich weg gewesen. Wäre ich eine Außenstehende, hätte ich Madison laut Beifall geklatscht, ihre Konkurrentin gehasst und auf sie geschimpft. Seltsam, wie leicht es einem fiel, einen anderen Menschen zu verurteilen, ohne jemals in seiner Haut gesteckt zu haben.

„Du elender Mistkerl." Madison schluchzte. „Wie konntest du mir das nur antun?"

„Wir sind nicht mehr zusammen. Ich weiß, dass du verletzt bist, aber hör mir zu ..." Liam redete auf sie ein, doch sie schüttelte wild den Kopf.

„Nein. Jetzt hörst du mir zu. Vier Jahre lang war ich deine Freundin. Ich war immer für dich da. Habe dich unterstützt. Und was tust du? Nimmst dir sofort nach unserer Trennung die nächste? Du bist eiskalt."

„Madison", zischte er. „So war es nicht und das weißt du auch. Deine Unterstützung reichte nur so weit, wie es für dich in dein Lebensbild passte."

Auf einmal brach sie in schallendes, unechtes Gelächter aus. „Ist es das? Du armseliger Hund. Heuchelt sie Interesse an deinem Hobby? Du bist Anwalt, gottverdammt!"

„Nein. Noch nicht."

„Hat sie dir so sehr den Kopf verdreht, dass du nun alles in Frage stellst? Siehst du denn nicht, wie sie ständig an dir klebt und nur darauf wartet, bis du endlich schwach wirst? Sie redet dir nur nach dem Mund. Du machst einen Fehler, Liam. Komm zur Vernunft."

„Madison", warf ich ein. Wie vom Donner gerührt starrten nun beide mich an. Selbstsicher trat ich einen

Schritt auf sie zu. Ich musste Liam einfach in Schutz nehmen. *Uns* in Schutz nehmen. „Es tut mir leid. Was ich getan habe, war weder vorbildlich, noch bin ich stolz darauf. Deswegen entschuldige ich mich aufrichtig dafür. Ich weiß, dass man so etwas nicht macht. Aber Liam und ich ..."

Sie schüttelte den Kopf und brachte mich damit sofort zum Schweigen. Ihre Augen verengten sich zu Schlitzen. „Es interessiert mich nicht, was du zu sagen hast, du armseliges Miststück! Du ..."

„Madison!", unterbrach Liam sie scharf. „Lass es. Das ist eine Sache zwischen uns beiden."

Aber Madison dachte gar nicht daran, sich unterbrechen zu lassen. Mit einem Finger deutete sie auf mich. „Du kannst mir nicht im Geringsten das Wasser reichen. Niemals. *Du* nicht!" Dann schaute sie Liam wieder an. Trotzig entzog sie ihm ihr Handgelenk. „Komm zur Vernunft", wiederholte sie. „Wir sind damals in einer Zeit ein Paar geworden, die uns für immer zusammengeschweißt hat. Ich bin die Frau, die an deine Seite gehört. Und das weißt du. Was auch immer dieses Flittchen dir in den Kopf gesetzt hat, hake es endlich ab."

Liam starrte sie an, als würde er etwas in ihrem bildhübschen Gesicht suchen. Unter seinem Blick schien sie sich endlich zu beruhigen. Doch dann sahen sich die beiden plötzlich so vertraut in die Augen, dass meine Welt ins Wanken geriet. Was war hier los? Etwas veränderte sich. Aber ich wusste nicht, was es war, konnte es nicht greifen. Die Sekunden vergingen, zogen sich in die Länge und diese Qual dabei ins Unermessliche. Endlich schaute Liam zu mir, sein Blick war voller Reue. Nein ...

„Beverly ...“ Seine Stimme war brüchig.

Überfordert schüttelte ich den Kopf. Was passierte hier? „Beverly, es tut mir leid. Du musst gehen“, sagte er.

„Was?“, keuchte ich. Das konnte unmöglich sein Ernst sein. Um seine Worte noch zu unterstreichen, nahm er Madisons Hand. „Bitte.“

Starr vor Schock stand ich da. In diesem Moment bewahrheitete sich meine schlimmste Befürchtung. Innerhalb weniger Sekunden zog das vergangene Wochenende an meinem inneren Auge vorbei. Liam, wie er im Auto neben mir saß, mit mir lachte und mich aufzog. Liam, der mir strahlend von seinem Shooting berichtete. Liam im Restaurant, der mich mit in seine Vergangenheit nahm und mir sein Herz öffnete, mir von Josh erzählte. Liam, der über mir war, mich küsste, mit mir schlief, mir seine Liebe gestand ...

Und nun dieses Bild, das sich schmerzhaft vor alle anderen schob und sie in den Hintergrund drängte: Ein völlig anderer Liam, der Madisons Hand hielt und sich für sie entschied. Es widersprach meinen frischen Erinnerungen, aber irgendwie bestätigte es auch meinen schlimmsten Verdacht. Hatte ich es nicht geahnt? Egal, wie viel ich von ihm wusste, wie viel wir teilten. Es wäre niemals genug. Er war unerreichbar. Ich hatte falsch gelegen. Meine Welt war nicht ins Wanken geraten, sie hatte sich nur wieder eingerenkt. Das war die Realität. Liam mit Madison auf der einen Seite, ich auf der anderen. Zwischen uns eine tiefe Schlucht, ein rauschender, unüberwindbarer Fluss, ein schwarzer Abgrund.

Irgendwie schaffte ich es, mich zu bewegen. Es war mir schleierhaft, wie ich in diesem Moment an mein Gepäck denken konnte, aber ich ging zum Kofferraum, öffnete ihn und hievte meinen Koffer heraus. Weder Liam noch Madison regten sich. Beide schauten einfach nur zu, wie ich um das Auto herum und zum Wohnheim ging.

15. KAPITEL

Holly saß an ihrem Schreibtisch und tippte etwas in ihren Laptop. Als ich die Tür unseres Zimmers hinter mir schloss, warf sie mir einen kurzen Blick zu. Dann sprang sie auf. „Lie! Was ist passiert?“

Ich wünschte mich einfach nur noch weg von hier. Und am besten leer von jeglichen Gefühlen. Heiß liefen mir die ersten Tränen über die Wangen und tropften auf den grauen PVC-Fußboden. Nur ein Wimpernschlag, dann war Holly auch schon bei mir und warf die Arme um meinen Hals. Ihr viel zu süßer Vanilleduft drang schwer in meine Nase, aber er war mir willkommen. Ich erwiderte die Umarmung und drückte mein Gesicht an ihre Schulter. Es tat gut, einfach nur zu weinen und ihren Halt zu spüren. Was war nur los mit mir? Die letzten Monate waren die reinste Achterbahnfahrt der Gefühle gewesen. Wann hörte das alles endlich auf?

„Oh, Beverly“, flüsterte Holly. Tröstend streichelte sie über mein Haar, bis ich mich beruhigt hatte. Zitternd atmete ich ein und aus, bis ich mich nach einer gefühlten Ewigkeit schniefend von ihr löste. Das musste dringend aufhören. Sonst wäre ich bald nur noch ein emotionales Wrack. Oder war ich das schon längst?

„Was ist denn passiert?“, fragte sie mitfühlend. Sie führte mich zu meinem Bett, wo wir uns setzten.

„Ich habe mich in etwas verrannt und wurde enttäuscht. Aber vielleicht geschieht es mir auch ganz recht“, sagte ich.

„Wegen Madison?“

Ich nickte. Grob schilderte ich ihr die Zeit in New York, ließ die Sache mit Josh jedoch aus. Warum ich das tat, wusste ich nicht. Wieso sollte ich das, was Liam mir anvertraut hatte, eigentlich noch geheim halten?

Als ich ihr von Madison erzählte, schnappte Holly nach Luft. „Sie hat auf euch gewartet?“

„Ja.“

„Und Liam hat sich für sie entschieden?“

„Ja.“

„Ich weiß echt nicht, was ich dazu sagen soll.“

Da waren wir schon zu zweit.

„Ich dachte, dass ich ihn kenne, ihm vertrauen kann. Jetzt weiß ich nicht mehr, wer er eigentlich ist“, schluchzte ich.

„Wieso hängt er so an ihr?“, stellte Holly die elementare Frage.

„Das wollte er mir nicht sagen.“

„Das ist seltsam.“

„Warum hilft er meinem Vater beim Umzug? Warum ist er so ... nett und aufmerksam und liebevoll? Und dann das? Da kann was nicht stimmen.“

Holly schüttelte entschieden den Kopf. „Beverly, ich sage das nur ungern, aber du bist auf einen scheußlichen Frauenhelden reingefallen. Ich bin mir sicher, dass du nicht die Einzige bist, die er an der Nase herumführt. Sicher macht er das ständig. Vielleicht braucht er das. Für sein Ego. Es gibt solche Typen. Er braucht dieses Gefühl, wieder jemanden erobert zu haben. Und jetzt, nachdem er mit dir geschlafen und die Jagd sozusagen beendet hat, braucht er dich nicht mehr. Er hat sein Ziel erreicht."

Es fiel mir schwer, Liam so zu sehen. Hatte es nicht so viele schöne und vertraute Momente zwischen uns gegeben? Doch. Und trotzdem saß ich nun hier. Weinend und bloßgestellt. Ohne ihn. Ich konnte Hollys Vermutung nicht ausschließen, denn alles sprach gegen Liam. Mir wurde schlecht. „Wie konnte ich mich so in ihm täuschen?"

„Am Ende ist man immer schlauer. Und Madison liebt ihn einfach. Es gibt Frauen, die können mit so was leben. Deswegen verzeiht sie ihm wohl auch die Trennung und alles."

War das wirklich die Erklärung? Ich ließ die letzten Wochen Revue passieren, aber es passte irgendwie nicht. Vielleicht war ich einfach immer noch zu naiv. Ich wischte mir die Tränen von der Wange. „Ich glaube, ich werde dann schlafen gehen. Morgen muss ich diese Sache ein für alle Mal abhaken."

Holly schwieg und beobachtete, wie ich meinen Koffer auspackte.

Hatte ich es nicht von Anfang an geahnt? Doch. Und noch schlimmer: Ich hatte immer gewusst, was in der Theorie richtig und vernünftig war, Entschlüsse gefasst und letztlich doch nie danach gehandelt. Verdammte Liebe! Sie machte einen unberechenbar. Und für was? Fest entschlossen, dass dies die letzten Tränen gewesen waren, die ich jemals wegen Liam vergossen hatte, stellte ich mich auf die kommende Nacht ein.

Es funktionierte. Irgendwie. Nie wieder würde ich Liam so nah an mein Herz lassen, so intensiv in meine Gedanken. Er hatte sich nach New York nicht mehr bei mir gemeldet und wenn ich ehrlich war, hatte ich auch nicht damit gerechnet. Aber der naive, kindische Teil in mir hatte darauf gehofft. Denn er wollte nicht wahrhaben, dass Liam wohl einfach nur Hollys Einschätzung entsprach: Er war ein Frauenheld. Ein eiskalter Trophäensammler. Wie hatte ich nur so gutgläubig sein und immer weiter in mein Verderben rennen können?

Am Freitagabend stand das Wochenende vor der Tür. Sechs Tage waren seit der Rückkehr aus New York vergangen. Um auf andere Gedanken zu kommen, hatte ich überlegt, nach Richmond zu fahren und meinen Vater zu besuchen. Vielleicht auch Stella, meine Freundin von der Highschool. Doch da ich keine Lust auf die lange Fahrt hatte, entschied ich mich dafür, im Wohnheim zu bleiben. Ich schlüpfte in Sportklamotten, um eine Runde Joggen zu gehen. Als ich meine Turnschuhe aus dem untersten Fach des Schrankes zog, fiel mir der Karton ins Auge, den ich nach ganz hinten geschoben hatte. Darin befand sich die Kapuzenjacke, die Liam mir vor der Reise nach New York überlassen hatte. Noch am Abend unserer Rückkehr hatte ich sie in den Karton gestopft und im Schrank verstaut. Nicht einmal mehr dort konnte ich sie nun ertragen. Grob zog ich den Karton hervor und legte ihn auf Hollys Bett ab.

„Würdest du den bei Gelegenheit bitte Charly mitgeben? Sie soll ihn Shane geben und der Liam. Oder er kann ihn verbrennen. Mir egal“, sagte ich zu Holly, die sich gerade vor dem Spiegel für ihr anstehendes Date mit Dave schminkte. Es entzog sich meinem Verständnis, wieso die beiden sich noch zu einem romantischen Dinner trafen, als wäre es ihre allererste Verabredung, nachdem sie bereits öffentlich und ziemlich hemmungslos auf unserer ersten College-Party geknutscht hatten.

„Ich sehe sie morgen. Kein Problem“, antwortete sie.

„Bist du noch da, wenn ich zurückkomme?“, fragte ich.

„Dave holt mich in einer halben Stunde ab“, murmelte Holly. Vorsichtig zog sie einen Lidstrich über dem rechten Auge.

„Okay, da werde ich wahrscheinlich noch nicht wieder hier sein.“

Ihr Spiegelbild hob warnend die Brauen. „Pass auf dich auf. Es wird bald dunkel.“

Ich ging zur Tür. „Haben wir die Rollen getauscht?“

Sie überging meine Frage. „Viel Spaß.“

„Danke. Dir auch.“

Das Joggen tat gut. Jede Zelle meines Körpers fühlte sich richtig ausgepowert an. Der Schweiß lief in Strömen über meine Stirn, aber es war ein herrliches Gefühl. Ich schaffte es, eine Stunde in Bewegung zu sein. Nach meiner Rückkehr war das Zimmer wie erwartet verlassen. Ein ruhiger und entspannter Abend stand mir bevor, an dem ich einmal nicht lernen wollte.

Nach einer langen Dusche schlüpfte ich in meine Schlafklamotten und unter die Bettdecke, um auf dem Laptop noch einen Film zu sehen.

Mein Handy klingelte. Musste ich Holly von ihrem Abendessen retten? Doch nicht ihr Name, sondern der von Liam war auf dem Display zu lesen. Liam?

Ich richtete mich auf. Waren die Fronten nicht deutlich geklärt worden? Was bildete er sich eigentlich ein, mich anzurufen? War Madison übers Wochenende wieder nicht in der Stadt? Am liebsten hätte ich den Anruf entgegengenommen und ihn angebrüllt, entschied mich aber dafür, ihn einfach zu ignorieren. Er hatte keines meiner Worte mehr verdient. Stur wie er war, probierte er es ein weiteres Mal. Ich drückte ihn weg. Kurz darauf ging eine Nachricht von ihm ein:

***Liam**: Beverly, können wir reden? Bitte.*

Ich schnaubte verächtlich. Sicher nicht. Eher würde die Hölle zufrieren.

***Beverly**: Nein. Es gibt nichts zu reden.*

***Liam**: Doch. Bitte.*

Wieso konnte er mich nicht einfach in Ruhe lassen? Genügten ihm die Demütigung und mein gebrochenes Herz etwa noch nicht? Hatte er vergessen, sich auch noch über mich lustig zu machen? Wie er es immer so gern getan hatte? Vor Wut tippte ich meine Antwort so schnell, dass ich die Wörter mehrmals korrigieren musste. Es rang mir sämtliche restliche Beherrschung ab, nicht auch noch die widerlichsten Schimpfwörter einzubauen, die mein Wortschatz beherbergte.

***Beverly**: Schreib mir nicht mehr. Lösch meine Nummer. Es ist alles geklärt. Ich will dich nie wiedersehen. Schönes Leben noch.*

So. Das musste reichen. Etwas theatralisch, aber egal. Kaum hatte ich das Handy aus der Hand gelegt, klingelte es erneut. Liam war tatsächlich so dreist, mich ein weiteres Mal anzurufen. Bei seinem dritten Versuch nahm ich nun doch ab. Die angestaute Aggression verlangte nach einem Ventil.

„Was?“, blaffte ich. „Was willst du? Es gibt nichts zu reden. Was an *Lösch meine Nummer, ich will dich nie wiedersehen* hast du nicht kapiert?“

„Ich verstehe, dass du sauer bist“, entgegnete Liam ruhig. Nein, er verstand überhaupt nichts.

„Ich bin nicht nur sauer. Ich bin wütend, ich bin enttäuscht, ich bin traurig. Ist nun alles geklärt?“

„Beverly, lass uns reden. In Ruhe.“

Hörte er schlecht? Ich holte tief Luft. „Warum? Ist Madison gerade nicht in der Stadt? Hast du Langeweile? Du gehst mir gewaltig auf die Nerven, Liam. Ich bin in meinem ganzen Leben noch nie einem solchen Mistkerl wie dir begegnet. Verschon mich endlich mit weiteren Kontaktaufnahmen. Du bist für mich gestorben.“

„Gib mir doch die Chance, mich zu erklären.“

Das brachte das Fass endgültig zum Überlaufen. „Wie viele Chancen willst du denn noch? Dieses leidige Hin und Her. Nein. Es gibt nichts zu erklären. Das war alles ein Fehler. Dieses Theater ist zu Ende. Gute Nacht.“

„Beverly!“, rief er, dann legte ich auf. Seine Stimme immer noch in meinem Ohr, stellte ich das Handy auf stumm und legte es unter mein Kopfkissen. Das hätte ich schon viel früher tun sollen

16. KAPITEL

Eine Woche war vergangen. Eine Woche, ohne dass ich Liam auch nur aus der Ferne gesehen oder gar von ihm gehört hatte. Keine Nachricht, kein Anruf. Der Abstand zu ihm wirkte. Als wäre er die Salbe für eine Wunde, die mit jedem Tag ein Stückchen mehr heilte. Eines Tages wäre sie vollständig verblasst. Immer wenn ich dann zufällig an sie denken würde, wäre sie nichts weiter als eine beliebige Erinnerung aus einem vergangenen Leben. Und eine Warnung. Nie wieder würde ich mich auf so etwas einlassen. Wieso hatte ich nicht einfach den Bundesstaat gewechselt? Hätte ich damals nur gewusst, was ich jetzt wusste.

„Sehr schöne Arbeit, Miss Williams", lobte Professor Ruby am Ende der Stunde, als sie an meinem Platz vorbeilief. „Ihr Sinn fürs Detail gefällt mir." Sie drehte das Blatt mit meinem Entwurf so, dass sie es besser sehen konnte. Mit ihrem knallgrünen Fingernagel tippte sie auf die roten Ziernähte an den Säumen des weißen Businessblazers.

„Danke. Ich habe zuerst befürchtet, es wäre zu gewöhnungsbedürftig", sagte ich.

„Verspielt und gleichzeitig elegant." Sie nickte. Dann lief sie mit klackernden Absätzen weiter. Holly besah sich meinen Entwurf genauer.

„Du Streber", kommentierte sie, schenkte mir aber ein gönnendes Lächeln.

„Dein Entwurf gefällt mir auch“, erwiderte ich.

Holly zuckte die Schultern. „Business ist nicht so meins. Außerdem habe ich überlegt, mich eher in die Richtung Accessoire-Design zu orientieren. Ich glaube, das würde mir besser gefallen.“

„Du hast ja noch Zeit, um dich genauer festzulegen.“

Sie nickte. „Auch toll wäre die Arbeit bei einer Modezeitschrift. Der Journalismus-Kurs gefällt mir sehr.“

Ich dachte darüber nach. „Das könnte ich mir für dich gut vorstellen.“

„Wir werden sehen. Komm, gehen wir uns Donuts holen.“ Holly legte sich den Henkel ihrer Handtasche über die Schulter und marschierte voraus zur Tür.

Am späten Nachmittag begab ich mich zur Bibliothek, um für ein anstehendes Paper zu recherchieren. Als ich mich danach auf den Weg zum Wohnheim machte, wurde es bereits dunkel. In der Ferne vernahm ich ein Donnergrollen. In Gedanken schon unter der Dusche, trat ich ins Zimmer. Von Holly fehlte jede Spur. Dafür saß Liam auf meinem Bett. Erschrocken wich ich einen Schritt zurück. Das Herz schlug mir bis zum Hals. Ich brauchte einen Moment, um mich zu beruhigen. Was tat er hier? War ich so undeutlich gewesen? Das durfte einfach nicht wahr sein.

Er versuchte ein entschuldigendes Lächeln, das ich nicht erwiderte.

„Was soll das? Was willst du hier?“, blaffte ich ihn an. Die Ironie dieser Situation entging mir nicht. Noch vor ein paar Wochen hätte ich alles dafür gegeben, ihn bei mir zu haben. Jetzt, wo ich ihn weder hören noch sehen wollte, wurde ich ihn einfach nicht los. Liam deutete auf das Buch, das auf meiner Kommode lag.

„Du liest Stephen King?“, fragte er.

Versuchte er etwa Small Talk? Ich starrte ihn einfach nur an, bis ich schließlich doch antwortete: „Es gehört eigentlich Holly.“

„Harte Kost. Das Ende ist ziemlich … verstörend.“ Seine Miene entspannte sich ein wenig. Er wirkte sogar amüsiert. Ich konnte unmöglich deuten, wie er das meinte. Aber es war mir auch egal.

„Tja, das werde ich kaum beurteilen können. Hinten fehlen ein paar Seiten. Das Exemplar ist schon etwas mitgenommen.“ Ungeduldig verschränkte ich die Arme vor der Brust. „War’s das dann?“

„Nein. Wir müssen reden.“

Ich atmete tief und lautstark ein. „Liam, ich …“

Er unterbrach mich. „Ein letztes Mal. Okay? Bitte. Danach halte ich mich für immer von dir fern. Falls du es dann noch möchtest.“

„Es gibt nichts auf der Welt, was ich von dir hören will.“

„Was hast du zu verlieren? Nichts, oder?“

Ich schnaubte. „Doch. Wertvolle Zeit. Davon habe ich schon viel zu viel verloren, weil ich sie mit dir verbracht habe.“

„Pass auf, wir machen es anders. Du schmeißt mir zuerst alles an den Kopf, was dich so wütend macht, damit du es dir von der Seele reden kannst“, bot Liam an.

Ich lachte freudlos und bitter. „Sollen wir uns dafür auch noch in einen lächerlichen Stuhlkreis setzen? Wie im Kindergarten?“

„Ich meine es ernst“, sagte er nachdrücklich.

„Was willst du denn hören? Das meiste weißt du sicher schon selbst", zischte ich. „Du bist ein jämmerlicher Lügner. Ein Heuchler. Ein Blender. Ein Frauenheld. Ein Egoist. Ich habe dir vertraut. Ich habe dir mein Herz ausgeschüttet. Habe dir Dinge erzählt, die nur wenige Menschen über mich wissen. Ich weiß, ich bin selbst schuld, weil ich so naiv gewesen bin zu glauben, dass da irgendwas zwischen uns ist. Dieses magische *mehr*." Ich verdrehte abfällig die Augen. „Du hast ..." Plötzlich kam ich ins Stocken, aber es tat gut, ihm all das entgegenzuschleudern.

„Du hast zugelassen, dass ich mich mehr und mehr in dich verliebe. Obwohl du es von Anfang an wusstest. Weil ich ehrlich zu dir war. Ich habe meine Karten offengelegt. Und was tust du? Gaukelst mir eine Freundschaft vor. Es war dir egal. Es war dir egal, wie ich mich dabei fühle. Für dich zählte nur die Bestätigung deiner selbst. Deinem Ego tat es gut, begehrt zu werden. Ich habe damals die Freundschaft gewählt, weil ich dir nah sein wollte und sie alles war, was ich von dir kriegen konnte. Und du hattest nichts Besseres zu tun, als das auszunutzen und mir sogar zu sagen, dass auch auf deiner Seite tiefere Gefühle vorhanden wären. Wie konntest du mir das antun? Es in New York so auf die Spitze zu treiben? Mir Hoffnungen zu machen und mich dann so zu demütigen und im Regen stehen zu lassen? Was bist du nur für ein Mensch?"

Genug. Es reichte. Die ersten Tränen brannten in meinen Augen. Schmerzhaft pochten sie gegen meine Lider und verlangten, dass ich sie freiließ. Aber ich würde sie nicht weinen. Nicht schon wieder. Nicht für ihn. Das hatte ich mir geschworen.

Liam stand einfach nur da. Seine Miene war starr, kalt, geradezu abwesend. Ja, das war der Liam, der früher oder später immer wieder zum Vorschein kam. Das provozierte mich noch mehr. Meine Worte lösten nicht einmal die kleinste Regung in ihm aus.

„Siehst du? Es gibt nichts, rein gar nichts, was du tun oder sagen könntest, um das alles ungeschehen zu machen. Wie sollte ich dir jemals wieder vertrauen oder dir auch nur die Uhrzeit oder den morgigen Wetterbericht glauben können, geschweige denn irgendetwas anderes? Was willst du also noch von mir? Ich verabscheue dich! Lass mich bitte endlich in Ruhe!“ Tief durchatmend schloss ich die Augen und versuchte mich zu beruhigen. Als ich ihn wieder ansah, stand er immer noch geduldig neben meinem Bett.

Schließlich nickte er. Doch er schien nicht resigniert. „Ich würde dir gern etwas zeigen. Und ich verspreche dir, ich halte mich an das, was ich dir gesagt habe. Ich werde dich danach für immer in Ruhe lassen.“

Ich wollte den Kopf schütteln, dachte aber darüber nach. Würde ich ihn auf anderem Wege aus dem Zimmer bekommen, nachdem er so hartnäckig hier gewartet hatte und sich einfach nicht abwimmeln ließ?

„Wie kommst du überhaupt hier rein?“, fragte ich harsch. Ich konnte mir nicht vorstellen, dass Holly das zugelassen hätte.

„Charly hat mir geholfen. Sie hat mir Hollys Zweitschlüssel für das Zimmer gegeben“, erklärte er.

Das durfte alles nicht wahr sein. Sie und Shane waren hinsichtlich des Wahrens von Privatsphäre anderer viel zu locker. Auch wenn ich selbst davon profitiert hatte, musste das ein für alle Mal aufhören.

„Du wirst mich erst los, wenn du zugestimmt hast“, sagte Liam und bestätigte damit meine Vermutung. So böse wie möglich sah ich ihn an, ehe ich laut seufzend zustimmte.

„Gut. Aber das ist das allerletzte Mal.“ Ich war zu müde, zu erledigt. Und wenn diese Zustimmung bedeutete, dass Liam danach für immer aus meinem Leben verschwinden würde und ich danach endlich meinen Seelenfrieden finden konnte, würde es sich wenigstens lohnen.

„Gehen wir.“ Liam schritt an mir vorbei und hielt mir die eigene Zimmertür auf. Genervt stapfte ich in den Flur. Hoffentlich würde es nicht lange dauern. Je eher er nicht mehr in meiner Nähe war, desto besser.

Draußen begrüßte uns schwacher Regen. Wunderbar.

„Wir müssen das Auto nehmen“, erklärte er und zog sich die Kapuze seiner Jacke über den Kopf. Das etwas, was auch immer es war, das er mir zeigen wollte, befand sich also nicht auf dem Campus-Gelände. Zum ersten Mal fragte ich mich, was es überhaupt sein könnte. Einer seiner Orte, an denen er gern fotografierte? Damit würde er sicher kein Verständnis von mir bekommen. Da fiel mir ein, dass er mit überhaupt nichts Verständnis bekommen würde.

Der Audi weckte heimische Gefühle in mir. In ihm hatte ich fast schon öfter gesessen, als in meinem eigenen Auto.

Schweigend fuhr er los und lenkte den Wagen vom Parkplatz. Nach einer Weile stellte ich fest, dass er drauf und dran war, die Stadt zu verlassen. Skeptisch schaute ich aus dem Fenster.

„Wo fahren wir hin? Wird es länger dauern?"

„Ja. Wir brauchen eine Stunde."

„Eine Stunde?", rief ich erzürnt. „Das hättest du mir vorher sagen müssen!"

„Hättest du dann abgelehnt?"

„Auf jeden Fall." Ich stieß ein leidendes Seufzen aus. Eine Stunde mit Liam im Auto. Und wir mussten ja auch wieder zurückfahren. Das war keine gute Idee gewesen. Wieso hatte ich nicht früher gefragt?

„Wo fahren wir hin?", wiederholte ich scharf.

„Sykesville", antwortete er.

Ich hob eine Braue. „Wo soll das sein?"

„In der Nähe von Baltimore", erklärte Liam ruhig.

„Falls du glaubst, dass ich deine Eltern kennenlernen will, würde ich dir raten, gleich wieder umzukehren", fuhr ich ihn an.

Liams Miene blieb ernst. Je weiter wir uns von D.C. entfernten, umso angespannter schien er zu werden. Fast wie damals, als er mich zum Fotografieren mitgenommen hatte.

„Meine Eltern leben nicht in Sykesville", murmelte er.

Wo um Himmels Willen fuhr er dann hin? Warum war ich mitgekommen? Ach ja. Er hätte sich sonst wahrscheinlich an meine Kommode oder meinen Schreibtisch gekettet, nur damit ich wieder auf sein Gesülze reinfiel. Ich warf ihm die vernichtendsten Blicke zu, die ich in petto hatte. Konnte nicht einfach der Motor dieser schicken Karre verrecken? Ich wollte nicht sehen, was er mir zu zeigen hatte. Am liebsten hätte ich den Airbag aus der Armatur gerissen. Aber ich schaffte es, mich zu zügeln und meine Wut zu bändigen. Ich war kein gewalttätiger Mensch. Für gewöhnlich. Außerdem war ich wie üblich selbst schuld an dieser Situation. Also, was blieb mir anderes übrig als abzuwarten? Da ich bloß keine Konversation führen wollte, starrte ich stumm aus dem Fenster. Eine Stunde lang.

„Wir sind gleich da“, warnte Liam mich dann endlich vor. Daraufhin schenkte ich der in Dunkelheit liegenden Landschaft mehr Beachtung. Sie wirkte lediglich hin und wieder bewaldet. Weitläufige Grundstücke und große Ackerflächen zeichneten die gesamte Umgebung aus. Hier war ich noch nie gewesen. Nun wurde ich doch neugierig.

Liams Blick war ernst und fest auf die Straße geheftet. „Das ist die Sykesville Road“, erklärte er leise.

Der Wald wurde dichter. Links und rechts konnte ich nur noch Bäume ausmachen. Bäume über Bäume. Liam wurde langsamer. Erschrocken drehte ich mich um, um zu überprüfen, ob jemand hinter uns war.

„Du kannst nicht einfach anhalten!“, rief ich.

Liam fuhr noch ein kleines Stück weiter, dann parkte er das Auto auf dem schmalen Grünstreifen direkt neben der Straße.

„Und hier parken darfst du auch nicht“, bemerkte ich schrill.

Liam schnaubte verächtlich. „Ist mir egal. Ich habe hier schon öfter geparkt.“

An der Fahrerseite schoss bereits ein Auto vorbei. Viel zu schnell. Liam stieg aus. Was machten wir hier? Hier war weit und breit nichts.

Er stellte sich geduldig vor das Auto und wartete. Mit ausdrucksloser Miene starrte er mich an. Eine stumme

Aufforderung, dass ich ebenfalls aussteigen sollte. Ergeben stöhnte ich, öffnete die Tür und trat auf den Grünstreifen. Meine Stiefel versanken beinahe in dem feuchten Boden.

„Komm“, forderte er mich auf.

Mürrisch stapfte ich ihm nach. Es war eiskalt. Wo um Himmelswillen wollte er hin?

Dann blieb er plötzlich stehen und schaute zu den Bäumen rechts neben uns, die auf einem kleinen Hügel thronten. Ich folgte seinem Blick. Dort, zwischen den Stämmen, sah ich, was er sah: Ein kleines, hölzernes Kreuz. *Oh.* Ich trat neben ihn. Er wirkte abwesend, doch das täuschte. Sein Kiefer mahlte. Auf dem Querstreifen stand in schwarzen Lettern der Name *Josh Sumner.*

„Dein Bruder“, flüsterte ich.

An der Stelle, wo das Kreuz im Boden steckte, standen eine von der Witterung mitgenommene Engelsfigur und eine Friedhofskerze. „Hier ist es passiert.“ Ich sprach so leise, dass ich mich selbst kaum verstand.

Liam nickte. „Ja.“

Eine Gänsehaut überkam mich. Hier war sein Bruder verstorben. Liams Worte fielen mir wieder ein: *Alles teilte ich mit ihm. Und er war immer für mich da. Bis so ein unaufmerksames Arschloch sein Leben beendete. Einfach so. Frontalzusammenstoß. Und Josh war völlig unschuldig.*

Frontalzusammenstoß. Ich wandte mich um und sah auf die Sykesville Road. Wieso stand das Kreuz dann nicht an der Straße, sondern direkt zwischen den Baumstämmen? Stirnrunzelnd betrachtete ich Liams verbissenes Gesicht.

„Ist der Unfallverursacher ebenfalls … gestorben?“, flüsterte ich so taktvoll wie möglich.

Liam schüttelte den Kopf.

„Ist er auf Joshs Fahrbahn geraten?"

Erneut schüttelte er den Kopf.

„Hat er ihn doch abgedrängt?" Meine Fragen wurden dringlicher. Ein undefinierbares Gefühl kroch in mir hoch. Etwas stimmte nicht. Er schloss die Augen. Da machte sich ein grausiger Verdacht in meinen Gedanken breit. Hatte Josh Selbstmord begangen? Herbe Windstöße fegten durch die Bäume und streiften uns.

„Du sagtest, es wäre ein Frontalcrash gewesen. Dass ein anderer ihm das Leben genommen hätte", hauchte ich.

Als er die Augen wieder öffnete, wirkten sie glasig. *O Gott.* „Ja. Es stimmt auch."

„Aber ..."

„Ich war es, Beverly!", stieß er plötzlich laut hervor. „Ich!" Frustriert raufte er sich die Haare. „Ich habe ihn umgebracht. Verstehst du? Meinen eigenen Bruder!" Er sank in die Hocke, das Gesicht in den Händen verborgen.

In mir drehte sich alles. Mein Blick wanderte zu Liam hinab, dessen Körper bebte. Langsam ging ich neben ihm auf die Knie. Es war mir völlig gleichgültig, dass die Feuchtigkeit sich klamm und eisig durch meine Jeans fraß. Ich wusste nicht, ob ich ihn berühren sollte oder nicht, also legte ich nur unschlüssig meine Hände auf den Oberschenkeln ab. Liam hob den Kopf und sah zu den Bäumen hinauf. Kalt fielen vereinzelte Regentropfen auf uns herab. Ich spürte sie kaum.

„Niemand weiß es. Keiner weiß, was ich getan habe. Alle glauben, Josh ist von der Straße abgekommen und gegen einen Baum gefahren. Ich habe dir gesagt, dass ein anderer schuld war. Und diese Version stimmt. Weil *ich* dieses rücksichtslose Arschloch bin“, sagte er mit zitternder Stimme.

Der Regen nahm zu. Er durchweichte unsere Jacken, tropfte mir auf das Haar und über das Gesicht. Liam sah mich an, beobachtete, wie die Tropfen über meine Stirn und die Wangen glitten. Als müsste er sich zurück in die Realität zwingen, raus aus einem tobenden Tornado aus schmerzhaften Erinnerungen, suchte sein Blick in meinem nach Halt. Und ich würde nicht von seiner Seite weichen, ehe er ihn nicht gefunden hatte. Auch wenn ich noch Stunden hier im kalten Regen verbringen müsste, umringt von der Dunkelheit.

Ein weiterer Windstoß peitschte mir das offene Haar über die Schulter. Das brachte Liam zur Besinnung. Er blinzelte, dann reichte er mir seine Hand. Alles fühlte sich plötzlich so unwirklich an, als würde die Welt sich langsamer drehen. Liam zog mich mit sich in die Höhe und führte mich zurück zum Auto. Hastig stiegen wir ein. Drinnen streifte ich mir die nasse Jacke von den Schultern. Da ich mit den Zähnen klapperte, stellte er die Heizung an. Mittlerweile war es mir gleichgültig, wo wir parkten.

„Ich hatte damals Hausarrest, weil ich meinen Eltern einen sauteuren Whiskey aus dem Schrank geklaut hatte.“ Liam sah mich nicht an, als er weitersprach. „Zusammen mit drei Freunden habe ich ihn spätabends auf einem verlassenen Spielplatz geleert. Natürlich haben meine Eltern es rausgefunden und mich bestraft. Der Hausarrest hätte mich überhaupt nicht so getroffen, wenn er nicht genau auf die Zeit gefallen wäre, zu der Madison eine Party in Sykesville gab. Im Haus ihrer verreisten Großeltern. Es war nicht so, dass ich ein Auge auf sie geworfen hatte, aber sie war eines der begehrtesten Mädchen unserer Highschool. Und ich wollte derjenige sein, der sie schließlich knackte. Also stimmt es vielleicht sogar, was du mir vorgeworfen hast. Ich brauchte die Bestätigung. Weil ich ein egoistischer Dreckskerl war. Ich war jung und naiv und glaubte, mir würde die Welt gehören. Da jeder zu dieser Party ging, war mir der Hausarrest an diesem Abend herzlich egal. Ich wurde von Freunden abgeholt, also schlich ich mich heimlich durch den Garten und fuhr mit nach Sykesville. Tja, mein Plan ging auf." Liam lehnte sich mit verbitterter Miene zurück, sah mich aber immer noch nicht an. Ich schüttelte den Gedanken von ihm und Madison im Schlafzimmer ab. Wie so oft.

„Irgendwann waren wir betrunken. Mein Freund konnte nicht mehr fahren und ich wollte nicht bei Madison übernachten. Für mich war es eine einmalige Sache, für sie nicht. Ich rief meinen Bruder an, damit er mich abholt. Er war zu Hause. Und natürlich sagte er mir zu, dass er sich auf den Weg machen würde. Weil er einfach ein so guter Bruder war. Weißt du, dass ich das niemals zu schätzen wusste? Es war einfach immer selbstverständlich für mich."

Ich wollte das Ende der Geschichte nicht hören. Genauso wenig wie Liam es vermutlich erzählen wollte. Trotzdem tat ich nichts, um ihn davon abzuhalten. Ich war wie betäubt.

„Er fuhr los und wir tranken weiter. Die Fahrt von unserem Elternhaus nach Sykesville dauert fünfundzwanzig Minuten. Es kam mir vor wie eine Ewigkeit. Ich versuchte, ihn auf dem Handy anzurufen. Es tutete auch, aber er nahm nicht ab. Als ich es ein weiteres Mal probierte, sprang sofort die Mailbox an." Ohne Vorwarnung schlug Liam gegen das Lenkrad. Ich schreckte zurück. Es vibrierte immer noch unter seiner Faust.

„Weißt du, was das bedeutet?", fragte er laut.

Ich antwortete nicht. Der Unfall konnte zwischen Liams beiden Anrufen geschehen sein. *Mein Gott.*

„Josh kam nicht. Ich wurde sauer, ich dachte, er hätte mich im Stich gelassen. Wie konnte ich das denken? Er hatte es schließlich noch nie getan. Irgendwann rief ein Kumpel von mir ein Taxi, mit dem wir dann zurück nach Baltimore fuhren. Und ich stieg ein. Zu diesem Zeitpunkt dachte ich nur an mich. Daran, dass ich nicht nach Hause kam, als ich es wollte. Für mich lag es auf der Hand, dass Josh zu Hause wieder eingeschlafen war. Mein Anruf hatte ihn Mitten in der Nacht erreicht. Ich war so wütend und betrunken, dass ich nicht einmal in sein Zimmer sah. Ich legte mich einfach in mein Bett und schlief. Es ist mir keine einzige Sekunde lang seltsam erschienen. Warum, weiß ich nicht. Obwohl. Doch. Ich weiß es schon. Weil ich ein verwöhntes Arschloch war. Wäre ich nur halb so aufmerksam gewesen wie er, wäre mir in den Sinn gekommen, dass Josh der zuverlässigste Mensch war, den ich kannte." In Liams Augen glitzerten Tränen. Mir selbst schnürte sich bei diesem Anblick und seinen Worten die Kehle zu.

„Ich schäme mich so sehr. Vor mir. Vor dir. Ich habe nichts gespürt. Mein Bruder, mein engster Vertrauter, die wichtigste Person in meinem Leben, ist gestorben und ich habe nichts bemerkt. Ich habe mich in mein Bett gelegt und einfach geschlafen. Bis meine Eltern mich Stunden später geweckt haben. Die Polizei stand vor der Tür. Das war ..." Er brach ab. Grob wischte er sich mit dem Handrücken über die Augen. „Ich hätte an seiner Stelle sterben sollen. Er hatte keinen Alkohol im Blut. Er ist einfach von der Straße abgekommen, die Böschung nach oben gerauscht und gegen einen Baum gekracht. Keiner weiß warum. Nur ich. Weil ich es nicht abwarten konnte, bis er endlich da war. Aber nicht um seinetwillen, sondern weil ich jemanden brauchte, der mich nach Hause fuhr. Irgendjemanden. Mein Anruf war es, Beverly. Er hat ihn abgelenkt. Wegen ihm hat er nicht auf die Straße gesehen. In einer Kurve. Es war dunkel, er war müde und es hat stark geregnet. Weil er nach seinem Handy gesehen hat ..."

„Das weißt du nicht", flüsterte ich.

Liam schnaubte. „Welchen Grund könnte es sonst geben?"

„Du hast es selbst gesagt. Es war dunkel, er war müde und das Wetter. Vielleicht ist ihm sogar ein Tier vor das Auto gelaufen."

Er ging nicht darauf ein. „Wieso habe ich mir keine Sorgen gemacht? Was bin ich für ein Mensch? Als er nicht kam ... wie konnte ich ..." Er schüttelte den Kopf. „Bis heute weiß niemand, wieso er mitten in der Nacht auf dieser Straße unterwegs war. Weil er sich nicht bei meinen Eltern abgemeldet hat. Um mich zu decken. Und ich habe es für mich behalten. Weil ich ein widerlicher Feigling bin."

„Dann denken deine Eltern, dass ..." Ich verstummte.

„Ja. Sie denken, dass ich nie das Haus verlassen habe und Josh nachts aus irgendwelchen Gründen unterwegs war", sagte er. Dann sah er mich an. „Ich weiß, dass du jetzt sicher angewidert bist. Mich noch mehr hassen wirst. Aber das ist die Wahrheit, die außer dir niemand kennt. Und glaub mir, niemand kann mich so sehr hassen, wie ich es tue." Er warf einen letzten Blick zu dem hölzernen Kreuz, bevor er den Motor startete. Inzwischen regnete es in Strömen. „Ich muss hier weg." Liam fuhr los.

Völlig schockiert von seiner Offenbarung, kuschelte ich mich haltsuchend in den Ledersitz.

„Von da an gab es den alten Liam nicht mehr", fuhr er fort. Er wendete in einer Seitenstraße und fuhr zurück, in die Richtung, aus der wir gekommen waren.

„Ich fiel in ein tiefes Loch. Ich überdachte mein Leben, meine Entscheidungen und dieses Ereignis immer wieder. Es war so unwirklich. Als würde man sich in einem Albtraum befinden, aus dem man niemals wieder aufwachen konnte. Ich suchte nach einem Sinn, fand aber keinen. Josh war tot und das aus einem solch unnötigen Grund. Nur weil ich Madison flachlegen wollte. Auf dieser gottverdammten Party. Dann dachte ich an etwas, das das Ganze vielleicht nicht allzu sinnlos machte. In Madison fand ich den Grund, den ich so verzweifelt suchte und an dem ich mich festhalten konnte, um nicht vollends in der Trauer zu ertrinken. Ich redete mir ein, dass sie die Lösung war. Immerhin hatte ich das alles wegen ihr getan. Ich verrannte mich in meiner zusammengesponnenen Schlussfolgerung dieser Dinge, dass sie die Richtige für mich sein musste. Von unendlichen Schuldgefühlen geplagt, habe ich eine Beziehung mit ihr begonnen. Obwohl ich kaputt war und völlig am Ende. Ich habe mir immer wieder eingeredet, dass Joshs Tod nicht umsonst gewesen ist, wenn ich nur mit Madison zusammenblieb. Wegen dieser einen Nacht, die alles veränderte. Wie hätte ich sonst damit leben können, dass Josh wegen einer x-beliebigen Bettgeschichte von mir gestorben war? Nein, Madison musste etwas Besonderes sein oder werden. Doch ich verliebte mich einfach nicht in sie. Da war nichts. Auch nach vier Jahren nicht. Sicher war es falsch von mir, eine Beziehung mit ihr zu führen, aber sie liebte mich und ich habe sie nie unglücklich gemacht." Er warf mir einen kurzen Blick zu. „Bis du kamst."

Für den Bruchteil einer Sekunde trafen sich unsere Blicke. Dann schaute er auf die verregnete Straße zurück.

„Madison hat es vor mir gespürt. An dem Tag unserer ersten Begegnung, als ich dich vor der Bibliothek auffing, glaubte sie, dass sie etwas in meinem Blick gesehen hätte. In unseren Blicken. Das hat sie mir erst viel später erzählt. Du warst zwar in meinen Gedanken, aber nicht so, dass ich sie hätte in andere Richtungen ausschweifen lassen. Als ich dich dann auf der Party wiedersah, erkannte ich, dass du Gefallen an mir gefunden hast. Mir war klar, dass ich Madison niemals verlassen würde, also machte ich mir einen Spaß daraus, dich mit Ryan zu verkuppeln. Ich wollte dich reizen, dich aus der Fassung bringen und prüfen und somit gleichzeitig vermeiden, dass ich jemals auch nur das kleinste bisschen mehr für dich empfinden würde. Damit würde ich die Versuchung, mich anderen Gedanken dir bezüglich hinzugeben, sofort im Keim ersticken, da war ich mir sicher. Und dann stellte ich fest, dass ich mir nachts immer wieder ausmalte, wie du und Ryan ... nun ja. Etwas in mir sträubte sich dagegen.

Ich ließ diesem Gefühl jedoch keinen Raum. Vielleicht war es ja nur ein reiner Beschützerinstinkt. Als würde ich mich um eine kleine Schwester sorgen. Du warst so zierlich, so zerbrechlich. Dann wurde ich noch eifersüchtiger wegen diesem dämlichen Spiel, wo du mit Ryan nach oben gehen musstest. Ich wollte derjenige sein, der mit dir allein war und dich besser kennenlernen durfte. Völlig aus der Bahn geriet ich nach unserem Kuss im Garten. Ich wusste nicht mehr, was ich eigentlich wollte. Mein Leben, ausgerichtet auf meinen Drang, Josh perfekt zu ersetzen und ewige Wiedergutmachung zu leisten, sortierte sich plötzlich neu. Ich fühlte Dinge, die ich zuvor noch nie gefühlt hatte. Immer wieder verbot ich mir, über dich nachzudenken, blockte dich ab, schaffte es jedoch nicht lange. Mein Ärger über mich selbst und über dich wuchs, aber auch meine Sehnsucht nach dir. Bei dir fühlte ich mich verstanden und sicher. Da waren keine Erwartungen, keine Gründe, um mich zu verstellen. An dem Wochenende in Richmond wurde mir klar, dass ich mich in dich verliebe. Dass du das Mädchen bist, das ich an meiner Seite haben will. Dir wollte ich mich vollständig öffnen. Wir teilten einen ähnlichen Verlust, spielen eine Rolle, in die wir nicht gehören und suchten nach Halt. Plötzlich fiel es mir so leicht, für jemanden da zu sein. All die Jahre und bei allen anderen war es wie eine Last, nur bei dir fühlte es sich richtig an. Und es stimmt. Was ich dir in New York gesagt habe." Erneut schaute er mich kurz an. Sein Blick war liebevoll und gleichzeitig unsicher. „Ich habe dir versprochen, die Sache mit Madison zu klären."

„Aber ...“, begann ich. Meine Kehle war so ausgetrocknet, dass es lediglich ein Krächzen war.

„Aber es war nicht der richtige Zeitpunkt. Madison erinnerte mich unbewusst daran, warum ich mit ihr zusammengekommen war. Warf mich damit zurück in mein altes Muster. Sie war vier Jahre an meiner Seite, hat es ertragen, wenn ich mich wortlos zurückzog und ihr nicht sagte warum. Auch wenn ich für sie den perfekten Freund abgegeben habe ... zumindest bis du in mein Leben getreten bist ... so hat sie dennoch immer meine Grenzen akzeptiert. Ich hielt es nicht für fair, sie auf diesem Parkplatz und in deiner Gegenwart stehenzulassen, nach allem, was ich mit ihr verband. Vielleicht kannst du meine Beweggründe dahingehend jetzt etwas besser verstehen.“ Er seufzte. „Natürlich wollte ich dich nicht verletzen. Niemals. Aber ich musste die Angelegenheit sauber und respektvoll klären. Es erschien mir in diesem Moment als die beste Lösung. Es tut mir leid, dass ich dich immer wieder verletzt habe und das auf deine Kosten ging, obwohl du nichts dafürkonntest. Wie so oft.“

Ich sah nur stumm aus dem Fenster. Es war unmöglich, all das in diesem Moment zu verdauen.

Nach einer kurzen Pause sagte er: „Und es stimmt auch, dass ich mich in dich verliebt habe. Noch nie zuvor habe ich solche Worte zu jemandem gesagt. Noch nie zuvor wollte ich jemandem so nah sein wie dir. Noch nie zuvor habe ich jemandem dieses Geheimnis offenbart. Und noch nie zuvor habe ich jemanden auf diese Weise geliebt, Beverly. Verzeih mir.“

17. KAPITEL

Ich musste ihm nicht verzeihen. Das hatte ich längst. Meine Wut auf Liam war verraucht. Restlos. In mir war kein Platz mehr dafür übrig. Mehr noch: Ich hatte Verständnis für ihn.

Wir befanden uns kurz vor Washington D.C. und noch immer hatte ich nichts zu seinem Geständnis gesagt. Wie sollte ich dazu die passenden Worte finden? Immer wieder warf ich verstohlene Blicke auf den Mann, den ich nach wie vor liebte. Er gab mir schweigend die Zeit, die ich brauchte, um all das zumindest ein wenig zu verarbeiten. In meinen Augen hatte er nichts falsch gemacht. Er konnte nichts für den Unfall, auch wenn ich verstand, warum er sich die Schuld daran gab. Es musste furchtbar für ihn gewesen sein, all die Jahre allein damit fertigzuwerden.

Aber nun war er nicht mehr allein. Er hatte sich mir anvertraut. Nur mir. Ich schluckte die aufkommenden Tränen hinunter. Und ich würde mit ihm gehen, die Last mit Liam zusammen tragen, bis ich sie ihm vollständig nehmen konnte. Gerührt und voller Liebe sah ich ihn an. Sein konzentrierter Blick war fest auf die verregnete Straße gerichtet. Eine Hand hielt das Lenkrad, die andere lag auf seinem Oberschenkel. Ich wünschte, sie würde auf meinem liegen. Sicher wollte er mir nicht zu nahetreten. Vorsichtig nahm ich Liams

Hand und legte sie in meinen Schoß. Ein schwaches Lächeln huschte über sein Gesicht, doch er starrte immer noch geradeaus.

Wie würde ich ihn jemals davon überzeugen können, sich nicht länger die Schuld am Tod seines Bruders zu geben? Sein ganzes weiteres Leben hatte er auf diesem Trugschluss aufgebaut und danach ausgerichtet. Was für eine verfahrene Situation! Er stellte sich selbst und seine Bedürfnisse völlig hintenan.

„Das war viel für dich“, sagte Liam in das monotone Getrommel des Regens auf dem Autodach und der Scheibe hinein.

„Ja“, entgegnete ich.

Er verlagerte unruhig sein Gewicht.

„Was ist los?“

„Ich frage mich, ob du mich nun genauso hasst“, gab er zu.

Entsetzt riss ich die Augen auf. „Liam“, hauchte ich. Es brach mir beinahe das Herz. Wie gern würde ich jetzt auf seinen Schoß rutschen und sein Gesicht in meine Hände nehmen? Ihm sagen, wie viel er mir bedeutete und dass er sich nicht länger hassen sollte?

„Ich könnte dich niemals hassen. Und niemand würde das tun, wenn er davon wüsste“, sagte ich.

Er verzog den Mund zu einer schrägen Linie. Natürlich würde er mir das nicht so einfach glauben können.

Vor einer roten Ampel kamen wir zum Stehen. Ich nutzte die Gelegenheit, um mit der Hand sanft sein Gesicht zu mir zu drehen. Unsicher und mit leicht gerunzelter Stirn sah er mir in die Augen. Blau und voller Verzweiflung. Wie ein verlassenes Meer bei Nacht, auf der Suche nach einem alles erhellenden Mond.

„Liam, ich liebe dich. Alles an dir. Deine Vergangenheit, dein Jetzt, deine Zukunft. Alles, was war, alles, was noch kommt. Du bist kein schlechter Mensch. Ansonsten hätte ich mich niemals in dich verlieben können."

Er hörte mir zu, aber ich wusste nicht, ob er mir tatsächlich glaubte und was wirklich bei ihm ankam. Mit allem Mut, den ich aufbringen konnte, fügte ich hinzu: „Josh würde das niemals wollen. Dessen bin ich mir sicher. Es kann nicht anders sein. Er würde wollen, dass du dein Leben lebst und glücklich wirst."

Liam legte seine Hand auf meine und dann beide zurück in meinen Schoß. Die Ampel sprang auf Grün. Er wandte den Blick ab. Was konnte ich nur sagen, um ihn zu erreichen?

„Ich bin schon egoistisch genug, weil ich mich von Madison getrennt habe. Sie war mein Grund, wieso ich ihn in den Tod geschickt habe. Jetzt war er wirklich völlig sinnlos", sagte er leise.

Ich schüttelte den Kopf. „Wir können das Schicksal nicht ändern, Liam. Ich weiß, es ist kein Trost und auch keine gute Erklärung, aber so habe ich es mir selbst immer erklärt. Das Leben geht unergründliche Wege."

„Ich bin nicht gläubig, Beverly."

„Was ich damit sagen will: Ich bin mir sicher, dass alles so kommt, wie es kommen muss, ohne dass wir die Macht haben, es zu verhindern oder zu ändern. Wie oft habe ich mich gefragt, wieso meine Mutter nicht zwei Minuten später vom Supermarkt nach Hause gefahren ist? Hätte sie nicht an der volleren Kasse stehen können? Jemanden treffen und ein Gespräch anfangen? Oder warum ist der Unfallverursacher nicht woanders hingefahren? War es zu viel verlangt, auf die Ampel zu achten? Sekunden entscheiden über das gesamte Leben. Würden wir alles kontrollieren können, würden wir nicht mehr leben. Liam, du hast die ganze Zeit geglaubt, du wärst es deinem Bruder schuldig, seinen Platz einzunehmen, aber du bist es ihm vielmehr schuldig, dein Leben zu leben. Nicht seins. Das gehörte ihm. Er hat dich geliebt, so wie du warst. Er wollte, dass du genauso bleibst. Sonst hätte er dich nicht gedeckt. Ist es da nicht das einzig Richtige, dass du der bist, den er in dir gesehen hat?"

„Ein egoistisches Arschloch?", fragte er scharf.

„Nein, ein Mann, der seinen Gefühlen folgt und seiner Leidenschaft. Der sich selbst so liebt, wie er ist. Der tut, was ihm gerade in den Sinn kommt, ohne über die Konsequenzen nachzudenken. Ohne darüber nachzudenken, was andere wollen. Du tust Josh keinen Gefallen damit, wenn du dich selbst verleugnest, nur um in seine Fußstapfen zu treten. Das hat er doch nie von dir erwartet, oder? Und du lebst auch nicht das Leben deiner Eltern", sagte ich sanft.

Liam schwieg. Wir erreichten D.C.

„Du hast mit Madison also alles klären können?", fragte ich, als er auf den Parkplatz vor dem Mädchenwohnheim einbog. Die Rückfahrt war so schnell vorbei gewesen. Die Zeit war wie im Flug vergangen.

Er parkte und stellte den Motor ab. „Ja. Aber das hätte ich nicht an dem Abend tun können, als wir aus New York zurückkamen. Das hatte sie nicht verdient. Dass ich sie so behandelt habe, war nicht fair. Hoffentlich treffe ich in Zukunft vernünftigere Entscheidungen."

„Wie hat sie das Gespräch aufgenommen?", fragte ich.

„Nicht gut." Er hob die Schultern. „Aber sie wird einsehen, dass das zwischen uns einfach nicht richtig war. Auch wenn ich es mir so sehr gewünscht habe. Und ich konnte nicht mehr so tun, als sei zwischen dir und mir nichts." Er entzog mir seine Hand. „Du solltest gehen. Ich könnte mir vorstellen, dass du allein sein möchtest."

„Sofern man mit Holly allein sein kann." Ich versuchte ein verkrampftes Lächeln.

„Was wirst du ihr sagen, wo du warst?", fragte er.

„Nichts", antwortete ich schlicht.

„Nichts?" Liam hob die Brauen.

„Nur, dass wir uns ausgesprochen haben vielleicht", überlegte ich.

„Haben wir das denn?" Liam seufzte.

„Wir könnten uns darauf einigen, dass es kompliziert ist. Aber ich habe dir verziehen", sagte ich.

Das Bedürfnis nach Ruhe wurde immer größer. Nicht, weil ich an meinen Gefühlen für Liam zweifelte. Die gesamte Situation war es, über die ich mir Gedanken machen musste.

„Dann wünsche ich dir eine gute Nacht, Beverly." Er saß mir zugewandt da. Sollte ich ihm ebenfalls nur eine gute Nacht wünschen? Wäre eine Umarmung angebracht oder sogar ein Kuss? Unbeholfen blieb ich sitzen, nicht fähig, eine Entscheidung zu treffen. Liam tat es für mich. Zögerlich beugte er sich zu mir, suchte in meinen Augen nach Widerstand. Als er keinen fand, küsste er zuerst zärtlich meine Lippen und dann ein einziges Mal meine Stirn, ehe er mich freigab. Zurück blieb die unverkennbare Sehnsucht nach mehr.

„Schlaf gut, Beverly." Seine Stimme war leise und rau. Sie allein schaffte es, mir eine angenehme Gänsehaut zu bereiten. Wunderbar süß lag das Knistern zwischen uns in der Luft.

Unter der Aufbringung all meiner Vernunft schaffte ich es, aus dem Auto auszusteigen. Der starke Regen war einem leichten Niesel gewichen. Tief atmete ich die klare und frische Abendluft ein, während Liam vom Parkplatz fuhr.

18. KAPITEL

Holly war noch nicht wieder zurück. Ich öffnete das Fenster einen Spaltbreit, zog mich um und legte mich ins Bett. Die Stille im Zimmer war eine Wohltat. Ich konnte und wollte heute nicht mehr über Liams Vergangenheit oder unsere Zukunft nachdenken. Dafür wäre morgen noch genug Zeit.

Ein kühler Lufthauch strich über mein Gesicht, trug den Geruch von Regen in das Zimmer und verhalf mir schließlich in einen traumlosen Schlaf.

Als ich die Augen aufschlug, traf gleißendes Morgenlicht auf mein Gesicht. Schnell schloss ich sie wieder. Nur noch ein paar Minuten Schlaf. Eigentlich fühlte ich mich völlig entspannt, ruhig und zufrieden. Eigentlich. Irgendetwas in meinem Inneren kämpfte sich durch dieses wohlige Gefühl nach oben und zwang mich, mich mit etwas Unangenehmen auseinanderzusetzen. Was war passiert?

Orangerot brannte sich das Sonnenlicht durch meine geschlossenen Lider und hinderte mich ebenfalls daran, wieder einzuschlafen. Das Gefühl der Zufriedenheit und Ruhe verflog. Liam. Josh. Der Unfall.

Ich schlug die Augen auf. Die gräuliche Decke, erhellt vom neuen Morgen über mir, dachte ich über den gestrigen Abend nach. Leise vernahm ich Hollys rhythmische Atmung. Ich hatte nicht einmal ihre Rückkehr mitbekommen.

Stöhnend drehte ich mich auf die Seite. So viele Gedanken rauschten durch meinen Kopf, wie die wild umher wirbelnden Flocken eines Schneesturms. Allerdings ohne Anfang und ohne Ziel.

Mühsam richtete ich mich auf. Oh, Liam. Was trägst du nur mit dir herum? Diese Schuld. Aber da war noch etwas. Etwas, das mich glücklich machte und mit Euphorie erfüllte. Die Sache mit Madison war endgültig geklärt. Er wollte mit mir zusammen sein. War das nicht die Erfüllung meiner so lang gehegten Sehnsüchte? Doch, nur dass sie jetzt getrübt waren. Es fühlte sich nicht richtig an, so über Liam zu denken. Zumindest nicht im Moment. Weil es das eigentliche Problem nicht löste. Etwas hatte sich verändert.

Ich sah Liam nicht mehr nur als Objekt meiner Begierde und meiner Liebe, nun sah ich auch sein tiefstes Inneres. Sah seine Gefühle, seine Sehnsüchte, seine Probleme. Und sie wogen schwerer als die meinen. Weil ich ihn nun noch mehr liebte. Ich konnte nicht mehr nur durch meine Augen sehen und aus meinen Emotionen und Gefühlen heraus handeln. Durch seine Offenbarung war ich mir bewusst geworden, dass ich so entscheiden musste, dass er am Ende glücklich war.

Ich stand auf, nahm meinen Kulturbeutel und zwei frische Handtücher aus dem Schrank und verschwand im Waschraum. Das warme Wasser der Dusche prasselte wohltuend auf meinen Körper und entspannte meine Muskeln.

Danach, eingehüllt in die Handtücher, fühlte ich mich etwas klarer. Aber was sollte ich nun tun? Wie sollte ich nun handeln?

In aller Ruhe trug ich Creme auf meinem Gesicht auf. Ich beobachtete meine Bewegungen im Spiegel. Würde ich mich mit Liam in eine Beziehung begeben, wäre er immer noch derjenige, der Josh um jeden Preis ersetzen wollte. Der einen Weg einschlug, um seine Eltern glücklich zu machen, ohne auf seine eigenen Bedürfnisse Rücksicht zu nehmen. Zurück im Zimmer zog ich mich an, bürstete mein Haar und drehte es zu einem feuchten Knoten auf meinem Kopf.

Holly schlief noch. Ein Blick auf die Uhr verriet mir, dass es halb 11 war. Mein Handy war stumm geblieben. So oder so, ich musste Liam sehen. Und ich wusste auch, was ich ihm sagen würde. Auf dem Schreibtisch lag mein Notizblock, in den ich vor Monaten seine Adresse notiert hatte. Gut, dass Charly mir beides gegeben hatte. Mit einem unguten Gefühl in der Magengegend machte ich mich auf den Weg, um zu ihm zu fahren.

„Hi“, begrüßte Liam mich überrascht.

„Hi.“

Er trat zur Seite, damit ich eintreten konnte. Seine Wohnung war geräumig und – überraschenderweise – sehr ordentlich. Wir standen direkt im Wohnzimmer. Von der offenen Küche wehte der Duft nach frisch gekochtem Kaffee zu uns herüber.

„Willst du was trinken?“, fragte er und schlenderte zur Küchenzeile. Er trug nichts weiter als eine Jogginghose. O Mann. Ich wollte ihn. Sonst nichts.

„Einen Kaffee, bitte“, antwortete ich und lief ihm nach.

Bei der Kochinsel blieb ich stehen und sah mich genauer um. Er war genauso ordentlich wie ich. Beinahe schon steril. Das gefiel mir. Sogar die Bücher im Regal waren feinsäuberlich aneinandergereiht. Keines war schräg gegen seinen Nachbarn gelehnt.

„Du bist sehr ordentlich“, lobte ich.

„Damit hast du wohl nicht gerechnet.“ Er schmunzelte.

„Na ja ...“ Hatte ich tatsächlich nicht.

Liam trat zu mir und reichte mir eine dampfende Tasse. „Ich bin einfach nur diszipliniert.“

Mein Blick fiel auf seinen Oberkörper, wanderte über das Tattoo und endete am Bund seiner Jogginghose. Der V-Muskel an seiner Leiste weckte meine Libido. Er war zum Greifen nahe. Und er war frei. Es gab nur noch uns beide.

„Soll ich mir ein Shirt anziehen, du unanständiges Mädchen? Ich fühle mich belästigt.“ Liam lachte.

Peinlich berührt riss ich den Blick los. Er beugte sich zu mir hinunter, strich mir eine lose Haarsträhne hinters Ohr und hauchte mir einen Kuss auf die Wange. Gänsehaut breitete sich bis hinab zu meinen Fußspitzen aus. Entspannt stütze er seinen Arm hinter mir auf der Kücheninsel ab.

„Was führt dich her, Beverly?“, flüsterte er in mein Ohr.

Deine Hände, die mir die Kleider vom Leib reißen, deine Lippen, die mich an den wundersamsten Stellen küssen, deine ... Moment. Deswegen war ich nicht hier, oder? Warum war ich gekommen? Es war unmöglich, sich zu konzentrieren, wenn er mir so nah war. Die Sehnsucht nach ihm wurde mit jedem Augenblick drängender.

„Zieh dir bitte etwas an“, bat ich. Meine Stimme klang seltsam.

Liam lachte geräuschlos. Er stellte seine Tasse ab und zog sich den Hoodie an, der über dem Stuhl an der Theke hing. Ein Hoodie. Wunderbar. Aber sah er in irgendwas nicht hinreißend aus?

„Wir sollten reden“, presste ich hervor.

Er musterte mich mit seinen blauen Augen. Vielleicht sollte ich mich zuerst auf ihn stürzen und dann mit ihm reden. Das Knistern, das zwischen uns in der Luft zu liegen schien, steigerte sich mit jeder Sekunde. Nein. Das war nicht der Plan.

„Gut“, entgegnete er gelassen. Er lehnte sich an die Theke und ließ meine Libido ohne Probleme links liegen.

„Wir sollten kein Paar sein“, begann ich mit fester Stimme.

Liam hob die Brauen. Überrascht und verwirrt. „Ist das so?“

„Ja, also ... ich habe viel nachgedacht, Liam. Lass es mich erklären.“

„Ich bin ganz Ohr.“

„Wir sollten nicht richtig zusammen sein. Du solltest allein sein. Ein bisschen.“ Nachdem ich die Worte ausgesprochen hatte, wurde mir bewusst, wie merkwürdig sich das anhörte.

Er zog die Brauen zusammen, versuchte aus dem, was ich ihm gesagt hatte, schlau zu werden. Ich war noch nie gut in so was gewesen. Ich dachte an mein kurzes Gespräch mit Ryan im Kino, das ebenfalls komisch verlaufen war. Außerdem musste ich zugeben, dass die Umstände es mir erschwerten.

„Das war nicht aufschlussreich“, meinte er schließlich.

Ich stöhnte. „Ja, ich weiß. Du lenkst mich ab."

Er hob einen Mundwinkel an. „Tu ich das? Womit denn genau?"

„Bitte zieh den Hoodie aus."

Nun lachte er. „Ich dachte, ich sollte mir was anziehen?"

„Ja, ich dachte an einen Kartoffelsack oder so." Aber selbst darin wäre er vermutlich noch unwiderstehlich.

„Stehst du auf Hoodies?", fragte er mit samtiger, tiefer Stimme.

Was war nur los? Das war ernst. Wieso schaffte ich es nicht, einen klaren Kopf zu behalten? Die sexuelle Spannung erhitzte meinen Körper, meine Gedanken, benebelten meine Sinne. Liam schien genau zu wissen, was in mir vorging.

„Sollen wir vielleicht ins Schlafzimmer, Beverly?" Er war wirklich keine Hilfe.

„Ich sagte, wir sollten reden. Das ist mir wichtig", erwiderte ich nachdrücklich.

„Mir auch, aber etwas scheint dich gerade daran zu hindern, einen verständlichen Satz zu bilden", sagte er mit Unschuldsmiene. Mistkerl. „Vielleicht schaffe ich es, dem Durcheinander in dir Abhilfe zu verschaffen." Grinsend kam er näher, legte einen Arm um meine Taille und zog mich an sich.

„Du bist überhaupt erst schuld an dem Durcheinander."

„Und auch an deiner offensichtlichen Erregung?", raunte er. Seine Lippen streiften über meinen Mundwinkel, er küsste mich aber nicht. Sollte ich nachgeben? Wir könnten danach reden. Wir hatten uns so lange nicht mehr berührt. Nicht auf diese Weise. Die

Liebe forderte ihre Daseinsberechtigung ein. Sie hatte so lange gekämpft. Und Adonis wusste genau, dass er mich im Griff hatte. Verflucht sollte er sein.

„Liam ...“, seufzte ich. „Bitte ...“

„Bitte was?“ Quälend langsam strich er mit seinen Lippen über meine Wange. Seine Zunge berührte für den Bruchteil einer Sekunde meine Haut. Schwer atmend schlang ich die Arme um seinen Hals, krallte meine Nägel in die Kapuze. Er legte die Arme um meine Taille, zog mich an sich. Sanft ließ er sie unter meinen Pullover gleiten, strich über meinen Rücken. Jede Berührung von ihm nahm ich noch viel intensiver als sonst wahr.

„Bitte ... Lass uns ...“ Mein Kopf schwirrte. Ich war ihm völlig ausgeliefert. Während er mit der einen Hand auf meinem Steißbein verharrte, ließ er die andere über meine Hüfte nach vorne wandern und in meinem Rock verschwinden. Zielstrebig schob er sie unter den Bund meiner Stumpfhose und des Slips. Scharf atmete ich die von Lust geschwängerte Luft ein. Wie betäubt registrierte ich, dass er seinen Finger ohne Umschweife über meine Klitoris führte.

„Was? Lass uns ... was? Reden? Ist es das, was du willst?“, flüsterte er. Die Hand, die eben noch auf meinem Rücken ruhte, verschwand und legte sich um meinen Nacken. Grob, aber erotisch zugleich hob er meinen Kopf an, sodass ich ihm in die Augen sehen musste.

„Nein“, wisperte ich. Sein Finger glitt unerträglich langsam weiter. *Oh, bitte ...*

„Willst du lieber den Kaffee weitertrinken?“

„Liam ...“ Ich schloss die Augen. Meine Erregung war auf ihrem Höhepunkt.

„Sieh mich an“, befahl er.

Sofort öffnete ich die Lider.

„Antworte“, verlangte er.

„Nein.“ Ich seufzte.

„Was dann? Sollen wir aufhören?“

„Nein!“, flehte ich sofort.

Er zog seinen Finger trotzdem zurück.

„Liam ...“

Warum folterte er mich so? Ich grub die Hände fester in die Kapuze, zog ihn zu mir, so nah ich konnte.

„Was dann, Beverly?“, flüsterte er. Sein Atem traf warm auf mein Ohr. „Was sollen wir tun?“ Ein anzügliches Lächeln huschte über seine Züge. Dieser erotische Bastard! Sein Finger nahm seinen Weg wieder auf und glitt ohne Vorwarnung in meine Scheide.

Ich schnappte nach Luft. „Liam!“

Stöhnend presste ich mich an ihn. Doch da zog er seinen Finger wieder aus mir. Jedoch nur, um beide Hände um meinen Hintern legen zu können. Kurzerhand setzte er mich auf die Kücheninsel. Ich packte den Saum seines Hoodies und schob ihn hoch. Er half mir, ihn sich über den Kopf zu streifen. Achtlos ließ er ihn neben sich auf den Boden fallen. Bevor ich mich an seiner Hose zu schaffen machen konnte, hielt er meine Hände zurück. Streng sah er mich an. „Antworte, Beverly.“

Ich ergab mich. „Bitte ... lass uns ins Schlafzimmer gehen.“

Ich saß im Schneidersitz auf dem Sofa, den kalten Kaffee in der Hand.

„Soll ich dir einen Frischen machen?“, bot Liam an. Er streckte mir die Hand entgegen. Ich schüttelte den Kopf.

„Schon in Ordnung. Ich trinke ihn auch so.“

Zufrieden lächelnd setzte er sich neben mich und schaute zu, wie ich die Tasse schlückchenweise leerte. „So. Du wolltest also mit mir reden“, sagte er und fuhr sich durch das zerzauste Haar.

Ich nickte und schob die Gedanken an das, was mich zuvor abgelenkt hatte beiseite. „Ja.“

„Gut. Ich höre zu.“

„Es ist kein guter Zeitpunkt. Für uns. Zuerst einmal hast du gerade eine Trennung hinter dich gebracht. Eine emotionale Trennung.“ Ich holte tief Luft. „Und dann möchte ich nur mit dem Liam zusammen sein, der tut, was seinem Charakter entspricht.“

„Wie meinst du das?“

„Ich stehe hinter dir und deiner Leidenschaft. Hinter allem, was du machen möchtest“, erklärte ich.

Er nickte langsam, aber ich hatte nicht das Gefühl, dass er verstand, worauf ich hinauswollte. „Das bedeutet, ich möchte, dass du deinen eigenen Weg gehst und nicht den deines Bruders oder deiner Eltern. Du solltest kein Anwalt werden.“

Seine Miene veränderte sich. „Das ist nicht so einfach, Beverly.“

„Doch, das ist es.“

„Nein, ist es nicht! Ich gehe genau diesen Weg, weil er richtig ist. Hier gehöre ich her, nicht nach New York oder sonst wohin.“

Ich seufzte. „Liam, du liegst falsch. Haben deine Eltern denn jemals von dir verlangt, dass du Joshs Platz einnimmst?“

„Nein, aber das mussten sie auch nicht. Ich kenne sie und weiß, wie sehr sie Josh geliebt haben. Von mir waren sie immer nur enttäuscht. Sie brauchen einen Nachfolger für die Kanzlei.“

„Ich glaube nicht, dass sie deinen Weg gut fänden, wenn sie wüssten, wie du wirklich fühlst.“

„Wenn sie wüssten, wie ich wirklich fühle?“, wiederholte er laut. „Beverly, *ich* bin schuld am Tod ihres Sohnes! Dass ich Anwalt werde, ist das Mindeste, was ich für sie tun kann.“

„Auch du bist ihr Sohn. Sie lieben dich in gleichem Maße. Denkst du nicht, dass sie dich glücklich sehen wollen?“

„Woher willst du das wissen? Du kennst sie nicht.“

„Nein, aber wenn du dieses Opfer für sie bringst, müssen sie tolle Menschen sein.“

„War’s das? Deswegen bist du hierhergekommen?“ Sein Ton war so kalt, dass ich zurückschreckte, doch ich war noch nicht fertig.

„Weißt du noch, was du zu mir gesagt hast, als wir in Richmond waren? Dass mein Vater und ich uns mit den völlig falschen Rollen identifizieren würden? Du hattest recht. Und du selbst tust das auch. Du weißt es, aber ich muss es dir vor Augen halten: Du versuchst mit aller Kraft, Joshs Leben zu leben. Doch es war seins und nicht deins. Du hast damals auch gesagt, dass mir endlich mal jemand die Wahrheit sagen muss. Genau das muss ich jetzt auch dir sagen, weil ich die Einzige bin, die es kann. Es ist meine Pflicht. Weil ich dich liebe. Ich liebe dich so sehr, Liam, dass ich dir das einfach sagen muss. Es bricht mir mein Herz, dich so zu sehen. Es bricht mir das Herz, dass du deine Leidenschaft nicht auslebst, weil du dir selbst diese Last aufbürdest. Eine Last, die du nicht tragen musst. Trotzdem werde ich sie mit dir tragen und ich werde an deiner Seite sein. Wenn du du bist. Ich will den Liam, der du wirklich bist."

Er mied meinen Blick. Auch so konnte ich erkennen, wie abweisend seine Miene wurde. Meine Kopfhaut begann warnend zu prickeln.

„Tja, dann solltest du jetzt besser gehen", sagte er kühl.

„Was?"

„Du sagst, du liebst mich, du wärst an meiner Seite ... aber eigentlich willst du es nicht. Weil du es nur dann tust, wenn ich die Version von mir bin, die einfach nicht existiert. Oder nicht mehr. Du hast recht, dass ich nicht Joshs Leben leben muss. Aber ich muss auch nicht das tun, was du willst. Entweder du nimmst mich so wie ich bin oder du gehst. Und da du das anscheinend nicht kannst, solltest du jetzt verschwinden."

Er stand auf. „Da vorne ist die Tür, wie du weißt." Ohne ein weiteres Wort ging er ins Schlafzimmer. Wie erstarrt blieb ich zurück. Mit festem Griff hielt ich immer noch die Tasse in der Hand. Sekundenlang fixierte ich die Tür, hinter der er verschwunden war.

Irgendwann schaffte ich es, aufzustehen und die Tasse in die Spüle zu stellen.

Sollte ich wirklich gehen? Ohne mich von ihm zu verabschieden? Aber er hatte mich praktisch rausgeschmissen. Trotzdem, vielleicht sollte ich nach ihm sehen, bevor ich ging. Unschlüssig stand ich da, wartete auf eine Entscheidung meines Bauchgefühls.

Nach weiteren endlosen Sekunden entschied ich mich, ihn in Ruhe zu lassen. Wie in Zeitlupe ging ich zur Tür und verließ die Wohnung.

19. KAPITEL

Drei Tage waren vergangen. Drei Tage ohne ein Lebenszeichen von Liam. Immer wieder hatte ich mit dem Gedanken gespielt, ihm zu schreiben oder ihn anzurufen. Nun war er Single und trotzdem war es zwischen uns noch genau so kompliziert wie zuvor. Natürlich wollte ich mit ihm zusammen sein, aber ich musste auch ehrlich sein. Und ich konnte es nicht ertragen, wie er sich selbst geißelte. Er musste endlich mit der Vergangenheit abschließen und wenn ich nicht wenigstens versuchte, ihm die Augen zu öffnen, wäre ich eine lausige Freundin.

„Hier.“ Holly stellte mir einen Teller Lasagne auf den Schreibtisch.

„Oh. Vielen Dank“, murmelte ich.

Sie legte eine Gabel daneben. „Du hast die letzten Tage kaum etwas gegessen.“

„Ich hatte einfach keinen Hunger.“

Holly setzte sich auf mein Bett. Besorgt musterte sie mich. Ich schenkte ihr ein Lächeln. „Alles in Ordnung.“

„Du kannst mit mir reden, Lie.“

„Ich weiß. Danke.“

„Liam ist Single“, stellte sie fest. Seufzend stocherte ich mit der Gabel in der Lasagne herum. „Ja.“

„Und ihr seid nicht zusammen?“

„Nein.“

Holly wippte unruhig mit den Füßen. Sie wusste zwar, dass ich ihm verziehen hatte, nur nicht wieso. Das Essen, ihre liebevolle Geste, brachte mich schließlich zum Reden. „Es ist kompliziert. Wir haben uns gestritten."

„Warum?", schoss sie sofort hinterher.

„Weil wir unterschiedliche Vorstellungen von der Zukunft haben."

„Aber er ist auch in dich verliebt?"

„Ja."

„Dann bekomm deinen Hintern hoch und krall dir endlich diesen verdammten Typen, der dich schon seit Monaten aus dem Konzept bringt", sagte sie, ein wenig erbost.

Ja, so einfach sollte das sein. Hatte ich es doch verbockt?

„Das wird schon, Holly." Hoffte ich zumindest.

„Herrje. Du bist das seltsamste Mädchen, das ich je kennengelernt habe."

„Danke", erwiderte ich gekränkt.

Sie kam zu mir und legte die Arme um meinen Hals. „Das war nicht böse gemeint. Ich weiß, dass du immer versuchst, alles richtig zu machen. Du stehst dir dabei aber oft selbst im Weg." Sie löste sich von mir. „So, ich gehe los. Hab noch eine Verabredung mit Dave."

„Wird das was Ernstes zwischen euch?", fragte ich. Es kam nicht oft vor, dass ich mich zu ihren Liebschaften äußerte, doch mit Dave war sie in letzter Zeit schon einige Male ausgegangen.

„Mal sehen", antwortete sie. „Keine Sorge, ich mache daraus keine Wissenschaft, so wie du und Liam."

Nach weiteren zwei Tagen fühlte ich mich in meiner Entscheidung nicht mehr so sicher. Hatte ich mich zu sehr in Liams Leben eingemischt? Auch wenn ich seine feste Freundin wäre, stünde es mir vielleicht nicht zu, ihn so zu drängen. Vielleicht war ich zu weit gegangen. Als seine Freundin sollte ich ihn auch unterstützen, wenn er Entscheidungen traf, die ich nicht gut fand.

Obwohl der Freitag mein Lieblingstag war, konzentrierte ich mich kaum auf die Kurse. Am Nachmittag ging ich joggen, doch auch das half mir nicht, meine Gedanken wieder zu ordnen. Das schlechte Gewissen nagte an mir. Liam hatte mir sein Herz ausgeschüttet, sich mir vollständig anvertraut und nun zeigte ich ihm die kalte Schulter, nur weil er nicht tat, was ich für richtig hielt? Dabei hatte ich es nur gut gemeint. Ich hatte es für ihn getan.

Um mich auf andere Gedanken zu bringen, rief ich am Abend meinen Vater an. Unsere Telefonate waren in den letzten Wochen immer seltener geworden.

„Bevi! Wie schön, von dir zu hören“, begrüßte er mich. „Wie geht es dir?“

„Gut. Und dir?“

„Hervorragend. Ich treffe mich heute Abend mit ein paar Kollegen zum Bowlen“, berichtete er gut gelaunt.

Oh. Das war neu. „Du bowlst?“

„Seit Kurzem. Das ist mein zweites Mal.“

„Das freut mich sehr für dich“, entgegnete ich lächelnd. „Gestern war ich zum Abendessen mit einer Kollegin aus. Karen. In der Stadt hat ein neuer Italiener eröffnet. Pizza aus dem Steinofen. Bevi, die solltest du auch mal probieren, wenn du wiederkommst.“

Mit einer Kollegin. Aha. Ich würde mich sehr für ihn freuen, sollte er wieder eine Frau kennenlernen und ihr sein Herz öffnen.

Ich kicherte. „Dad, das ist nun wirklich nichts Neues. Aber schön, dass es dir geschmeckt hat."

„Wie geht es diesem netten jungen Mann? Liam?", fragte er.

„Gut", antwortete ich knapp.

„Bring ihn nächstes Mal gern wieder mit, wenn du möchtest."

„Mal sehen."

„Also, Bevi. Ich muss langsam los. Wir telefonieren wieder, ja? Hab noch einen schönen Abend."

„Du auch, Dad. Viel Spaß beim Bowlen."

Wir legten auf. Mein Vater wirkte völlig aufgeblüht. Der Umzug musste ihm gutgetan haben. Sein neues Leben allgemein musste ihm guttun. Ich hatte mir völlig umsonst Sorgen um ihn gemacht. Die ganze Zeit über hatte ich geglaubt, er sei vollkommen hilflos ohne mich. Dabei war es überhaupt nicht so. Im Gegenteil. Nicht zum ersten Mal dachte ich an Liams harte aber wahren Worte in Richmond. Ich hatte meinem Vater keine andere Wahl gelassen, als sich in diese unselbstständige Rolle zu begeben. Erst durch meinen Umzug nach Washington hatte er angefangen, sich neu zu entdecken, selbstständiger zu werden. Plötzlich überkam mich ein dumpfes Gefühl der Leere, das ich nicht einordnen konnte.

Da fiel mir noch etwas anderes ein: Ich hatte mich bei Liam nie für seine Hilfe beim Umzug revanchiert. Das würde ich nachholen. Sofort. Mir kam eine Idee. Ich sah auf die Uhr. Es war noch nicht zu spät.

Unter dem Gefühl, beobachtet zu werden, lief ich mit dem Karton zu Liams Wohnungstür. Bei meinem Glück zurzeit würde er sicher gerade die Tür öffnen, wenn ich mich bückte, um das Geschenk dort abzulegen.

Der Karton war gut verpackt, obendrauf lag eine Karte. Ich positionierte ihn direkt auf der Fußmatte. So würde er ihn sofort sehen, gegebenenfalls aber auch darüber stolpern, wenn er die Wohnung zu schnell verlassen sollte.

Immer noch unschlüssig über die Platzierung, hörte ich hinter mir ein leises Hüsteln. Blitzschnell fuhr ich herum. Liam, die Sporttasche über die Schulter geworfen, stand nur wenige Meter entfernt im Flur und beobachtete mich. So viel zu meinem Timing. Genau das hatte ich vermeiden wollen.

„Ich habe nichts bestellt", sagte er trocken. Seine Mundwinkel zuckten, was mir ein wenig die Anspannung nahm. Verlegen strich ich mir eine Haarsträhne hinters Ohr.

„Ja, ich wollte dir etwas geben. Als Dankeschön für deine Hilfe beim Umzug meines Vaters. Es ist schon lange überfällig."

Er schüttelte den Kopf. „Das ist wirklich nicht nötig. Ich habe dir doch gesagt, dass alles in Ordnung ist und ich es gern gemacht habe."

Plötzlich schämte ich mich für meine Geste. Aber er war auch wirklich undankbar! Ich reckte das Kinn. „Dann schmeiß es eben weg. Ich wollte dir einfach nur zeigen, dass ich es nicht als selbstverständlich gesehen habe."

„So war es nicht gemeint“, beschwichtigte er mich. „Ich freue mich sehr über das Geschenk. Vorausgesetzt, es ist keine Bombe oder so.“ Er lachte leise.

Ich grinste. „Nein!“

„Gut. Das musste ich fragen, nach unserem letzten Treffen und hinsichtlich der Tatsache, dass du es nur ablegen und dann wieder verschwinden wolltest.“

„Dazu sollte ich auch noch etwas sagen“, murmelte ich kleinlaut.

Liam nickte zur Wohnungstür. „Willst du mit reinkommen?“

„Wenn es dir gerade passt?“

„Klar, komme nur vom Fitnessstudio. Hab schon geduscht.“ Er kramte den Schlüssel aus seiner Jackentasche und ging an mir vorbei, um die Tür aufzuschließen. Bevor er es tat, bückte ich mich schnell und hob den Karton auf. Wir betraten die Wohnung.

„Kann ich dir was anbieten?“, fragte er, stellte die Tasche im Flur ab und zog die Jacke aus.

„Nein, danke.“ Ich setzte mich auf die Couch.

Trotzdem stellte er eine Flasche Wasser und zwei Gläser auf dem Tisch ab, ehe er sich neben mich setzte.

„Willst du deine Jacke nicht ausziehen?“, fragte er.

Ich legte das Geschenk zwischen uns und schlüpfte aus der Jacke.

„Darf ich es aufmachen?“, fragte er grinsend.

„Wenn du es nicht weiterhin als unnötig empfindest“, entgegnete ich.

Er verdrehte erneut die Augen und zog die Karte unter dem Band hervor. Während er sie las, saß ich stocksteif daneben und wartete.

„Du bist kein Mensch der vielen Worte", meinte Liam und hob die Karte in die Höhe. Darauf stand lediglich:

Für deine großzügige Hilfe beim Umzug. Vielen Dank dafür. Ich hoffe, sie gefällt dir.
Beverly

Ich zuckte die Achseln. Er machte sich daran, das Papier vom Karton zu ziehen und ihn zu öffnen. Als er die Polaroid-Kamera aus der Verpackung nahm, hielt ich angespannt die Luft an.

Liam musterte sie für einen kurzen Moment, dann lachte er. „Wo hast du die denn gefunden?"

„Bei einem Antiquitätenhändler."

„Die gilt schon als Antiquität?"

„Ich weiß nicht, aber sie hatten eine da. Mehrere sogar."

„Könnte zutreffen." Er hob sie sich vors Gesicht und wandte sich mir zu.

Schützend hielt ich die Hände vor mich. „Nein! Nicht mich!"

Liam ließ die Kamera sinken und begutachtete sie genauer. „Danke, Beverly. So eine habe ich noch nicht."

„Ich weiß, dass sie natürlich nicht mit den neuen Modellen zu vergleichen ist, aber ich finde es schön, dass man die Resultate sofort in den Händen halten kann. Diese Retrofotos besitzen einen gewissen Charme."

„Allerdings", stimmte er zu. Lächelnd sah er mir in die Augen. „Ich freue mich sehr, dass du heute gekommen bist. Es ist schön, dich zu sehen."

„Liam, ich habe die letzten Tage über meine Worte nachgedacht", murmelte ich leise.

„Bereust du sie?“

Ich atmete tief durch. „Nein. Das dachte ich zwischendurch, aber ich meinte jedes Wort so, wie ich es gesagt habe. Ich will mich nur ein wenig korrigieren. Ich liebe dich natürlich so wie du bist und mache das nicht von deinen Entscheidungen abhängig. Ich stehe hinter dir, egal was du tust. Trotzdem würde ich den Liam bevorzugen, der sein Leben lebt und glücklich ist. Für dich selbst und niemanden sonst.“

Prüfend sah er mich an. Dann seufzte er. „Ich muss mich bei dir entschuldigen. Für meine Reaktion. Das war nicht richtig. Ich bin nur noch nie damit konfrontiert worden und genau wie du in Richmond, wollte ich das natürlich nicht hören.“

„Wir sind hoffnungslose Fälle“, bemerkte ich und lächelte zerknirscht.

„Würde ich so nicht sagen“, widersprach er. „Du hast meinen Rat letztlich angenommen.“

Ich legte den Kopf schief. „Du hast recht.“

„Wie immer.“ Er zwinkerte mir zu. Dann stellte er den Karton auf den Wohnzimmertisch und rückte zu mir auf. Allerdings nicht, um mich in den Arm zu nehmen oder gar zu küssen, sondern um ein Foto von uns zu schießen. Er hob die Polaroid-Kamera in die Höhe und zog mich an sich.

„Liam ...“, protestierte ich, aber er schüttelte den Kopf. „Stell dich nicht so an. Komm schon.“

Ich gab mich geschlagen, lehnte mich an Liams Schulter und lächelte so ungezwungen wie möglich in Richtung der Linse.

„Hoffentlich wird das was und ich hab nicht nur unsere abgeschnittenen Köpfe drauf“, sagte er lachend. „Bist du bereit?“

„Ja.“

Er drückte ab. Ein gleißender Blitz erfasste unsere Gesichter und nur Sekunden später spuckte das Gerät ein weißes kleines Rechteck aus. Liam zog es aus der Öffnung und schüttelte es. Dann legte er es auf den Tisch.

„Jetzt müssen wir warten“, sagte er und wandte sich an mich. „Danke für das Geschenk. Und deine Worte. Aber auch du hattest recht. Du hast mich zum Nachdenken gebracht. Und das will was heißen. Es gibt etwas, das ich dir sagen muss.“

O je. Panik erfasste mich.

„Vor zwei Tagen hat Chris mich angerufen. Er meinte, dass er mir eine Praktikantenstelle bei der Firma an Land ziehen könnte, die normalerweise die Fotos für das Magazin schießt. Der zuständige Fotograf, den ich damals vertreten habe, fand meine Fotos sehr gut“, berichtete er.

„Oh ...“ Mehr brachte ich nicht über die Lippen.

„Das bedeutet, dass ich nach New York ziehen könnte.“

„Und was hast du gesagt?“, fragte ich.

„Noch nichts. Er meinte, ich solle es mir gut überlegen. Ich müsste das letzte Semester dann auf einem College in New York absolvieren. Ich habe keine Ahnung, ob ein Wechsel so einfach funktioniert. Nebenbei könnte ich dann bei dieser Firma arbeiten. Eine Festanstellung nach meinem Abschluss wäre sehr wahrscheinlich.“

Ich blinzelte. Bevor ich zu Wort kam, sagte er: „Aber ich werde es nicht tun, Beverly. Erstens will ich nicht weg von hier ... von dir. Und zweitens würden meine Eltern es nicht verstehen. Das wäre ziemlich viel auf einmal für sie."

„Tu es." Die Worte kamen aus meinem Mund, ehe ich mir Gedanken darüber gemacht hatte.

„Beverly, das ist nicht so einfach."

„Das hast du schon einmal gesagt. Aber es wird klappen. Möchtest du es denn tun?"

Er fuhr sich mit der Hand über das Gesicht und rieb sich müde die Augen. „Natürlich. Dieser Job wäre mein Traum. New York wäre mein Traum." Er sah mich traurig an und nahm meine Hand. „Aber es gibt auch genug Gründe, um hierzubleiben."

„Mach mich zu keinem davon", verlangte ich mit fester Stimme. „Es ist das Richtige. Und auch deine Eltern werden das irgendwann verstehen. Wer weiß, ob sie deinen bisherigen Weg genauso wollten wie du. Du hast ihn dir auferlegt. Sie fanden es wahrscheinlich gut, aber verlangt haben sie es nicht. Rede in Ruhe mit ihnen. Aber hör zuerst auf dein Herz."

Er lächelte matt und sah mir in die Augen. „Das sitzt neben mir."

Mein Blick verschwamm. Seine wenigen Worte berührten mich so sehr, dass ich die Tränen nicht aufhalten konnte. Doch heute störte es mich nicht, dass ich sie für ihn weinte. Ungehindert liefen sie über meine Wangen. Vorsichtig wischte er jede einzelne mit den Fingern weg. „Nicht weinen", flüsterte er. Mit zusammengezogenen Brauen sah er mich an. Dieser Blick, den ich so sehr liebte. Ich dachte an unsere erste Begegnung.

Ich konnte ihn nun so viel besser verstehen. Alle seine Reaktionen, alle kühlen, abweisenden Handlungen und Worte. Und alle liebevollen, einfühlsamen.

„Ich liebe dich, Liam."

„Und ich liebe dich, Beverly."

20. KAPITEL

„Das Foto ist schrecklich geworden“, maulte ich, als ich es betrachtete. Nur mit Slip und Liams Hoodie bekleidet saß ich im Schneidersitz auf der Couch.

Liam legte die bestellte Pizza auf dem Couchtisch ab. „Quatsch.“

„*Du* siehst gut aus“, beschwerte ich mich weiter.

„Und du nicht?“

„Nein. Natürlich nicht!“

Er ließ sich neben mir auf das Sofa fallen, legte einen Arm um mich und gab mir einen Kuss auf die Nasenspitze. „Ich wünschte, du würdest dich so sehen, wie ich es tue.“

Ich kuschelte mich an seinen nackten, warmen Oberkörper. Herrlich! Mr Perfect.

Liam küsste mich auf das Haar, dann nahm er mir das Foto aus der Hand. „Unser erstes gemeinsames Foto. Ich finde, wir sind ein schönes Paar.“

Seine Worte jagten mir eine Gänsehaut über den Rücken. „Ein Paar ...“

„Sind wir keins? Ich dachte, dass du mir das heute mitteilen wolltest?“

„Wir schlafen zumindest miteinander“, murmelte ich, während mir das Blut in die Wangen schoss.

Er lachte. „Dann müssen wir auf jeden Fall ein Paar sein.“

„Es ist so seltsam. Nach allem, was uns Steine in den Weg gelegt hat.“

„Tja ... na ja, du warst mir eben von Anfang an verfallen“, feixte er.

„Stimmt“, gab ich peinlich berührt zu.

„Also, Beverly. Dann ganz offiziell: Möchtest du meine feste Freundin sein?“

Ich konnte hören, wie er bei diesen Worten grinste. Trotzdem stoben etliche Schmetterlinge durch meine Eingeweide und lösten in jeder Faser meines Körpers einen Rausch an Glücksgefühlen aus. Liam und ich. Ich und Liam. Ganz offiziell. Am liebsten wäre ich aufgesprungen, um völlig aufgekratzt durch das Zimmer zu tanzen. Breit lächelnd unterdrückte ich diesen Impuls.

„Ja? Nein? Vielleicht?“, hakte Liam nach.

„Ja.“ Würde dieses Lächeln je wieder aus meinem Gesicht verschwinden?

„Freut mich sehr“, flüsterte er in mein Haar. Nach einer Weile schob er mich sanft von seiner Brust. „Pizza?“

Die hatte ich völlig vergessen. Dankend nahm ich das Stück entgegen, das er mir reichte. Ich hatte einen Bärenhunger. Beim Anblick der Pizza fiel mir etwas ein.

„Mein Vater würde dich gern wiedersehen“, erzählte ich ihm kauend.

„Ich ihn auch“, entgegnete Liam.

Meine Augen verengten sich zu Schlitzen. „Also wirklich! Ihr seid keine Kumpels. Was ist nur los mit euch?“

„Freu dich doch, dass ich mich mit meinem zukünftigen Schwiegervater so gut verstehe!“ Er sagte es so schlicht, geradezu beiläufig. Dabei ging die Bedeutung viel tiefer. Mein Kopf fuhr Karussell. Schwiegervater!

Was für ein schöner Gedanke. Dann würde ich auch irgendwann Liams Eltern kennenlernen ... Sicher hatten sie Madison geliebt. Bevor ich schlechte Laune bekam, wechselte ich das Thema. „Sollen wir uns einen Film ansehen?“

„Klar. Willst du einen aussuchen?“

Ich nickte. „Auf jeden Fall eine Romanze.“

Am nächsten Morgen brach ich auf, um ins Wohnheim zurückzukehren. Liam und ich hatten das Gespräch über New York vertagt, aber mein Entschluss stand fest. Ich würde ihn darin bestärken, das Praktikum anzunehmen. Es war eine wirklich gute Chance für ihn. In jedem Bereich.

Holly war nicht da, als ich unser Zimmer betrat. Aber ich war auch zu spät zur ersten Vorlesung zurückgekommen. Da es keinen Sinn hatte, sich nun noch zu beeilen, packte ich in aller Ruhe meine Tasche für den restlichen Collegetag. Dabei fiel mein Blick auf ein Foto von meinem Vater und mir, das eingerahmt auf der Kommode stand. Mit einem breiten Lächeln hatte er den Arm um mich gelegt, das karierte Hemd steckte im Bund seiner Jeans. Ein seltsames Gefühl der Wehmut erfasste mich bei diesem Anblick. *Dad ...*

Das Gefühl der Leere, das mich nach unserem letzten Telefon heimgesucht hatte, überfiel mich erneut. Ich griff zum Handy und wählte seine neue Festnetznummer. Nur Sekunden später nahm er ab. „Williams.“

„Hi, Dad.“

„Bevi“, sagte er erfreut. „Wie schön, dass du anrufst. Wie geht’s dir?“

„Störe ich? Musst du gleich zur Arbeit?“

„Nein, ich habe noch eine halbe Stunde. Ist alles in Ordnung?"

„Ja." Meine Stimme hörte sich seltsam dumpf an. „Ich wollte dir nur sagen, dass es mir leidtut. Wie ich in Richmond zu dir war. Am Tag des Umzugs."

Stille trat ein. Mein Vater schien verwirrt. „Wie warst du denn?"

„Na ja ... so bestimmend. Als du Frühstück zubereitet hast. Und auch davor ... ich wollte dich nie ..." Ich brach ab.

„Bevi, es ist alles gut", beruhigte mich mein Vater sanft.

„Ich hab mir solche Sorgen gemacht wegen meines Umzugs nach Washington und wie du danach allein klarkommen wirst. Ich habe dir nie gesagt, wie stolz ich auf dich bin und wie sehr ich mich freue, dass du jetzt zum Bowlen gehst. Und ich würde sehr gern mit dir zu diesem neuen Italiener mit Steinofen gehen. Vielleicht sogar zusammen mit Liam und Karen, wenn du das möchtest. Oder nur wir beide." Ich setzte mich aufs Bett und atmete tief durch. „Ich wollte immer alles richtig machen. Jetzt bin ich mir nicht mehr sicher, ob ich auch so gehandelt habe. Was, wenn ich all die Jahre alles falsch gemacht habe?" Auf einmal war ich ungeheuer erleichtert, dass ich ihm das gesagt hatte.

Mein Vater sog die Luft ein. „Beverly. Ich bin derjenige, der sich bei dir entschuldigen muss. Für alles, was ich dir viel zu früh und viel zu lange an Verantwortung zugemutet habe. Wenn hier jemand stolz ist, dann bin ich das."

„Aber es scheint dir doch besser zu gehen ohne mich. Du kannst richtig aufblühen", entgegnete ich. „Das finde ich gut“, fügte ich schnell hinzu. „Bitte versteh mich nicht falsch, ich hinterfrage nur mich selbst. Ich war im Unrecht ...“

„Ach, mein Kind. Wie kannst du nur so etwas denken? Es war einfach an der Zeit, dass ich wieder Verantwortung übernehme. Daran hast du mich nie gehindert, das hätte ich jederzeit und vor allem viel früher umsetzen sollen. Und müssen. Unabhängig davon, wo du bist. Ich möchte von dir niemals wieder eine Entschuldigung hören. Zumindest was dieses Thema betrifft.“

Als ich nichts erwiderte, sagte er: „Dich als Tochter zu haben ist das größte Glück. Du kannst kaum erahnen, was du mir bedeutest.“

Mein Blick verschwamm. Hastig blinzelte ich die Tränen weg. „Danke.“

„Und bring Liam gern mit zum Pizza essen. Ich bin froh, dass du so gute Freunde hast.“

„Oh, also ... “, stammelte ich. Mir fiel jetzt erst auf, dass Dad noch gar nicht wusste, dass Liam und ich zusammen waren. „Liam und ich, wir sind ... ein Paar.“

„Ach.“ Mehr brachte mein Vater nicht heraus. Ich wartete geduldig auf eine weitere Reaktion.

„Na, das freut mich“, sagte er nach einer Weile. „Jetzt musst du ihn auf jeden Fall mitbringen.“

Ich lächelte. „Das mache ich.“

„So, ich muss dann langsam los, Bevi.“

„Ich auch. Hab einen schönen Tag, Dad.“

„Wir telefonieren bald wieder.“

Ich packte das Handy in meine Tasche und ließ das Telefonat noch einmal Revue passieren. Es war, als wäre mir ein Stein vom Herzen gefallen, von dem ich nur unterschwellig geahnt hatte, dass er überhaupt da war. Dieses Gespräch zwischen uns war längst überfällig gewesen. Erleichtert ließ ich die Luft aus meiner Lunge entweichen. Wenn ich nun das Foto von uns ansah, hatte ich keine Schuldgefühle mehr im Hinterkopf.

Ich nahm die Tasche und verließ das Wohnheim zur zweiten Vorlesung. Kaum dort angekommen, erreichte mich eine Nachricht von Liam:

Liam: *Vermisse dich. Hab einen schönen Tag. Ich liebe dich.*

Mit einem breiten Grinsen antwortete ich ihm:

Beverly: *Ich dich auch. Er wäre schöner, wenn wir uns später sehen würden. Ich liebe dich auch. x.*

Liam: *Treffe mich heute Abend leider mit Sean. Wie wäre es mit einem klassischen Date am Freitagabend? Kino?*

Kino mit Liam. Das wäre herrlich.

Beverly: *Gern. Das hört sich gut an. Ich freue mich.*

Zu Farb- und Materialkunde am Dienstag ging ich gut gelaunt wie nie. War dieser Kurs schon immer so schön gewesen? Völlig in Gedanken versunken schaute ich zu, wie Professor Rink verschiedene Stoffe zeigte und dabei ihre jeweiligen Eigenschaften beschrieb. Am Freitag würde ich Liam wiedersehen. Holly machte sich eifrig Notizen, während ich mit nichts weiter als meinem Glück beschäftigt war.

Erst mein vibrierendes Handy schaffte es, mich wieder zurück in die Realität zu holen. Voller Vorfreude auf eine neue Nachricht von Liam sah ich auf das Display. Sie war aber nicht von Liam. Sie war von Ryan.

***Ryan**: Hi, wie geht es dir? Haben uns leider schon lange nicht mehr gesehen. Hättest du am Wochenende Zeit? Wir könnten was essen gehen?*

Oh. Er wusste es nicht. Schuldbewusst biss ich mir auf die Unterlippe. Hatte Madison nichts gesagt? Mir fiel wieder ein, wie ich ihn nach dem Kino damals angeherrscht hatte, dass Madison mit der Eifersucht auf mich völlig falsch liegen würde. Toll. Auch wenn zwischen Ryan und mir nie etwas gelaufen war, überkam mich das schlechte Gewissen. Ich hatte ihn belogen. Das hatte er nicht verdient.

Nach der Vorlesung tippte ich eine Nachricht an Ryan, da ich es nicht länger vor mir herschieben wollte.

***Beverly**: Hi, mir geht es sehr gut. Danke. Ich hoffe dir auch. Das ist wirklich nett, aber wir sollten uns nicht noch einmal treffen. Es tut mir leid.*

Weil ich Liam gegenüber nichts verheimlichen wollte und er nun mein Freund war, gab ich mit meiner nächsten Nachricht auch ihm Bescheid:

***Beverly**: Nur zur Info: Ryan hat mich um ein Date gebeten. Ich habe abgesagt. Ich denke, er weiß dann bald über uns Bescheid.*

Liams Antwort kam zuerst:

Liam: *Gut. Wir hätten ihn ja mit ins Kino nehmen können. Das war beim letzten Mal doch ganz lustig ;-)*

Ich verdrehte die Augen. Sehr witzig.

Ryan: *Okay. Wie du meinst. Darf ich den Grund erfahren?*

Oh. Na ja, er würde es ohnehin bald mitbekommen. Der Campus war das reinste Dorf.

Beverly: *Liam und ich sind zusammen.*

Ich überlegte, ob ich dem noch etwas hinzufügen sollte, schickte die Nachricht dann aber so ab.
Es kam keine Antwort mehr.

„Die halten mich sicher alle für eine Schlampe", murmelte ich, als Liam und ich uns am Freitagabend an der Kinokasse anstellten. An seiner Seite fühlte ich mich merkwürdig beobachtet.
Mein Eindruck, dass wirklich jeder, sogar der Kinoangestellte, mich abwertend anstarrte, ließ mich einfach nicht los. Da Ryan sich nicht mehr bei mir gemeldet hatte, ging ich davon aus, dass er meine letzte Nachricht nicht gut aufgenommen hatte.
Liam schüttelte den Kopf. „Quatsch. Keiner denkt das."
„Madison und ihre Freundinnen bestimmt."

Liam kaufte die Karten, dann wandte er sich an mich. „Spielt es eine Rolle, was sie denken? Wir sind wichtig. Sonst niemand."

Ich senkte den Blick. „Und Ryan denkt das sicher auch."

„Tut er nicht. Zwischen euch lief doch nichts."

„Er war trotzdem immer nett zu mir und bemüht. Ich habe ihn angelogen, als ich meine Gefühle für dich abgestritten habe."

„Das ging ihn ja auch nichts an, oder?" Liam wirkte, als würde ihn das alles völlig kalt lassen. Ich stapfte an ihm vorbei und zu unserem Kinosaal. Er hielt mich am Arm fest. „Hey, wieso machst du dir so viele Gedanken über ihn?"

Ich drehte mich zu ihm um. „Nicht nur über ihn. Es ist nur so, dass mir jetzt, wo wir uns zusammen in der Öffentlichkeit bewegen, bewusstwird, dass wir einige Menschen vor den Kopf gestoßen haben."

„Erst jetzt?" Liam hob die Brauen. Mein bedrücktes Schweigen schien ihn milder zu stimmen. Etwas sanfter fügte er hinzu: „Ich kann verstehen, wie du dich fühlst. Aber es ist unnötig. Es ändert nichts an der Situation, wenn du Trübsal bläst."

„Dann sind dir alle völlig egal?", blaffte ich ihn an. Ich konnte mir selbst nicht erklären, wieso ich mich auf einmal so darüber ärgerte. Vielleicht weil er so viel besser darin war, diese Umstände auszublenden. Liam wich meinem Blick aus.

„Was?", hakte ich nach.

„Sind sie nicht. Ist *sie* nicht", gestand er.

Madison.

Sofort schrillten in mir sämtliche Alarmglocken. Kopfschüttelnd ergänzte er: „Nicht so, wie du denkst. Madison war lange an meiner Seite. Zu sagen, dass es mich nicht stört, dass sie im Moment leidet, wäre gelogen. Aber es wird vorbeigehen. Sie wird einen anderen kennenlernen. Und Ryan eine andere Frau. So ist das Leben. Wir sind auf dem College. Solche Dinge passieren ständig."

Ich schlang meine Arme um seine Mitte und legte den Kopf auf seiner Brust ab. „Entschuldige. Ich weiß auch nicht, was plötzlich mit mir los ist."

Ich spürte seine Lippen auf meinem Scheitel. „Komm, lass uns Popcorn kaufen."

21. KAPITEL

Nach einem wunderschönen Wochenende mit Liam kam ich am Montag viel zu früh wieder im Alltag an. Zusammen mit Holly verließ ich das Wohnheim für die anstehenden Kurse.

Vor Psychologie ging ich noch einmal meine letzten Notizen durch, bevor Professor Dodgerson die Vorlesung und damit die Woche mit neuem Stoff eröffnete. Ich nahm mir fest vor, ab jetzt wieder mehr zu lernen und mir auch am Wochenende ein paar Stunden dafür zu nehmen.

Als ich nach dem Kurs den Saal verließ, kam Ryan zusammen mit zwei Kommilitonen den Gang entlang auf mich zugelaufen. Zuerst war ich mir sicher, dass er mich zwischen den anderen Studenten meines Kurses nicht gesehen hatte, doch dann blieb sein Blick an mir hängen. Ehe ich wirklich wusste, was ich tat, rief ich: „Ryan, warte bitte!"

Er blieb stehen, ebenso wie die beiden anderen. Mit ausdrucksloser Miene sah er zu, wie ich mich zu ihm durchkämpfte.

„Können wir reden? Ganz kurz?", fragte ich, als ich ihn erreichte.

„Wieso?"

Ich seufzte. „Bitte?"

„Na gut." Er nickte seinen Begleitern zu, die das Gebäude sodann ohne ihn verließen. Der Gang leerte sich.

Ryan sah mir in die Augen. Ich holte tief Luft. „Es tut mir wirklich leid, wie das gelaufen ist."

„Muss es nicht."

„Doch. Ich habe dich angelogen. Wegen Liam."

„Es ist in Ordnung, Beverly", sagte er. „Hab mir schon gedacht, dass du etwas für ihn empfindest."

Ich entgegnete nichts.

„Dann geht's dir gut?", fragte er.

Ich nickte. „Ja, sehr."

Ryan lächelte. „Ich wünsche euch alles Gute."

„Danke", sagte ich erleichtert. „Ich hoffe, dir geht's auch gut."

„Tut es." Er schob den Gurt des Rucksacks auf seiner Schulter zurecht. „Also, ich muss dann mal los. Bis dann, Beverly."

„Bis dann."

Ich sah zu, wie Ryan den Gang durchquerte und schließlich aus der Tür trat.

Am Abend holten Holly und ich uns Salatboxen aus der Cafeteria. Liam spielte Basketball in der Sporthalle, bemerkte mich aber nicht, als ich mich noch kurz an das Sichtfenster stellte, um ihn zu beobachten.

„Wir können auch hier essen", schlug Holly vor, die meinem Blick gefolgt war.

Ich schüttelte den Kopf. „Nein, schon gut. Ich muss unbedingt noch lernen."

Holly zuckte die Achseln und schob sich eine Traube in den Mund. „Wie du meinst." Dann setzte sie ein breites Grinsen auf. „Du musst seinen Körper ja zwischenzeitlich nicht mehr von Weitem anschmachten."

Mit erhitzten Wangen wandte ich mich vom Basketballspiel ab.

„Wie geht es deinem Vater?", fragte Holly, als wir die Cafeteria verließen.

„Gut. Wirklich gut", sagte ich.

Sie lächelte. „Das freut mich. Ich hab mir überlegt, dass du ihm einen Hund oder eine Katze empfehlen könntest. Meine Großtante hat eine alte Dogge. Betty. Sie ist fast taub und schnarcht, legt sich abends aber immer zu ihr aufs Sofa. Meiner Großtante gefällt das."

Ich lachte. „Danke, das werde ich ihm ausrichten. Wie läuft es denn bei dir und Dave?"

Binnen Sekunden färbten sich Hollys Wangen scharlachrot. „Ähm, gut."

„Gut. Und weiter?"

„Er ist wirklich nett. Wir wollen uns nächste Woche wieder treffen", sagte sie.

„Das ist toll." Ich grinste. „Lustig, dass du dich gerade in den Kerl verliebst, den du an unserem ersten Abend hier getroffen hast."

„Was für eine Ironie, oder?" Holly warf mir einen kurzen Blick zu. Sie wirkte verlegen, stritt meinen Kommentar aber nicht ab. „Mal sehen, wo es hinführt. Bis jetzt mag ich ihn sehr."

„Hört sich wirklich nach einer ernsteren Sache an", meinte ich.

„Ja. Das hatte ich so nicht geplant."

„So was lässt sich auch nicht planen. Es überrollt dich unaufgefordert wie ein Sattelschlepper."

„Stimmt." Holly kicherte.

„Vielleicht kann ich ihn in nüchternem Zustand besser kennenlernen." Die Erinnerung an unsere erste College-Party und Daves Zunge an Hollys Ohr war mir noch in genauer Erinnerung geblieben.

„Sicher. Dir stelle ich ihn zuerst vor, wenn es offiziell ist", versprach Holly.

„Das will ich hoffen."

Nach wenigen Minuten erreichten wir das Wohnheim. Während wir unsere Salate aßen, machten wir uns nebenbei über unsere Mitschriften, Unterlagen und Bücher her. Für Englisch musste ich ein Paper beenden und für Psychologie die verschiedenen menschlichen Emotionen in einem Diagramm kategorisieren. Und auch für Geschichte der Mode hatte ich noch einiges zu recherchieren. Alles in allem war ich für die restlichen Abende damit ziemlich ausgebucht, doch eine Nachricht von Liam warf meine Planung durcheinander:

***Liam**: Hey, können wir reden? Ich könnte in zehn Minuten bei dir sein.*

Ich sah zu Holly hinüber, die an ihrem Schreibtisch sitzend und über ein Buch gebeugt etwas in ein Heft notierte.

„Holly?", fragte ich so freundlich wie möglich.

„Ja?", brummte sie. Konzentriert blätterte sie eine Seite um. Der Kugelschreiber flog über das Blatt.

„Könnte ich in zehn Minuten das Zimmer haben?"

Sofort hielt sie in ihren Bewegungen inne. „Das Zimmer?"

„Ja. Ich kann natürlich auch mit Liam spazieren gehen, aber es ist wirklich kalt heute und ich weiß nicht ..."

Sie drehte sich zu mir um. „Nein, schon gut. Ich kann zu Charly gehen und dort weiterlernen. Oder in die Bibliothek."

Ich seufzte erleichtert. „Danke. Du hast danach was gut bei mir."

„Kein Problem." Elegant sprang sie auf und packte ihre Unterlagen zusammen.

Ich antwortete Liam und sagte ihm zu, dass er vorbeikommen konnte. Als Holly alles in ihre Tasche stopfte, tat es mir leid, dass sie meinetwegen erneut das Zimmer räumen musste.

„Du hast zwei Dinge gut bei mir. Tut mir wirklich leid", sagte ich, ehe sie aus der Tür trat.

„Merke ich mir. Bis dann." Lächelnd winkte sie mir zu.

Nur wenige Minuten später klopfte es und Liam betrat den Raum. Mit einem Lächeln kam er zu mir an den Schreibtisch und warf einen Blick auf die ausgebreiteten Papiere. „Du lernst fleißig?"

„Ja." Ich unterdrückte ein Gähnen. „Am Wochenende kam ich zu nichts."

„Oh, tatsächlich?"

„Ja. So ein Typ hat mich die ganze Zeit abgelenkt."

„Soso. Erzähl mir von diesem Typen. Was habt ihr getrieben?" Er zog mich vom Stuhl hoch, sodass ich in seine Armen sinken konnte. Warm und stark umarmten sie mich. Tief atmete ich seinen Duft ein. Frisch geduscht. Hmmm ...

„Er riecht sehr lecker, sieht unglaublich gut aus und ist echt talentiert."

„Talentiert?", hakte er nach. „Worin genau?" Sein Grinsen war bei diesen Worten nicht zu überhören.

„Ich hab dich Basketball spielen sehen. Allerdings nur kurz", erzählte ich.

„Also habe ich dich heute schon wieder abgelenkt?"

„Nein, wir sind nicht in der Cafeteria geblieben."

„Schade. Ein Fan, der mich anfeuert, wäre nicht schlecht gewesen", meinte er.

Ich hob den Kopf, um in sein Gesicht sehen zu können. „Du hast sicher nicht nur einen Fan."

„Stimmt, normalerweise schaut mir eine ganze Wagenladung an Frauen zu."

Ich wusste, dass er mich nur aufzog, trotzdem verursachten seine Worte einen eifersüchtigen Stich in meiner Brust. Ich zog einen übertriebenen Schmollmund und schlang die Arme um seinen Hals. „Der Liam-Sumner-Fanclub."

Er lachte. „Das würde mir gefallen."

Dann fiel mir wieder ein, warum er gekommen war und dass es wichtig sein musste.

„Du wolltest etwas mit mir besprechen?", fragte ich ernst. Liam machte sich sanft von mir los, setzte sich aufs Bett und klopfte neben sich auf die Decke. Ich nahm ebenfalls Platz.

„Beverly", begann er. Nervös legte ich meine Hand auf seinen Oberschenkel. Dann fuhr er fort: „Ich werde das Angebot in New York annehmen. Ich habe mit einem College dort telefoniert und kann meine Bewerbungsunterlagen schicken. Es wird zwar nicht so einfach, aber sollte das alles klappen, werde ich zum letzten Semester umziehen."

Sofort krabbelte ich auf seinen Schoß und schlang die Arme erneut um seinen Hals. Bis zum Semesterende waren es nur noch wenige Wochen. Damit er nicht sehen konnte, wie traurig ich um meinetwillen war, drückte ich mein Gesicht an seine Schulter.

Jetzt ging es nur um ihn. Und ich könnte nicht stolzer und glücklicher sein.

„Ich freue mich so sehr für dich, Liam. Von ganzem Herzen."

Er erwiderte meine Umarmung. „Danke."

Wir verfielen in Schweigen, genossen lediglich unsere Berührungen. Ich hob und senkte mich, an seinen Brustkorb angelehnt, im Takt seiner Atmung. Langsam wurde ich mir der Konsequenzen seiner Entscheidung bewusst. Aus Angst vor seiner Antwort traute ich mich nicht, ihn zu fragen, was das für uns nun bedeutete.

„Egal wo ich bin, du bist die Frau, mit der ich zusammen sein will", flüsterte er in mein Ohr, als hätte er meine Gedanken gelesen.

„Und du der Mann, den ich liebe."

„Die Entfernung spielt keine Rolle."

Ich lehnte mich zurück, damit wir uns ansehen konnten. „Und ich werde warten und dir hoffentlich bald folgen können. Bis dahin will ich, dass du zu dir selbst zurückfindest."

Er runzelte die Stirn.

„Ich will, dass du endlich einmal wieder ohne Verpflichtungen lebst. Verstehst du?"

„Du hältst dich selbst für eine Verpflichtung?", fragte er.

„Nicht direkt, aber eine Beziehung bedeutet Arbeit und ja ... doch auch Verpflichtungen. Ich habe meine

Meinung nicht geändert und dir bereits gesagt, wie ich die Sache sehe. Ich liebe dich. Das werde ich immer tun, das weiß ich. Und deswegen werden wir uns als Paar in New York wiederfinden."

„Dann werde ich auf dich warten." Liam lächelte. Liebevoll strich er mir eine Haarsträhne hinters Ohr und küsste meine Nasenspitze.

„Und dein Vater? Richmond?"

Darüber hatte ich schon ausgiebig nachgedacht. „Er kommt ohne mich klar." Ich schaffte ein kleines Lächeln.

„Auf einmal?" Liam legte den Kopf schief, erwiderte mein Lächeln aber.

Ich berichtete ihm von dem letzten Telefonat mit meinem Vater.

„Beverly", ermahnte Liam mich streng, nachdem ich geendet hatte. „Das ist Quatsch. Du hast alles richtig gemacht. Dein Vater hat in den letzten Monaten einfach gemerkt, dass sein Leben auch ohne Tochter normal weitergeht und sich eine Beschäftigung gesucht. Er war glücklich, als du bei ihm warst und er hat es geschafft, auch jetzt wieder glücklich zu werden. Das ist alles."

„Ja, das weiß ich jetzt auch." Ich wünschte, Liam würde sein Talent, alles nüchtern und gelassen zu betrachten, auch auf seine eigene Situation anwenden können.

Er küsste mich auf die geschürzte Unterlippe. „Und was bedrückt dich dann noch?"

Ich seufzte. „Nur die Tatsache, dass du mir fehlen wirst."

Liam nickte. „Du mir auch."

Ich legte meine Stirn an seine und begann, mit den Fingern sein dunkles Haar zu zwirbeln.

„Wo ist deine Mitbewohnerin?“, fragte er leise.

„Sie ist zu Charly, glaube ich. Oder in die Bibliothek.“

„Nett von ihr.“

„Ja. Ich habe schon ein schlechtes Gewissen“, gestand ich kleinlaut.

„Vielleicht kannst du dich ja irgendwann revanchieren.“ Liam lächelte, dann schob er mich sanft von seinem Schoß. „Ich verschwinde jetzt wieder.“

„Jetzt schon?“, fragte ich enttäuscht.

„Ja. Ich sollte dich nicht länger vom Lernen abhalten. Schließlich bin ich nicht wie dieser unmögliche Typ, der dich übers Wochenende abgelenkt hat. Dieser talentierte und gut aussehende Gott.“

„Gott? Ich glaube nicht, dass ich dieses Wort gebraucht habe“, sagte ich und tat, als würde ich darüber nachdenken. Liam lachte.

„Doch, ich bin mir ziemlich sicher.“

22. KAPITEL

Die wenigen Wochen bis zum Semesterende vergingen rasend schnell. Zusammen mit Liam schwebte ich auf meiner eigenen Wolke. Abgehoben von der Realität, wo ich seinen Umzug nach New York noch ein wenig verdrängen konnte. Im Moment existierten nur Glück und Liebe. Wir verbrachten die meiste Zeit in Liams Wohnung, wo wir ungestört sein konnten. An Weihnachten fuhr ich ohne Liam nach Richmond, da er die Feiertage bei seinen Eltern verbringen wollte. Trotz allem schafften wir es, unsere Kurse nicht zu vernachlässigen. Und auch nicht unsere Freunde. Zusammen mit Holly, Dave, Charly und Shane besuchten wir das Kino oder das Diner.

Zu Beginn unserer Beziehung hatte ich immer wieder darauf geachtet, nirgendwo Madison oder ihren engsten Freundinnen zu begegnen. Immer wenn ich sie von Weitem sah, wechselte ich schnell die Richtung oder nahm Umwege. Sie meldete sich nicht bei Liam und auch mich sprach sie kein einziges Mal mehr an.

Liam regelte seine Bewerbung und den Wechsel zu einem New Yorker College. Seine Eltern waren wenig begeistert, aber Liam wirkte zuversichtlich.

Das Einzige, das meine glückselige Stimmung wirklich beeinflussen konnte, war die Tatsache, dass ich noch sieben Semester in Washington absolvieren musste, ehe ich zu Liam nach New York ziehen konnte.

Ein Wechsel kam für mich aktuell nicht in Frage und ich wollte Liam die Zeit in New York für sich geben. Holly verstand meine Entscheidung nicht und konnte es auch nicht lassen, immer wieder nachzuhaken, wieso ich keine richtige Fernbeziehung einging oder gar ebenfalls wechselte.

„Ich denke, Liam tut das ganz gut so", erklärte ich ihr zum gefühlt hundertsten Mal. Holly sah mir zu, wie ich mir einen schwarzen Lidstrich über dem linken Auge zog.

„Was für ein Unsinn", echauffierte sie sich und stemmte die Hände in die Hüfte. Mit dem strengen Dutt auf ihrem Kopf und dem geblümten, bodenlangen Kleid sah sie aus wie ein Hausmütterchen.

„Liam will dich sicher bei sich haben. Jeder sieht doch, wie ihr zwei aneinander klebt."

„Wir bleiben ja auch in Kontakt."

„Dich soll mal ein Mensch verstehen, Lie. Das ist fahrlässig. Was, wenn er sich in New York in eine andere verguckt, weil du ihn an der langen Leine lässt?"

Geduldig zeichnete ich auch über dem rechten Auge einen Lidstrich. „Dann wäre das eben so."

„Was?", Holly schüttelte den Kopf. „Entweder man trennt sich. Klar und deutlich. So wie ich mich damals von Derek getrennt habe. Oder man bleibt eben zusammen und führt eine Fernbeziehung. So einfach ist das. Das was ihr macht ist hirnrissig. Freunde mit gewissen Vorzügen?"

Ich seufzte und tuschte mir die Wimpern. „Nein. Wir sind ... das ist kompliziert."

Wie sollte ich ihr erklären, dass ich Liam das geben wollte, was er all die Jahre nicht gehabt hatte? Die Möglichkeit, nur für sich und seine Entscheidungen und seine Bedürfnisse zu leben. Wäre da noch ich, dann wäre es nicht dasselbe. Er musste für sich abschließen und neu beginnen können. Das musste niemand verstehen, solange wir es taten.

Obwohl Hollys Kritik an mir abprallte, saßen auch in meinen Gedanken immer noch Ängste und Zweifel. Was, wenn er tatsächlich eine andere Frau kennenlernte? Immer wieder beruhigte ich mich mit dem Leitsatz, dass ich dann doch nicht die Richtige für ihn wäre. Aber in der Realität wäre es natürlich um einiges schmerzhafter.

Ich legte das Mascara zurück in die Box und bürstete mein Haar. Ein letzter Blick in den Spiegel. Fertig.

„Kompliziert trifft es", bemerkte Holly.

Ich wandte mich zu ihr um und schenkte ihr ein aufmunterndes Lächeln. „Das wird schon. Manchmal muss man Vertrauen haben."

Sie hob skeptisch die Brauen. „In Männer?"

„In das Leben."

Die Zimmertür ging auf, ohne dass jemand zuvor klopfte. Liam trat ein.

„Ich könnte nackt sein!", erboste sich Holly lautstark, immer noch aufgebracht von unserem Gespräch. „Zähle ich denn hier gar nichts mehr?"

Liam warf mir einen überforderten Blick zu. Ich biss mir auf die Unterlippe und hob die Schultern. Holly wirkte ernsthaft gekränkt, also verkniff ich mir ein Lachen.

„Sorry, ich hätte natürlich weggesehen“, entschuldigte Liam sich. Er kam zu mir und gab mir einen Kuss auf die Lippen.

„Na, da wäre dir was entgangen“, zickte sie und drehte sich zum Fenster.

Bevor Liam etwas entgegnen konnte, schüttelte ich den Kopf und ging zu ihr. Behutsam legte ich ihr eine Hand auf die Schulter. „Es wird alles gut. Oder wärst du mich lieber los? Soll ich wegziehen?“

„Natürlich nicht. Ich weiß nur einfach, wie das endet. Und du wirst unglücklich sein.“

„Keiner weiß, wie das endet. Und ich hab ja dich. Du kannst mir dann immer wieder vorhalten, dass du mich ja gewarnt hast.“

Meine Worte entlockten ihr ein versöhnliches Lächeln. „Das werde ich ganz sicher tun.“

Völlig untypisch für mich, drückte ich ihr einen Kuss auf die Wange. „Danke, Holly. Dass du so eine liebe Freundin bist.“

Ohne Vorwarnung warf sie die Arme um meinen Hals und drückte mich an sich. Danach marschierte sie zu Liam und schockierte ihn, indem sie auch ihn umarmte. Eine Premiere.

„Mach's gut, Liam. Viel Spaß in New York. Und viel Erfolg.” Das war das erste Mal, dass mir der Gedanke kam, dass Holly Liam als einen Freund betrachtete. Dass sein frühzeitiges Verlassen des Colleges nicht nur ein Loch in mein Leben riss, sondern auch in unsere kleine Clique, die sich die letzten Wochen über gebildet hatte.

„Du bist so schweigsam“, bemerkte Liam.

Wir lehnten an der Motorhaube seines Audis, den er in der Nähe des Potomac River geparkt hatte. Über uns erstreckte sich der schwarze, von Sternen übersäte Nachthimmel, vor uns die funkelnde Stadt. Es war eine kalte Dezembernacht, trotzdem fror ich nicht. Wir tranken Glühwein aus Tassen und aßen Marshmallows.

„Da war eine!“, rief ich und deutete auf die Stelle, wo soeben eine Sternschnuppe erloschen war.

„Wünsch dir was“, befahl Liam todernst. „Schnell!“

Lass alles gut werden, dachte ich. *Bitte.*

„Und?“, fragte er.

„Darf ich nicht verraten, oder?“

„Keine Ahnung. Also, wieso bist du so schweigsam?“

Ich sah ihn an. „Na ja, abgesehen von der Tatsache, dass die Liebe meines Lebens Morgen nach New York zieht ...“

Er griff nach meiner Hand und führte sie an seine Lippen. „Wir schaffen das.“

„Ja, tun wir.“ Ich ließ die angehaltene Luft aus der Lunge. „Freust du dich?“

„Einerseits ja, andererseits nein“, antwortete er.

„Du solltest dich freuen. Das wird sicher super. Und in wenigen Jahren ...“

„... kommst du nach“, beendete er flüsternd meinen Satz.

Hoffentlich. Dies war unser letzter gemeinsamer Abend in Washington. Unterschwellig brodelte die Verlustangst in mir, aber bis jetzt hatte ich es geschafft, sie nicht ausbrechen zu lassen. Und das würde ich auch heute nicht. Damit würde ich es Liam nur unnötig schwer machen.

Eine weitere Sternschnuppe fegte über uns hinweg und verglühte nur den Bruchteil einer Sekunde später.

„Wünsch dir was", flüsterte ich dieses Mal.

Liam schwieg. Während mein eigener Wunsch erneut in meinem Kopf Form annahm, drückte er zärtlich meine Hand.

Nur wenige Minuten später kündigten die ersten Raketen ein spektakuläres Feuerwerk und ein neues Jahr an.

Wir hatten uns vorgenommen, unseren Abschied kurz und knapp zu halten. Liam spazierte mit mir bis zur Eingangstür des Mädchenwohnheims. Ich sah zu ihm hoch und blinzelte gegen die Tränen an, die nur darauf warteten, endlich überlaufen zu können. Lächelnd drückte er einen sanften Kuss auf meine Nasenspitze.

„Gute Nacht", flüsterte er.

„Gute Nacht."

„Schlaf gut und träum was Schönes, Beverly."

Lahm nickte ich. Mein Herz pochte laut und schmerzhaft. Dann zog er plötzlich seine Winter- und dann seine Kapuzenjacke darunter aus. Nur im T-Shirt schlüpfte er wieder in die Winterjacke und reichte mir die mit Kapuze. Automatisch griff ich nach dem warmen Stoff.

„Die solltest du wiederhaben", erklärte er.

Ich besah sie mir genauer. Es war die Jacke, die er mir damals überlassen und die ich dann Holly zur Weiterleitung gegeben hatte.

„Außerdem stehst du auf Hoodies", fügte Liam lächelnd hinzu.

„Ich stehe vor allem auf dich", entgegnete ich rau.

Ich wollte nicht, dass er jetzt ging. Nach all den Wochen, in denen ich gewusst hatte, dass dieser Moment kommen würde, fühlte ich mich immer noch nicht bereit.

„Und ich auf dich." Liebevoll küsste er meine Stirn, meinen Nasenrücken, meine Lippen.

„Ich liebe dich", hauchte ich zwischen zwei Küssen.

Er löste sich von mir. „Ich liebe dich auch."

Ich war ihm dankbar, dass er sich an unsere Vereinbarung hielt und einen Schritt zurücktrat. Dann noch einen.

Mit einem letzten „Gute Nacht, Beverly", wandte er sich ab und ging davon.

Ich sah ihm so lange hinterher, bis er vollständig aus meinem Blickfeld verschwunden war. Mein Gehirn versuchte zu verarbeiten, was mein Herz schon wusste. Voller Schmerz jagte es in Höchstgeschwindigkeit all die Gefühle durch meinen Körper, die nur Liam in mir auslösen konnte. Schließlich tat mein Kopf das übrige und schoss wunderschöne Erinnerungen an die letzte Zeit mit Liam hinterher, um meinen Verlust noch mal zu verdeutlichen.

Die Kapuzenjacke an mich gedrückt, ging ich die Stufen zum Wohnheim empor. Plötzlich fror ich, als hätte Liams Anwesenheit die Kälte die ganze Zeit über ferngehalten.

Da Holly bestimmt noch auf der Silvesterparty war, würde ich mich wenigstens in aller Ruhe sammeln können. Ich betrat das verlassene Zimmer und schaltete das Licht an.

Überrascht stellte ich fest, dass auf meinem Bett ein kleiner Karton stand. Bereits von der Tür aus konnte ich mir sicher sein, dass er von Liam war. Wie hatte er das nur angestellt?

Ich legte die Kapuzenjacke und meinen Mantel auf dem Schreibtischstuhl ab und besah mir den Karton genauer.

Darin befanden sich eine Vase, in der ein Strauß roter Rosen steckte, das erste Polaroid-Foto von uns beiden und ein nagelneues Exemplar von *Stephen Kings ES*.

Zwischen den Seiten lugte die Ecke einer Postkarte hervor. Lächelnd zog ich die Karte heraus. Darauf war ein Leuchtturm abgebildet. Ein Leuchtturm? Ich drehte sie um.

„Dein Haar ist Winterfeuer,
Glut im Januar.
Dort brennt auch mein Herz."
P.S.: Kleiner Spoiler: Ben bekommt Beverly.

Oh, Liam. Ich las das Zitat aus dem Roman noch einmal. Mein Herz schwoll an vor Liebe und Sehnsucht. Stumm rann eine einzelne Träne über meine Wange.

Diese wenigen Worte reichten aus, damit ich mir sicherer als je zuvor sein konnte, dass unsere Liebe das schaffen würde.

EPILOG

Dreieinhalb Jahre später

„Was soll das?", schnauzte ich Dave an, der mir die geöffnete Packung Cookies vom Schreibtisch klaute. Es war bereits die Zweite, die ihm zum Opfer fiel. „Die habe ich mir gekauft. Für meine Nerven."

Normalerweise war ich geduldiger und auch großzügiger. Heute, wie auch schon seit Tagen, lagen meine Nerven blank.

Achselzuckend wischte Dave sich die letzten Krümel von den Mundwinkeln. „Brauchst du nicht."

„Ach nein?"

„Nein. Du packst das. Deinen Nerven geht's gut."

„Schön, dass du sie besser kennst als ich", maulte ich, strich mir das Haar aus der Stirn und wandte mich wieder meinen Papierstapeln zu.

„In drei Wochen hast du es geschafft", schmatzte er.

Holly, in den Händen drei Pizzakartons, trat ins Zimmer. „Essen ist da!", rief sie und legte sie auf ihrem Bett ab. Dave ließ meine Cookies links liegen, warf sich neben die Pizzen und öffnete den obersten Deckel.

„Komm, Lie, wir machen eine Pause", schlug Holly vor und setzte sich neben ihren Freund.

„Ich komme", antwortete ich. Sofort zügelte ich meinen genervten Ton, denn die beiden konnten natürlich nichts für meine angespannte Stimmung.

„Wie kannst du überhaupt noch hungrig sein?", fragte ich Dave, der gelassen das erste Stück Pizza verschlang.

„Komm lieber her, bevor ich nichts mehr übrig lasse", sagte er.

In den letzten Jahren war Dave nicht nur ein guter Freund, sondern vielmehr sogar eine Art Ersatzbruder für mich geworden. Wir zogen uns zwar regelmäßig auf, würden aber auch alles für den anderen stehen und liegen lassen. Obwohl ich dies zu Beginn niemals erwartet hätte, hatte ich Holly nicht nur einmal befohlen, sich niemals von ihm zu trennen. Er hatte seit einem Jahr den College-Abschluss und arbeitete in D.C. bei einem Bauunternehmen, was es ihm ermöglichte, Holly oft zu sehen.

„Liiiiehi!", rief Dave mit hoher Stimme. Leider hatte er Hollys Spitznamen für mich übernommen. „Mach eine Pause, Kleine."

Ich legte den Stift ab und stand geschlagen auf. Wahrscheinlich hatten sie recht. Eine Pause und etwas zu Essen würden mir guttun.

Holly saß zufrieden kauend im Schneidersitz dicht neben Dave. „Wieso machst du dir so einen Stress? Du kannst alles."

„Streber", kommentierte Dave und griff nach dem nächsten Stück Pizza.

Ich setzte mich auf die andere Seite des Kartons. „Man macht nur einmal seinen Abschluss. Das ist wichtig."

„Wenn ich das geschafft habe, dann du ja wohl auch", meinte Dave. Tatsächlich beruhigte mich das. Ich nahm mir ein Stück Pizza. Er erhaschte das kurze Lächeln, das erleichtert über mein Gesicht gehuscht war.

Er lachte. „*Das* hat geholfen? Die Erinnerung daran, dass sogar ich die Prüfungen geschafft habe?"

Auch Holly musste lachen.

„Ja, das hat wirklich geholfen. Danke", gab ich grinsend zurück.

„Kleines Biest", zog er mich auf. Dann wandte er sich an seine Freundin. „Und wieso lachst du eigentlich?"

„Weil es sogar bei mir funktioniert hat", antwortete Holly, drückte ihm aber sofort einen Kuss auf die Wange.

„Ja, ich bin der Dumme", sagte Dave. Gespielt gekränkt zog er die Nase hoch und würdigte uns keines Blickes mehr.

„Nein, bist du nicht." Holly lehnte sich gegen seine Schulter. „Ich liebe dich so, wie du bist."

„Nämlich dumm", fügte ich hinzu, woraufhin Dave mir die Zunge rausstreckte. Als er etwas erwidern wollte, unterbrach ein Anruf unsere Plänkelei. Liams Klingelton.

Ich sprang auf und schnappte das Handy vom Schreibtisch. Sofort nahm ich den Anruf entgegen.

„Hi." Ein Lächeln auf den Lippen, drehte ich mich von den anderen weg zum Fenster.

„Auf einmal geniert sie sich so!", rief Dave lautstark. „Liam, sie ist der Teufel in Person."

Liam lachte. „Hey. Grüße an Dave."

„Werde ich nicht ausrichten", antwortete ich, sodass Dave mich auf jeden Fall verstehen konnte.

„Na, wie läuft es mit dem Lernen?", fragte Liam.

„Ich gebe mein Bestes."

„Du solltest deine Prüfungen besser bestehen", meinte er in bedeutungsvollem Tonfall.

Ich hob die Brauen. „Ach ja?“

„Ja. Kannst du am Montag nach New York kommen?“

„Liam, ich ...“

„Ich weiß, das ist sehr spontan und du hast deine erste Prüfung am Mittwoch, aber diesen Termin solltest du wahrnehmen.“

„Was für einen Termin?“

„Ich habe dir ein Vorstellungsgespräch organisiert. Na ja, nicht direkt ein Vorstellungsgespräch, aber ein Kennenlerngespräch. Bei Kim McCoy.“

„Kim McCoy?“, rief ich schrill. „Dem Modeunternehmen? Kim McCoy?“

„Wie viele Kim McCoys gibt es denn noch?“

„Wie? Was?“ Ich musste mich setzen. Entgeistert ließ ich mich auf mein Bett sinken.

Holly und Dave starrten mich an.

„Ich habe das Team kennengelernt, wir haben ihre neueste Kollektion geshootet. Ich habe von dir geschwärmt und mit dir angegeben. Und ja, dick aufgetragen. Aber nun wollen sie dich treffen. Und wer weiß? Vielleicht wird daraus ein Praktikum. Bring deine Unterlagen mit.“

Ein merkwürdiges Geräusch gluckste aus meiner Kehle. Eine Mischung zwischen Lachen und Weinen. Krächzend versuchte ich, einen Satz zu bilden: „Liam ... das ist ... O Gott.“

„Du könntest natürlich auch schon am Freitag anreisen und bis dahin bei mir übernachten?“

Ich kicherte. „Ich muss immer noch lernen.“

„Das kannst du auch bei mir. Oder brauchst du dafür die gesamte Bibliothek?“

„Fast." Ich warf einen Blick zu den Bergen von Unterlagen.

„Überleg es dir. Hauptsache, du kommst am Montag. Ich leite dir die offizielle Mail mit deiner Einladung weiter."

Liam musste platzen vor Stolz über seine Leistung. Und ich tat es auch. Mein Gott! Was für eine Chance!

„Danke", presste ich hervor. Die Freude drückte gegen meine Stimmbänder. Wären Holly und Dave nicht im Zimmer, hätte ich lauthals geschrien. So begnügte ich mich mit einem überdimensionalen Grinsen, gefolgt von einem kurzen Quieken, ehe ich mich, immer noch das Handy am Ohr, auf Holly warf und sie an mich drückte.

„Wir kommen euch bald besuchen", versprach Holly, als Liam mein Gepäck in den Kofferraum seines Audis lud.

„Das hoffe ich doch", sagte ich.

„Ich bin so stolz auf dich." Holly schlang die Arme um meinen Hals. Es erinnerte mich an unsere erste Begegnung. Ich erwiderte ihre innige Umarmung.

„Und ich auf dich. Ich hoffe, dass es dir bei Public gefällt."

Holly hatte einen Praktikumsplatz bei einem Modemagazin in D.C. ergattert. Trotz der wohnlichen Entfernung, die uns von nun an trennen würde, wollten wir fleißig Kontakt halten.

„Ganz bestimmt."

„Danke. Für alles", flüsterte ich in ihre Locken.

„Ich hab dich lieb, Lie. Du bist meine beste Freundin. Egal wo du wohnst, hörst du? Mich wirst du nicht los!"

Ich schluckte den Kloß, der sich bei ihren Worten in meinem Hals gebildet hatte, hinunter. „Okay."

„Am vierten Juli kommst du gefälligst wieder mit zu meinen Eltern", befahl Holly mit zittriger Stimme, als hätte ich es in Frage gestellt. Sie löste sich von mir und wischte sich eine Träne aus dem Auge.

„Wie jedes Jahr", bestätigte ich.

„Das ist doch noch ewig bis dahin", warf Dave augenrollend ein.

„Es ist Tradition!", herrschte Holly ihn an.

Entschuldigend hob er die Hände. „Okay, okay. Bleib locker, Babe."

Liam kam zu uns. Schluchzend umarmte Holly nun auch ihn. „Tschüss, Liam. Passt auf euch auf."

Dave kam lächelnd auf mich zu. Fest schloss er mich in die Arme. „Viel Erfolg, Kleine. Wir sehen uns bald."

„Danke, Dave", hauchte ich. Brüderlich streichelte er meinen Rücken, ehe er mich freigab. Holly stellte sich schniefend neben ihn.

„Fahrt vorsichtig."

Ich drückte ihr einen Kuss auf die Wange. Dann hörte ich Liams Stimme. „Bist du so weit?"

Nachdem ich einen letzten Blick auf das Campus-Gelände geworfen hatte, drehte ich mich zu ihm um. „Ja."

Dies wäre das letzte Mal, dass ich auf diesem Parkplatz in Liams Auto stieg. Meine College-Zeit war zu Ende. Mein neues Leben lag vor mir. In New York.

„Soll ich noch eine Extrarunde um den Parkplatz drehen?", fragte er belustigt.

„Nein." Ich lachte. „Den habe ich oft genug gesehen."

„Wer kann schon von sich behaupten, dass ihm auf einem Parkplatz lebensverändernde Dinge passiert sind?“

„Wohl nur wir. Einmal hast du mich hier sogar entführt!“

„Ja und du hast es genossen.“

„Hm ... vielleicht leide ich ja seitdem am Stockholm Syndrom“, sinnierte ich grinsend.

„Hoffen wir, dass es anhält, wenn du bei mir in New York lebst. Ich kann dich dort gern hin und wieder in der Wohnung einsperren.“

„Damit du feiern gehen kannst? Diese Zeiten sind vorbei.“

„Das habe ich nie getan“, entgegnete er viel zu schnell.

„Sicher nicht“, gab ich sarkastisch zurück.

„Aber du hast recht, diese Zeiten sind vorbei. Jetzt kommt eine noch viel bessere.“ Er nahm meine Finger und küsste meinen Handrücken.

Ich wandte mich an Holly. „Grüß Charly und Shane von mir.“

Sie nickte. Liam und ich stiegen in den Audi.

„Wie hat dein Vater eigentlich den Umzug aufgenommen?“, fragte er und fuhr los. Ich warf einen letzten Blick zurück. Holly und Dave winkten. Ich erwiderte ihre Geste.

„Gut“, antwortete ich. „Er freut sich, dass ich bei dir wohnen werde. Dann muss er sich keine Sorgen machen.“

Liam zwinkerte mir zu. „Wenn er wüsste.“

„Er hätte es nur gern früher gewusst. Es war doch sehr spontan für ihn.“

„Für dich ja auch.“

Ich zuckte die Schultern. „Ja. Er dachte, dass ich auf jeden Fall in Washington bleibe oder sogar weiter in die Nähe von Richmond ziehen werde."

Liam lächelte mir aufmunternd zu. Sanft drückte er mit der Hand meinen Oberschenkel. „Er hat ja jetzt Karen."

Erleichtert nickte ich. „Ja, das stimmt."

Mein Vater war nun schon seit über drei Jahren wieder liiert. Und Karen war wundervoll.

„Wir müssen einen kurzen Zwischenstopp in Baltimore einlegen", erklärte Liam. Seine Miene veränderte sich. Nervös trommelte er mit den Fingern auf dem Lenkrad.

„In Baltimore?" *Oh.*

Er nickte. „Ich möchte dich noch heute meinen Eltern vorstellen."

„Heute?" Ich sah an mir hinab. „Ich bin nicht passend angezogen. Ich kann nicht. Das ist zu früh." Wild plappernd suchte ich nach einer passenden Ausrede. Darauf war ich nicht vorbereitet gewesen. Sofort dachte ich an die perfekte Madison. Sicher würden sie uns vergleichen.

„Reg dich ab, Beverly. Sie werden dich lieben", beruhigte er mich.

„Sie sind erfolgreiche Anwälte und ich ..."

„Du hast einen hervorragenden College-Abschluss in der Tasche und hast dir ein Praktikum bei einem renommierten Modeunternehmen geangelt."

„Mit deiner Hilfe!"

„Nein, weil du sie im Gespräch von dir und deinen Arbeiten überzeugt hast. Ich hab keine Ahnung von Mode. Das hast du geschafft."

„Trotzdem ... wieso heute? Ich hätte mich gern darauf vorbereitet“, jammerte ich.

Er streichelte behutsam meinen Oberschenkel. „Hör zu. Als ich Washington verlassen habe und nach New York gezogen bin, da hast du mich ziehen lassen. Trotzdem hat sich an meinen Gefühlen zu dir dadurch nie etwas geändert. Ich will keine andere Frau. Nur dich. Heute kehre ich ganz offiziell mit meiner Freundin zurück. Und weil ich es so haben möchte, steht nun auch das Kennenlernen meiner Eltern an.“ Er legte den Kopf schief. „Da musst du durch.“

„Das bedeutet, du entführst mich schon wieder“, erwiderte ich grimmig.

Liam brach in schallendes Gelächter aus. „Das ist das letzte Mal. Versprochen. Außerdem wollte ich nicht das Risiko eingehen, dass du meine Bitte verneinst.“

„Ist dir schon einmal aufgefallen, dass du mir nie eine Wahl lässt?“

„Ich bin ein Meister der Manipulation“, sagte er in unheilvollem Ton.

„Sieht so aus“, grummelte ich. „Und unmöglich noch dazu.“

„Aber du liebst mich.“ Er grinste.

Ich stöhnte. „Unfassbar, oder?“

Sanft kniff er mich ins Bein. „Übrigens ist mir aufgefallen, dass du alles über meine Ex-Freundin weißt, ich aber nichts über deine Verflossenen.“

„Hattest du vor Madison keine Freundin?“, hakte ich nach. Das konnte ich mir kaum vorstellen.

„Hier und da mal eine Knutscherei oder eine Nacht. Nichts Ernstes. Nichts Erwähnenswertes.“

„Davon gibt es bei mir auch nichts“, gab ich zu.

„Kein Ex-Freund?“, fragte er ungläubig.

Ich seufzte. „Doch, zwei. Geschlafen habe ich nur mit dem letzten.“

„Soso.“

„Auf was willst du hinaus?“

„Hast du ihn geliebt? Oder den anderen?“

Ich runzelte die Stirn. „Ich war verliebt. Aber mehr nicht.“

„Okay.“

„Willst du sonst noch etwas wissen?“, fragte ich und lachte. Er erwiderte nichts. Dass jemand wie mein Mr Perfect ernsthaft eifersüchtig sein konnte, war mir schleierhaft.

„Und das war wichtig für dich?“

„Ja. Ich will ja wissen, ob es einen Ex gibt, der mir irgendwann gefährlich werden könnte“, erklärte er.

Lautstark prustete ich los. „Was ist los mit dir? Niemand könnte dir jemals das Wasser reichen. Und damit meine ich nicht dein perfektes Äußeres. Ich liebe dich. Daran wird sich nichts ändern. Niemals.“

Liam wirkte völlig ernst. Er bewegte keine Miene.

„Was hast du? Was ist das eigentliche Problem?“, fragte ich.

Nun seufzte er. „Ich habe es dir nicht leicht gemacht, Beverly. Du hast mir damals unterstellt, dass ich es ausnutzen würde, dass du mehr für mich empfindest. Das habe ich nie, aber ich wollte deine Nähe genauso wie du meine. Ich war egoistisch genug, um dich damit wissentlich zu verletzen. Ich habe dich immer näher an mich rangelassen, nur um dann doch wieder dicht zu machen. Ich habe dir mein größtes Geheimnis anvertraut und du trägst es nun mit mir zusammen, obwohl ich es dir nie hätte aufbürden dürfen. Vor allem jetzt, wo du auf meine Eltern triffst, hast du es bestimmt im Hinterkopf. Ich bin nach New York gegangen und du hattest nicht nur Verständnis dafür, du warst auch trotzdem immer an meiner Seite. Nach allem, was ich dir angetan habe, wolltest du immer nur mein Glück und das Beste für mich. Und dass du nun neben mir sitzt, beweist mir zwar, dass es das Schicksal doch noch gut mit mir meinte, aber auch, was für ein treuer Mensch du bist. Ich habe dir sehr wehgetan. Und du hast mich aufgebaut, mich aus meinem Hamsterrad geholt und dafür gesorgt, dass ich auch an mich denke. Und wie sich herausstellte, hattest du auch dahingehend recht, dass nicht meine Eltern das Problem waren, sondern nur ich allein. Meine Sicht der Dinge unter dem Schleier meiner Schuld. Auch wenn Mom und Dad nicht erfreut waren, haben sie meine Entscheidung akzeptiert. Damit habe ich nie gerechnet. Ich bin nicht perfekt, aber ich will es für dich sein. Alles, was ich habe, was mich ausmacht, bin ich heute dank dir. Und es gehört dir. Was ich geben kann."

„Liam ...", flüsterte ich mit zitternder Stimme.

Er lächelte schwach. „Mach mal das Handschuhfach auf."

Verwirrt zog ich an dem Griff, um hineinsehen zu können. Darin lag eine einzelne rote Rose. Zögernd nahm ich sie heraus.

„Ich bin kein Romantiker. Das hier ist kein romantischer Ort und es wird auch kein Heiratsantrag. Aber ich werde immer aufmerksam sein, wenn es um dich geht. Ich weiß, dass du Rosen magst. Als wir damals zu deinem Vater nach Richmond gefahren sind, stand eine verwelkte Pflanze auf der Veranda. Du warst traurig darüber, also dachte ich, dass es deine war. Nur diesem Topf hast du Beachtung geschenkt. Es war ein Rosenstrauch."

„Ich weiß nicht, was ich sagen soll", hauchte ich.

„Es wird nicht die letzte Rose sein. Wie gesagt, das hier ist nicht der romantischste Ort, um dir all diese Dinge zu sagen, aber ich wollte es trotzdem tun. Unsere Beziehung hat nicht romantisch begonnen. Im Gegenteil. Das ist das Leben meistens nicht. Trotzdem habe ich mich noch nie zuvor mehr auf die Zukunft gefreut."

Liam hielt nicht an, um mir die Möglichkeit zu geben, ihn zu küssen. Das waren die schönsten Worte, die ein Mensch je zu mir gesagt hatte.

Er war es wert gewesen. Alles. Egal was in der Vergangenheit schiefgelaufen war, nun war alles gut und so, wie es sein sollte. Wir gehörten zusammen. Wie in einem Paralleluniversum vielleicht auch.

Und nicht nur er war glücklich. Auch ich war es.

Nicht nur er liebte so sehr. Auch ich tat es.

Nicht nur er freute sich auf die Zukunft. Auch ich tat es.

Sosehr wie noch nie zuvor.

DANKSAGUNG

Mein größter Dank geht an meinen Mann und meinen Sohn für ihr Verständnis, wenn ich stundenlang am Schreiben und Bearbeiten war. Danke für eure Liebe und euren Rückhalt. Das sehe ich nicht als selbstverständlich.

Daneben danke ich meiner engagierten Agentin Alisha Bionda, die von Anfang an an mich geglaubt hat. Ohne dich würde ich diese Danksagung nicht schreiben können.

Danke an die liebe Alex und das gesamte Team des dp Verlags. Ich habe mich so willkommen gefühlt, wurde liebevoll betreut und durfte mich immer an euch wenden, wenn es Fragen gab. Ihr habt dafür gesorgt, dass diese Geschichte, die mir so am Herzen liegt, gelesen werden kann und ich freue mich sehr über das entgegengebrachte Vertrauen in mich.

Ein lieber Dank geht an meine Lektorin Mira. Die Arbeit mit dir war sehr angenehm und ich konnte viel von dir lernen. Deine Ideen waren perfekt und haben wunderbar gepasst. Durch dich wurde die Geschichte noch einmal runder. Danke für diese Liebe zum Projekt.

Ein ebenfalls sehr großer Dank geht an die besten Freunde und meine liebe Familie. Danke für euren Zuspruch und eure Unterstützung. Es ist so schön zu sehen und zu spüren, wie ihr an mich glaubt und mein Buch feiert, seit ich euch davon erzählt habe.

Hervorzuheben ist meine liebe Ramona. Danke, dass ich dir jede noch so kleine, neue Info zum Projekt sofort mitteilen durfte/darf, du alles genau verfolgst, mir geduldig Mut machst, wenn ich zweifle, mit mir mitfieberst und immer für mich da bist.
Was ich ebenfalls erwähnen möchte ist, dass ich dankbar bin für jeden, der sich die Zeit genommen hat, mein Debüt zu lesen und mich auf meinem weiteren Weg unterstützt.